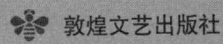

凉州会谈

尕藏才旦 / 著

敦煌文艺出版社

图书在版编目（CIP）数据

凉州会谈 / 尕藏才旦著 .-- 兰州：敦煌文艺出版社，2018.11（2022.1 重印）
ISBN 978-7-5468-1654-8

Ⅰ .①凉… Ⅱ .尕… Ⅲ .①长篇小说－中国－当代 Ⅳ .① I247.5

中国版本图书馆 CIP 数据核字（2018）第 258261 号

凉州会谈

尕藏才旦　著

责任编辑：尚再宗
装帧设计：孟孜铭

敦煌文艺出版社出版、发行

本社地址：（730030）兰州市读者大道 568 号
本社邮箱：dunhuangwenyi1958@163.com
0931-8773298（编辑部）　　0931-8773112　8773235（发行部）

北京一鑫印务有限责任公司印刷
开本 787 毫米 ×1092 毫米　　1/16　　印张 21　　插页 2　　字数 380 千
2019 年 10 月第 1 版　　2022 年 1 月第 2 次印刷
印数：1 401~3 400

ISBN 978-7-5468-1654-8
定价：49.80 元

如发现印装质量问题，影响阅读，请与出版社联系调换。

本书所有内容经作者同意授权，并许可使用。
未经同意，不得以任何形式复制转载。

目 录

MULU

第一章　萨班忧心忡忡　　　　　1

第二章　西凉王阔端　　　　　　30

第三章　萨迦上下同仇敌忾　　　51

第四章　宴席上的血腥角斗　　　64

第五章　一本难念的经　　　　　95

第六章　多达受命西征吐蕃卫藏　123

第七章　厉兵秣马扎西滩　　　　147

第八章　神山脚下　　　　　　　164

第九章　决战前夜　　　　　　　187

第十章　暗夜星光　　　　　　　209

第十一章　云开天晴　　　　　　227

第十二章　阔端的妙棋　　　　　254

第十三章　山路弯弯　曲径幽幽　276

第十四章　妙音吉祥曲　　　　　302

[第一章]

萨班忧心忡忡

一

贡嘎坚赞彻夜未眠，辗转反侧，早早醒来了。

昨夜他又失眠了！他失眠倒不是因为今天的萨迦大法会能否顺利落幕，而是那个已经缠扰他几个年头的噩梦——西夏党项同胞面临的血光之灾。

恍恍惚惚中他梦见蒙古骑兵犹如盛夏雪山消融带来的特大洪水，浊浪滚滚，气势汹汹，砂石俱下，以雷霆万钧之势卷来。那铁蹄踩得地动山摇，就似滚雷贴地而过，仿佛天地瞬间要翻个过，世间万物要毁灭殆尽。他张皇失措，不知如何是好，只见乡亲们如兔鼠四处逃窜，不时被蒙古骑士的弯刀砍翻在地，血流喷泉般冒起几尺高；四肢、头颅飞溅，撕扯着鲜红的肉丝，落到草丛中随地乱滚。看着众生惨遭杀戮，他又气又急，目不忍睹，顾不得自己，双手撑开袈裟，就像一只红翅膀小鸟，迎面冲向蒙古骑兵。

袈裟就像一团红红的烈焰，在斜阳夕照中，如一堵火墙，发出刺目炫眼的光芒，冲在最前面的几匹蒙古马吓得往一旁一闪，马背上的蒙古骑士像羊尿泡，一下弹出马背，摔在地上惨叫，但后面的骑兵却仍如海涛扑过来。有一匹马张牙舞爪地向他的眼窝踩来，他不由惊叫一声，从噩梦中醒过来，半天气喘咻咻合不拢嘴，而头上早已汗水湿淋淋，头发贴在了头皮上，眸子里布满了惊悸、恐慌。这样的噩梦对他来说，不是第一次了。自从听闻蒙古骑兵侵入中原、侵入西夏、侵入雪域周边多个国家和地区，他的心就一直悬在半空，睡不好觉，定不下神。这周边的各个王朝大都信佛，不管是东边的金国、辽国、大宋，还是西边的西域三十六国，或是北边的西夏王国，都和萨迦寺有着割不断的联系，与西藏藏传佛教各教派寺庙来往密切，相互信息不断，学者交流源远流长。自从印度佛教衰亡之后，佛教的中心就自然而然转移到了西藏，而藏传佛教各教派之中，萨迦派学科建设搞得最好，声望鹊起，前来求学的趋之若鹜，络绎不绝。特别是西夏的佛寺，大部分是萨迦寺的子寺，由萨迦寺派出高僧充当住持堪布、法台，甚至领诵经书的僧官"翁则"都是萨迦寺派去的。他最不放心也让他最揪心的就是西夏。

不仅仅是信仰，还有更深的一层情感，那就是刀劈斧砍也割断骨头连着筋的手足同胞之情——他们统统是黑头藏人的子孙！西夏人身上流淌的血液和萨迦人以及整个雪域藏人身上的都是一样颜色，一样浓稠，都是一个根子上结出的不同枝丫。同胞之情血浓于水，十指连着心尖。唇齿相依，唇亡齿寒。蒙古铁骑屠杀西夏僧俗，弯刀砍在西夏人的身上，鲜血却流在他贡嘎坚赞的心窝里。伤害了西夏人，也就伤害了我萨迦人，我们是亲兄弟啊，他们在水深火热中，我怎能吃得下，睡得好？怎不忧心如焚，如坐针毡？

西夏人并不自称是西夏人，而称党项人。党项是藏族最早的四大部落之一。四大部落为色氏、木氏、党氏（也叫党项）、东氏。党项共有十八支，分布在雪域黄河、长江上中游，以游牧为主。藏人把他们称为紫铜色肤色的党项部落。这与他们常年逐水草而居，游牧于旷野草滩，受太阳暴晒有关。高原强烈的阳光把他们晒成了紫铜色，他们自己也自豪地称自己为紫铜色脸膛的汉子。党项人世世代代生活在黄河第一弯曲部的广袤草原上，还建立了部落联盟制的游牧王国"岭尕尔"，后被吐蕃帝国第三十三代英明赞普松赞干布统兵兼并，其数万精兵悍将也成为吐蕃东线兵团的精锐兵力，东征西伐，骁勇善战，攻入唐大都长安后转战驻扎于安多及汉藏东北部边境一线。

他研究过历史，特别是吐蕃帝国内讧分裂那段历史，每每想起，都要扼腕叹息半天，心头翻江倒海平静不下来。如果当时佛苯两派不那么极端，都能按佛学的因果论、般若智慧论、中观论等辩证思维来冷静理智地看待事物对立的因果，就不会引发藏族史上那场铭心刻骨、难以抹去的浩劫，一场旷日持久近三百年的分裂割据，给雪域带来无法估量的深重灾难。他总结历史经验教训，写下格言诗婉转地告诫后人：

> 经常仁慈的主人，
> 很容易找到仆从；
> 在莲花盛开的湖里，
> 水鸭自然回落聚集。

> 伟大的人物受迫害，
> 多出于自己的随从；
> 除了身上的虱子，
> 谁敢咬自己一口？

  要是四十代赞普赤祖德赞不急功近利，能审时度势，不过分抬高僧人的社会地位和经济待遇，增加民众的负担，还排斥崇信苯教的幕僚，那就不会遭人暗害，埋下祸根；要是继承王位的赞普赤达玛乌东赞，也就是后来的佛教徒称其为头上长有牛角的郎达玛，他能宽容一点，克制一点，不采取极端措施反佛灭佛，能给信佛的僧俗留下一片天地，他自己也不会遭到佛教僧人拉隆·贝吉多杰的箭杀，从而引起王廷内部的仇怨，发生腥风血雨的内讧，导致吐蕃帝国军阀割据，征战不断，硝烟弥漫，殃及整个帝国的统一和安定。他葬送了吐蕃三十几代赞普呕心沥血、惨淡经营的江山，特别是赤松德赞时期创立的偌大版图：安多、康区全境以于阗为中心的西部；南至不丹、尼泊尔全部和印度恒河以北大片地区，还有今天的拉达克、巴基斯坦、伊朗、阿富汗以及南亚各国的部分地区。至于卫藏四水六岗更是囊括其中，不在话下。那是何等的辉煌，何等的荣耀！不仅仅是武功显赫，威震四面八方；也不仅仅是疆域辽阔，国力鼎盛，更值得骄傲的是雪域藏人进入了一个全新的文明社会：有了完整、规范化的藏文文字；有了全面的、初步体现人的尊严和权利的法律；全面开展翻译周边各国各民族优秀的文化遗产，特别是佛教的哲理思辨思想传入雪域，开启了文明的心智；迎请印度佛教莲花生大师洛藏来镇伏各路妖魔鬼怪为佛教护法神，并主持修建了雪域第一座佛、法、僧三宝齐全的桑耶寺，印度传播过来的佛教就此真正扎下根，像高原常年刮个不断的劲风，把佛教教义刮向雪域每个旮旯……不管是大食，或是南亚、西亚诸国，谁不侧目另眼看重吐蕃，可如今，宝石破碎成砾片难拾到盘中：大厦坍塌，鸡犬都无法藏身。吐蕃帝国分崩离析，四分五裂，昔日的辉煌烟消雾散，一去不还。谁还把吐蕃当作强大的政治势力看待？谁把雪域藏人看作优秀民族另眼看待？

这一切都是为什么？不就是信仰！

既然是信仰，为什么不能在不伤害对方利益、对方感情的前提下，相互尊重，相互谦让，尊重对方的人格和尊严，允许各自信仰自己认定的宗教？佛祖释迦牟尼在印度有那样崇高的声誉，投奔他麾下的信徒中不乏王公贵族等权势人物，但他从未动员他们出动军队，借用国家权力去镇伏异教徒。相反，他避居丛林，远离尘俗，只用佛教学说去吸引人、说服人，让异教徒们心悦诚服地皈依佛门，连个手指头都未动过。至于佛教规定的一个佛教徒必须遵守的五戒十善中，没有一字一句谈到过反对和禁止别人信仰与佛教不同的宗教啊！五戒是不杀生，不偷盗，不邪淫，不妄语，不饮酒。而十善法则规定：除了五戒，再增加不涂饰香粉；不听视歌舞；不坐高广大床；不非时食；不蓄金银财宝。即使受圆满戒的"格龙"所须遵守的二百五十三条戒律，也完全是针对个人德行的修持，没有一条提到可干涉别人信仰自由的内容。赞普赤热巴金做得太过分了，他实际上歪曲了佛教，脱离了民众，他下令百姓见了僧侣，必须俯身弓腰，赶紧让道，表示诚惶诚恐，谁要对僧人斜目就要剜眼，用指头搞一下就断指……这不就使佛僧站在民众的对立面，相互成为仇敌吗？谁能受得了这样血淋淋的残暴专制，这不是剥夺了信仰的权力吗？这不是在思想意识形态中实行野蛮专政吗？这与佛教教义中众生平等，生命平等，尊重生命的原则大相径庭，背道而驰。赤热巴金笃信佛教，力推佛教，心愿是好的，但他的言行却与佛祖的教诲格格不入，违背了佛教仁慈、博爱、平等、自由的终极目标，反其道而行，帮了倒忙。我贡嘎坚赞也是佛门虔诚弟子，但我不赞成你的做法，你的作为就如我的一条格言诗所说的：

愚人虽然完成了事业，

那是运气而不是本事；

> 蚕也会吐丝抽线，
>
> 那并不是它精于纺织。

赤达玛乌东赞也做得太过分、太极端了。

你继承了你哥哥赤热巴巾王的位，却不继承他信佛崇佛的理想，这自然人各有志，也就算了，可你为什么要把佛教视为仇敌，视为一切社会问题、自然灾难的根源呢？为什么要狠毒无情地迫害佛教徒呢？解散僧团，强迫还俗或者令其狩猎杀生；把佛教经典烧焚，或者抛入江河；大昭寺和桑耶寺用泥石砌封；到处绘制僧人喝酒淫乐图，极尽诬蔑；佛像埋入砂石地坑，搬不动的用皮张草绳捆绑遮蔽……你这样不分青红皂白，粗暴地对待信佛僧俗，他们能咽下这口气吗？以怨报怨，犹如火上浇油，仇恨愈加炽烈，何时能了结？结果，复仇的箭射中了你的心脏，葬送的不仅仅是你个人的生命及前途，还葬送了雪域藏人的前程，给这方土地带来了灾难、黑暗、愚昧、仇恨、战争。正是这场灾难，这场争夺皇位的内讧，把党项人推入了颠沛流离、背井离乡的苦难旅程。

由信仰引发的王廷内乱，蔓延到了东部战线，怀有野心的东线吐蕃将帅论恐热，尚婢婢，一为大臣一为王廷娘舅代表，为王位继承者的真假王子身份、血统展开了混战。战败一方为逃避屠杀投降大唐，几十万党项军民作为降众被安排在大唐西北角的穷乡僻壤边境线上。从此，他们远离了河曲大草原，远离了自己的手足同胞；远离了自己熟悉的故土风情；远离了自己厮守的牦牛、藏绵羊、河曲马；远离了和空气、泉水一样的雪域文化，被挤到了不见盈盈绿草，不见牛羊畜群，只有沙石黄土的戈壁荒漠，只有野兔和老鼠的空旷野滩。满目荒凉，听不见乡音也听不见马嘶牛哞羊叫。只有不分晨曦挟沙拖石的疾风刮掠过山坡，刮掠过塬上，刮过深涧老沟。党项人就在这样的生态环境中挣扎奋斗，在生死线上滚爬辗转。他们容易吗？不容易啊。有泪只能往肚里吞咽，无处诉苦；滴血只能自己舔干，谁给你说欣慰之言。生死有天，孤儿寡母只能听天由命。那是与母体脱钩的一片飞地，在汉人文化包围中生存的党项人的飞地。他们是没娘的孩子，没有靠山没有帮手，全靠自己双手奋斗，要多可怜有多可怜，要多煎熬就有多煎熬。

他们挣扎了二百来年，才杀开了一条生路，建立了自己的西夏王国，他比萨迦寺的建立要早三十来年，但基本是同一时期。虽然他是藏汉混合体的政教，文化也受到汉儒家的浸染，但在信仰上，他却矢志不渝，信仰藏传佛教，持续不断，从未断线。主动寻根，和远在万里的萨迦寺保持联系，在宗教信仰上与萨迦寺形成宗主关系。萨迦派白衣三祖中的扎巴坚赞，也就是他的叔叔在萨迦寺主持萨迦政教事务时，他的弟子觉本被西夏王国迎请当了国师，从那以后，西夏王国兴建的各大型佛寺，举国重大活动，都由萨迦寺派住持高僧或派高僧参与。双方有着血浓于水的亲缘。萨迦藏人也是党项部落的支系，都有着共同的根谱，割断骨连着筋的血脉。

西夏王国除了以藏传佛教为国教，还保持了藏人优秀文化传统，藏文藏语成为国内主要文字语言流行；每个人都有藏名，穿着藏服，各种风俗也得以继承。更难能可贵的是，他们把雪域藏人坚韧不拔的开拓精神、创业精神推向了极致。为了适应藏汉混合族群的文化需要，他们创造了活字泥锻的西夏文六千多字，这真是一大奇迹啊。党项人奋发图强，与时俱进的精神还表现在他们把原先贫瘠落后的北方变成了富裕强大的帝国；农牧工商繁荣，艺术昌盛，疆土辽阔，与大宋、辽、金鼎立，成为举足轻重的大国，这是雪域藏人的骄傲。当然，他在大宋、辽、金的包围之中，生存环境依然恶劣，艰辛。

令党项藏人梦里都没有想到的是，他们从未招惹过，更未结有怨恨的蒙古人却从背后狠狠捅来利刀。

听西夏来的朝香僧俗们讲述，在北方草原游牧的蒙古人，被一个叫作铁木真的汉子统一成蒙古汗国，他号称成吉思汗，据蒙古语解释，汗是国王的意思，成吉思是坚硬如铁的意思。

成吉思汗统一蒙古各部，不久，也就是建立汗国才四年，他的剑锋便砍向西夏的民众和财富。他的借口十分荒唐，是摆不上桌面的理由，说西夏党项人接纳了他的仇敌桑昆。桑昆是何许人呢？是他义父汗王的亲生儿子，因不服他而兵戎相见，失败后只身逃跑到西夏境内，在西夏境内流浪打猎，鸡鸣狗盗地过日子。他身边没有一兵一卒，更无金银财宝，独身孤影，没有一点利用的价值，谁也不知道他是谁，西夏王室根本没有接触过桑昆。因为扰乱社会治安，他还被西夏官吏逐出境，后流浪到畏兀尔地区。成吉思汗借这样一件最平常的事儿，兴师问罪，讨伐西夏，实际上是想掠夺西夏的财富、牛羊、粮食、女人。简直是强盗行径，恶人先告状，蒙古人所到之处，男人被杀光，房屋成焦土，瓜州、沙州等地变成荒芜野地，西夏国受到一次横祸浩劫，国力大大减弱。

　　一次不算，又来二次。二次更为荒唐、霸道，连个借口都不找，就率领几万骑兵打过来了，就像狼吃羊，大鱼吃小鱼，根本不需要理由。第一次得了便宜，打了个猝不及防，掳了无数的财宝，第二次胃口更大，眼珠红的更厉害了。他是听说西夏王廷发生了政变，局势动荡，便心痒痒，手痒痒，杀机勃起，乘秋天马肥膘壮，一声不吭杀过来了。但这次他万万没有料到，党项人和他们蒙古人一样，有着有仇必报，以牙还牙，以血还血，绝不手软的秉性，有敢于咬钉嚼铁的性格。铁木真忘了党项人也是游牧民族，而且来自喜马拉雅雪山脚下的高寒凛冽的风雪磨砺了他们坚硬不移的性格，孕育了野性和强悍。他们怕过谁？虎豹熊犬见了他们也担惊受怕拼命远逃。他们的血液里流淌的是桀骜不驯的热血，胸前燃烧的是永不熄灭的烈火。他们逐水草而居，游牧四方，以天为房，以地为铺，四海为家，征服也是他们骨子里生来带有的，正是这种血性他们才走到了今天。一个有血性的民族你成吉思汗能轻而易举地征服得了？你知道吗？党项人也好勇尚武，复仇心极强，视不报仇为耻辱，报仇是全部落、全民族义不容辞的神圣义务和不可推卸的责任。哪个部落的党项人受了欺负，只要一声吆喝，全部落的人不分远近，不分男女老少，蜂拥而至，捲起袖子就冲上前去，和仇人不拼个你死我活，誓不罢休。不管有无血缘关系，也不管相互认识不认识，反正有仇必报，部落成员的怨恨就是他们的怨恨，不达目的誓不罢休。连妇女也不肯落后，成群结队赶往仇家，放火烧毁仇家的庐舍。遇上这样顽强悍勇的对手，你铁木真还能占上便宜？！

　　成吉思汗第二次进攻西夏，气势汹汹而来，灰不溜溜而去。虽然他开头占了些许便宜，进入西夏境内便四处派兵抢掠，但党项人坚壁清野，逃进深山与蒙古兵周旋打游击，消耗对方。军队坚守城堡，顽强抵抗，不时集中优势兵力，主动打击，吓得成吉思汗畏首畏尾，不敢出据点，熬了三四个月，到冬季没粮吃了，只得灰不溜溜退兵回到蒙古草原的老窝中。

　　未过一年，铁木真又第三次攻打党项人的西夏王国。这一次也是没有一星半丝的理由，完全是为了不可告人的目的。当然，他也有理由，只是说不出口。什么理由呢？一是面子。铁木真是个爱面子、要面子的英雄好汉，是好汉都心气高，爱逞强，自以为是，不达目的誓不罢休。第二次入侵，他没有占上便宜，脸上无光，心里憋着气。像铁木真这样的英雄，他一直以为自己是最强大的，是战无不胜的，肯定自负得高过云天，所以他还想和党项人扳手劲，比个输赢，但这个理由是说不出口的；二是怕西夏给他背后捅刀子。他想出兵攻打金国，但害怕西夏乘虚而入偷袭自己的后方，捣毁老巢。为消除后顾之忧，他倾全国兵力，无缘无故第三次大举侵略西夏，要一举灭掉西夏，除却心腹之患。牙齿碰上石头，火花乱溅。西夏大地硝烟弥漫，腥风血雨，不是你死就是我活，生死决战，惨烈无比，一年之中，双方死伤无数。党项人视死如归，英勇无比，有太傅西壁氏率兵坚持巷战，誓死不降；有皇族嵬名令公被俘后拒不投降。蒙古人为迫使他投降，投入肮脏的地牢，抛给常人难于下咽的饭菜，极尽折磨，却无法使嵬名令公屈服，连成吉思汗也不得不钦佩于他的气节。蒙古兵包围西夏首都中兴府，想彻底灭掉西夏人的王朝，把党项部落抛进血海之中，但成吉思汗打错了主意，他要撞的不是一堵将要坍塌的土墙，而是一面挺拔坚硬的石崖。凭借坚固的高城厚墙，凭着同仇敌忾、万众一心的斗志，凭着对侵略者的冲天愤恨，全城上下死守到底，铁木真的蒙古军队强攻一个多月，死伤惨重却未能爬上中兴城墙一步。铁木真怎会甘心吃这种亏，他恼羞成怒，急红了眼，命将士不准撤退，要不顾死活拼命攻城，蒙古士兵死伤枕藉，血流成河，一批又一批尸体堆砌在城根，中兴城却岿然不动。成吉思汗真是歹毒，乘下雨黄河暴涨，他竟下令城外筑堤堵黄河水，然后惨无人性地下令掘开大堤。让河水灌淹城中，城中军民淹死无数，却没有一个胆小鬼和投降者。上上下下坚守阵地与城共存亡，连国王也上城拼杀。蒙古人最终还是未能占领中兴府。或许苍天都看不下去，蒙古军队筑的大堤崩溃了，原本灌城的黄河水一下四处漫淹，蒙古军帐被淹得七零八落，兵马尸首漂得处处皆是。铁木真无奈地撤兵退围，最后与西夏签订城下之盟，西夏答应纳币称臣这一面子条件，但党项人还是在风雨冲刷中岿然屹立。西夏虽然伤痕累累，国力大大削弱，但它在淫威面前没有屈服，在异族侵略面前没有倒下。

　　成吉思汗被党项人磕掉了门牙，吃尽了苦头，他耿耿于怀，怀恨在心，恨不得一口吞掉这个强硬的对手。它像只白眼狼，等待机会扑过来咬住西夏的脖颈。他贡嘎坚赞心事重重，忧虑的就是这。西夏和萨迦血脉相承，骨头连着筋，他怎能不牵挂。但那以后，他再也未听到西夏的消息……

二

　　横竖睡不着，他索性坐立起来，摆好了做早课的架势。早课便是向藏传佛教萨迦派供奉的三位菩萨：文殊菩萨、观音菩萨、金刚手菩萨膜拜诵经。萨迦派与其他藏传佛教派别宁玛派、噶举派、噶当派的区别就在于供奉膜拜的主尊菩萨不一样。这种区别的标志体现在萨迦派的寺院中：佛宫佛殿佛堂僧宅墙上都有粗粗的、纵向的红白黑三道线，萨迦派的俗民房宅也同样。红色象征文殊，白色象征观音，黑色是金刚手，鲜亮醒目，富有色彩对比，成了萨迦教区的一道风景线。

　　为什么萨迦派特别看重这三位菩萨？

　　因为这三位菩萨与众不同，神通广大，有着特别的能耐。文殊菩萨是佛祖释迦牟尼的左膀右臂，主管智慧。作为举足轻重的菩萨之一，信奉显密两宗，也青睐密宗的萨迦寺，他供奉的文殊菩萨，骑着绿鬃的白狮子，右手举着利剑，发髻很高，上面结着五个发髻。利剑表示智慧能断一切众生烦恼；狮子表示智慧之狞猛；高耸的像宝葫芦一样的五髻象征大日如来的五种智慧，这是金刚界（表德智）的文殊。请来如此狞猛之智慧，能砍断一切由愚昧引起的各种世间烦恼之护持佛法的文殊菩萨保驾护航，萨迦派还愁事业无成，不兴旺发达？！

　　观音菩萨也非同一般，实际是佛的代表之一。观世音是阿弥陀佛的左胁侍，是大慈大悲的菩萨，据称遇难者只要诵念其名号，"菩萨即时观其音声"前往拯救解脱，观音还可应机以种种化身救苦救难。按佛经说，观音有三十二种变化，还根据供奉者根器（本质）的不同而有不同的变化。雪域藏区独有的二十一种度母都是观音菩萨的化身。观音菩萨还有双身、四臂、骑吼等变身。

观音一般手中拿着一个净水瓶，另一只手拿一支莲花或杨柳枝，瓶中的甘露是普惠人间的圣水。他还有一个明显的特征，就是头戴的花鬘宝冠中有一尊双手在膝上作定印的阿弥陀佛像。观世音菩萨是阿弥陀佛入灭后继承他而成佛的。而观世音入灭后，大势至菩萨要继承他成佛，所以又把阿弥陀佛、观音、势至称为"西方三圣"。萨迦寺供奉的是千手千眼菩萨。千手观音又叫大悲观音，据说他看到人间的痛苦，发誓要度尽世间所有的众生。他用法力把四十二段身体合拢为一体，只留下四十二只手臂，每个手掌中又生出一只眼睛，表示一个化身，把本身两手除去不算，用每只眼代表二十五"有"（"有"代表因果）。这样二十五乘四十即一千，故曰千手千眼菩萨。而左右二十手中又拿着如意宝珠、锡杖、铁钩、宝镜、梵策（佛书）、莲花、葡萄等等，文武器具、宝具、美食俱全，每种小器物都有各种寓意。

有观音菩萨关照监护，萨迦派僧俗上下自然会培育出仁慈博爱的情怀，把普度众生作为一生奋斗的目标，建立起和平、和谐、禅和的极乐世界。

大势至菩萨系阿弥陀佛的右胁侍。他能以智慧光普照一切，让你远离三恶趣，获得无上之力。

萨迦派就是凭借三大菩萨的智慧、努力、大气、声望，获得了发展，扎下根基。

佛龛就在卧室西面墙壁上，是镶进去的板框，板柜有半人高，有三尺宽，紫檀木的，散发着淡淡的幽香。一字伫立着三位菩萨的铜塑镀金坐像，正中是比他们要高出一个头的佛祖释迦牟尼的铜像。佛祖和佛祖手下的三位菩萨都浑身铮亮，在黑暗中也泛着一层金光，正用慈蔼的目光深情地注视着他这位接手萨迦寺住持的第四任教主。

他收敛思绪，把纷乱无序的念头尽量抛开，让意念凝聚到对佛的虔诚信仰上，身、语、意全和佛的精神融合到一块。贡嘎坚赞把身子转向佛龛，起身整了整僧服。按比丘戒律，比丘睡觉就寝，不能脱光僧服，必须穿着背心"段苟候"，内裙"迈月和"，背心遮盖上身，内裙遮盖下身。也有"豆候干"连裙长背心一体的。这种规定的目的只有一个：即使睡寝也要保持僧侣的自尊、尊严，不能忘了羞耻，忘了自己是持戒修行的比丘僧侣。他欠起上身，把上身整理得干干净净，有条不紊，又紧了紧毛绳腰带，使连裙长背心贴着身子显得精干紧凑。臃肿脏乱是绝对不允许的，不仅二百五十三条比丘戒律不允许，更重要的是对佛祖、菩萨的亵渎，将造下难以饶恕的罪孽，来世将会进入地狱，当饿鬼，投胎畜生。接下来，他把巴掌摩挲了两下，然后很郑重地摊开巴掌，轻轻在脸上擦拭，仔细地、小心翼翼地从额庭、眼窝、眉梢、鼻翼人中、下巴、耳根擦拭了三遍才罢手。

　　这些都是早课前的准备程序，是为了庄重地顶礼膜拜。擦拭完毕，他伏身榻上，五体投地地叩了三个等身头，才跏趺坐定，摊开经卷，开始诵读祈祷经文。

　　今天诵读的经文是祈求福运的"坚卓"，消灾避难的"郎卜学"。还有三世圆满吉祥的"嘎桑巴"经文。这些都是精心挑选、深思熟虑的。自从党项人的西夏王国遭到蹂躏，蒙古铁骑横行无忌，他的心情就一直郁闷不乐，像压着块石头沉甸甸的。他没有什么法子可以解脱党项人的灾难，唯有向萨迦供奉的三大菩萨顶礼膜拜，祈求禳灾祛难，获得平安吉祥。只要虔诚，他相信三位至圣菩萨会保佑党项人的。文殊菩萨会降下智慧，帮助党项人不受战火利剑的伤害，而大势至菩萨则用无上之力，拯救西夏众生跳出三恶趣，获得智慧，遏制邪恶。

　　话是这样说，心是这样想，但胸口还是难踏实。蒙古人打到了畏兀尔地区，打到了大食等国家，听说烧杀抢掠骇人，每攻破伊斯兰信民的一个城市，便不分老少把全城男人杀光，使当地居民断子绝孙，灭绝人种；把年轻妇女掳抢到军营，供兵将恣意奸淫凌辱；所有财物衣粮全都抢个精光，不留寸草。他们所干的事令人发指，头发倒竖，正是自己在格言诗中痛斥的：

　　　　平日不为别人着想，

　　　　他的行为跟牲畜一样；

专门寻找自己的吃喝,

难道牲畜不也是这样?!

以为贪欲就是舒坦,

其实是痛苦的根源;

以为喝酒就是舒坦,

那是把疯狂当幸福。

他们是人还是虎狼?他说不准。是人咋能这样残忍地吞食同胞的生命?是人咋能这样毫无人性地吮吸同类的鲜血骨髓?他们的血液里为什么还保留着那么多的兽性?为什么如此热衷于寻求感官刺激,杀人当乐?佛祖啊,您为什么不早教化他们,驱散笼罩他们的愚昧野蛮?文殊菩萨啊,您为什么没有给他们洒满智慧,让文明生根开花,让杀戮销声匿迹?观音菩萨啊,您为什么不赐以他们一颗仁慈博爱的心,让蒙古人尊重生命,平等众生,抹去漠视生命、作践生命的野性?大势至菩萨啊,您为什么不洒下智慧之光,让他们早早跳出三恶趣的命运,获得新生,走向文明?法力无边的三位至尊至贵菩萨啊,雪域黑头藏人只有祈求您们来消除面临的危机,战争的威胁,生命的灾难啊。盼望您们能把狂狮关进笼中,让佛门驱散他们心头的愚昧、野蛮,让他们的子孙后代走向理性、文明,远离战争。

按惯例,上述祈祷经文每个他都要重复诵念三遍。摊开经卷是对先哲的尊重,是一种姿态,实际上他已经把这些经卷背得烂熟,刻在心壁,不用掀翻经页。完了,真正的早课才算开始,刚才的祈祷不过是序曲罢了。他每天雷打不动的早课是诵读阿底峡大师著述的《菩提道灯论》。这是一部经典著作,常读常新,常读常获启迪,有所心得。应该说,阿底峡的《菩提道灯论》结束了藏传佛教内部学习修行的混乱状态,拨乱反正,正本清源,让寺院学习制度,僧侣的修持规范化,走上了正道。萨迦派就是在《菩提道灯论》的指导下,才凝聚成一派,有了生机,发展成全藏学科建设中一盏明灯。

阿底峡是印度东南部孟加拉达卡城的人,是一位王子。出身名门望族的他,从青年时代起,一直潜心研习佛典,佛学功底十分雄厚,蜚声南亚信佛的各国。偏居阿里的古格王国国王意希沃用重金请来阿底峡讲学。阿底峡来到雪域,发现这片圣洁的土地，虽然全民信佛的热情很高，但僧侣阶层研习却很混乱，没有一个权威的、公认的教理学研、德行修持的标准，各行其是，随意解释，相互矛盾，难以统一。有的重密轻显，认为显宗成佛难于上青天，一心修持密宗，即身成佛，忘记了菩提觉悟是干啥的，不去普度众生；有的则重显轻密，认为密宗不是成佛的正确途径，不是学佛的正统传承，尤其密宗修持者有人巧立名目，杀生海淫，极为愤慨……总之，内部争论不休，斗争激烈。至于修行次第也是各执己见，没有定规，乱成一团麻。

针对藏传佛教僧侣集团教理学研没有头绪顺序，自由任性、浅尝辄止，不注意条理的逻辑性，不强调循序渐进，由浅入深，由表及里，修持中又戒律松弛，缺乏监管制度，散漫甚至离经叛道走向堕落。大师针砭时弊，对症下药，有的放矢，撰写了《菩提道灯论》，强调佛教教理的学研要先学显宗后学密宗，显密有机结合，循序渐进。它犹如一盏炽亮的明灯，照亮了藏传佛教前方的道路，拨去了僧侣眼中的荫翳，也拓展了僧侣大众的胸臆，帮助树立了自信心、上进心。

《菩提道灯论》旗帜鲜明，浅显又深刻地指出了如何觉悟、实现菩提的道路。它告诉佛教修行者，人分为三类：下士、中士、上士。第一类是"下士"，这类人贪图今生今世的欢乐安逸，不希求解脱世间痛苦，浑浑噩噩了却一生；第二类是"中士"，中士们有个人解脱世间流转轮回之苦的追求，但他们没有普度众生的远大志向和博大胸怀；第三类是"上士"，他们不仅自求解脱，并发誓普度众生。修行次第也分"下士道"、"中士道"、"上士道"。

修行"上士道"，珍惜难得的一生，努力学习佛法，以免死后堕入"三恶趣"之中，忍受难言痛苦。但这并不是终极意义上取得了"利益"，只不过是不进地狱等三恶趣而已。即使如此，如果"上士道"操持的不好，那仍有堕入三恶趣的可能。

为了摆脱轮回之苦，佛教徒应努力修行"中士道"。进一步遵循师长的教导，按照戒、定、慧"三学"进行修行，达到涅槃的境界。但是这也是仅仅求得自身的解脱，还无法从根本上把苦灭掉。唯有求取"上士道"，获得无上佛果，修成佛后才能普度众生，永远离苦得乐。

《菩提道灯论》间接批评了通过密宗修持，独善其身，达到即身成佛的思想、做法。提出那是"下士道"，不可取也难于成功，实际是一种歧途。它旗帜鲜明地高举了佛教"普度众生"，度己又度众的宗旨，拨乱反正，正本清源，把"修行"引向了佛教正宗思想的轨道。

对密宗，阿底峡并未一概否定，而是客观地指出密宗的价值和作用，并分别按等级划密宗经典为四部（作部、行部、瑜伽部、无上瑜伽部），阐述了显宗如何高度结合，达到成佛的次第道路。

他双手合掌，以阿底峡的《菩提道灯论》为教理、修行的指导思想、行动指南、规范准则。作为萨迦派第四世住持，他把这部专著作为纲领，作为旗帜，作为灯塔，指引萨迦派的学研、修行，形成了制度，还创立了学位晋升制度，激励学习积极性。正因为有了严格的学习规范、严密的戒律监督，严明的学风制度，萨迦寺才学者云集，人才辈出，蜚声全藏区，是众多寺院中的佼佼者。而自己的学业扬名全藏，被人尊称为萨迦班智达。班智达是梵文中大学者之意，说他是萨迦的大学者，这是一种美誉，也是一种认可，一种尊重，他的名字贡嘎坚赞倒被人忘了。

但今天，他的心绪却难以平静下来，念想无法集中到一处。蒙古铁蹄还在他眼前跳来跳去，胸口憋得快要胀裂，头发根里被汗浸湿。他再也诵读不下《菩提道灯论》了。心头像有一团杂毛在堵磨，屁股下面一堆黄刺在戳扎。他跳下炕趿拉上僧靴，拉开门走向平台。

三

门外黑黝黝的，什么也没有。除了天边那朦朦胧胧的，很不规则、起伏蜿蜒的山峦剪影外，整个天地就像倒扣的一口大铁锅，透不出一丝亮光。萨迦寺也像装进了牛皮袋里，黑乎乎的，看不出整个模样是什么。

今天是藏历新年中最后一天，是二十九，天上没有月亮是正常的，但没有星辰却让他有点意外。即使有星辰也根本没有力量拨开野地里泼墨般的黑暗。他仰首长空，头顶上浓黑的云块飞也似的疾驰着，聚拢着，忽而厚墩墩像四月天的老羊皮袄,压得你透不过气来;忽而薄丝丝地像刚落地的羊羔皮一样,从里能看到外的模糊身影。他仰望西南天,那儿才是萨迦地区风雪雷电的源头。

萨迦寺靠近喜马拉雅雪山山脉西头,寺院对面南坡那连绵起伏、峰峦叠嶂,前不见头后不见尾的雪山全是喜马拉雅山脉的大兵小卒。比起拉萨,这儿要高得多,连白杨树、小白菜都很难成活,可想而知气候有多凉,风有多凛冽。年成好的一年,青稞才穗黄成熟有颗粒收进仓中。喜马拉雅雪山挡住了印度那头的暖流水汽,这头的天气又旱又干,一年下不上几场透雨,下雪也是如此。你看寺院前面空旷偌大的仲曲草原只有贴地的枯草覆盖,而不见斑驳的雪包,更不用说满山遍野的皑皑积雪。从入冬到年底,还没有一星雪片飘落,说不定明年是一个灾年。他望见西南天边乌云疾走。空中布满了厚重的、暗灰色的层层浊云,浊云压得很低,把好多山头压在腰际,好像还在往下压,要压到地面上,把萨迦寺裹挟进去。

他的心收紧了,眉头情不自禁绾成了山包,西南乌云聚拢是暴风雪可能降临的前兆。他盼着深冬有场大雪落下,冬雪对滋润草场、墒情都有很大好处,是僧俗民众盼之不及、求之不得的大好事,是关系到明年牧业、农业丰歉,百姓肚皮是瘪是鼓的大事。但今天他却盼着不是雨雪天。今天是萨迦寺一年一度最隆重的冬季大法会啊!今年的冬季大法会不同于往常,是他安顿布置的有特殊意义的大法会。

自从蒙古汗国崛起,战火烧到中原,辽国、金国,特别对西夏的三次大举侵入,已经在他的心头种下警戒的密林。西夏的今天,或许就是萨迦的明天。成吉思汗一定清楚西夏与萨迦的血肉相连之关系,一定怀恨萨迦,他会以为是萨迦王朝在背后撑腰壮胆,他会把怒火撒在萨迦身上。萨迦和蒙古汗国一定有一场刀剑撞击、兵戎相见的血战,他得早有准备,脑子里筑起一道防线。他清楚,理论上、理念上是正义战胜邪恶,文明战胜野蛮,他创作的格言诗中也是这样写的——

    国王切莫欺凌百姓,只能合理征收税赋;
    香芸树里蕴藏香脂,流得太多就要枯死。

给坏人不管布施多少，他不可能有一点回报：

钳子经常夹铁球，铁球怎能夹钳子？！

话是这样说，但他心底还是打着鼓，历史实践不完全是这回事。不是吗？吐蕃帝国因佛苯信仰而产生的内乱、混战，结果不是野蛮践踏了文明，邪恶占了上风吗？好端端的吐蕃文明，就像牛奶里倒进血水，一片腥臭；就像野狗闯进了帐篷，一片狼藉。犯上造反浪潮就像雷天的霹雳，见什么毁什么，杀什么，抢什么，连赞普的坟台也不放过，掘挖焚尸盗劫一空。著名的桑耶寺成了屠宰场，所有的官吏抓住砍了头，整个雪域哀鸿遍野，尸首铺地，荒田野蒿，牛羊大量死亡，青壮男人成了战争的殉葬品，吐蕃帝国精心营造，上千年呕心沥血的文化、艺术、法律，社会制度、教育、商业、军事不全葬送殆尽，几乎什么也没有留下，一切都得重新开始。这咋不叫他贡嘎坚赞痛心疾首，长吁短叹，扼腕不止？他的格言诗中记下了他的深深感受：

坏人借口为别人，

却干罪恶的营生；

那个智者假装为别人，

最后毁了自己的名声？！

尽管不利于自身，

坏人还是去害人；

毒蛇虽然以"气"为食，

见到对方还是咬死。

在一定的环境条件下，野蛮会摧毁文明。对恶魔只能挥舞刀剑，对狂犬只能甩出石块。佛门有那么多护法神，一个个狰狞凶悍，杀气腾腾，不可一世，就是为了震慑妖魔鬼怪，保护众生。众生只有奋起反抗，才能维护自己的正当权益，保护信仰自由，生活习俗的自由，过有尊严的日子。当然，护法神只能帮着长个精神，最根本的还得自身去实践，去组织反抗。作为萨迦派第四代政教合一的法王，听到成吉思汗占领了印度西北部，大食的白沙瓦一带，准备穿越喜马拉雅，返程蒙古草原的消息后，他便通报萨迦王朝属下的各家各户，包括拉达克王国、锡金王国、不丹王国、阿里三围，凡属雪域领地的西部各部落，各寺院，紧急动员起来，保卫藏民族，保卫雪域，保卫佛教。他要求萨迦属民凡是十五岁以上，六十岁以下的男人，都枪马自带，自筹半月干粮，赶赴聂拉木崇山峻岭据险抗击蒙古大军。他准备亲自统帅民兵去前线，浴血拼杀。

还好，成吉思汗改变了主意，未穿越喜马拉雅雪山，而是从原路打道返回了蒙古草原。虽然如此，但他贡嘎坚赞的神经只松弛了一半，另一半还是绷得紧紧。为什么？还不是为了西夏，他放心不下同胞党项人。凭成吉思汗的性格、心劲，他是要征服所有他认定的对手。他的蒙古大军横扫中原，狂卷北方各部，打到大食、印度，所到之处，一切都踩在他的铁蹄之下，谁个敢侧目怒视？唯有党项人，挺身而出，合力抗击，中流砥柱，视死如归，让成吉思汗损兵折将，伤亡惨重，却又奈何不得。他能咽下这口气？他一定凭得胜后的骄狂士气，强大的军力，再叩击西夏大门，一定，一定会是这样！

还有，蒙古汗国已经占领了雪域四边的国家，大宋王朝的灭亡只是个时间问题，他会容忍雪域大地独立存在？不可能！绝对不可能！蒙古人是游牧民族，游牧民族靠什么生存？不就是草原，不就是草原怀抱中的牛羊？！雪域大地有着广袤无垠、水草丰美的大草原，怎不叫蒙古人垂涎欲滴？有着盛产浓香牛奶和鲜美牛肉的牦牛，还有藏绵羊，河曲骏马，这一切不都是蒙古人梦寐以求的？从哪个角度来说，雪域高原都是风水宝地，最适合蒙古民族生存居住，蒙古人怎能放过？蒙古人绝对不会放弃的。还有一层，那是情感深处的尖锐冲突，即西夏和萨迦的关系。成吉思汗不会放过萨迦王朝的，一定会像消灭花剌子模王国一样，杀尽斩绝，寸草不留，焚烧殆尽。一场血战迟早会爆发，蒙古汗国和萨迦王朝势不两立。为了这一战略目标，秋收过后，他便通令各地各部，利用秋冬农业、牧业空闲时间加紧民兵训练，做好备战诸多事项。萨迦寺附近各神部村落，即萨迦寺直属的教民，则在冬季大法会期间接受检阅，进行兵要竞赛，予以奖罚。今天就是这样一个特殊的日子，却想不到天公不作美，一场风雪要搅乱重大安排，他忧心忡忡，心绪不安的正是此事。

四

他的胳膊有点发麻，有点发僵，才发现天气奇冷，正是天将破晓最寒冷的时辰，今天又是今年最后一天，是隆冬季节的高峰。虽然不见风吹，但空气已经被磨砺成尖针、利锥、黄刺，直往骨头里戳，戳得他肌肉颤动，浑身哆嗦，心尖发抖，身子骨浇了冰水似的直收缩。

他本想转身进禅室，披一件二毛羔被挡一挡寒，但眼珠一转他又放弃了自己这一主意。他不想扭动身子，更不想掐断自己的思路，他边用手掌擦拭胳膊，求得一点热量，一边凝目远眺前方，看人影寥寥的仲曲滩上，会不会因为天气原因，兵马稀疏，大阅兵和大法会受到影响？

还好，借着东方鱼肚白透过来的晨光微曦，他朦朦胧胧地看到了希望，有了自信。

从远方东西绵延起伏的喜马拉雅南麓余脉的大象驮宝山起，到寺院脚下的仲曲河畔，偌大的草原上已经扎下了星辰般数也数不清的黑白各色帐房。有四平八稳宽敞的黑牛毛帐房，有镶嵌八宝吉祥图案，围檐是红蓝波状布条的带兵官指挥所白布大帐房。大户人家的帐篷格外耀眼，用印度白布做底料，上面绘有黄、绿、红、蓝的狮子、猛虎、玉龙、天马等祥兽，耀武扬威，飘逸俊美，洋溢着阳刚之气和凛然雄风。头人首领的官帐上缝制有八宝吉祥图，按轮、螺、伞、盖、花、罐、鱼排列在侧幅上，鲜艳夺目，十分华丽。围绕官帐、部落集体大帐，是星罗棋布的中小帐房，有棉布的，更多的是牛毛的；有大的，更多的是各家各户自制的小牛毛帐篷。各种帐房把整个仲曲滩点缀得密密麻麻的，像松树林，松涛汹涌，铺天盖地；又似天高云淡，秋季牛肥马壮，牛马羊珍珠般撒满了草原，一眼望不到边。从流动的空气中他闻到了桑烟的味道，那呛鼻的烧糌粑、奶酪、酥油及其他面食焦煳的味道，一下刺激得他的神经亢奋起来，活跃得蜂群蝶伙的飞来飞去。刚才的倦意、忧郁全驱得不见踪影。空气中还隐隐传来海螺的悠悠鸣鸣声，诵经祈祷、呼叫保护神的声音，战马的嘶鸣声。

他额头上的皱纹平展多了，绾着的眉头又松解成了黑刷子，眼角漾开了抑不住的喜悦和兴奋,眸子里燃起炽热的火焰。他眼前,不由闪现出一幅奇幻的情景:吐蕃将士身着铁的盔甲,牛皮的护心戎装,金戈闪光,马蹄震天,像旋风卷过,猛雕俯冲,像山洪崩发,东征西杀,南讨北伐,战无不胜,所向无敌……他揉揉眼窝失声笑了。

这个时候他才感到冷得受不了,浑身也泄了气似的有点软。他跺跺脚,使劲搓着手返身回到禅室。

屁股还没有坐热,酥油茶刚下去半碗,门外就扬起一个女人银铃般的笑声:"上师早课完了没有?还没有喝早茶吧?我送来了今晨挤的新鲜牛奶,还有新酥油。"贡嘎坚赞一听声音就知道谁来了。他心头忽地一热,想起身下炕去迎接,转睛一想,又矜持地端正坐姿,跏趺坐好,一脸正经的掀开经页诵读。

随着一股冷风扑面而来,一张灿如金莲、眉眼五官都喷发青春气息的半老徐娘快步闯了进来。她不管他是啥脸色、啥姿态,伴着笑声高嗓大门地喊道:"小老虎,快,新鲜牛奶,打酥油茶!"

他心头霎时热烘烘的,由不得地抬起头笑眯眯望去。小老虎是他的绰号,别人谁也不知道,只有仁增旺姆知道,见了面会亲昵地称他为小老虎。在村里,他们两家门连着门,抬头不见低头见,从小一起玩着长大。虽然两人年龄相差六七岁,但她是独生女,他贡嘎坚赞是独生子,所以联得近,真是远亲不如近邻。仁增旺姆像蜜蜂盯住花蕊,羊羔追吃嫩草,牧人春秋寻人参果蕨麻,天天缠着他玩。她是她们家宠爱有加的公主,娇惯的性子。她阿爸是后藏有名的富商,专门跑印度、尼泊尔、拉萨等地做大买卖,把雪域的珍贵药材麝香、鹿茸、冬虫夏草、贝母及兽皮、羊毛运往印度、巴特那、瓦拉纳西、加尔各答等地甩卖,又从这些城市买回来珠宝、绵绸及贵族生活用品,赚了很多银子。他有三个马帮上百匹马骡,以萨迦为中心往北、往东、往南常年活动,雇有二三十人当驮夫。她家还有五百多头牦牛,其中一百多头是专门跑运输的驮牛,七八十头是耕作庄稼的。绵羊加上山羊也超出了上千只。总之,仁增旺姆家是萨迦王朝所辖地盘上最富的人家,财富和萨迦寺比肩。她阿爸乐善好施,是萨迦寺最大施主,冬季大法会的一半或者全部花费都常由她家主动承担。萨迦寺僧侣集会诵经时也常把仁增旺姆家列为祝福祈祷的专门家户。两家的关系从爷爷时期就好，好得酥油和茶水一个样。而他又是家中的独生子，父母一忙，他就只有找仁增旺姆玩耍。玩什么呢？玩弹羊骨。在草坪，在沙地，在门口，只要有巴掌大的一块空地，能容得下他们俩小小的身影，他俩便摊开了战场。器具要求不大，数量也不多，是一块一把可抓起五颗的羊膝盖骨。长不过两寸，宽才一寸余。

弹羊骨，最有趣，最方便，全靠心计，靠智慧，靠技巧，腕上得有劲，弹着点得准确。羊骼面用牲畜名字做标记。上面略窄，且一边向右突出，称之为"马"；下面较宽，称之为"牛"；正面平整光滑，名曰"绵羊"；背面中部内凹，名曰"山羊"；右面因上端突出，则命名为"大象"。这些"动物"的排列顺序，以"大象"为大，"马"次之，"牛"为三，"绵羊"为四，"山羊"最小。通常由四个人进行，但两个人也可以玩耍。开始前，首先排列弹四颗羊骨，顺序是每人抛四颗羊骨，各人便轮流抛出四颗羊骨，然后，以头家开始，按顺时针方向排列名次。游戏后，"大象"退出比赛。竞赛只在四种"牲畜"间进行。通常每人各拿出相同数量的羊骨交于头家，头家双手捧骨，抛撒于地上，然后用拇指和食指对准一个显示某种"动物"的羊骨，即另一个显示同一"动物"的羊骨弹去，即以"马"弹"马"，以"牛"弹"牛"，以"绵羊"弹"绵羊"，以"山羊"弹"山羊"，弹准一个赢一个。如弹空，即交于第二家，由第二家重抛重弹。若一家将象征同类"动物"的羊骨全部弹完后，剩下几种各不相同的"动物"时，即可在这几种"动物"间重弹。如此循环重复，看谁赢得最多。在进行弹骨游戏时，还有许多重弹的"禁规"。如对所弹之羊骨，必须一次弹出，弹出前手指不能触动羊骨，否则即是犯规。若羊骨弹出后，所弹之羊骨与被弹之羊骨紧挨在一起，或一个压于另一个之上，在收取所赢得羊骨时，亦不能触动另一个羊骨，或移动其位置，否则即取消资格。仁增旺姆聪明伶俐，比他有心计，掌握了许多诀窍，如以"马"弹"马"时，如中间隔着一个"牛"，常将所弹之马高高弹起，跃过"牛"而击中目标；有时，则在两个"马"之间选一适当角度，支起一只手掌，将所弹之"马"先弹到手掌上，使其通过手掌隔过"牛"反弹到另一个"马"上。所以，往往赢得的羊骨最多。

赛骨比赛顺序与弹骨相似。通常按规定的数目，先由头家将羊骨抛在地上，然后按羊骨所显示的"动物"的大小及多少，决定自己所参赛的"动物"。如规定每人抛十颗羊骨，头家抛出十颗羊骨后，显示出八个"马"，便以此八个"马"为标准。以下参赛者抛出的羊骨"马"若超不了此数量，即算输给了头家，羊骨全归头家所有。反之，若某一人抛出的羊骨所显示的"马"的数量超过了头家，而且比所有头家参赛者都多，即可将羊骨全部赢到手。一般来说，头家对参赛"动物"的选择是十分重要的。如抛出的十颗羊骨中七颗显示出"山羊"，三颗显示出"马"，即必须以"山羊"为标准，因"山羊"虽小，但其数量其他参赛者是很难超过的。如十颗羊骨只有一颗显示出某一"动物"，则多以这一"动物"为标准，因为这一单一"动物"在其他参赛者中也是极少出现的。至于出现的一些偶然情况，如十颗羊骨全部显示同一种"动物"，那则是头家的幸运了。因羊骨两边较窄，不易竖起，若有幸出现一个大象，那也是非赢不可了。

掷骨是他俩玩的另一种游戏活动。开始先在靠墙角处划一个圆圈，各拿出相同数量的羊骨，放于圈内。然后按事先决出的顺序，自头家开始，站在数米外的掷骨线上，拿一颗较大的羊骨向圈内的羊骨掷去，被打出圈外的羊骨，即为掷者所赢。按规定，每人只能掷一次。如掷出的羊骨从墙上反弹出来，在未落地之前，掷骨接于手中，即可再掷二次。如此周而复始，以赢得多者为胜。

据说，玩羊骨可预卜牧业收成的好坏，如多赢了羊骨，即意味着牛羊兴旺，有鲜肉可食。因此，每年宰羊季节，牧人都要取下羊膝盖骨，取其筋骨，洗掉油腻，打磨光滑，存以备用。在不少人家里，都备有羊骨。有的四面涂以不同的色彩，有的则全部涂以红色，看起来十分漂亮。仁增旺姆拿来的羊骨牌就打磨的十分光滑，闪着一层亮亮的釉彩，有的层面还涂了矿物质颜料，有红有绿有鹅黄有姜黄，怎么磨拭也不掉色。

仁增旺姆有心计，可他贡嘎坚赞指腕上有劲，又会把握弹着点，往往每次都有收获，从而赢的多，输的少。赢了咋办？赢了弹输家，弹额头，弹耳朵，弹鼻梁，还有向平展的手腕上抽巴掌，用二指、三指甚至一巴掌地抽。不管是弹还是抽，一旦用劲就火辣辣的生疼。他懂得自己是男人，又年长，可当仁增旺姆的大哥哥，所以每次赢了都舍不得用力气弹或者抽，只是象征性地表示一下。但仁增旺姆却不答应，攥住他的手腕，逼着他使劲往额头上弹，弹不疼决不松手，哪怕疼得眼角发红泪水打转，嘴里唏嘘抽冷气也不放手。

她赢了也不手软，瞪圆眼睛扬起眉，龇牙咧嘴面对仇人似的专弹你的耳朵，疼得他倒吸凉气，眼圈发花。但他不生气也不记仇，他就喜欢这种不做作不虚伪，实心实意，一是一、二是二的较真劲儿。

他俩爱玩的第二种游戏是顶牛。也就是学牦牛在秋高膘肥，肚圆肠肥之际，在牧草丰茂、鲜花盛开的草地上顶牛抵角，嬉戏玩耍的场景。盛夏之际，仁增旺姆一家年年要去凉爽的牧场扎帐避暑度夏，到时候一定邀请贡嘎坚赞一家去赴宴轻松几天。

那几天是他和仁增旺姆狂欢的节日，是极度亢奋、欢欣的日子。在大大小小、高高低低、鲜艳多彩、喷放醉人芬芳的花丛中；在高过腰带的绿草滩里，滚爬嬉闹，玩疯了。他们俩最爱玩的就是像牛犊牛抵牛地顶牛。牛抵牛，先弓腰、叉腿、曲臂，前额对着前额，摆出抵架的架势，双方开始用头相顶。有时划个大圆圈，若一方将另一方顶出圈外，即为胜者。或者比赛中，一方将另一方顶倒在地，或经过一番较量后，一方确感力不能支而甘拜下风，才算告终。

他们俩谁也不让谁，虽说他是男子，又年龄大几岁，但仁增旺姆却一点不让步，哪怕脸憋得像红桃子，眼珠子蹦得要跳出眼眶，连耳根子都染上了红霞，但她就是不示弱。或许富家弟子从娘肚子里就养得骨筋结实，身子里有后劲；或许生下来后，牛羊肉、酥油、牛奶、糌粑一应好吃的敞开肚皮尽管往里灌，把四肢夯打得石头般硬朗，山峰般坚挺，她的力气和他差不离。往往他把她顶倒在地，自己也累得趴在地上大口大口喘气半晌。

去草滩采蘑菇也是很有乐趣、难于忘怀的事儿。采蘑菇也是他俩常在一起的活动。村前是大片的草场，一直延伸到喜马拉雅北麓的雪山之中。夏天到了，草高了，花多了，蘑菇也漫山遍野长了出来，尤其一场暴雨刚刚掠过，当彩虹从仲曲河中升起，搭到对面那座山包背面的时候，那蘑菇就像听到了什么号令似的，一下齐刷刷冒出了湿地，你前脚跨出时还不见影子，而后脚拔起时，戴着或鹅黄或雪白或金灿或乳灰色帽子的大小不等的蘑菇"突突"冒了出来。整个世界都变成了蘑菇的世界，不要说捡拾采摘，连看都目不暇接。

每次雨过天晴，仁增旺姆几乎都会敲门要他陪她去摘蘑菇。他也乐意，一听门环响，只要师傅不在身边，便搁下经卷跑出去。他倒不是为仁增旺姆的笑容，也不是想去捡蘑菇，而是冲着蘑菇醇香醉人的烤味。每次去，仁增旺姆都会从家中拿上新酥油、盐巴，还有花椒等调味品。至于干柴或者干牛粪，自然不用说了，做什么？烤蘑菇吃！

他俩像两只不住蹦跶的野兔，跳来窜去一刻也不消停，几乎俯下身不直腰。遍地是蘑菇，眼前头晃来晃去的全是，诱惑得你似冬日麦场里捡食的麻雀，点头捣地便是。拾够了一背斗便大功告成。歇手找一处向阳僻静的坑洼，挖出土灶，上面搭上石板，灶眼里生起牛粪火。等把石板烧得发烫，便把新摘的蘑菇贴在石板上烧烤。仁增旺姆把新酥油抹在蘑菇的各部位，再把盐巴、花椒均匀撒进去。不停地翻来覆去烧烤，酥油汁便很快融进了蘑菇肉缝里，各种调料也渗透到了蘑菇里了，不久，香喷喷的蘑菇肉味弥漫开去，扑人脸面，煽动鼻翼，压住了花草的芬芳味。他俩你一筷子，他一树签，嬉笑着，打趣着，悠悠然咀嚼，就像神仙在天宫般逍遥自在。吃完一层又铺上第二层，总是吃不够吃不饱。吃饱了，撑足了，仰躺在花草丛中，头顶上白云似湖水般轻轻荡漾涟漪，云雀歌唱着飞来飞去，似羡慕似嫉妒又似祝福。太阳像锦缎织成的被子盖住了全身，他俩暖洋洋地晒着，一直到肚子撑得鼓了起来，才爬起身，抹抹嘴灭了残火，用黑土垫了坑，才又唱又跳地往回返。

童年的记忆之屋，散发着奶酪的淡淡清香味，喷涌的是蜂蜜一般的甜香味，弥漫的是蘑菇的芬芳味。他的心旌不由轻轻飘动，很多感慨涌上胸际。十五岁以后，叔叔把他送进寺中，要他学习讲经和其他大小"五明"知识，继承好萨迦派的"道果论"知识，不准他疯玩疯跑。从此，他和仁增旺姆见面的机会少多了，即使见面，相互都显得矜持、生疏，仁增旺姆甚至有点羞涩。他贡嘎坚赞一直把她当作自己的妹妹看待，但从仁增旺姆的眼神里，他却察觉出异性对异性的倾爱，内心最深处的痴爱。可他这一生已经下定决心，要当一名守身持戒、不蹚红尘的萨迦派第四代世祖，一辈子独身不结婚，一心一意弘扬佛业，免得家庭妻小财富情感的牵连而分心分神，误了大事。随着学业的繁重，事务的纷扰，他没有多少时间和精力去思考儿女情长的事。叔叔索南孜摩，也就是萨迦派世祖第二，曾很郑重地向他提起过：仁增旺姆的阿爸曾向他表示过，愿意将女儿许配给他贡嘎坚赞，以了女儿初恋的衷愿，为此愿承担萨迦寺三年的新年祈愿大法会开支经费。他毫不迟疑地回话：谢谢仁增旺姆父母的真情实意，我一直把她当作亲妹妹看待，没有想过结婚成家伴侣一生的。再说，我在萨迦寺文殊菩萨殿前立过誓言，终身不娶不成家，心无旁骛地为佛业的拓展，为萨迦寺的兴旺献出自己的一切，请转告仁增旺姆的父母，不可耽误仁增旺姆妹妹如花似锦的青春，遂她的心愿找一个称心如意的英俊汉子成家立业、生儿育女。叔叔先是一愕，马上浮现欣喜，但又不无遗憾地劝导了一句：我们萨迦派的规定，教主是可以娶妻的，生下儿子后才不准接近女身，要是你和仁增旺姆结为伴侣，将为萨迦寺财力支撑大有好处。他淡淡一笑，没有回话，但心头却说道：佛教是靠它的学说理论，靠它的持戒僧人的品德行为来树立起信仰大旗的，而不是全凭金钱等外在的东西来支撑的。叔叔明白了他的意思，没有往下说啥。

过了三五天，仁增旺姆独自一人上门来了。

她像变了一个人似的，原先光艳照人的桃花脸上蒙了一层雾气霉气，少了几分光泽，多了几分沮丧和愁绪；眼窝微微红肿，像是眼泪反复泡过似的；本来梳得溜光溜光，打过胡麻油的头发，有点凌乱蓬松。进来二话未说，把怀里抱着的酱红色布面的二毛羔皮夹衫抛进了他怀里，眼神哀愁幽怨，压低声、锉着牙吼道："我成全你，贡嘎坚赞，叫你一声阿哥，你不会赶我出屋吧！"说着，眼角的泪珠丝线般坠下来，滴答在经卷上。

贡嘎坚赞心头涌上说不出的甜酸苦辣味，眼四周泛起水潮。他感激中交织愧疚，向仁增旺姆深情地投去一瞥。刚好和仁增旺姆水潭般深邃的目光相逢，四目碰撞，电光般迸出跃熠的火花，双方又黯然失神，各自移开。他埋下头默默抚摸二毛夹袄，脸上却感到热辣辣的刺芒在戳着，灼烫灼烫，心底喃喃道：仁增旺姆，真对不起，造孽了，我不是故意的，你得原谅我！俗话不是说嘛，一心不能二用，一个坑里只能栽一棵树，一口锅里难调两种饭，我已经把自己的一生献给了佛业，献给了萨迦寺，我不能骗你。

　　他沉吟半晌，才底气不足，有声无力地说道："你快嫁人吧，不然我心底永远压着一块石头。"他不敢抬起头看她娇美的面容，尤其是那双永远水汪汪、含情脉脉的丹凤眼。那是一双会说话会煽情的大眼睛。两道眉毛又黑又浓，中间微微断裂，显得眉毛稍稍蓬乱，但又不失整齐，就像烧过的木炭条，粗粗的，硬邦邦的。一旦遇上不顺眼、不遂心的事儿，她那双丹凤眼就会变成豹子眼，忽闪忽闪地迸溅刺芒，灼得你头发根竖起来不敢正眼看。这阵，他不看也知道，丹凤眼肯定变成了豹子眼，只要不合情理的事儿，出生于土官兼富豪家的仁增旺姆便天不怕、地不怕，一阵斥责声、嘲讽声铺天盖地冰雹般落下来，谁也阻挡不住。他摩挲着二毛羔袄，收缩心根，等待着仁增旺姆那瀑布般的斥责、质问、讽刺流泻过来。但屋里却沉寂得能听见仁增旺姆急促、粗重的呼吸声，没有霹雳闪电般的吼斥声。他沉不住气，抬头望去。

　　仁增旺姆却跪在地，两手扶撑，哀怨的眸子凝注他，喃喃述说："阿哥贡嘎坚赞，我想明白了，你是要把慈爱洒向全萨迦教区僧俗老少，洒向人间，我不能自私，我不能让你分心，我的好阿哥，除了你我不会嫁人，我永远是您的精神伴侣，我永远是您的影子。"说着，不等回答，叩了三个等身头，起身快步出了屋。

　　贡嘎坚赞心头像被重槌敲了一下，酸甜苦辣辛俱全，说不出的滋味，胸口被人抽取了一半，空落落的，半天缓不过神来。他情不自禁合掌，向着仁增旺姆消失的背影致意。是祝福、感谢、遗憾、歉意，什么都有，什么都不是，连他自己也说不清楚，道不明白。唯有手里抱着的二毛夹袄让他丹田暖流潺潺，胸口春风习习。这二毛皮就是精心筛选、挑拣出来的。

　　羔皮中啥是二毛？二毛是指二岁出头的羊羔皮。能熬过春乏关，又经过隆冬严寒的洗礼，能活到第二年春暖花开的时节，那羊羔就算是骄子了。二岁的羔羊茸毛稠密、厚墩，长到二三寸，毛梢都卷成圈圈环环，多的达八九环，少的也有二三环了。环环越多越保暖，也说明精气旺，体质壮。一看这毛皮光泽如奶汁，表面像镀了一层银粉，便可想而知羔皮是成百上千二岁羊羔中精选出来，专门是为了取皮的。这件羔袄少说要用八张以上的皮，全取的是背部的好茸皮，脖颈以下，臀部以上，肢根以上，圈环最多、毛茸最厚的部分。他的个子高，肩膀宽，身子粗，比平常人得要多用两张二毛皮。

"佛法僧三宝啊，为了我，仁增旺姆杀生了，罪孽啊，"他喃喃自语，合掌祈祷，愿可怜的羊羔早日摆脱牲畜的命运，投胎于人间。他爱不释手地抚摸羔袄的针脚衣边。那针脚又细又密又均匀，线是羊毛捻的细线，紧绷绷没有虮子大的线疙瘩；针眼和针眼不疏也不密，均匀得找不出穿一针的空隙，皮子与皮子缀联得天衣无缝，结实紧巴，不要说肉眼看不出，扳开毛缝也找不出有疏松之处，透过来一丝凉风冷气。他一直盼着有这样一件二毛羔袄挡风御寒。萨迦寺地势高，气候寒冷，接近喜马拉雅的连绵雪山，一年有八九个月是冬天。风又特别大，三百六十五天中三百天是凛冽的风头寒流。藏传佛教继承的是印度佛教的衣钵，出家僧人都穿的是连衣裙和薄薄的袈裟。在印度穿袈裟还流汗，那是空气中都能挤出一把水的地方，而喜马拉雅山这边的风雪却能把雄鹰翅膀折断，布缝的袈裟根本挡不住剑锋般的利风雨雪，没有裘皮就熬不住，他想缝制件裘皮褂袄却一直未能如愿，想不到仁增旺姆却看在眼里，记在心上，了却了他的夙愿，这真……

她呀真是有心人，嘴里说不让我贡嘎坚赞分心分神不自私，实际呢心里装着你，和你一刻不分离。这二毛羔皮夹袄不就是时时、日日、年年伴随我贡嘎坚赞不离身吗？他把二毛羔袄轻轻抖开，小心翼翼，很庄重地穿上身。顿时，一股暖流流过全身，流到了指尖、发根……他的眼圈湿润了，发亮了。

五

见到仁增旺姆，他还是眼前一亮。虽说年过半百，又是出家僧人，成为萨迦派第四世法王的他，还是由不得己地要嫣然灿笑。人真是一个奇怪的动物，遇见美丽的东西，由不得要咧开嘴巴，绽放微笑。那是充满真情、充满尊重、充满温情和爱意的笑容，没有一丝邪念、自私、亵渎的灿笑。它灿烂得像盛开的金莲花，像朝霞烘托的旭日。观赏美丽的东西，能叫你瞬间忘却心头的忧愁，眼前的迷雾，脑际的黯淡，让你眼前一片光明，五彩缤纷，浑身清爽，心旷神怡，微荡欢水，觉得人生是如此美好，生活中洋溢着快乐和情趣。不要说逢上美人，就是遇上孔雀开屏，喜鹊叫，山泉叮咚，花草遍野，哪个人还不是这样？！他不能不笑，她长得太美了，过五十的人还保持着当初的美丽、妩媚、娇艳。

她的个头还是那样高挑，就像修竹一样挺拔亭立，没有一丝的弯曲佝偻；肚皮也没有隆起赘肉，乳头也没有松弛垂落，而是丰满地向前耸起，把衬衣撑成马鞍形的帐房；肩膀宽宽的，平展得如喜马拉雅的雪松，没有一点斜削；臀部宽，腰部细，和采花的蜜蜂一个样。尤其脸部，还和当年一个样，一点也没有衰老的迹象。饱满的天庭依然宽广，像跑马的草坪一样平展，没有一星沟叉裂缝，看不到丝线细的一条皱纹；黑黑的头发，瀑布般厚茸厚茸，那光泽就像秋天的犏雌牛背上的长绒，乌亮乌亮，摸一把仿佛能摸出一盆油。满头乌发她用萨迦女人的发套束成条，不见一缕散发乱张扬。炭条似的眉毛下镶嵌的依然是那双楚楚动人、神采飞扬的大眼睛，眼白还是那样清净剔透，眼仁还是宝石般熠熠生辉，眼角还是没有鱼尾纹，有所变化的是眼神变了：少了些许天真、幼稚、幻想、任性，多了一层深沉、慎重、思考、专注，看样子比过去成熟多了。两颊上的苹果红依然那样红丝纵横交错，团成了天边那霞光霓裳；颧骨还是那样微微突出，显得刚劲、倔强，不惧任何艰难困苦；肤色依旧白里透出酱赤，那是雪域太阳灼烧、风雨吹淋的，好似面盘抹了一层鹅黄奶乳似的，有着温情、健康、豁达的光泽。鼻梁不高却精巧棱直，两眼鼻孔被微微下钩的鼻头遮住了黑洞；人中有浅浅的肉槽，更显出立体感。嘴皮还是那样鲜红湿润，不厚不薄，看上去依然让人感到诚实、诚信、笃厚、稳重、可信赖。牙齿就像一排光洁的海螺排列组合似的，晶莹剔透，整齐紧凑，仿佛能工巧匠缝缀到一处了，嘴唇一咧，特别的细腻精致，和象牙一个色调。下巴不尖长也不短阔，半椭圆形，有种刚毅、智慧、平和、亲善在其中。

他起身双手合掌致礼恭迎表谢，目光却有点诧异，为什么今天的仁增旺姆装束变得陌生不敢认了。按照惯例，大法会期间，正是女人们浓妆艳服、首饰齐全，展示自己美丽、富贵、自信的好舞台，可仁增旺姆今天却着装大不一样，他不能不惊诧，不呆愣，脑子一时转不过弯了。她头上没有了后藏妇女盛装的镶宝石、松耳石的巴珠弓背帽，胸前没有了金银锻打的菱形"嘎乌"佛龛，耳朵眼也没有了硕大的包玛瑙的金耳坠链子，连衣服也换成了牧场猎人的服装：氆氇袄衫，外罩挡风御寒、不怕雨雪的毛披风，昔日二毛缎面、镶一巴掌宽水獭皮边的礼服不见了；织锦缎镶边的汉地绣花衬衣也不见了，代替的是绵软厚敦的氆氇衬衫；腰带两边悬挂的银奶钩、银盾牌换成了左边两尺长的藏刀斜挂腰际，右边吊着雌雄一对的七寸藏刀。

他迟疑地问道："你，你这是……"

仁增旺姆呵呵一笑："我这是落实你的战略方针呀。"

"我的战略方针？我对你没有安顿过什么呀。"

仁增旺姆"嗵"地坐在卡垫上："你是班智达，通晓大小五明、天上地下礼仪风俗的大学问家，难道客人上门，像学生面对老师似的，只有回答问题的待遇？鸟儿进林落窝栖息，牦牛进滩先要叼两口青草充充饥，你得让我喝口酥油茶解解乏啊。"

贡嘎坚赞愧笑，不好意思地冲仁增旺姆重重投去一瞥，表示歉意。他就是这性格，这毛病，一旦发现观察对象有不同寻常，或有标新立异的问题和现象，他就迫不及待要问个究竟，不翻根追源、弄个水落石出决不罢休，今天对仁增旺姆犯的就是这个毛病。他让侍僧赶快盛茶。

"就用我拿来的新鲜牛奶，新鲜酥油打酥油茶。"仁增旺姆快人快语吩咐道。

贡嘎坚赞连连点头。隆冬季节能喝到新鲜牛奶，能吃到新鲜酥油，这真是搭着梯子上天摘星星，骑着斑虎游茂林一样难的事，比挤狮子乳汁还难。风雪高原，不到藏历八月底，就下雪草黄了，这意味着雌牛断奶了，第二年五六月份下犊后才有鲜奶喝。只有有心计有计划家境宽绰的人家才会夏季积贮大量的青饲草，还有其他饲料储备，让一二头奶牛草料充足，才有鲜奶持续供应。仁增旺姆家就是这样！仁增旺姆为了他贡嘎坚赞，卡自家脖子，省下珍贵的鲜奶，打出新鲜酥油来送他。这哪里是牛奶，分明是仁增旺姆的点点心血滴在他的心田，友情的花朵被滋润得硕大艳丽。她一直没有嫁人，也没有招赘男人，没有孩子。父母去世后，她独肩扛着家业，在家操持商队，管理农牧杂活，平常也很少来寺院，一年中他俩见面的机会也就一两次，见了面，相互也没有多说的，只是默默坐着，坐上一时半会，仁增旺姆便告辞走了，留下一脸惆怅的他。

喝了两口酥油茶，仁增旺姆启开细碎的皓白螺牙，诡秘地问道："你记不起你自己规划的安排？"

他先是茫然，自己和世俗世界没有约定什么规划什么安排啊。但他瞧见仁增旺姆清亮的眸子里仿佛蕴藏着特别的含义，便迅速地转动脑子琢磨开来。脑中忽然划过一道闪电，胸际豁然明朗，反唇相讥，笑说："我还没有老到像断了奶的老牦雌牛的年龄，认不得自己的圈。告诉你，保家保教，抵制侵略，你说是不是？"

仁增旺姆眼中迸溅欢欣，拍掌喊道："我们女人也有一份。不能让青蛇占了喜鹊窝，不能让恶雕在草原上空盘旋，所以，我们部落组织了一批女兵，共二百人，已经训练了三个月，上阵能挽弓投枪，下了战场能驮运搬帐搞好后勤。今天我带他们来接受法王的检阅，听候你的调遣。"

贡嘎坚赞不由站起身合掌致谢。四目相逢，荡漾着会心的笑容。心心相印的情意，不用语言就能明白相互的思想。他心绪澎湃，感慨万千，血液不由涌动，烧红了脸颊，烧热了眼眶，一层水汽糊住眼仁，他忙用袈裟一角擦拭眼角。

"我还为你领来了一位客人，西夏王国的国师洛桑坚措。"

贡嘎坚赞心头咯噔一下，胸口坠了颗秤砣似的，脑子里浮现出疑云团团。洛桑坚措是仁增旺姆的姨夫，也是萨迦寺内著名高僧，学问厚实，那年西夏王廷派人来萨迦寺，延请一位高僧去西夏，担任国师，负责西夏境内所有佛教寺院的管理和指导。他就派了洛桑坚措去担任西夏王国的国师。萨迦寺是西夏各佛寺的宗主寺，西夏王室又是与他们萨迦王朝昆氏家族同一大姓，即藏族最初四大姓氏中的党氏一族。西夏王国追根追到萨迦昆氏，所以请国师从不请其他教派，只请萨迦的。国师洛桑坚措既然来到了萨迦，为什么不先来萨迦寺禀报情况？莫非发生了大的变故？他心头掠过不祥，忙叫管家彭措请国师快快进屋喝茶。

29

[第二章]

西凉王阔端

六

真是蹊跷，西凉王阔端这一夜也没有睡好。作为蒙古国汗王窝阔台的二公子、成吉思汗的嫡孙，这阵，他是作为西凉王，驻扎在河西走廊的凉州城。凉州是西夏的陪都，也是丝绸之路的交通重镇，是个繁华的城市，父汗交给他的任务是把凉州建成后方重要基地，进而准备占领雪域高原，经营西藏。任重道远，他心头一直像揣着块石头，压得胸闷。不管怎么说，父汗让他坐镇凉州，任命为西凉王，正中他的下怀，他就祈盼着有一天能在凉州这样的城市里舒心地歇歇脚，洗去身上的征尘，伸展四肢，美美地睡上几天觉。凉州多有名气啊。他听汉学先生高智耀讲过凉州的故事，凉州古老沧桑的经历，以往的繁华和显赫地位。先生用入迷的神情、忘我的声调向他朗诵有关凉州的汉文诗词，让他记住这些优美的诗句。

唐人王之涣的诗句有：

　　黄河远上白云间，一片孤城万仞山。
　　羌笛何须怨杨柳，春风不度玉门关。

另一首《凉州词》这样咏叹道：

　　单于北望拂云堆，杀马登坛祭几回。
　　汉家天子今神武，不肯和亲归去来。

何等的气势磅礴，何等的险要关键。扼守东西丝绸之路要道，锁喉军事要隘。是的，凉州城头能看见北面"黄河远上白云间"，南面"祁连雪山万仞山"，眺望西头"春风不度玉门关"，吹破羌笛也唤不来杨柳婆娑的春光。唯有凉州城巍然挺立河西走廊，揽住春风、春水、春光。

凉州的繁华富裕，他从小就听大汗、父汗以及叔伯长辈们提起过。说到西凉府，他们眼中闪烁着向往的迷醉，脸上抹了一层幸福的油光，仿佛那是天堂仙境，求之不得，憧憬之极。什么"凉州七里十万家，胡人半解弹琵琶"；"吾闻昔日西凉州，人烟扑地桑柘稠"。说起凉州富庶，唐朝的史书中说她"阛阓相望，桑麻翳野，天下称富庶者无为陇右"。"立屯田于膏腴之野，列邮置于要害之路。驰命走驿，不绝于时月；商胡贩客，日款于塞下"。听说当年凉州商客中最多的是突厥、回纥、大食、波斯等国的商贾，他们出售的是珠宝玉石香药等，而中国商铺中多是丝绸、瓷器等等，凉州成了中国贸易的窗口，也成了千里、万里之外那些西域各国经商的目的地。

商业如此繁荣，中外商贾如此众多，那得有多大的城市来容纳？据说唐王朝时，陇右二十三州，凉州最大，是河西节度使的驻地，共七城，周长二十里。武威"当四冲地，车辙马迹，辐辏交会，日有千数"。唐天宝年间，全国屯田收成总数的四成是河陇凉州一带。说到其热闹，唐朝书上写到"凉州元宵节之夜彩楼二十余间，多悬金翠珠玉，楼高百五十尺，微风所至，锵然成韵。灯作龙凤、虎豹腾跃之状，似非人力所成"。"灯烛连绵十数里，车马骈阗，士女纷杂"，灯月交辉，人影参差，箫鼓喧阗，兰麝飘香，一片仙境幻景。听了这情景，他怎不心花怒放，心驰神往？从少年、青年起，在营帐里，在马背上，每每听到大人们讲起凉州，他的心跳就加快了，血管就膨胀了，耳朵、发根、眼窝都发烧发烫了。他多么想在凉州这样美妙无比、物产丰富的城市享一享清福，过几天安逸日子。想不到如愿以偿，父汗的安排，让他掉进了福窝窝。

他喜欢凉州这座城市。这儿的景色优美雄浑、爽目怡心。站在城的南门楼引颈远眺南面：闪着银光、披着银甲，如十万雄兵排列，巍峨如横空巨鹏，绵延似奔腾青龙，莽莽苍苍，险峻雄伟，那不是上千里的祁连山脉吗？看一眼就令人震慑、振奋，涌生豪迈和壮志，升腾英雄气概。这样壮阔的雪山在蒙古草原上哪能观赏得到；你再往北放眼，则是浩瀚无垠的腾格里沙漠，如

31

游龙飞蛇蜿蜒爬行，又似金盆汪水闪着光点。蒙古草原和沙漠毗邻为友，他习惯了沙丘，分外感到亲切、亲近、亲和。祁连山上是茂密的原始森林，有云杉、红桦、油松等各种稀有树种，靠近山根更是灌木林多姿多彩，一层和一层色彩不一样。喜欢狩猎的蒙古人算是掉进了猎物的乐园，在林子里转一圈，能看到雪豹的踪迹，也可能碰上马鹿、麝、猞狲、狗熊、狐狸、青羊、雪鸡等珍禽异兽。从雪山上流下的泉水汇成大大小小的河流，滋润出丰美的大草原。绿茵如毯，芳草千里，牧笛阵阵，星辰般的牲畜遍布河滩、草坡、山冈，实实在在是天苍苍，野茫茫，风吹草低见牛羊，是蒙古人向往的好牧场，好天堂。

如果再往东往西鸟瞰，阡陌相连，沃田千里，麦浪滚滚，烟林稠密，树木荫翳，云蒸霞蔚，就是一大片粮仓啊，有多少军队也不愁没粮吃。城内贸易发达，要什么有什么，手工业也齐全，想做什么就有什么工匠。好山好水好地方，真是长生天赐给的风水宝地啊，让征战多年、戎马劳顿的蒙古骑士总算有了个安身落脚的好窝子。你要游牧牲畜，祁连山下水草丰美，连绵起伏千里的都是好牧场。从古至今，哪儿都是中原王朝发展畜牧业的重要基地。班固的《汉书》中有"地广人稀，水草宜畜牧，故凉州之畜为天下之饶"之说。司马迁更是响亮地提出古西戎之地"畜牧为天下饶"。凉州之地一直是"牛羊塞道""野阔牛羊小，天空鹰隼高"的景象，从而养育了"凉州灯火十万家"。

凉州的气候也冷热宜人，没有中亚南亚的炎热，也无冷气袭人的寒酷，夏秋不热，从不汗流浃背，冬春不需要捂头捅袖子，人身子清爽轻松，惬意舒服。七月占领凉州后，他的兵马就驻扎在祁连山下水草丰美的牧场上，他带着警卫部队住进了凉州城，住进了原西夏陪都的将军府，过起了逍遥的舒心日子。他厌倦了没有头尾的冲冲杀杀的日子，不想看见那鲜血成河、人头垒山的场景，而是盼望有歌舞升平、欢声笑语的日子。他特别喜欢西域的胡旋舞，瞌睡遇到了枕头，长生天把他安顿到了"胡旋舞"的鼎盛地——凉州城。

早在大汗的营帐里，他就听到过号称《西凉乐》的胡旋舞曲，那是大汗举行隆重庆典活动和接待宋朝、辽国、金国、西夏王国重要宾客时演奏的舞蹈。作为成吉思汗的嫡孙，大汗会让他们在帐内一侧观看。他看得入迷了，陶醉了。那些乐曲热烈奔放、委婉撩人，和西域的舞女一样，拨动得你的心叶婆婆翩跹，热血沸腾，由不得随着那节奏那旋律要跃跃欲试，想跑进圈子跳起来。那些胡旋舞或如惊蛇，或如轻燕，大人们称其为软舞，即手持彩带飘拂，动作轻盈如羚羊，腾跃如野鹿，手臂绵软胜杨柳，线条柔和似春风，节奏平稳如湖泊。舞者姿态舒缓，边舞边唱，还有各种弹奏丝弦乐器伴奏。胡旋舞真让人眼花缭乱，目不暇接，恍如仙境。而大宋、辽国、金国的使者更是亢奋得手舞足蹈，心花怒放，和着曲乐拍子，摇头晃脑、抑扬顿挫，自得地咏起诗来。他记得其中有这样一串，据说是从唐诗中来的。"飘然旋转白云轻，嫣然纵送游龙惊"；"胡腾身是凉州儿，肌肤如玉鼻如锥……扬眉动目踏花毡；红汗交流珠帽偏，醉却东倾又西倒，双靴柔弱满灯前，环行急蹴皆应节，反手叉腰如缺月"。那时候他听不懂他们在说什么，大了以后细细咀嚼，果然如此。那胡旋舞随着平稳舒缓的音乐展开，音乐由柔渐刚，由慢渐快，宛如飞燕起舞，整个舞蹈进行的空间就是一小块小花毡。在小花毡上腾跃挪闪、旋转蜷曲，所有惊人的动作全在那块小花毡上进行，真是奇妙之极，不由使人咂嘴惊叹不已。

还有一个刚劲雄浑、大气磅礴的舞蹈，也大开他的眼界。虽然是游牧民族，也喜爱狩猎围猎，但蒙古草原上没有狮子，西征诸国也没有见到过狮子，而这个舞蹈却叫狮子舞，据说是波斯商人带到凉州的。官方惯常在吉庆宴会、迎送使节、庆功祝捷活动中请艺人表演。狮子舞光彩夺目、威风凛凛、出神入化、变化多端、振奋精神、耳目一新、振聋发聩，他看得目瞪口呆。

从知道胡旋舞、狮子舞、西凉乐之后，他就向往着到凉州府看一看，坐在虎皮座上，舒心惬意地观赏胡旋舞、狮子舞，还有美妙无比的西凉乐。现在心愿终于实现了，但他却无法安下心全神贯注地观赏胡旋舞、狮子舞、西凉乐，整个河西走廊时不时有反抗蒙古人的火苗燃起。下乡去抢掠财物、筹备粮秣的小股部队常常遭到原吐蕃六谷部人的袭击，说是吐蕃人，实际上是西夏遗民，吐蕃各部的百姓，说千道万，他们统统是吐蕃党项部族的子孙，他们和蒙古人有解不开的仇怨。国家被消灭了，家乡被占领了，他们不恨你还恨谁去啊？搁在蒙古人身上还不是如此？你播种下仇恨，还想获得友爱和温情，可能吗？在西夏和蒙古汗国之间，缺理的是蒙古汗国，而不是西夏。凉州是西夏苦心经营的地域，广大农牧民都心惦着他们的祖国，汪着一腔恨水。

他阔端实际上是坐在火炉上，不知道哪一天会烧成灰烬。

想起这，他心口堵得慌，闷腾腾地起铺欠起上身。他不习惯睡床或者土炕，走到哪里，都睡地铺。虽然铺的很厚，最下面是熊皮褥子，再上面是狗皮褥子，狗皮褥子上是獐子毛的卡垫，卡垫上面又是棉花褥子，但今天还是有点硌，腰有点酸困，全身都不舒服。西夏是蒙古人心头抹不去的阴影，是一块重石。大汗西征花剌子模王国，那是花剌子模国王纵兵杀光蒙古汗国的商队，夺走了物品珠宝，又口出狂言侮辱大汗，大汗不能不予惩罚。数十万铁骑卷起漫天尘埃，腥风血雨弥漫，屠杀、绝户、抢劫、焚城，蒙古骑兵所到之处，千村成废墟，百城绝人烟，但这是罪有应得。是报复就不会刀下留情。和花剌子模有联盟关系的阿塞拜疆、伊拉克、俄罗斯也受到了无情的打击。屠城，不留下一个男人，不落下一间茅舍，够残忍的，但还是为了打败敌人，树立尊严和威望，因为开头寻衅的是他们。打金国也有原因，积怨久远，金国祖上与大汗有杀父之仇，也曾侵掠过蒙古汗国，消灭金国情理可容。但对西夏呢？蒙古汗国完全是恃强凌弱，以大欺小，以势压人，不讲道理，理亏着呢。一想起来他就脸烧气闷。

打西夏打了七次，前后二十三年，每一次他都在父汗的身边。这是蒙古人的传统，儿孙稍稍懂事进入少年，便要跟随大人在军营里磨炼学习战争。他耳闻目睹了全过程。

第一次进攻西夏是一个可笑的连自己都说服不了的理由。那是一个多么荒唐的借口啊。大汗攻打西夏的借口是西夏接纳了自己的仇人桑昆，才要进攻惩罚。桑昆是原汗王的亲生儿，大汗是原汗王的义子，桑昆因不满汗王将王位封给义子铁木真，也就是大汗，他想夺权却失败，逃到毗邻的西夏境内。听说西夏王根本没有联络过桑昆，更没有给他任何官职或让他带兵到蒙古国夺回王位。大汗却在蒙古汗国成立之后的第四年就倾全国十万兵马进入西夏境内攻城略地，抢劫财产，等西夏大军赶到，他已呼啸而归。他曾经问过父汗，当时为什么要打西夏？父汗一笑，那是大汗的谋略，西夏在我们西边，是身后的心腹之患，要占领大宋江山、金国领土，就得割除毒瘤，以绝后患，西夏的位置决定了它必然是我们的天敌。必须斩草除根彻底消灭。这才是大汗内心真正但说不出口的理由。

他哭笑不得，心头一片悲哀，原来蒙古汗国和西夏的战争之因如此简单。就因为你挡道硌脚，所以要把你像土块一样揉碎踩平？真是欲加之罪，何患无辞。尝到了甜头，大汗越来越来劲了。过了两年又领兵十万，二次征伐西夏，这次也不要啥理由了，但西夏却没有人屈服，虽然攻破了一些城池，见人就杀，尸首堆积如山，血流成河，呼救声、呻吟声、惨叫声不绝于耳，但蒙古兵马也损失不少。常年与宋、辽、金国战争攻伐的西夏，当时国势走向衰微，但决不屈膝投降，宁折不弯，大汗无可奈何，只好妥协。在接受了西夏的和亲，与西夏王李安全联姻之后撤兵。虽然名义上得胜回窝，但也磕到了硬核桃，硌得生疼。明白了西夏人的秉性和蒙古人差不了多少——不是吓大的。

又过了两年，大汗第三次攻打西夏。据父汗对他讲，大汗要出兵攻金，但怕西夏乘虚而入偷袭自己的后方，便倾巢而动，从北面攻入西夏的西部。双方殊死相拼，战得十分残酷，西夏军民视死如归，西夏都城中兴府坚固如山，岿然不动，蒙古兵马死伤枕藉，虽然使尽招数，但是老天爷不帮忙，最后不得不狼狈收场。

那以后的征伐西夏，几乎没有可立得住的理由。大汗西征回来，恼怒西夏没有派兵协助他征西，亲自率十万大军进攻西夏，父汗窝阔台及叔叔随大军出征，他阔端也在军中。他记得清清楚楚，大汗传下命令，要全军将士每天吃饭前，都要大声吼喊誓言：把西夏人杀绝了，把他们杀尽，把他们灭绝！言下之意便是不灭西夏，誓不罢休。他当时听了有种毛骨悚然、头发倒立的感觉，吓得整晚做噩梦。大汗想到做到，双方血战得天昏地暗。结果西夏将士用毒箭射中大汗，大汗出师未捷身先死。但对外宣称：大汗围猎，闯到野驴群中坐骑受惊摔下马背受了重伤而死。这种鬼话谁相信？蒙古人中没有一个妇孺相信。大汗是谁啊，大汗是天空中翱翔的雄鹰，是大海里畅游的蛟龙，他在马背上生、在马背上长、在马背上征战四方，马和他好比骨头连着筋，肝胆贴在一块，谁能剥离谁会分开？说成吉思汗从马背上能摔下来，那不是说雄鹰从天上掉下来跌在石头上，游龙陷进泥潭里晒死了？天大的笑话！蒙古骑士怕野驴群？蒙古马怕野驴？这不是说野牛怕黄羊、猛雕怕麻雀？天下还有这等咄咄怪事？何况伟大、神圣、战无不胜、举世无敌的大汗成吉思汗，他的坐骑也是举世无双的良骏，那匹赤兔马力大无穷、敢拼敢冲、所向无敌，是中亚波斯马中的佼佼者，比蒙古马高出两马头，比蒙古马要长出一尺，阔出一胳膊，两只鼻孔每个比碗口还要粗。看上去就像一面不可逾越的红石崖，大汗跨在金镂银雕的鞍桥上，就似一座不可攀越的高山。它陪伴大汗在刀枪林立的千军万马中厮杀冲锋，出生入死，没有伤着大汗一根毫毛，怎么会面对几只野驴的叫唤惊得四蹄乱蹬乱踢，连续炮蹶子，而伟大的成吉思汗却无法应对这场面，勒不住马嚼子，掀下来掉在地上受了重伤。

可笑，荒唐，这谎撒得太不着调了，连他这个皇孙都不相信，还有谁相信？只有农耕民族不懂马术，才会相信谎言。

大汗心气太高了，性格太倔强了。他为什么要三番五次地征伐西夏呢？而且没有站住脚的一丝理由，平白无故，像强盗一样随便闯入人家庄园乱杀乱抢，这是为什么？像大汗这样伟大、智慧、代表长生天的人物，他怎么会兴致勃勃、满腔热情地去干这号事呢？他百思不得其解。后来听大汗的军师耶律楚材爷爷有一次和大汗闲聊，大汗谈到他一生的快乐，就是征服，征服天下，让天下人尽数拜倒在我的脚下，让世界见了我颤抖、叩拜，我的一切就是为了征服。

他恍然明白，心头涌上说不出的味道。没有大汗的征战讨伐，哪有他们这些皇子皇孙今天的荣华富贵，一世煊赫？可是没有节制的讨伐杀戮，不是导致了自己可悲的下场，让西夏的毒箭终止了宝贵的生命吗？如果不第六次攻掠西夏，大汗会遭这种横祸吗？大汗才六十五岁啊！他什么财富不拥有？几乎全世界都成了他的。他也想养生长寿，也曾请教过长春真人："真人年高七十有三，身体如此康健，不知有什么长寿的秘诀？"

长春真人的回答是："中国古代的圣人孔子说'仁者寿'。意思是：仁者内不伤性，外不伤物，上不违天，下不违人，处正居中，形神以和，故咎征不至，而休嘉集之，寿之术也。"

大汗若有所思，又问道："平常生活、处事时，该如何才能达到长寿。"

长春真人回话很委婉："我的经验是少思寡欲，知足不贪，顺应天性之自然，不做逆天悖理之事。"

听说大汗当时频频点头，面露真诚的微笑。但他做到了吗？他会少思寡欲吗？他的欲望是征服全世界，征服全人类，欲望如此大，胃口如此广，他能少思，他能节欲？大汗的欲望之网中，恨不能把天下所有的土地、森林、河流、山川、美女、财富全网在自己怀抱里，尽其一人享受，全由自己分配。正如他自己坦白的：人生最大的快乐就是征服，征服天下所有人。他无法顺应天性之自然，因为苍天本性是公平、仁慈地对待所有生物，每个生命都是平等的，都有生存的权利，有一片属于自己的天地，不允许谁征服谁，谁统治谁。逆天悖理不是自食苦果吗？不讨伐西夏，可能大汗还可享受十年、二十年的欢乐和寿福啊！可世上的事就是怪，尤其人类啊，是个怪兽，有时候他比野兽要高明十倍、百倍，简直有天上地下的差异，有时候他却比野兽愚蠢、贪婪、狂妄、痴迷不悟。你要让大汗不攻伐不征服，那他就会觉得活着索然无味，度日如年，如坐针毡。大汗就是这样一个人啊，谁能悟透他？但不管悟得透还是悟不透，他种下的苦果却现时现报，应在了他头上，正如佛经所说的"善有善报，恶有恶报，不是不报，时候未到，时候一到，全都要报"。佛教深邃得让人一辈子才能尝出味道来。

越想越睡不着，越想脑子里越如劲风吹过，一片洁净。他索性起铺穿好袍甲，走出门去。

七

阔端身躯相貌都带有蒙古汉子典型的特色：身段不高也不低，约有五尺多；肩膀、腰板都又宽又粗，与身长略失比例；肚皮微微隆起，显得膘肥体壮有力量；胳膊上的肌肉紧绷绷，凸现一块块疙瘩，看得出是弯弓搭箭、弄枪使棍积淀的印记；膝关节处两腿勾成罗圈，那是马背上长大，马背上征战冲杀留下的痕迹。他前额宽平，肤色黝黑里透出青铜色，纵横交织的大小皱纹里透出苍老、风霜，一眼能让人看出他经历的风雨沧桑。浓而有点蓬乱的眉毛下嵌着又圆又大、炯炯有神、灼灼逼人的眸子。气势压人，威严、凛然中又有着一抹亲和善良的光芒；鼻梁不高，但棱直，鼻头却有蒜咕嘟大，还发点红。和其他蒙古汉子一样，阔端也留着络腮胡子，黑中掺杂着黄褐色，但胡子没有遮挡住略显敦厚的嘴唇和白晃晃瓷碗般有光泽的满嘴牙齿。

年过四十的阔端已经进入了中年期，步履虽不矫健但却稳重有力，走在路上咚咚有声。他身背弯弓，腰里一边吊的是长刀，另一边是豹皮箭袋，冒着隆冬三九天凛冽的寒风向南山根的校场疾驰走去。一队卫士全副武装地簇拥着他，左右紧张地扫视，看有无可疑的杀手出现。虽说天已大亮，但凉州城并不平安，常有单个蒙古骑士被杀被砍，而凶手却稍纵即逝，钻进城中那个旮旯里不见音讯，所以，西凉王出行，他们瞪大眼连眼皮都不敢眨一眨，握着刀把的手心出了汗。

阔端走得很快，帽檐遮住了眉眼，不靠近眼前很难认出他，但他心头还是忐忑不安，总担心从哪个地缝里冒出一个亡命之徒，冲他挥来一刀或者射出一箭。他不是怕死鬼，在战场上他挥刀跃马，横冲竖闯，出生入死，啥时候都没有眨过眉头，但现在是和平时期，是享受阳光和风的日子，若果在阴沟里摔了腰，草坡上滚下马，那不是遗憾终身吗？他清楚，这整个河西走廊，都是西夏的版图，生活着西夏的民众，自己是屹立在西夏人的尸体堆上的，不知有多少双仇恨的眸子盯着，他害怕的是这！急疯了的兔子还会咬恶雕，气坏了的牛犊敢和野狼顶牛，牧人的谚语道的就是这个理，他担忧的也就是这。在仇恨的汪洋大海中你究竟能驶多远？仇恨的波涛何时会掀翻你的船只？未知数，真可怕！大汗那"占领之后就屠城，劫掠之后便撤走"的方针，埋下了多少隐患和仇恨啊。吐蕃人说得好：缎子经三夏风雨破旧成纸；仇恨过百年岁月新鲜如初。他时时感到如坐火山口。因此，每次出行都要带大批全身戎装、彪悍健壮的蒙古骑士。

他去校场不是去训练军队骑射，而是去解闷。他统领的近万骑士不习惯城市空间的狭小，也不适应河西走廊夏天的酷热和冬天的奇寒，全放在了水草肥美、避风温暖的祁连山下。而他喜欢凉州的繁华热闹。当然，他心中藏有一个深深的机密，那就是坐镇凉州、稳定凉州。俗话说：老虎不吃人，恶名在外。有我西凉王在，谁也不敢轻举妄动。每当心烦意乱之际，他都要去校场射箭排遣解闷。弯弓射大雕是蒙古男人的第一功夫，尤其是黄金家族的皇子皇孙，在马背上弯弓是从小必须练就的，从小就养成了练箭耍弓的习惯。射出一头汗、一身汗，射得胳膊酸困手腕肿胀才罢休。今天他烦闷，心绪不安，所以一早过来想练练箭。

去校场得穿越一座村庄。走近村头，蓦然，他眼前隐隐一颗黑东西扑面而来，情急之下他用弓子一挡，"哐"的一声，一颗石子落地脆响。几乎同时，好些石子飞来，砸在了骑士们的头上、脸上、身上，就像冰雹噼啪砸下，惨叫声、呻吟声、呼唤声接踵而至。

阔端马上警觉到，是遭到了袭击，但不是成人，更不是正规武装的袭击，是小孩子发起的进攻。连小孩子都敢在蒙古人头上挑衅，真是欺人太甚，不煞煞这气焰，蒙古汗国如何扎根凉州。他眼中闪起杀气，伸手要抽刀下令屠杀全村人丁，但刀抽到半截，眼珠一转，眸中的凶焰霎时熄灭了，把刀重新插进去。他抬眼朝上扫视，头顶上乱叫的是乌鸦群，足足有二三十只，可能是刚才顽孩们的弹弓声、甩索声惊起的。他弯弓搭箭，也向卫士们使了个眼神，"嗖"地朝天射去。

飞箭拖着啸音刺向天空，瞬间，十几只乌鸦惨叫着扑哧哧从天上掉下来，掉在他们面前。有的还扇动翅膀垂死挣扎，有的却如土疙瘩落地，溅起一片血肉。随之，惊骇声、惊异声、悸哭声，从高高的粪包背后，矮矮的院墙根响起。不时有小小的惊悸的头颅冒出又藏起来了。他扭颈环视卫士们，他们一个个刀出鞘、弓在手，眼珠充血，满脸杀气，只等他一声令下，就要冲进村中屠杀一场，要过过尝血吃肉的瘾，顺便抢得几件衣物财产拿回去享用。

他用严厉的目光制止住，有意轻描淡写地开导说："白胸雕不和麻雀赌气，野牛从不和羚羊顶牛，你们都是从小孩长大成人的，还不知道小时候都这样顽皮的，别吓着孩子们。"

他这一说，卫士们一下笑了，脸上的杀气吹得无影无踪，眼中的光芒变得明媚灿烂，一片阳光。刀插回了鞘中，弓又上了肩背，纷纷点头，神情轻松多了。

阔端不想杀人，更不想屠村。这河西走廊，除了凉州城守城将领多达那波明智选择了投诚而免于屠城之外,从最西头的沙州城算起,哪一粒石头、哪一块城砖不浸透着屠城的血渍;哪一缕清风、哪一朵白云中不含着屠杀的血腥?大汗对西夏人宁折不弯、坚强不屈、从不服软的禀性恨之入骨、咬牙切齿,他恼羞成怒,决心把西夏斩草除根、捏成粉末,完全消失在这个世界上。所以,征服西夏的战争由他亲自挂帅。

一战下来:沙州城破,城里上万军民屠杀殆尽,尸骨如山,血流成河,掠取所有财物,连城池也没有留下,摧毁为平地,地图上再也找不到这座石头城了。

肃州城也未逃脱悲惨的命运:蒙古军队也把全城杀了个鸡犬不留,没留一条活口。

甘州城也几乎遭遇到了肃州城一样的下场,幸好,攻城主帅察罕大将请求,没有全面屠城,大部分百姓免于血光之灾。

黑水城是西夏北方重镇,商贸繁荣,寺庙林立,商铺连片,人口稠密。父汗窝阔台是进攻黑水城的总指挥,大汗成吉思汗命令他:把黑水城完全包围起来,用火攻,将所有西夏人全部烧死在城里,一个也不能放跑!父汗遵照大汗的命令,攻进城后,将城内军民全部烧死,惨不忍睹,叫喊哭骂声持续不断,刺人耳膜,一个月后仍烟火弥漫不熄,尸骨的焦臭味飘向四面八方,周边百里久久气味难闻,令人作呕。

灵州城何尝不是如此:灵州城人口稠密,物产丰富,攻城之后,大汗听从将士的意见,认为城里的百姓,留下来毫无用处,准备全部杀尽,一个也不留;城外的庄稼,全部烧掉,就像焚烧城市一样,让土地荒芜,变成牧场。后经耶律楚材军师开导,停止了屠城,但手下的虎狼将士们,却私下我行我素,使灵州城依然满目疮痍,冤魂成队。

最惨的是西夏首府中兴府。为免除众臣民受活罪,西夏国王李琄改变誓死抵抗到底的方针投降为臣。大汗答应了,但却临终留下了遗言:死后秘不发丧,等西夏降后将李琄及中兴府内军民全部杀光再发丧。这让他对大汗有了另一种看法,大汗也不讲诚信,也言行不一,出尔反尔,为了自己的欲望不择手段。李琄投降后,被叔叔拖雷全家问斩,四十多口人全死在蒙古人刀下，全城军民尽数被杀死。那是数十万人啊，若果把头颅割下来，能堆起一座高耸的石山啊，那流出的血能汪起一湾湖水。十数万生命就如飞烟灰烬散失得无影无踪，包括房屋、财产，一切的一切，全烟消云散，变成了一堆废墟，一堆瓦砾。

就是这样的血腥杀戮，这样的暴行恐怖，也没有压服党项人。结果仇恨压过恐惧，连小孩子都把仇恨搁在了弹弓、抛石索上，这仇恨有多深啊，简直是注进了骨髓、血管之中，刻骨铭心啊。他想不明白，不知道党项人的骨头这样硬是什么原因。后来听父汗聊起大汗的一些事，他才稍稍明白：冤家宜解不宜结。仇恨会发酵、会膨胀，会像一眼毒泉，越汪越大越流越长，不会有个尽头。父汗说过两件小事，一是攻打西夏黑水城，他掌奉大汗的旨意，去劝黑水城守将桑吉本投降，晓以利害，告诉桑吉本："战败而降，与不战而降，根据我们大汗的政策，结果是有很大差别的。"而桑吉本的回答是什么呢？他很淡漠地说"佛法僧在上，天底下的人都是平等的、自由的，为什么弱者要成为强者的奴隶、盘中的手抓羊肉呢？我们相互都是人，都不是野兽，不该弱肉强食，更不该恃强凌弱。在我们党项人的头脑中，没有投降这个词语。对我来说，没有什么可牵心惦念的，战败而死，战胜而死，都是死，无所谓。人生在世，谁不走这条路？你们的成吉思汗，占领的土地再大、兵马再强壮，拥有的金银财宝再多，到头还不是两手空空，赤条条地死去。什么也带不走，只有身上的毛发筋骨算是自己的，其他的全是身外之物，儿孙自有儿孙福，何必爷爷去拼命"。

大汗听了这话，不仅未细细琢磨这话的哲理含义，诚心开导，还以为是挑衅他的权威，气得箭伤复发，差点昏死过去。

父汗说的另一事是替大汗治箭伤请医生的一段故事。他和大汗一起去找这位党项血统的医生。医生住在山里，距此五十来里，体格健壮，双目有神，慈眉善目中透出刚强和智慧。党项医生环视一眼，说："我家祖宗四代行医为生，但不给两种人看病。"父汗一惊，忙追问："先生给哪两种人不行医？""我不给死人看病，不给杀人的人看病。"父汗接过话茬，笑说："杀人的事原因复杂多样，有复仇杀人的，也有为了自卫杀人，不应该拿一样的眼睛看杀人者。"医生梗着脖子，连连摇手，倔声倔气地说："我不管那么多。凡是杀人的人，我不为他治病，这是我们一家的信条。皇上老子来也如此。为什么？就因为杀人的人是社会的祸害，我为他们治病，等于治病害人，不是治病救人。另外，杀人的人也是很快要死，不是被仇人杀死，就是孤独或者恐惧而死，死期不远，只能让他速死，这也是天意。"

大汗听医生这样一说，沉不住气地站起来，圆睁怒目争辩说："我成吉思汗是奉长生天的旨意杀人，是杀那些本不该再活着的人。"党项医生并不畏惧，软中带硬，振振有词："你是成吉思汗？你理解错了长生天的心怀！长生天关爱所有生命，每个人都是他的子孙，他要你奉天爱人。你说奉天杀人，那是假借天意，是自欺欺人，是嗜血者的谎言，老天爷会惩罚你的。"大汗恼怒，站起身叱责道："成吉思汗杀人，是长生天护佑他成功，是为老百姓能过上和平幸福的日子。"党项医生也站起身愤然吼道："胡说！我们西夏国没有招惹过你们蒙古人，没有派兵占过你们一寸土地，抢过一只羊羔，你们为什么要进攻我们？为什么到处抢掠财物、杀人放火、屠杀毁堡。天下人谁不知道，你成吉思汗是嗜杀成性的恶人。"大汗气得差点当场倒地，卫士们涌上前要刀劈医生，忽然里屋走出一位白发苍苍的老妇人，挡住刀锋，横眉立目怒叱道："为什么要杀人？我家四代行医，救死扶伤无数生命，我已经活了一百〇六岁，经历了四朝三代，辽人、宋人、金人、西夏都没有人杀我们，你成吉思汗就不怕长生天惩罚、天打雷劈吗？说什么奉天之意！"大汗没有说什么，低着头悻悻离开了。

父汗讲述的这两件事，像重锤击打在他心尖上，疼痛、震撼、久久难以忘记。又像一朵低沉、凝重的阴云，压在他心头难以驱散。他悟出了党项人视死如归、面对异族的刀剑淡泊若定的根由。他们追求平淡、安宁、和平的生活，所以对侵略者敢说不字。他们敢于以牙还牙、以血还血，不怕牺牲，这样的民族，谁能征服得了？你可以征服他们的土地、牛羊、财产，甚至肉体，但能征服他们的心灵吗？他们人还在，心未死，就像大葱几层皮干枯了，芯子却嫩得青白。不是吗？刚才的弹弓、甩石不就是例证吗？连小孩心中都充满仇恨，大人又何须说呢。

他没有声张，提缰催马，快马走过村道。他看出这是党项人居住的村庄，因为每个门前面都栽有几丈高的旗标，上面悬着有经文的红、黄、白、绿、蓝的五色经幡，平顶屋面的右角都砌筑有祭神祷告的煨桑台，有的已经升腾袅袅桑烟，清冷的空气中弥漫着香柏味、焦糌粑味。尤为明显的是每座院落的侧墙都抹有红、白、黑三道颜色。宽宽的，长长的，从墙头抹到墙根。这是萨迦派的象征。别看这阵子寂静如死水，实际上，每间屋里，每个门板后面，都有为数不少的吐蕃人在屏气凝神、忐忑不安地张望着外面，等待意想不到的劫难来临，他们手中或握菜刀、藏刀、斧头，或攥着石块、木棍，等待最后的一搏。阔端能想象出他们的情景。他让骑士们不要呐喊吓唬，悄悄地平静地穿过村庄，绝对不要惊扰百姓。

　　他感谢多达那波，他的投降给他带来了体面和尊严，也掀掉了他心头的忧虑之石，使他没有成为刽子手，而成了救世主，也得到蒙古将士的尊敬爱戴。蒙古人也是人，谁不珍惜生命？谁不爱和平安宁的生活？谁愿意去死？没有人想死！本来凉州作为西夏的陪都，又是中外闻名的繁华城市，城高墙坚，雄兵上万，物资雄厚，地处平原，易守难攻，蒙古汗国上上下下都认定是场血战恶战。双方肯定兵戎相见，尸体遍野。父汗下达的命令是：城破之后将所有人杀光，所有房屋烧光，所有财产抢光，让凉州城如沙州城，从蒙古汗国的地图上抹掉，永远消失在世界上。命令很明确，核心就是屠城！他不愿意但他无法拒绝，这是蒙古汗国的战争原则，也是大汗的旨意，他要发兵西夏的既定方针是铁的，不能改变的，他作为皇孙只能坚决执行。

　　兵马把凉州城围了个水泄不通，铜墙铁壁，然后依照蒙古汗国开战前的程序，先派使者去敌方城堡劝降。他对劝降没有抱一丝希望，从与西夏多次交战的体验中，他没有见过西夏将士主动投降的，这一次也肯定是过个手续，算个程序而已，不可能生效的，但意想不到的是守城大将多达那波竟答应了投降，还让使者赶来了一百匹山丹骏马、一百头牦雌牛、一百驮骆驼毛绒、三百只藏绵羯羊、一百缸葡萄酒，表示投降的诚意。提出的条件是：一、不屠杀城内一兵一卒、一狗一猫；二、不抢劫商铺和私宅财物；三、不烧毁文物典籍及藏书；四、尊重市民的风俗习惯。

他满口答应了，结果，西夏陪都凉州兵不血刃，相互未死伤一人而加入了蒙古汗国的版图。城市依旧，繁华依旧，文化依旧，只不过换了个名号而已。他担心手下骑兵骄横胡为，和居民发生冲撞，便把兵营安顿在离城百八十里外的祁连山牧场。只让多达那波把后勤供应搞好。凉州富庶，有的是白面五谷，有的是羊肉牛肉，有的是粮食酿的白酒和葡萄美酒，尽管吃尽管喝。至于穿的，凉州城有的是皮货铺，羊皮牛皮堆积如山，棉布棉花更是绰绰有余，应有尽有。

当然，占领凉州城之后，烦心事也不少，如何治理让他搔头挠脑。快到年关了，这是蒙古汗国统治凉州城后的第一个新年，我西凉王一定要使凉州城人民安居乐业，过个热热闹闹、红红火火的新年。说起来容易做起来难，虽是皇子皇孙，打打杀杀上战场还凑合，但治理城市却是老虎吃天——无处下爪。但既然成了凉州城的总管，成了西凉王，是王就得会管理城市，让凉州焕发青春，欣欣向荣，在蒙古人的手中走向新的辉煌。蒙古人是优秀的民族，既然是优秀的民族，别人能办到的，自己为什么不能！难道下了马背，就什么也不是，成了一堆臭狗屎？他才不信这个邪，不会？不会就不会请教人吗！多达那波就是身边的教师呀！他把凉州城治理得有条不紊。思索着、琢磨着，不知不觉驰到了南山根旧军营改建的校场上。

热汗淋漓，全身湿透。河西走廊冬日凛冽的寒风也没有挡住汗珠从发根冒出，更未压住雾气在头顶凝汗。他脱掉了二毛羔皮的马甲，又脱去了皮袍，只穿一件薄薄的棉背心，两条胳膊赤裸着，脸冻得紫红，眉毛睫毛沾满白花花的霜花，嘴唇的胡须上也是乳汽，但他还是咬着牙、绷着脸，瞪着眼睛弯弓搭箭，一箭箭射去，射得大口大口喘气，但还是未歇气，继续挽开弓箭射去，靶心全是箭羽。

用射箭练武的方式排遣心中的烦闷是他的习惯。每当有解不开的心事，他就找一个地方，放一个靶子，独自一人不间断地练射箭，流出了汗也流去了内心的烦恼。

一阵杂乱的马蹄声传来，他停止射箭，扭头望去，是大将军火列来，凉州城守将多达那波，还有汉族军师高智耀及护卫骑士。他想起来了，今天上午的安排是去市内巡视，看新年来临前夕市场景况如何。

大将军火列来纵马来到阔端面前，纵身跳下马背，大不咧咧地喊道："外甥，你跑这儿来图清静图痛快啦？好，姨父也来松松筋骨，凑凑热闹图个欢快。"说着，不等回话，摘下背上的弓，搭上箭就射。

火列来是他的二姨夫，也是军中悍将，箭法好、骑术精，一把大刀耍起来比风快，每次征战都当先锋，立下的功劳用指头数不清，他又是父汗的连襟，西凉王的姨夫。火列来自恃劳苦功高有后台，一向骄横霸道、目空一切，把谁也不放在眼里，他西凉王也得让三分。他犯了浑，出了错，他也是睁一只眼闭一只眼，装糊涂。再说，自己身子骨不太好，遇到攻城略地，冲锋陷阵，还得依仗他作战，所以，他平时不去约束他。话说回来，想约束也约束不了，火列来脾气躁、性子急，除了父汗他谁也不服。

多达那波走到他身前，神色显得拘谨、谦恭、欲言又止，觑着他的脸色，准备想说什么，但瞅瞅火列来，又闭住嘴唇埋下头。

高智耀凑上前："启禀王爷，王爷指示属下陪王爷去巡察凉州市面，安顿臣民生活，不知有无改变？"

阔端摇摇头，又无奈地笑笑，瞥了瞥火列来，迟疑了片刻，走过去小心翼翼地说道："大将军，时候不早了，不是说好今天陪外甥去巡察市场吗？"

火列来射出手头的箭，把弓往地上一扔，愤愤吼道："真扫兴，巡视什么市场，不让人消停一会。"他大步流星走过去，到多达那波面前脸对脸鼻对鼻地粗吼叱责："都是你，胆小鬼，一个英雄好汉，刀对刀，枪对枪，杀个你死我活才是正经事，男子汉战死沙场是荣誉，投降什么？你们吐蕃人没有几个爱投降，你是狐狸养的？"

阔端看见多达那波脸上红涨，眼中迸溅火花，双拳紧攥，嘴皮抖动，几乎吼着反驳说："不准你侮辱我，侮辱吐蕃人，当初要是开战，说不定你是我的刀下鬼，今天不知游魂在哪里。"

"嘿，"火列来冷笑一声："泥塘里的青蛙想蹦跶上天和龙王扳手劲，草丛里的兔子想拔密林中斑虎的胡须。好啊，咱俩比比武赌个输赢。"

阔端横在他俩之间："今天有事情，比武就免了。大将军，多达那波不是投降，他是归义，顺应时代潮流，有勇有智的好汉。要不是他，凉州城不就成了死城，成了废墟，我们哪有这么多百姓臣服，给蒙古汗国缴税纳捐支差役？哪有那么多财物供全军将士用度，当时你吃了多达那波送的牛羊肉，喝了比蜜还甜的葡萄酒，不是夸多达那波识时务、明大理，有远见卓识，是真英雄吗？"

火列来眼中的火焰熄了大半，不好意思地拍拍自己的脸颊，报着脸喃喃："我这嘴，没志气，太臊人了。"又扭过脸，锉牙忿忿然："咱俩的事以后再论，给我外甥一个面子。"

多达那波轻蔑地皱鼻无声冷笑，跨上马背先径直走了。他心头憋着的气，能把肚肠炸开。他顾全大局，顺应潮流，为众生不遭涂炭，开城投诚，好些西夏人不理解，认为他是怕死鬼，丢了党项人的脸，咬牙切齿的。他好几次受到袭击，要不是机灵，早就没命了。西夏人迁怒于他，他还能理解，蒙古汗国的将领也这样看待他，他真受不了。他觉得冤屈死了，真正成了两面都不是人的鬼。自己真的是怕死鬼？他坚毅地摇摇头。在整个西夏国内，我多达那波的名字响当当，打西辽、攻宋兵、征战金国，哪一次打过败仗？我砍杀的敌人有一山坳林子多，我的英名像风一样吹过大地，谁不翘大拇指夸我是英雄好汉？可如今，里外不是人了，成了投降鬼，真悲哀啊。为什么要投降？为什么不能像沙州、肃州、甘州的将士一样，与城共存亡，视死如归不投降？是头脑一时发热，或者贪生怕死胆小吓破了魂魄？都不是！他是为了凉州好，为了蒙藏两族好！听了沙州、肃州、甘州抵抗失败，全城被屠杀被焚烧一尽的消息，他心根疼痛，脑子发胀。他站在城头，天天琢磨凉州城咋办的。有时从清晨凝立到头顶星星闪烁，还是定不下神来。咋办？他三十来岁的满头黑发里长出了一绺绺白发，光滑如脂的额头上陷进了三条深沟。何去何从，摆在他面前的只有两条路，战或者是降。

他本是吐蕃王室潘罗支六谷部的人氏，世代居住在河西走廊。祖先据说是吐蕃帝国东线军团的一支英雄部队。赞普曾命令：没有接到赞普下达的返回命令，不准离开驻守的区域。因此，当地人称他们为"噶玛鲁"部落。既然是吐蕃军团的后裔，那强悍骁勇，能征善战自然是男人的价值追求了。他从小喜欢舞刀弄枪，凉州城又是个藏、汉、回鹘、维吾尔等西域各族商民聚集的重镇,有武艺高强者,专门设立会馆招收学徒,他家用二只大羯羊、一条红狐狸皮作学费让他学了三年,为他的武功打下了基础。西夏占领河西走廊后,他家自然成了西夏的老百姓,好在什么也没有变,语言一样风俗习惯一样,文字也没有变。唯一变了的是国号名称不一样。

父母疼爱他,家底还算好,有牧场也有农田,供他在凉州城又上了三年蕃书馆、汉文馆。十五岁上西夏征兵,他就成了西夏军中一员,南征北战,东冲西杀,屡立战功。得到提携,委任为凉州城的总长官,总揽军政要事,几十万人的身家性命全搁在了他肩上。在他的治理下,凉州城内外,欣欣向荣,蒸蒸日上,畜牧兴旺,农业丰收,家家粮满囤羊满圈,吃穿不愁,洋溢着升平景象。他舍不得这一切化为灰烬,欢声笑语变成鬼哭狼嚎、孤儿寡妇的哭泣声。老百姓活着为什么?不就是图个团团圆圆、有吃有穿、自在平安的日子吗?谁当权谁是皇上对他们几乎无所谓,只要不破坏他们的生活秩序,不加重他们的负担,尊重传统文化和生活方式就行。他们脑中没有那么多"名分"和正统,有的只是实惠利益,谁能给他们幸福美满的生活,他们就拥护谁,跟谁走。谁要是压迫他们,剥削他们,哪怕同胞兄弟,他们也会群起反抗。老百姓就这样简单明了,这样质朴干脆。西夏虽然拥有正义,但却不拥有实力,在今天这个弱肉强食、强者为王的世界,西夏已经气数竭尽、日落西山,没有能力提供上述生存环境,夭亡即在眼前,难道让凉州地区几十万百姓与西夏同归于尽,玉石俱焚?他良心上过不去。在蒙古数万大军围攻之下不投降,那只会落个沙州城的下场,如此办理有价值吗?值得吗?他下不了这个决心。每每夜色中在城楼上回头眺望,那万家灯火如长天的灿烂的星辰闪烁跳跃,仿佛有无数的孩童在母亲怀中嬉戏玩耍;有无数的俊男靓女在偶偶私语,卿卿我我;有无数的白发老人逗玩膝前孙儿;有……一旦开战,他们就变成了一堆寒骨、一堆腐肉。身后那些无所不有的店铺,包括理发店、洗澡店、酒楼、茶馆全都消失了。尤其凉州作为历史古城,那里有高大雄宏的佛塔,有数也数不清的藏、汉、西夏、回鹘文的典籍,有庄严宏大的佛教寺院,有不同一部的宫殿庙堂,他们不能成为行将就木王朝的殉葬品。数十万老百姓不能成为西夏王廷的殉葬品,经过痛苦的内心煎熬,他终于选择了投诚。

对他而言，投诚是要付出巨大代价的。有千百条理由支持他抵抗蒙古人，只有一条理由让他不抵抗，那就是开战要死人。他不愿死人，不愿为他的英名而让几十万人死去，即使蒙古人也不该死。他预料到自己的委屈。这委屈来自于本民族、本地域，可没有想到投诚后会遭到蒙古将士的歧视、蔑视。火列来刚才那串话如尖针戳在他心窝，如烫铁烙在他胸口，他实在受不了了。当然，他知道蒙古人崇尚英雄、敬仰英雄。当年西夏名将嵬名令公与蒙古军队作战，先大胜，后被伏击当了俘虏。成吉思汗多次派人劝降，但嵬名令公坚决不投降，虽经折磨，视死如归，毫不动摇，最后只得放回了嵬名令公，但他多达那波不是战败降将，他是为了和平，为了保护双方将士的生命，保护凉州数十万百姓而主动放弃抵抗，开城投诚的，他不是为了自己，而是利他利众，他不应该受到如此辱骂。正是为了这，他气愤填膺，忘了上下尊卑，才把阔端王甩在身后，想找个僻静的地方好好发泄一通。

阔端打马追上来了。

他等待着训斥，这一阵他头脑有点冷静，知道刚才失态了。作为属下，怎能抛下西凉王私自纵缰而去，这不是对君主的轻蔑吗？不是失了君臣之礼吗？毕竟自己是降将，是吐蕃人，是异类。他会咋想？会不会借此找事情？他的心情有点不安，一抹忧虑浮上脑际。

阔端王和他并驾齐驱，没有发怒，没有训斥，神色平静若水，默默地提缰行进。

多达那波心头收缩，先沉不住气了，他小心翼翼地扭过脸，谦恭地微笑："王爷，刚才我粗鲁莽撞，请您惩处吧，我不是有意的，是气糊涂了。"他转睛观察阔端的神情变化。

"是我该感谢你，该向你表歉意的。"西凉王矜持的笑，神情笃诚敦厚，眼里没有一点虚光。

"刚才我不是肯定了你吗？小伙子，心胸要开阔点，就像你们吐蕃人一首歌词中唱的——

  辽远的长空啊／请掀开你蓝色的帷幕，

   我矫健的玉龙要翩舞了；

丰美的大地啊／请袒展你金色的怀抱，

我神奇的骏马要奔驰了；

宽广的舞场啊／请敞开你欢乐的大门，

我出众的歌手要亮嗓了！

"还有一首歌词是如何说的？对，这样说的。"他抑扬顿挫地朗诵了起来：

那高高的天空／是大鹏翱翔的天地，

我飞呀飞，飞云空／伴着大鹏跳起嘎尔舞；

那宽广的草滩是青年狂欢的天地，

我跳呀跳，逛草坪／伴着朋友跳起嘎尔舞。

阔端凝神，深情地望着他说："多达，我的好兄弟，要像歌词中所说的，当个在蓝天上翩舞的玉龙，大地上奔驰的骏马。和大鹏一起翱翔，不能像草丛中的旱獭，东张西望，瞻前顾后。"

多达那波心头浮上一抹欣慰，一丝羞愧，也有些委屈，他刚要启口辩解，阔端挡住了他的话头："别听火列来将军的胡扯乱诌，你还不了解他，他就是个杀人狂，大强盗，把杀人当作享受，把抢劫财物当作最大的快乐，和虎狼一个性子。你也别计较他，一个林中什么动物都有，一条江中离不开大鱼吃小鱼的现象。他头脑简单、四肢发达、脾气暴躁、只认强者。"他顿了顿，深邃的目光没有离开多达那波的眼窝："我不是说了吗？你才是我心中的英雄，识大体，顺潮流，以保护众生生命和安宁幸福为人生的坐标，知道取舍。一个英雄不是杀人，而是造福民众的能力有多大。你保护了那么多众生，还有凉州的文化，你是一个胸怀远大，目光睿智的英雄，我还有事要请求你。"

多达那波有点愕然，惊讶地探视阔端的目光，不知道西凉王这话是啥意思。

"叶落归根，鸟老想巢，我们在外颠沛征战六载，最后还不是回到东方老家来了。人没有窝不行啊，连鸟兽都知道活得轻松安逸舒适，不砌个好窝不行。我的窝就是凉州府，治理凉州府我要仰仗你，吐蕃人的事吐蕃人办最合适。"

一股热流从丹田处升起，迅速漾开，烧化了刚刚结在心口的烦闷，吹散了脑中凝滞的疑云，多达心中热乎乎的，眼眶湿润，脑际亮豁了许多。他感动地连连点头:"汉人说,士为知己者死,王爷这样相信我,我一定肝脑涂地,为王爷的事业鞠躬尽瘁。"

说话间,高智耀也打马赶来,瞅瞅这个的脸,看看那个的眸子,然后会心地一笑,点点头不吭气,只并缰前行。

多达建议等一等火列来大将军。

阔端摇摇头,没有勒缰:"他不会来的,由着他的性子去,不等他。"说着策马扬缰加快了速度。

[第三章]
萨迦上下同仇敌忾

九

有位老僧佝偻着身子掀帘进屋。头发足有一尺长,脏兮兮乱蓬蓬像顶了个牛尾巴。脸上也长满了胡须,像个毛猴,只露出一双亮晶晶的眸子和两排残缺不全的白牙齿。身上也是破烂不堪,到处是窟窿眼眼和条条缕缕,冻得身子瑟瑟发抖。褐红的袈裟已经成了黑乎乎的抹布。洛桑坚参和他是一个师傅的学生,他怎能忘记,从小一起长大的呀。洛桑坚参是萨迦寺应西夏王国的请求,派去任国师,管理所有佛教寺院的,是他亲自动员他去的。他怎么成了这个样子?顾不得追问,他忙上前扶起跪地朝他叩头的洛桑坚参,把他请到自己的卡垫上,盛了一碗酥油茶送到唇边。

洛桑坚参大口喝着酥油茶。

贡噶坚赞用眼角的余光责备仁增旺姆,仿佛质疑她为什么给舅舅不换件结实暖和的衣裳。不给理个发刮个胡子吃顿饱饭再领到他面前来。

仁增旺姆抬首解释道:"我也是路上碰见的,我要送他回家,舅舅就是不肯,要先拜见你这个学长,我才领过来的。"

洛桑坚参喝着喝着,一把眼泪一把鼻涕地哭了起来,脸颊抽搐,泣不成声:"师兄,我还以为这辈子见不着你,只有阴曹地府才能相见呢,呜呜…呜……"

贡嘎坚赞劝住他:"到家了,一切苦难都会过去,咱俩过去不是常说嘛?东方太阳升起,天空乌云散去,有啥话慢慢说。"他吩咐管家彭措,快找件他的僧裙、袈裟和斗篷换上,又叫上仁增旺姆给舅舅洗头理发剃胡子,干干净净地陪他检阅民兵，观赏法舞。

洛桑坚参却执意不换衣衫不理头发，拖着哭音嘶声道："我没有白天没有黑夜地赶路，就是要赶萨迦法会之前赶到萨迦，让萨迦人看一看蒙古人是如何蹂躏佛法的，西夏佛法在蒙古铁蹄下是如何遭到毁灭的。该用矛子戳心窝、用利刃挖双眼、挑脚筋的蒙古人，佛法不容他们存在，让晴天打霹雳劈死他们，野牛用角挑开他们的胸叉……"诅咒完，接着声泪俱下地控诉起蒙古人的暴行，谈到西夏首都中兴府如何成为一座死城，不分男女老幼、民族信仰、职业僧俗，统统杀了个尽光、烧了个尽光，抢了个尽光，他因去乡下为某施主家念亡人超度经而逃过一劫。他谈到沙州全城被屠、甘州毁之一炬、肃州十家九空……说到揪心之处，痛哭流涕，泣不成声，捶头跺脚，满脸怒色。

屋里静寂，空气像凝固了似的，人人都屏住了气息，连呼吸声都变成了多余的，空旷的会客厅只有洛桑坚参国师如泣如诉的叙述。贡嘎坚赞的脸色黑青黑青，像涂了霜似的没有一丝血色，有的只是呼吸的短促。脖颈上青筋蛇般虬起，眼窝里是灼人的火焰。仁增旺姆更是泪眼涟涟，透过泪眼，不仅仅是痛苦悲伤，是火一样燃烧的仇恨。身子在颤抖、在哆嗦，手紧紧攥在腰刀刀柄上。

彭措二次掀帘进来，迟疑地请示："教主，叩拜护法殿的时辰到了，您看——"

贡嘎坚赞立起身，要洛桑坚参歇一歇神，吃饱喝足换了袈裟，再一起去法会法场。

洛桑坚参却坚不听从。他忽地站起，昂首挺胸："师兄，我也去，到了萨迦寺，我要祈求护法神，用法力和威猛，去重重惩罚那些毁灭佛法、惨无人道的外道恶魔，挖干他们的根须，压灭他们的火苗，斩草除根，永绝后患。"

贡嘎坚赞只好顺他的意，搀扶着洛桑坚参下楼去叩拜萨迦派的护法神。

十

护法殿光线黯淡、森严恐怖，平时对外封闭不让叩拜，尤其对女性更严苛，一辈子信佛却膜拜不了自己寺院的护法神。萨迦寺的护法殿很多，供奉的护法神中既有所有佛教寺院供养的，又有自己寺院独特的护法神塑像，他们俩先来到了有特殊请求的宝帐怙主前。

宝帐怙主也就是大黑天护法神，梵语叫玛哈嘎拉，藏语叫贡保。他和其他护法神一样，是佛的愤怒身相。愤怒身相普遍是牛头马面、三头六臂、表情激愤、多眼、多头、多手多足，张牙舞爪，甚至血淋淋极度恐怖。这种愤怒形是佛和菩萨故意变化成凶恶恐怖的形象来吓唬震慑邪魔的。邪魔不单纯来自破坏佛法的魔鬼，还指精神上的邪魔，即阻碍僧人修行的思想上的魔鬼，如贪婪、嫉妒、愚昧痴迷等。正因为个人难以克服这些产生根本苦恼的渊源，佛才度化这种威猛恐怖的形象来遏制、镇伏邪恶、教化民众走向善境。大黑天护法神是其中很有影响力的护法神。

他们侍立在贡保护法神塑像前，九十度弓腰敬礼，虔诚地两眸微阖，神色庄严神圣，默默叩头不语。

玛哈嘎拉大黑天神，据说古印度把他视为军神或者战神。佛教密宗认为他是大日如来佛降伏恶魔时所呈现的愤怒相，在藏传佛教众多护法神中它是护法神之首，也是永久护法神。所以萨迦寺把玛哈嘎拉大黑天神奉为首席护法神，大护法殿中一溜排列的是二臂、四臂、六臂玛哈嘎拉大黑天神。

二臂的玛哈嘎拉身色都是青黑色，三眼呈愤怒状，鬃毛竖立，头戴五骷髅冠，双手在胸前，左手托着骷髅碗，碗内是翻腾的血液，右手拿一把月刀，作向碗里搅食状。两臂中间横着一根短棒，是兵器；双腿站立，踏在一个仰卧的男人体上，象征着他降服了魔障。背后是冲腾的火焰光背。

四臂玛哈嘎拉和二臂玛哈嘎拉大同小异，中间的两条主臂同上，只不过又多了两只手，左手高举着一支三叉戟，右手高悬一把宝剑，脖上挂着一串湿人头，象征着他的声威浩大。腰部围着虎皮裙，脚下踏着两个邪魔，下面是莲花宝座，所不同的是他呈坐势，两腿微屈，称为安乐坐。

六臂玛哈嘎拉有六条胳膊，最明显的特征是他披着一张白象皮，象头朝下，四腿搭在两肩和双腿后。最上右手向上抓着象脚，左手拿三叉戟，中间两只手右手拿骷髅鼓，左手拿索子，主臂两手仍拿骷髅碗和月刀。他身上的负担可够重的，除了象皮，脖子上还有青蛇、项链，脚脖和手腕上还缠着白蛇，象征着把龙王和药叉都降服了，腰间仍围着虎皮裙，环绕着一串人头。

虽然是六条胳膊，但腿仍然是两条，右屈左展，跨在一头仰卧的白象身上，白象左手拿着骷髅碗，右手拿着大萝卜。据说这象王也是个财神，非常凶暴，后来被玛哈嘎拉降服了，这是象王向他贡献方物的画像。

在护法殿中，最后排列的是白玛哈嘎拉，之所以称白玛哈嘎拉，是因为他通体都是白色。他也是愤怒形的，三眼，竖发如狮鬃，六臂，主臂左手托骷髅碗，右手托象征财宝的火焰掌；右上第一手持月刀，第二手持骷髅鼓；左上第一手持三叉戟，第二手持钩；双腿直立，脚下踏一只匍匐的小白象。

这小白象和前面那大黑天脚下踏的仰身白象一样，是八大镇方守土神之一，踩在他身上象征着国土安定如意。

贡嘎坚赞双手合掌，在每个大黑天护法神塑像前都伏地叩三个等身头，完了又额碰护法神底座叩三下，洛桑坚参也如此。叩完护法殿内各大黑天护法神，他的胸口稍稍舒展了些，底气也仿佛足多了，有大黑天护法神做后盾来护法，战胜佛法仇敌的信心也增多了。

从大护法殿出来，他俩又经回廊，来到了东头的小护法殿。小护法殿里供的也是萨迦派特请的护法神，不过他们的规格要比玛哈嘎拉大黑天神低一档，他们属于大威德金刚系列。

金刚在佛教中表示战无不胜，无坚不摧，破敌坚利，是护法神队伍中的先锋。威德金刚常见的形象是九头的，中间一头是大水牛形，又有着张开的弓一样粗大的牛角。每头又都是三只眼，上翻的肥大的水牛鼻，张着血盆大口，头上戴着五骷髅冠，他有三十四只手，十六条腿，蓝色的身体，拥抱着明妃罗浪杂娃。各头的颜色和表情也不完全一样，或黑或灰或白；表情或愤怒或勇猛，最上一头是如来形的，象征着他是阿弥陀佛化身而来的。在金刚的十六脚下，分两组，一边各踏着水牛、黄牛、鹿、蛇、狗、绵羊、狐狸等，象征着八位天王，而另一组脚下则踏着鹫、枭、鹦鹉、鹰、鹤、鸡、雁等，据说是象征着脚下八大天王的八位明妃，严格说起来，这些仍应是象征着修法中的邪魔和愚昧。

而三十四只手中各拿的铃、杵、刀、剑、弓、箭、瓶、索子、钩、戟、伞、盖、骷髅等兵器，寓意也各不相同，佛教图像中都是用这些小道具来表示智慧、勇猛、精进、坚固等等。

至于九头之上最高的无量寿佛头说明这威德金刚是无量寿佛变化而来的，他为了教令法界，而变化成的威德金刚模样，也就是说以威猛力降伏恶魔（阻碍修法的外敌和困难等），这就是"威"；以智慧力摧破烦恼业障，使众生从无明中解脱出来谓之"德"，合起来即威德金刚。

他俩一起膜拜，先是威德金刚，其次是马头金刚。

马头金刚是个愤怒的明王形，在那红色猥张的鬃毛里有一个或三个绿色的小马头正仰天长啸。马头金刚也叫马头明王、马头观音、马头观自在。藏密认为他是胎藏界（表大日如来的理性）观音院的本尊，是六观音之一。马头金刚都是愤怒形的，有两只手，六只手，八只手的，还有身后带翅膀的，身色按佛经要求也是非黄非赤，基本上是棕红的，三只眼，鬃毛上竖，不管怎么变化那绿色的马头都很突出。带翅膀的多是宁玛派所供奉的。萨迦派脱胎于宁玛派，自然供奉的是带翅马头金刚。三个马头向三个方向张口嘶鸣，喻为向三界挑战；主尊右手持金刚杵，左手托金刚铃，拥抱着淡红色的明妃；明妃名叫多罗，也是度母的意思。金刚六只手，各持骷髅碗、索子、蛇、骷髅杖等。

他俩拜到了吉祥天母护法神面前，不由敛住气，连气都不敢呼吸。吉祥天母敏感又暴躁，喜怒哀乐变化莫测，稍有不慎，她便会发怒降下灾难，所以他俩胆战心惊，连出气都不敢粗一点，全神凝注地叩拜。

吉祥天母虽是女性护法神，地位却很高，不亚于玛哈嘎拉和雅曼达嘎，她的肤色是青蓝的，头上红色的猬发竖立，上面饰有五个骷髅，头发顶上有半月和孔雀毛，右边耳朵上有小狮子为饰，据说象征着听经；左耳上挂着小蛇，意思是愤怒，腰里挂着账簿，那是专门记载人们所作恶事的档案，如果谁作了恶事将来要受剥皮处置。她左手拿的骷髅棒，是专门对付恶鬼的；她右手端着盛满鲜血的骷髅碗，身后披着人皮，确实凶恶至极。那人皮据说是她亲生儿子的，也有说是亲弟弟的，总之是象征她大义灭亲，不管是谁，破坏了佛法都不宽容。在马鞍前端下方有两个红白骰子，红的主杀，白的主教化。鞍子后有一个荷包袋，里面盛着疫病毒菌，也就是说她是主生死、病瘟、善恶的神。

她骑的那头黄骡子，骡腔上还生着一只眼，所以也俗称骡子天王。那骡缰绳是毒蛇，下面是汹涌的血海，象征着她闯过了天、地、海三界。吉祥天母据说有一百多种变化形象。她原是婆罗门教的主神，后被佛教吸收为护法神。因她有大吉祥，受到人们的爱戴，所以又称功德天。

走过吉祥天母，便是萨迦派三大供奉中的大手势金刚，也叫大轮金刚，他叫"恰多柯钦"，意思即大轮金刚手。这诸尊都手持金刚杵，以标识大日如来（毗卢遮那佛）的智德，用如来的大慧力摧破三障。

他也是六臂愤怒明王形，有六只手，三头，左边白，右边红；狮鬃，拥抱着浅灰色的明妃，明妃左手端着骷髅碗，内有翻腾的血浆，正往左边金刚嘴里送。在他们的脚下各踩着匍匐的小人，象征着惑障无明。

金刚手菩萨紧挨的是怖畏金刚，怖畏金刚把胜乐金刚、时轮金刚、密集金刚、喜金刚的法力，威猛几乎集中到他身上，特别可怕，特别吓人。

其像为九头，正面为牛头，每头上都有三只眼，头上戴着五个骷髅冠。34只手臂各手拿着铃、杵、刀、剑、弓、瓶、索子、钩、戟、伞、盖、骷髅等兵器。手执盛有血的头盖骨碗，藏语称"噶巴拉"。34臂象征佛教所说的智慧、勇猛、精进和坚固无比等。16条腿、裸体，拥抱着明妃罗浪杂娃，身色为蓝或黄，表情愤怒狰狞，头上有炽热火焰，头顶是阿弥陀佛。大威德金刚脚下，一边踏着水牛、黄牛、鹿、蛇、狗、绵羊、狐狸；另一边脚下踏着鹫、枭、鹦鹉、鹰、鹊、鸡、雁等。

两人走出护法殿时，已是汗湿脊梁，头上凝雾。贡嘎坚赞身子有点疲累，而洛桑坚参几乎精疲力竭，要瘫倒在地，他去搀扶，却被推开。护法殿内阴冷如冰窖，回廊里寒流刺骨，但洛桑坚参黝黑瘦削的面颊上却泛起了亢奋的红晕，眼里烁烁迸溅火花。他嘴唇颤动，重复地喃喃道："好了，好了，有这么多护法神护佑雪域，雪域佛法不会受到伤害，伤害雪域众生的恶魔一定会消灭殆尽，好了……好了。"

贡嘎坚赞也长长吁了口气，他和洛桑坚参挽着胳膊回到卧室。

十一

萨迦冬季大法会隆重开幕了。

老天有眼，黎明时分，那堆堆乌云已经变换为薄薄的毛絮，七零八落地挂在天边，金灿灿的朝阳把锦缎般的阳光铺洒在仲曲河两岸，铺洒在奔巴山根的萨迦寺。佛殿被烘衬得巍峨庄严。面对大经堂的石板广场上，除了留作法舞舞动的空地，到处是人头攒动，人山人海、热闹非凡。

最里圈左侧是僧乐队。长长的铜号有三丈长，一溜三个，宽大的双面鼓约有九座，整齐地架在鼓架上；鼓面是阴阳两界交汇图，紧挨着的有唢呐吹奏手，两个小号手还有六面铜钹。号队背后，是围成半圆形的三四圈僧侣，足足有四五百名，披着干净整洁的袈裟、正襟跏趺，一个个端庄严肃，目光渴望地集中于大经堂前殿楼的大门上，等待法舞扮演者出场。僧侣们的身后是各地赶来的牧民，男人们的狐皮帽、尖角毡帽、四扇獭皮耳帽，还有粗长辫子上缀钉的琥珀、绿松耳石、银牌、红珊瑚。妇女的头饰更是五彩缤纷、花样多姿。巴珠上镶着各色珍珠玛瑙，发辫上系着红、绿、黄等丝线，在阳光下闪着异彩。胸前金色、银色的小佛龛在朝阳反射下星光点点、炫人眸子。人们翘首以待，引颈祈望着法舞开场。

冬季大法会和夏季七月大法会一样，都是为了驱逐不洁之物"棱迦"。雪域藏人认为这种看不见摸不着，却在人间到处飘动，把邪恶传播给人类，让人和人之间产生仇恨、凶杀、猜忌、嫉妒、贪婪、狭隘、报复等等邪念的东西叫"棱迦"。它还传播疾病，制造灾害，无恶不作，是世上一切恶的根源，也是恶的集中。从苯教开始，或许佛教创始之际，就认定"棱迦"是人类向善的绊脚石、拦路虎，把它作为佛教镇压、驱逐的主要对手。萨迦一年有两次大法会，一次是七月大法会，一次是冬季大法会。冬季大法会比七月大法会隆重，更声势浩大，更威严壮观。

按惯例，法会通常的序曲开门见山，是法舞表演，没有教主诵经讲话等仪式。教主和高僧大德的席位在前殿楼的二层前廊上。教主一进入席位就意味着法舞可以出场了。但今年仪式却有所改变，贡嘎坚赞没有落座，而是放开他宽厚的嗓门，喊道："僧俗教民们，在法舞上场之前，我有三句话不得不讲。我的格言诗中曾写道：

    坏人无论怎样改造 / 本性也不会变好；
    煤炭无论怎么洗涤 / 颜色都无法变白；
    恭敬只能用于圣物 / 恭敬坏人却是祸根；
    乳汁是人们的甘露 / 喂毒蛇会增长毒液。

在我们的北方边境，这些年涌现了与佛法相对抗的邪恶力量，他们是如何屠杀我们的兄弟，抢掠党项人财产的？我们请一位亲历过这场灾难的幸存者来讲几句话。"

洛桑坚参不等贡嘎坚赞话音落地，颤颤巍巍地站起："萨迦的僧俗教民们，你们还认得我记得我吗？我是比丘洛桑坚参呀！是显密都通，任过大法台的洛桑坚参。我不是鬼，我是人，是你们的兄长，是萨迦寺的格西，谁把我弄成这个样子的，是蒙古人。"洛桑坚参慷慨激昂，嘶声吼道。

人群骚动和喧嚷，有人啧啧咂舌，有人吃惊地发出尖叫，他们差点认不出这位骨瘦如柴、皱纹满面、佝偻着身子的老人竟是当年的那位英姿勃勃、精神矍铄，说话隽永风趣、学问渊博广大的大法台洛桑坚参。僧侣中很多都曾是他的受益者，好多有格西学位的高僧都是他门下的学生，都向他请教过大小"五明"知识。教民中更有许多人向大法台顶礼膜拜过，祈求幸福，禳灾去祸，治病救人，给孩子取名，给宅基看风水，大法台给他们的恩惠不少。六年前西夏国王请大法台去当国师，想不到六年后却成这样子了，他们怎能不震惊万分！

洛桑坚参老泪纵横，声泪俱下，从蒙古汗国第一次无端侵略到第七次西夏灭国，中兴府被屠城；从沙州到灵州；从烧杀抢掠到毁寺拆塔，焚烧经典……滔滔不绝地控诉了半个时辰，说得在场的僧俗教民们眼珠红胀、瞳仁迸火，脸上乌云密布，一个个成了愤怒的怖畏金刚。

贡嘎坚赞看火候到了，再没有说什么，朝院内拍拍巴掌，示意萨迦冬季大法会法舞开幕。

扮演各种护法神的青年僧人们早憋足了劲,一个个像弹弓夹上的石子飞了出来。先出场的是主神金刚橛,它狗头人身,高大威猛,名叫多吉雄丹。他的明妃叫柯金德丹,紧随金刚橛神出场,也是狗头人身。其十大部将,也叫十大明王,一个个鱼贯跳着舞出,紧紧尾随着金刚橛翩跹起舞。十大明王之后,是金刚橛神的四位门将;东门神是戴胜鸟,南门神是乌鸦,西门神为鹰隼,北门神为猫头鹰。四位门神全是鸟头人形,它们各自手持铁钩、绳索、锁链和断魂铃。他们的神圣责任就是防止妖魔侵入金刚橛大神领地,制伏一切鬼怪。

第二轮法舞由金刚橛大神的二十位部将演出。他们统统是生物界的野兽,有野猪、蝎子、老虎、山鹰、金鹿、雪豹、山猫、野牛、豺狼、狮子、人熊、黑熊、老鼠、鼯鼠、喜鹊、大鹏等。它们一对一对地出场,随着乐队的节奏跳跃旋转,威严地舞蹈。又一对一对地有序倒退下场。他们的亮相给一切邪恶鬼怪以震慑、威吓,表明护法神无处不在处处在,遍布整个人间世界。为什么它们都是鸟形呢?佛经上说金刚橛大神有着非凡法力,原先在尼泊尔的山洞里修行,到了八世纪中叶,由莲花生大师迎请到西藏。他运用自己的神力,一路挟风持电,披荆斩棘,降伏了雪域各地的山神水怪,把他们驯化为藏传佛教的护法神,这些戴动物面具的鸟类动物,它们便是原先山神水怪的象征之一。

冬季大法会的主角是喜金刚,还有他的最重要伙伴三大护法神——班丹拉姆、宝帐怙主库吉贡保、班果常司。喜金刚身高肩宽、獠牙伸展、怒目圆睁,光面具就有一人高,不仅他肩扛,两旁还有两位年轻僧侣扶持。其他三位护法神也同样如此,喜金刚和三位护法神移动起来,犹如一座座黑铁塔、小石山。

喜金刚的周围舞动着四座方阵。有比丘方阵、咒师方阵、魔女方阵和武士方阵,各自舞姿不一样,所象征的法力也不一样。比丘代表持戒高僧,咒师则为降妖术士,而魔女和武士,是萨迦独自创作设计的角色。魔女华姆,她原是当地一位慑人魂魄、吸人血的恶鬼,后被萨迦法王降伏,成为萨迦寺独有的护法神之一。在舞场上,她依然蓬头垢面,狂呼乱舞,特别的扎眼。

武士方阵是俗人队伍，全是一伙威武彪悍的中青年男子汉。他们一个个雄赳赳、气昂昂，英姿潇洒，头扣铁盔，身披锁子甲，手持弓箭刀矛。他们是萨迦寺附近村落的武士们，他们出现在法舞队伍中，是说明护法神精神也在教民中，他们是萨迦法王的随从和近卫军，也参与在护法神砍杀"棱迦"的战斗中。僧俗、神身和民众同心合力，同仇敌忾，意气风发，为净化人类生存生态而奋进。

不管是金刚橛，还是喜金刚及其三大护法，终极目标都是砍杀"棱迦"，让人类活得更健康，更清爽，更圣洁。砍杀"棱迦"是法会的核心，更是高潮。全场凝声屏气，肃静至极，紧张得气都喘不出来。贡嘎坚赞的心跳加快了，呼吸粗重，他欠起上身，挺胸昂首，全神贯注地观看。场中所有人都眼皮一眨不眨地盯着场子中心。先出场的是二十位黑帽咒师，他们头上是画有骷髅项链的黑帽，身上是形似人皮的大袖宽袍衣裳，手捧着五种金属和麦豆青稞大米等五种粮食浸泡的金酒。他们在心悦诚服地祭祀供养本尊神和护法神，请护法神倾尽全力铲除"棱迦"。黑帽咒师之后是印度云游僧阿杂热出场。身着璎珞连衣裙的阿杂热，舞着花棒，翻着跟斗，连蹦带跳地在场上起舞。舞罢，阿杂热吹起人骨笛，招来天葬场尸主多珠达吉。多珠达吉围绕场中一直立着的"棱迦"——用糌粑捏成、涂着黑色彩釉的三角尖状的"棱迦"象征物开始舞蹈，引导金刚橛、喜金刚及三大护法神，以及部众，用剑矛子砍杀"棱迦"。场上顿时法号齐鸣，鼓钹震天，骨笛尖叫，诵咒声低沉浑厚，僧俗教民也怒吼相助。舞场内外，瞬时掀起了义愤填膺，同仇敌忾，视死如归，奋勇杀敌的浪潮。在冰雹般疾风暴雨地砍杀下，"棱迦"很快支离破碎，成了泥浆，全场掀起震天动地的欢呼声。

诸神又汇聚到了空地上，侍从们把五个施食饿鬼的"朵玛"——糌粑雕像推到场外一块空地上，围着起舞，挥动刀枪，用熊熊烈火焚烧"朵玛"，令世上所有妖魔鬼怪，在吃过人类施舍的食子之后，马上离开，再也不许回来祸害人类。

整个法舞在众人高昂激越、亢奋自信的气氛中落下帷幕。

贡嘎坚赞无声地咧嘴笑了，笑得眼仁子上溅出火花。他扭颈一笑，想和洛桑坚参说什么，一看洛桑坚参垂着头颅发出口哨般的轻微鼾声，满脸荡溢着满意自得的笑容，他已进入了梦乡。

他让侍僧扶着洛桑坚参到他卧室去睡个好觉。

十二

下午，同样是广场上，举行了萨迦地区阅兵式。虽然有众护法神的护佑，也有僧俗教民同仇敌忾的斗志和抗蒙精神，但他明白，物质的东西得靠物质来抗衡。对毒蛇，金雕才能啄死他；吃酥油，还得牧饱牦雌牛。没有强大的军事实力，你就休想保卫雪域家园，保护佛法昌盛。蒙古骑兵可不是糌粑捏的"棱迦"，更不是喂鬼怪的"朵玛"，一顿刀砍焚烧就能烟消云散大功告成的。蒙古人能征服西域，征服波斯、印度，消灭西夏、金国、北宋，全靠精兵强将，你只能用精兵强将去抗衡。所以，三个月前他就让各民兵团队的带兵官利用农闲牧闲季节，加紧训练，一定要复兴吐蕃的军事威力。他还在联席会上郑重宣布，阅兵后将进行评比，优秀者有奖。

当然，他心里也清楚，萨迦在全藏区不算人烟稠密、物产富饶地区，它偏居雪域西南边陲，在喜马拉雅雪山下。地势高峻，气候寒冷，物产贫瘠，人口稀少，不足以抵挡蒙古铁蹄的到来。再说，蒙古人要来，到萨迦已经占领了广袤的安多草原，已经深入到了康巴险峻的山区，也统治了卫藏人口众多、经济发达的拉萨平原、山南粮仓、江孜千里沃野，萨迦地区不过是最后一站。萨迦不可能颠覆蒙古人的地位，但他这样做，是向全藏区各不相属的教派、割据王朝发出一种信息，释放一种能量，那就是萨迦派在为保卫佛法、保卫雪域家园厉兵秣马、励精图治。作为松赞干布的后代，雪域藏人要学西夏党项人的精神，为了尊严、信仰、生存而战，决不能任人宰割，当异族的奴隶，做牛做马。他就是要鼓起全雪域人的自强信心。凝聚全民族的信念，团结一致，共同对敌。

贡嘎坚赞盘膝于五色氆氇卡垫上，眼里涌动着亢奋、激动、喜悦，接受各地民兵列队检阅，看着看着，他瞳仁里蒙上一层水雾。

一队队骑兵整齐地走过广场检阅台,有白马队、黑马队、枣骝马队、红马队,就像当年吐蕃帝国的东线军团,以马色为各翼的标志,犹如不同的云团滚滚而来,挟风裹雷,汹涌而去。而钉有铁掌的马蹄踏在冬日坚硬的石板广场上,那"得得"的响声,震天动地,似撼摇的黑松林在狂风暴雨中怒吼咆哮,要把长空撕开几道口子;又似山洪暴发,排山倒海,汹涌澎湃,仿佛要把大地的胸膛冲开几道沟壑,让天地翻个个。鼓点般咚咚作响的马蹄声,震撼得贡嘎坚赞胸口热血沸腾,头上蒸升汗雾,眼底宝石般熠熠闪彩。他脱掉披着的斗篷、缠裹的袈裟,还有头上扣着的萨迦寺住持上师特有的五佛冠,统统交给侍僧,光着膀子只穿连裙背心,挺胸昂首伸长脖子,兴致勃勃地观赏萨迦王朝麾下的民兵队伍。

马背上的骑士像是一座座雪山巍峨壮美,又像一面面危崖断壁挺拔亭立,显得英俊豪迈、威武雄壮,透出一种无坚不摧,战无不胜的豪然正气来。每个骑士头上扣着火红的狐皮帽,就像一团燃烧着的火焰在跳跃奔窜;衣领上的金钱豹镶边,在阳光下一闪一闪的,好似雪豹在龇牙咧嘴,瞪圆双眸,怒视前来侵犯的其他猛兽烈禽。有些骑士还身着吐蕃军士古老的戎装:用牛皮绳编串的小铁片盔甲,那一副盔甲少说也有十几斤重,但他们脸上毫无倦色,更没有沮丧,有的是一种骄傲、自豪,勃勃英气,他们左手握着马嚼子,右手紧攥着盾牌。盾牌是用藤条编制,然后用牛皮条或铁皮加固,是圆形的,直径有二尺左右,中间用一圆形铁帽做手柄。圆形盾牌上绘有虎头,阴阳八卦、云纹等图案。当他们走过全场,场上刹那间响起了热烈的口哨声、呐喊声等欢呼助威声。每个部队的马队,都按照吐蕃军队兵种排列程序来编队。先是旌旗遮天蔽日,直刺长空,给人心理上的震撼压力。接着是披坚执锐、彪悍凶狠的骑兵,长矛如林,利剑寒亮,山般压过来,涛般惊心动魄。战马英俊强悍,都是铁甲骑,是全副具装马铠。保护头部的有"面帘";保护马脖的是"鸡颈";保护前胸的是"当胸",还有保护躯干的"马身甲",保护臀部的"搭身"等。整个一匹马就是铁甲堡垒,冲锋起来那是乌黑的狂飙、锋利的大刀,无人能阻挡。当年吐蕃军团正是靠铁甲马纵横天下、战无不胜、攻无不克。紧后便是弓箭手部队,一个个雄赳赳气昂昂,肩上斜挎劲弓,腰挎豹皮箭袋，步履雄壮有力，有种战无不胜、势如破竹的气势。弓箭手后面是一小队宁玛僧人组成的职业占卜者。每次战斗之前，他们负责占卜胜败进退，给指挥员以参谋咨询，并祈祷祝福指战员。压阵殿后的通常是执戈披甲的步兵，最后于敌一击，并清理战场。

他的眼前兀的一亮，怎么出现了一队女兵？头上不是巴珠，而是火红火红的狐皮帽；胸前不是珍珠玛瑙项链和镂金镀银的佛龛"嘎乌"，而是明晶晶的圆盘护心镜；手头攥着的不是鲜花，也不是奶桶，而是闪烁寒光霜色的长矛和藏刀。能分辨出她们是女性的唯有肩背上垂吊或盘头的有五彩丝线的发辫，还有鲜艳夺目的"邦单"围裙，还有尖亮清脆的口令声。领队的是仁增旺姆。她英姿飒爽，高头大马上擎着吉祥天母护法神的唐卡佛像，雄赳赳、气昂昂地驰过广场。

贡嘎坚赞欣喜若狂，他情不自禁地起身，挥动右手打招呼，又双手合掌连连致意。

检阅完民兵，他的胸膛鼓了起来，眼里的忧虑一扫而光，踌躇满怀地走下楼，到门口早已备好的法座上，戴上代表萨迦教主的五佛冠，披上有金丝的僧服大斗篷，给僧俗教民摩顶赐吉祥结。

吉祥结是丝绸条。早几天前佛邸"拉章"的侍僧们就把红、绿、黄绸子有规则地撕成条条，在佛祖释迦牟尼的塑像前由他亲自诵经加持。加持的神力是金刚力，无坚不摧，法力无边，所向无敌，任何鬼怪病魔都望风披靡。

摩顶赐吉祥结一直持续到夜半三更。

[第四章]

宴席上的血腥角斗

十二

当他们赶到市区时,火列来也追上他们。他眼中透出一抹恼怒,粗嗓大门地叱问多达:"你们为什么不能等我一会?难道前面有麝香味勾你们的魂?"语气里蹦跶着浓浓的火药味,明明在挑衅。

多达勒住马叉子,歪过脖颈,当作没有听见,未去理睬火列来,但心头却火苗奔窜,怒火中烧。这个火列来成心和他过不去,经常在公众场合把他多达不当人,好像不找点碴子他的日子就不会好过似的。他斟酌着,酝酿着,准备和这个狂妄骄横、不知天高地厚的莽汉来场决斗,不教训教训这头野牛,他还把我这个雪域藏家汉子当成草丛中的虫子,任意踩踏作践。

未等他拿定主意,阔端王回头柔声说:"你是不是嫌我们没有留下来为你的箭技喝彩鼓掌,哈哈,我们走是让你尽兴玩个够。大将军,你错怪了我们。"

火列来脸一红,悻悻地一笑,再未吭声,跟着一起进了城。

年关将近,凉州城里来往的人多了,街上显出一抹热闹红火劲,但还是有不少店铺没有开门。他们的门板斑驳,门前散落着人尿马粪,好像主人远走高飞,不知去向。多达作为城防大将军,他请阔端王巡视,目的是把凉州的经济文化复苏并推进到新高度,恢复到盛唐时期的繁荣气象。他心中藏着的最深秘密就是让凉州城内外的老百姓生活温饱,安居乐业,不再受战争的惊吓,不再过动荡不安、颠沛流离、忍饥挨饿的日子,为了这,他才忍辱负重,受人白眼和流言蜚语的折磨,投诚了蒙古人。

他是听从佛祖的教诲，普度众生，利众利己，才做出如此艰难抉择的。为了这个抉择，也是为了却这个心愿，哪怕赴汤蹈火，九死一生，他也心甘情愿，在所不惜。但凉州的复苏谈何容易，经过战乱和仇杀，生产凋零、民不聊生，商人中有的逃难到乡下了，有的资金短缺周转不过来，有的缺乏货源商品短缺，总之，市场萧条、物产贫瘠，离复兴还远着呢！但他不气馁，他要干的事他一定要弄个八九不离十。眼下，首要的关键是取得西凉王的支持和重视。经过一年多的观察，他发现阔端王是个有抱负和有志向的王爷，不像有些蒙古将领，只知道马背夺天下，马背治天下，打打杀杀，只图一时之痛快，不想子孙后代过日子的事。阔端不是那类四肢发达、头脑简单的汉子，而是想干一番事业，给人类世界带来和平与发展的人物，所以，他抱有信心和期望，盼着在他麾下能实现自己的心愿。

　　他们先来到菜市街，街口早有多达的副手忽都将军带着巡防骑兵小队在等候。忽都将军已经年近花甲，但精神却奕奕有神，铜铃大的眼睛里除了孔武强悍，还流露着聪明睿智。他个头比火列来高出半个头，虎背熊腰，体格健壮魁梧，却不显累赘肥胖。他的臂力在驻河西蒙古军中首屈一指，两手能托举起一头千斤重的牦牛。听说他一把大刀舞的飞沙走石，连风都透不进。与忽都接触中，他发现忽都不歧视他，不像火列来把他这个降将当作异类、另类，而是尊重他、服从他，视为亲兄弟。忽都还待人谦逊，做人低调，不好斗，说话做事都温和可亲，他俩相处如兄弟般无间。他也了解到，忽都出身平民家庭，不是成吉思汗家族的成员，是另一蒙古部落被打败后投诚到成吉思汗家族部落的。因此，虽然他作战勇敢，屡立战功，但提升不快。他到过撒马耳汗、波斯山野，征战印度河北岸，但至今还是副将军，不过，他在军中威望很高，连火列来也让他三分，阔端王也很敬重他。新年前夕巡视市场，振兴凉州经济的想法，他就是通过忽都将军向阔端提出的。他知道蒙古人和蒙古人相互交流肯定是直通的，亲近的，感情上没有隔阂的。虽然阔端对他很信任，很热情，但毕竟他是蒙古汗国的宿敌西夏的子孙，是一位没有顽强抵抗而拱手献出了陪都凉州城的降将，他说话，阔端嘴上不说，心里肯定有张网要过滤、要猜忌的。

他们从菜市街开始。民以食为天，尤其过年先得备足五谷粮食、肉类蛋类和放得住的菜蔬。粮店不少，但货物并不丰盈，品种也不多，买者稀稀拉拉，没有几个人，市场看上去不景气。多达询问店主：为什么买卖萧条门庭冷落？店主回话说：这些年战事不断，社会不稳，人心惶惶，兵荒马乱的，田地被荒芜，收成本来就不好，加上官府和军队征收冗重，自己都不够吃，哪有往外卖的。

多达被说的噎住了。吭了片刻，又追问：那城里人该置年货啊！店主说的同样干脆：人心不稳定，社会不稳定，谁也不敢放手做买卖，百业凋零，无法安心过日子。谁不想好好过日子，可生意不景气，谁也没钱买东西呀。

道理很浅显，也很实在，说得多达无话可说。他不无担忧地用眼角扫过一旁的阔端，观察这位西凉王的神色如何，如果阔端王情绪暴怒，那这位直言不讳的店主就该倒霉了，不死也得挨顿鞭笞，弄个皮开肉绽。这是他最不想看到的场景，但又无能为力，难以扭转，自己毕竟是降将，又是西夏遗民，在人格上比蒙古人低一档次，说话不顶用，尤其是阔端在身边的时候。

阔端很平静，若有所思地端详着店主。

店主以为说错了话，办错了事，脸色霎时变得不自在，身子开始打哆嗦。

火列来走上前，满目凶光，指头捣着店主的鼻子叱骂："不杀你们，留条活命，是我们王爷的善心功德，你们还不满足？王爷要是早听我的话，把你们杀个鸡犬不留，连炉灶都不留，就没有今天这号啰唆事了。"说着就要抽出刀鞘里的刀子。

那店主反倒镇静若水，脸色由白到红，坦然地面对火列来的凶焰："你们不是问我实话吗？我说实话有何罪？你连实话都不敢听，还称什么蒙古好汉，不过是一只藏掖在地洞里的旱獭罢了。懦夫，你杀吧！我不愿活在懦夫的眼皮底下。"瞳仁里闪烁着无畏的光芒。

多达感动得血液一下涌上脑门，心尖像被炉火燃烧般地跳动。他为自己刚才的怯懦有点害羞，一个保护不了自己百姓的将军还算什么将军？他瞬时豪气满怀，一步跨到店主身前护住："是我让他说实话的，我是凉州城防长官，要处理他也是我权限之内的事。"他语气冷峻，冰凉渗人，有种凛然不可侵犯的气息透出，眼神灼灼有光，射出的刺芒能把对方心肺戳穿。

或许火列来从未见过多达如此暴怒凶狠的样子，一下怔住了。欲行不能，欲罢不能，只有把焦黄的胡须扑簌簌吹个不停。

阔端伸手拽过火列来，又走过去抓住店主的右手掌，扳开掌心，把一块银子搁在上面："这是五两碎银，你救个急，我喜欢你说实话，谢谢你的实话，我们往下走。"

他们丢下惊喜交集、有点手足无措的粮店老板，往巷道里继续巡视。

肉市同样不景气。卖肉和买肉的同样寥寥无几，开门的肉铺里大多牛羊肉不多，驴肉、马肉占了主份，红渍渍地吊着。阔端纳闷地疑问道："为什么驴肉、马肉多而牛羊肉却少？"答案几乎一致：战乱持续，游牧受到干扰破坏，牛羊大幅减产，买卖渠道中断，无法下乡收购，也没有多少可出售。而凉州城近郊农村，生产凋零，缺乏饲草料和种子，作为耕畜的驴、骡、马骨瘦如柴，大有剩余，百姓不得不杀肉送到城里卖了买粮吃。

阔端脸色凝重，不言不语，继续往前走，身后只有火列来嘟嘟囔囔的发着牢骚。

几条街都不景气，整个市场显得萧条疲惫，走到字画市场，阔端的脸色才由阴转多云，稍稍露出一缝晴天。他看到这儿人头稠密多了，人们的脸上也有一丝阳光、一抹希望，眼里流泻着对生活的向往、憧憬。大人手里握着红、蓝、绿、黄、白各色彩纸，那是用作贴窗纸的。孩子们高举手工制作的纸轮，边跑边听着纸轮在风中呼呼欢歌，不时发出高兴的尖嗓银铃声。有的还一手捏着点燃的香杆，一手捏着小鞭炮、大鞭炮，点着后向空中，或者向人群稠密处抛去，随着清脆的爆炸声，又响起开心的欢笑声。

多达担心马儿受惊，请示阔端要不要卫士清场，把放鞭炮的顽童们赶走。阔端摇摇头一笑说："老虎都不驱赶自己玩耍的孩子，我西凉王岂有远离百姓的道理？从今以后，我和凉州民众是一个湖里的鱼獭，朝夕相处，共呼吸同命运。"他让大家下马，乘骑全交卫士们牵着殿后。

阔端缓步走着，往东面瞅上一眼，又往西面扫去，还不漏掉南面和北面。他看得仔细上心，看到了吐蕃穿束的人，多在剪纸摊前转悠，专门购买宝珠、大象、蹦鹿，特别是狮、鹏、龙、虎、马，还有八吉祥、七瑞宝剪纸。他们身后牵着的马背褡裢里装着粉条、葱捆、挂面、糖瓜、凉粉酿皮、红枣、冬果梨、葡萄干、烘锅馍,还有散发着酒味的羊皮囊,都塞得鼓胀起来。

汉人大都在买门联。写对联的摊前拥挤,街头剃头匠的挑担前也有不少。各店铺门庭冷落,但小摊小贩们却异常活跃,全挪到马路上摆摊设点,吆喝叫卖,小吃到处都是,还有日杂五金、绸缎布匹、皮货鞍具……应有尽有,不过品种数量不多而已。人们脸上也少了忧郁多了开朗,虽不能说喜气洋洋,但眼中有着自信和希望的光彩,看见阔端、多达一伙,也只是敬畏地往两边避让二三步,腾出通道,没有惊恐地呼啸逃跑。

阔端心头笑了,胸前暖洋洋的,凉州百姓没有把他当成虎狼蛇蝎,没有当成屠夫刽子手,他就已经满足了。和当初蒙古军队开进凉州城大不一样,那时人们见了他,就像兔子见了饿鹰,老鼠撞上了猫,一个个惊恐万状,四散躲开,避得远远的。经过了这几年复苏,他从四川征战归来,就不大一样了,虽然人们神情有点紧张不自在,但却不躲不离了。眼中没了仇恨,没了恐惧,他也就有了安全感,可以在这片土地上融进自己的情感、智慧和才干,把她拥抱在怀中,把她建设成蒙古汗国统治下的一块乐土——我阔端独立建设并向世人奉献的是一方福地,一方和平、和谐、祥和的繁荣世界。我要显示我治理社会的才华、能力。虽然在武功方面我的技艺不高、能耐不强,在皇子皇孙中并不出类拔萃,但在文治领域,我决不会比谁弱,我可能还做得更好。我要把自己最优秀的一面展现在大家面前,让皇族里所有人刮目相看,耳目一新。西方不是有句谚语说得好,"条条大路通罗马"嘛?不管是战还是和,目的还不是占有土地、占有财富吗?我通过和平的方式,让蒙古汗国的土地更广大,财富更充裕,社会更繁荣,这有什么不好?谁会说三道四?富强才是最实在最有说服力的道理。他心里还藏着一个不可告人、可时时激荡心灵的秘密——继承汗位。如果父汗窝阔台有一天驾崩,他很想取而代之。但他明白,在兄弟序列中,他是老二,夹在中间,前不靠山后不靠水,只有打出一片新天地,才有资格竞争汗位。他心底也清楚,父汗封他为西凉王的用心良苦。在兄弟三人中,他体质较弱,力气不大。战场上拼杀征伐,首先靠的是体质,他很难立下战功。在讨伐花剌子模时,他还大病一场,差点死去,至今落下病根，时有复发。打仗冲锋、攻城略地，他很难出人头地，声望震人，只有转攻文治。父汗他把西夏这块硬骨头交给他阔端去管理，管理出一块新天地，一片新气象，才有望服人，树起威望，才有前途。马背上打天下，还不是为了治理天下，安度美好的日子？有治理天下的才华，同样有希望继任汗位。这是他深藏心底的理想。当然，他这一生最大的追求就是和平安逸地过日子，享受生活，精神和物质都快快乐乐，舒心惬意。正因为如此，他才执意不走沙州、肃州、灵州之屠城之路，争取走一条和平共存、和谐相处之道。运气真好，他逢上了识大体、顺潮流的西夏凉州守将多达那波，成全了他的梦想。招降成功，兵不血刃，轻而易举地拿下了西夏陪都凉州城，一下震动了蒙古汗国的上上下下，人们用另一种目光审慎地青睐他，在父汗心中树起了新的形象，也为老人家争了光，宽慰了老人家。他觉得多达那波这人大气有眼光，是办大事的人。接触中他还感到多达那波人品也不错，待人诚实，心地豁达，性格敦厚明朗，可以相处一辈子，所以他信任他、倚重他，推荐给父汗，任命他继续为西凉城防大将军。好多不知底细的人还以为多达那波是蒙古血统，名字听着也像个蒙古人，其实错了。多达那波是彻头彻尾、从里到外、完完全全的吐蕃藏人，多达是力大无穷的意思，那波是黑人的意思，因为他皮肤黑，像个黑疙瘩铁块，所以人们给他取了这个绰号，连同名字联在一块，称呼多达那波，即黑人多达。他打定主意，要借重多达那波的肩膀，实现蒙古人、吐蕃藏人、汉人和其他民族联手重塑盛唐时期的凉州繁华景象。

十三

下一站他选在了凉州城中的文庙。

有关文庙的历史古迹，高智耀先生知道的最多，他家五代都是凉州城中人氏，和文庙墙连墙，门挨门，他又是饱学之士，西夏时期就是将军府的幕僚，阔端入城闻其学识，也聘为西凉王府的幕僚，继续任职。凉州作为民族聚居区域，城内主要是汉、回纥、匈奴及西域胡人经商者，城外以藏、汉、回纥农牧人为主。由此，文庙年代久远。

高智耀如数家珍地向阔端讲述文庙的历史和文物典藏，阔端兴致很浓地边走边听。从工程的浩大到布局的精巧，从珍藏的珍玩、经典文物到常规性的活动，滔滔不绝讲个不停，一直讲到一行人进了大院看到古朴静雅，古柏参天，规模壮观，结构严谨对称，风格庄严雄伟的建筑时才住口。阔端怔住了，在自己眼皮底下还有这样典雅素洁、大方大气、古色古香的文庙，而且凉州文庙还这样有名气。这些年一直忙于军政事务，或南征北战，没有闲工夫去观赏文化景观，今天要不是多达安排，高智耀介绍，他脑中对文庙只是一个地名而已。火列来也怔住了，眸中交织着惊奇、新鲜、敬仰和困惑不解。

阔端兴致勃勃地浏览过前院、中院，忽听得后院有鼓点咚咚，锣声哐哐，欢声笑语阵阵，还夹杂有男女的唱歌声，不由敛住脚步，惊异地扫视多达，发出质询。

不等多达解释，高智耀已经抢先开口："是凉州城内玩社火的队伍在排练。"

"什么叫玩社火？"阔端不明白地追问。

多达快人快语："社火是凉州城汉族老百姓欢度新年时的集体娱乐游艺活动，当地叫玩社火。"

阔端绽开拧眉："进去看看。"

高智耀高声招呼里院的人："乡亲们，西凉王来探望大家了。"

阔端推门进院，一下呆住了。

一个头戴毡帽，白须垂胸，青衣青裤青靴的老者，正右手舞动红缨指挥棒，踏着徐缓欢乐的节奏边舞边唱。

在他身后的是鼓乐队，有大鼓、大锣、大钹、铰子、长号、唢呐及其他管乐。随着老者的节拍指挥，或锣鼓声震霄汉，气势雄浑；或春风细雨，娓娓动听；或丝竹管弦，优美扣心。

紧跟鼓乐队的，是一对农妇农夫。农夫肩扛锄头、木锨，农妇一手挽篮，一手执帚，边走边舞，农夫表演耕耘的各种动作；农妇却尽是送膳助耕的舞姿，还不时又唱又扭。

高智耀在一旁介绍说："那位领舞的老者叫春官，春官在汉语中是请春天、迎春天的使者，祈盼新一年国泰民安，风调雨顺的意思。这农夫农妇叫天公天母，他们俩是在预祝田园兴旺、五谷丰登、丰衣足食，代表人们向天公天母表示敬意和心愿，也有民以食为天，勤俭耕作才有吃有喝的哲理。"

阔端听着，看后面的一队表演，不由咧嘴笑出声。

先是腰鼓，再接着是腊花队。腰鼓队精神奕奕，神采飞扬，约为十六人，全选的是英俊秀气、个头大小齐刷刷的十七八的小伙。一个个头戴英雄巾、身穿镶边紧身衣和灯笼裤，腰系腰鼓，双手执鼓槌。鼓点整齐有序，轻松欢快，令人振奋。让阔端开心得笑出声的，不是腰鼓表演，而是腊花队。

这是充满戏耍、热闹、诙谐、幽默的一出闹剧。不用别人介绍，从动作就能看懂内容。阔端伸长脖颈，瞪大眼睛，眉毛眨都不眨一下，全神贯注地观看，不时乐得放声大笑。

腊花队全部是女性装扮。阔端看出有的是男扮女装，但长得清秀，不细看根本看不出是男性。她们的人数和腰鼓队一样多，一个个穿红挂绿，抹口红胭脂，花枝招展，妖娆多姿。彩裙在风中飘曳，彩袖如风筝在空中舞动，左手中的小手锣在不停地发出悦耳的节奏，右手持的彩绸似春日蝴蝶翩翩飞舞，煞是一副春光明媚、蜂蝶齐舞的新春景象。队伍前面领头的是公子哥打扮的傻公子和打扮猥琐、面相丑陋的媒婆子，两人一刻不停地打诨逗趣，做出令人捧腹大笑的滑稽、奇妙动作，嘴中妙语连珠，动作夸张有趣，惹得火列来也哈哈大笑，不停地搓手摩掌。

随着傻公子和丑婆子的扭腰舞耍，腰鼓队的鼓子在锣鼓点的配合下，变幻各种舞姿和花样。而腊花女又敲锣穿插其间，还亮开脆嗓，夹唱各种小曲、民歌，整个场面活泼、轻松，趣味横生，婀娜多姿，令观者眼花缭乱，心旌飞扬，神思爽怡。

跟着腊花女人的是佛僧队伍，有十八罗汉和八大金刚。一色僧衣僧服，有戴僧人面具的，也有脸上画了各种罗汉形象的。八大金刚均是武士装束，头上戴盔，身上穿甲，手执降魔杖、钢鞭、画戟等。他们边舞边唱，做出各种施法驱邪、拜佛祈天的姿态，一个个生龙活虎，精神抖擞，英勇刚劲。尤其八大金刚的武术，挟风生云，龙腾虎跃，神出鬼没，显得无坚不摧，战无不胜。阔端看得开心、欢欣，胸前却闪过一道闪电，不由想到：有如此高的武艺，要是他们凝聚起来，攥成一块拳头，蒙古骑兵要想征服凉州城，那恐怕不是轻而易举的事，不知要死多少人骑流多少血啊。他有点后怕地斜瞥了一眼多达。

多达没有注意到他眼角的余光，沉浸于观赏武术表演之中。

阔端胸口飘过一朵暖云，无声地吁口气，暗暗庆幸。由此，也很感激多达深明大义，在关键时刻投诚蒙古汗国，帮他躲开了一场血光之灾。

他亢奋地往下继续观看社火。

舞动着走过来了一堆庞杂花哨的队伍，其中有工匠、农牧民、江湖艺人、斗鸡的、走狗放鹰的，三教九流，各种装扮，各样道具，五花八门，色彩缤纷。各自行当的动作、舞姿，全都在紧锣密鼓中八仙过海各显神通，热闹地掀翻场子，把冬日的寒气赶得远远的。表演的阵式有四门斗敌、八阵图、九穿梭、十面埋伏、八角茴香、辫蒜辫、双龙会等，看得阔端眼眩头晕、目不暇接，眼前升腾起官民同喜、国泰民安、处处升平世界的气象，不由得他心花怒放，陶陶欲醉。

吐蕃藏人的男女舞队彩云般翩然而至。

回纥后裔的胡旋舞如飞燕惊鸿，旋转着，扭动腰肢、肩头、细脖走过来。

高高如白杨、如青松的铁芯子队伍，咚咚踩着鼓点，一步一跳走过来了。八人抬着一张方台，方桌上的铁芯子上，穿着各色彩服的七八个十一二岁的儿童在离地二三丈高的空中翘立。阔端张大嘴，瞪大眼睛，看得惊心动魄，目瞪口呆。那些体型窈窕、面目清秀的男孩，固定在铁杆上，化妆成戏曲人物，高高在上，招摇过市。奇妙之处在铁芯子从人物的靴袜衣服下穿过，表面不露痕迹，人上叠人，上面的人有的立在下面人的指尖、靠旗、翎面、剑把、伞顶上。他们一点也不紧张，神情自若，嬉笑不已，脸上荡漾着灿烂的笑容。眸中流泻着对幸福生活的向往和信心。

耍龙灯的也走过去了。踩高跷的、跑明船的、划旱船的、推太平车的，还有捉狗熊、拉骆驼、滚鼓子的，都使出浑身解数，看家本领，个个都是活宝。引得阔端情不自禁地欢声吆喝。

社火队压阵的最重要人物是膏药匠。说是膏药匠，实际是维持社火队和会场秩序的。哪里出现毛病，他就往哪儿贴膏药——遮丑剜疮痈。他一身游方郎中打扮，一手执蝇拂，一手摇串铃，随时随地制止乱挤乱闹的观看人群，又随时随地跑前奔后指导各队表演。表演间隙，他又穿来穿去，唱出一连串动听优美的好曲子。唱的全是贺新年、颂太平、祝愿长寿、恭喜发财等吉庆词儿。

尾随整个社火队的末尾是狮子和耍狮人。

这是阔端一直想欣赏开眼界的场面，他很早就有所耳闻。也曾在大汗帐中看过西域艺人耍狮的，但在自己管辖的凉州城，这还是第一次。进了凉州城，高智耀也提起过耍狮，他一直盼望着饱个眼福，但高智耀说只有过年玩社火时才能有耍狮的。还说这两年战事紧，民心乱，好多人生死不定，很难说社火中有无耍狮这一项了。他心凉了半截，但还是抱着希望，盼着能饱饱眼福，想不到今天在文庙逢上耍狮，他喜出望外，瞪大两只眼睛一动不动地追逐着狮子的身影。

那只绿鬃雪白似银球的狮子，就像游龙戏耍海水，云雀掠越长空，翻滚似泥丸般敏捷，跳跃像羚羊般快速，追扑胜过猛雕扑雀，跌打犹如霹雳炸地。它还有惊险奇巧的高空表演。长条凳数十条，纵横搭配，足有三四丈高。耍绣球的先逐层拾级而上，居高临下逗引招惹狮子。惹得狮子火气陡升，表现得暴躁难耐，不断做出咆哮状，扑向登梯，逐层翻滚而上，一直登到绝顶。在高处它又表演各种扑跌姿态，有时前爪悬空，几乎直立；有时后足蹬脱，几乎坠落。它一下又一下地将条凳一条一条地拆除，用口衔上放地，一直把底层清理干净。人们看得欣喜若狂，叹为观止，不停地向空中甩掷纸炮。用纸炮的轰炸声表达自己的欣喜心情。

阔端半天没有缓过神来，两眼还在狮子身上打滚。

眨眼的功夫，社火队变了阵型，春官在前摇动红缨指挥棒，身后是一溜边舞边哼唱春曲、排成方阵的社火队员。他们整齐划一，躬腰抱拳，和着春官的亮嗓，跟着悠悠唱到：

    西凉王啊，凉州的大救星。

    蒙古人啊，凉州的亲兄弟。

齐耕耘啊，凉州是聚宝盆。

　　撒甘露啊，石头也结五谷。

　　播春风啊，牛肥马壮羊欢。

　　凉州人啊，叩首您西凉王。

　　祝福您啊，长命百岁如柏。

　　祈祷您啊，平安快乐如海。

　　阔端眼窝湿了，脸上肌肉轻轻颤抖，嘴皮微微打哆嗦。他没有想到，作为异族占领者，他不仅未见到仇恨的目光、报复的刀剑，还受到凉州民众发自内心的宽恕、尊重、拥戴，真使他感动唏嘘，难以自制。他上前扶起作揖伏地的春官，声嗓有点喑哑地说道："凉州的父老乡亲们，谢谢你们把我当成自家人。从今以后，我们就是一个锅里舀饭，一个炕上打滚，同命运、共生死的亲兄弟，我会把凉州当成我家的帐房，看护好她，让她充满幸福、温暖、光明，永远在阳光下生活。"

　　人群欢呼、跳跃，锣鼓齐鸣，鞭炮冲天炸开，夹杂着人们"王爷千岁，千千岁！"的口号声，文庙变成了一片欢腾的海洋。

　　阔端让多达拿出二百两银子赏给春官说："就算是我们给大家拜个年。我知道百姓日子艰难，这个年不好过，权且充充饥、解解渴，相信过了年会越来越好过的。"

　　群情欢腾，没有人指挥，大伙却扭起来，唱起来，锣鼓唢呐奏出了欢快愉悦的曲子。

　　多达不吭气，但眼里跳动异彩，心头漾开欢水，眼前的情景正是他想要的效果，而这一切又都是他一手策划的，一手安排的，不是单纯讨好阔端和蒙古人的。河西重镇凉州，虽说是西夏的陪都，经济文化曾经繁荣过，但近十年却开始衰败走下坡路。与宋、与辽、与金，特别是与蒙古汗国交战，战事不断，西夏王廷不停地征调凉州民丁去战场拼杀，不停地征调凉州钱粮弥补王朝财力的不足，造成当地农田荒芜、畜牧业下滑，商贸凋零，西域来往中原的商队中断，税收锐减，百姓民不聊生，怨声载道。凉州城就像一头牦牛，看去骨架挺拔、块头很大很壮实，实际上瘦骨嶙峋，臀骨翘起如陡崖，肋也贴在皮上能数得清有几根,不要说驮负二三百斤,连自己走路都喘个不停。战火带来社会治安的不稳定,盗贼出没,官匪混杂,和官府的苛捐杂税搅和在一起,满目疮痍,饥寒交迫,他瞅着心口发疼啊。但作为一个地方军事长官,他又有什么办法呢?回天无力啊,这些年他只能把所有的忧患、痛苦压在心底,自己受煎熬。

他做的唯一一件对得起天地的事,便是蒙古人来了后,他理智地选择了开城投诚,兵不血刃地交出了凉州城,让老百姓免了血光之灾,财产也没有受到损失。但贫穷却依然鬼影般地缠着城内城外的百姓,人们对生活信心不大,陷入迷茫彷徨中,精神萎靡不振,连过年的心思都没有。他嗅出这是个危险的兆头,消沉下去就很难振作起来,精神垮下去则万念俱灰,一蹶不振。蒙古人看不起是小事,自己把自己毁了才是大事。只要不死心,谁的前面都有一条活路。他得把人心搅活、搅火了,大伙才不怕前面的路有多艰难的,有信心跨过沟坎,越过江河走向明天。借新年莅临,他逐门上富绅人家,动员他们拿出钱粮资助社火队,热热闹闹过个新年,把凉州城的人心烘热,把灰气、霉气、晦气一扫而光,迎来一个新崭崭、红火兴旺的凉州城。他晓之以理,也摆出利害,告诉说:如果让凉州城这样死气沉沉地下去,蒙古人说不一定丧气、动怒,会把大户人家的财产没收殆尽,到时候后悔就迟矣,我多达就爱莫能助、无可奈何,怎么办,要他们选择。富绅们很快有了态度了,从一月前就在文庙集中了这支社火队伍,把最优秀的人才调到一块,封闭式地训练,由城里商会筹资供应伙食,购买服饰、道具,一应器材,还发给工钱。多达一有空就转悠到这儿,与大伙切磋一番,与春官商量拜见阔端的颂词。

一切都在他的掌控之中,安排之中,今天他也是有意把阔端领到文庙来的。

阔端高兴,百姓欢欣,连爱挑刺招事的火列来也兴奋得脸颊绯红,眼中喜形于色,手舞足蹈地不亦乐乎。这下他还有什么不欢欣鼓舞的!只有和西凉王及下面的蒙古官兵搞好关系,大家心往一处想,劲往一处拧,营造个和平安静的环境,才有希望为百废待兴、百业待举打下基础,也是前提,在这一点上,他发现阔端比他明确,比他急切。有不少事他心里想的和阔端想的一致,这使他踏实硬朗多了,不怕别人的流言蜚语,也不怕火列来的挑衅闹事。

背靠大树好乘凉,他已经下定决心,下半辈子跟阔端跟定了。良禽择木而栖,士为知己者死。沙里淘金,只要是金子,管他啥地域、啥民族,只要造福于地方、造福于民众,我多达那波就甘心当他的马前卒,肝脑涂地在所不惜。他看准了阔端王,跟定了。

十四

回去的路上,虽然骑在马背上,但阔端走得很缓慢,神色变了样子,严肃庄重,眉梢蹙起,沉思凝结于瞳仁,随从们也不敢喧哗,默默尾随,不去干扰影响其思路。唯有火列来,还未从亢奋状态中回过神来,他拽住多达的马叉子,粗声粗气地指示道:"让社火队天天去各兵营、蒙古兵营演出,明白吗?尤其是腊花队的姑娘,还有铁芯子,太绝妙奇特,听见了吗?照我说的去办。"

多达特别地斜瞥了火列来一眼,意味深长地笑了。语气淡泊地回了一句:"我听西凉王的。"言下之意便是一种蔑视、不屑一顾和拒绝。本来,他已经安排了社火队新年期间到各蒙古兵营拜年慰问演出,日程表都定好了,但火列来颐指气使、高人一等的口气,他受不了,故意如此回话,气一气他,让他有气吐不出来。

快到西凉府,阔端王打住马头,吩咐忽都立即通知各蒙古将领,原城防军队的上层官员,还有负责各行业的有关文职官员,到西凉王府,他有要事要商量,并宣布相关规定。

西凉王府雕梁画栋,曲径回廊,亭台楼阁,大院小院环环相扣,雄浑、气派、典雅、宽敞、精巧,还有花园、佛堂相匹配,豪华排场、大气,是城内最阔气的王宫。西夏王李遵顼西逃凉州,就住在这座行宫之中。

不到一个时辰,在凉州城内驻扎的将领全聚到了议事厅。

阔端开宗明义,要大家为复苏凉州经济文化、振兴凉州各项事业献计献策,确定自己的职责使命。他提出为什么在年关将近之际提出这个议题的原因:"凉州现在是大家的窝,不要说人,就是蚂蚁、麻雀、老鼠都要想办法给自己筑个好窝,一个结实的窝、温暖的窝、吃喝不愁的窝。从今以后,我们就是凉州城的一棵草一株树苗,同甘共苦,息息相依,其兴衰都系在大家肩上,这个道理我想大家都明白吧?"

众人齐声回应:"明白!"又七嘴八舌议论道:"连这都不清楚,那还算什么人?不如去当吃屎的猪狗。"

"响鼓一槌,明人一言,我们该往哪处使劲呢?"

"看着市场萧条,农业荒芜,牧业也不景气,我们心里也着急啊。谁都知道,兵马未动,粮草先行;人是铁饭是钢,人没有吃的,不如群蚁,再不能浑浑噩噩过日子了。"忽都感叹道。

"谁浑浑噩噩过日子?"一直阴着脸,神色淡漠,情绪不高的火列来突然发难质问忽都。

忽都眼皮都未抬,冲他回答:"谁浑浑噩噩,谁心里清楚。"

"哼,不浑浑噩噩的,成天揪心挠胸地为长生天丢弃的垃圾发愁,不是在折磨自己的心智吗?我们蒙古人逐水草而游牧,打仗征战也一样,走到哪里就把哪儿啃尽扫光不丢一块骨头,再往其他地方游牧。哪像癞皮狗一样粘在一块地盘上刨吃又拉撒的?你们就是不听我的话,当初要是来干脆点,把那些长生天不要的人全干净彻底地收拾掉,哪有今天这些头疼的事?"

犹如热锅里浇进凉水,又似青稞粒爆炒噼啪蹦跶半空。议事厅瞬间吹过一股寒彻骨髓的冷风,人们神色惊骇,尤其当地投诚过来留任的文武官员,脸色兀地变了。有的惊悸,有的骇然,有的埋下头不吭气,有的眼中有火,却敢怒不敢言,眸子上都蒙上一层屈辱和担忧。多达站起来想反驳,又转眼盯向上席虎皮椅上的西凉王,欲言又止。

刚才还春风满面、谈笑自如的阔端,脸色唰地变得乌青,阴云密布,眼里冒出灼人的刺芒。他狠狠拍拍桌子,嚯地站起,用指头指着火列来怒叱:"大将军,你太放肆太狂妄了。谁让你在蒙古汗国的治国大政上胡言乱语的?大汗临终的遗言是什么?要我们不准屠城,对投奔蒙古汗国的各国各民族民众,要一视同仁,要尊重生命,要保护他们安居乐业。一切友好于蒙古汗国的人,都要友好对待,视若自己的同胞手足。可你,还停留在以前陈旧的观念中。

我在想方设法把散沙铸成民族友好、和谐的铜墙铁壁,你却往酸奶子里倒滚茶,往醇香的浓茶里调醋,把一切团圆、幸福的局面搅成稀屎一堆。"

火列来可能从未经历过外甥在大庭广众中对自己这样暴怒、训斥的场景。一下尴尬难堪,显得不知所措,惊慌失态,脸上一阵红一阵白,不知道说啥好。

"在家族内部,你是长辈,是姨夫,可在西凉王面前,你是部下,是属臣,得绝对服从我。不准干扰我西凉王治理凉州的大政,更不准信口开河,为所欲为。你刚才的话背离了我复苏凉州的建政大局,纯粹是你自己的荒谬念头,不代表我西凉王,要么你不出声悄悄地待着,要么就离开议事厅回去掂量自己错在哪里。"

火列来脸色由红变成紫黑,由紫黑化为惨白,他鼻哼一声,斜瞪了阔端一眼,转过身大步走出厅堂,身后留下刀鞘磕碰衣甲的叮当声。

"如果再有人胡言乱语,妄加评述,我阔端的钢刀可不是泥捏的,也摸摸你的脖颈是不是石头雕的。"阔端语气硬得像铁花飞溅,渗出坚定、冰冷的寒气。

议事厅又活跃起来。

有人建议减轻税负和乌拉差役,让老百姓喘口气,活得轻松些,有个奔头。

多达提出保护幼畜,严禁宰杀适龄母畜,把河西建成蒙古汗国的畜牧业生产基地。

有的提到社会治安是大问题,匪盗出没,流氓横行,不严加打击,正当的社会秩序就无法建立起来。民众的生活、生产就无法稳定下来。

高智耀谈到,越是在物资条件艰难之时,越要提供精神生活,除了文庙,还有名闻遐迩的罗什寺塔、天梯石窟、大云寺、西夏护国寺感应塔,还有不少道观、佛寺应加以修缮,安置道、僧人士,开展宗教活动,以安定人心,教化众生,携手建设和谐家园。

……

人们畅所欲言,自由抒发意见和建议。刚才阔端王对火列来的严厉训斥,打消了他们的顾忌,也看到了阔端坦诚豁达的心怀,刚正不阿的性格,相互一下拉近了距离,敢说心里话了。

大厅里的蜡烛点亮了。夜色渐近，虽然时辰还早，但位于河西走廊的凉州城，隆冬季节却黑得早。多达有点神不守舍地不时抬眼扫扫阔端王，又望着门外的暮色越来越浓。

阔端王听完臣僚们的话，才侃侃发表自己的意见："大家所说的话，千条万条拧成一条绳，那就是一句话：凉州是我们共同的家，既然是家，就要把它弄成福窝窝、乐陶陶、不透风、不漏雨，是不是这个意思？"

几乎众口一致："西凉王英明，王爷所言极是，我们想的就是这回事。"

一年之计在于春，过了年就是春天，明年军民日子过得好坏，现在就得算计好。我宣布：

"一、从国库里拿出二百万银两发放给百姓，年底只交回本金不收利息。没有籽种的买籽种，没有耕畜的买耕畜，没有口粮的买口粮，把人拢回来，把地务结实。牧民要备储饲草饲料过春乏关，要保护适龄母畜，不准宰杀、不准买卖。给城里没有本钱的或者缺乏周转资金的也贷款，低息贷款。想要马儿跑又要马儿不吃草的蠢事，我们绝不能办。市场活起来了，上上下下的日子也就畅通了。我们蒙古人知道，马儿得了肠搅扭，只有死路一条。

"第二条，组织剿匪小分队，镇压那些土匪强盗，安定地方治安，这事请忽都老将军挂帅。捎带还有两件事，第一是督察官兵，有无违背军令，横行市井，欺市夺财，或奸淫妇女，鱼肉百姓。发现一个处罚一个，不管他是蒙古人还是吐蕃人，汉人回纥人，该杀就杀，毫不留情。第二是凉州城重要的寺庙，殿祈之地，统统派兵把守保护，防止破坏盗窃。要鼓励富豪商贾出钱出力修缮扩建，对他们适当减免税负差役。"

阔端停住话头，目光炯炯扫视众人，加重了语气："父汗给我的任务还有一项，父汗交代的使命是什么？大伙越过祁连山往南看，那儿有什么？有吐蕃，是雪域。那是一块神秘的地方，谁都清楚，凉州本是吐蕃人的家园，西夏就是吐蕃的党项人为主体的民族。吐蕃与大唐帝国比高低，威震四方，他的旗帜到过中原、西夏、蒙古、于阗，影响力不小，虽说如今四分五裂，不相统一，但虎威犹在，不可小觑。他就在蒙古汗国的后方，虎视眈眈，犹如睡狮，父汗能睡好觉、吃下饭吗？当然不，你们明白我的意思吗？"

零零落落响起回应声：“明白、清楚。”

多达心根有点打战，他没有吭声也未抬眼正视阔端。

"蒙古汗国要统一中国，就不能撂下吐蕃雪域，父汗把这个重任交给我，我们今天复苏凉州过去的繁荣，就是为了建设一个富强厚实的后方根据地，好为经营吐蕃打基础。话说到这个份上，没人不清楚自己的使命吧？"阔端目光炯炯，威严地发问。

这一次，没人吭吭哧哧，缄默不语，都挺腰昂首响亮回应。对阔端王的性格，大家从对待火列来的态度看出了钢铁般的意志。在有关蒙古汗国的核心利益以及权威面前，他态度硬梆，坚定不移，六亲不认，该怎样就怎样，不犹豫，不迟疑，不骑墙，说到做到，有种震撼人心、穿胸透魄的气派。在关系汗国的大事时，他绝不会含糊，所以，只有同仇敌忾、齐心协力并肩奋斗才是前路。

多达嘴上虽应声，但心底却浮上一层薄薄的雾絮。一提到吐蕃，他就不由想到曲知合高僧，他是他家的经忏师，家中有什么佛事活动，都由他主持，他的名字是他起的，洗身祝福的仪式是他进行的，诵经祈祷之余，经常跟他讲松赞干布、赤祖德赞、热巴巾三大法王的故事。曲知合经忏师告诉他，吐蕃人血脉相承，骨头连筋，都是一个祖先的子孙，心头不隔国界地域，更不隔祁连山、唐古拉山，也不隔黄河、长江、澜沧江，都同一语言、同一习俗、同一信仰，都是紫铜色皮肤、黑头藏人的后代。这样，他从小就知道了自己是和喜马拉雅脚下、雅鲁藏布江两岸的藏人是一个根、一个种族、一个大家庭，有亲近感、亲和力。现在，蒙古汗国要向吐蕃进军，结果会是怎样？会不会和西夏一样，吐蕃人和蒙古人拼个你死我活，血流成河，尸骨堆山，满目疮痍，一片废墟啊！这样一想，他的心就生疼生疼。一方面是自己的亲骨肉，一方面是自己已经投靠并对他不薄的蒙古汗国，手心手背都是肉啊，依着吐蕃人的性格，那一定是宁折不弯，视死如归，决不屈服。残酷的，势在必行的血战肯定是免不了的，夹在中间他不知该咋办好，他心头雾蒙蒙、沉甸甸的！

阔端好像看出了多达的心事，虽没有正眼瞅他，但说出的话却如铁锤砸在他的心头上，溅出星星点点的火花来。

"统一对大家都有好处，统一能提供安定、和平的发展环境，能提供各民族各地域相互交流，取长补短，发挥自己长处，平等竞争的机会；能消弭隔阂和偏见，携手创造新生活、新前景的舞台。"他语重心长，口气缓慢，饱含深情。他顿了顿，呷口奶茶往下阐释：

"统一不是只靠战争一条路，它就像广阔的草原，只要能到达目的地，就尽可能选择自己认定的路走。我们凉州城不就是走的和平统一的路吗？大家说说，进城后，蒙古人欺负谁了？谁家破人亡流离失所了？谁遭到杀头之祸，尸骨抛荒野了？没有吧？我们蒙古人也是人，有人情味的人，不是杀人不眨眼的妖魔鬼怪，更不是虎狼豺豹。蒙古人是直肠子，谁对我好我就对谁好，谁拿拳头捣我的眼窝，我就拿刀捅谁的胸膛。眼里容不得沙子，疾恶如仇，讲个对等报应，这是蒙古人做人的原则，不像汉人讲个策略，拐着来。好了，草原再宽广，绊不住骏马的蹄子；江河再浩荡，挡不住木船的行驶,高山再重叠，也折不断雄鹰的翅膀。告诉大家一个好消息，为欢度新年，为我们大家庭团结一心，城防的多达大将军今晚在凉州城最好的酒楼宴请大家，各位请吧！"

阔端走下老虎座椅，径直走到多达面前，慈祥地蔼笑着挽起手，一同走出大厅，文武官员尾随而来。

在大门口跨上马背，阔端贴着多达耳根说了句什么，多达迟疑了片刻，掉转马头匆匆而去。

十五

宴会准备得十分周到十分丰盛，首先，茶就有三种：蒙古人喜欢的奶茶、汉人欣赏的八宝盖碗茶、吐蕃藏人爱喝的熬茯茶。酒也摆上了三种：蒙古人爱喝的马奶酒、凉州人爱喝的青稞酒，不分男女都向往的葡萄酒。桌上摆满了干果，有葡萄干、杏干、瓜脯、核桃、大红枣、黑瓜子、白瓜子、花生、冬果梨，还有从西域运来的不知叫什么名字的干果水果，红的、绿的、黛黄的、白的、黑的，琳琅满目，满果生辉。油炸馓子、羊耳朵、油饼、花卷、蒸馍，也碟摞碟盘叠盘挤得紧紧的，散发出麦香味、油香味，抠得大家的肠子蹦跶不已，搅得难受，但主人却一直不见踪影，阔端王也坦然自若，不见叫动筷子的，大伙只好耐着性子，眼珠子不住地往门口瞟去。

终于听见了多达远远的道歉声，但首先瞧见的是火列来粗矮的身形，眸中依然是桀骜不驯，脸上挂着傲慢的神态，但一见满桌的佳肴美酒，牛大的眼珠霎时眯细了，乐呵呵地笑大了嘴。

满厅的人都站起身让座，打招呼。

阔端走过去，拽住火列来的手腕，谦恭地笑说："姨夫，走，跟我坐上席。"

火列来有点诧异，有点恍然，边走边用古怪的目光打量阔端，大不咧咧地高嗓问道："你又认我这个姨夫啦？"

"认，在家里，在吃吃喝喝的场合，你是我的姨夫，是老前辈，但在官场，我是你的长官，是皇太子，你该认我呀。"阔端很随便地回话，弄得火列来有些噎，只好打哈哈就势坐在上席。

多达随后宣布开席，他举起酒碗，先祝蒙古汗国国运长久，兴旺发达。

第二杯酒他撒在地上，愿死去的将士、百姓早日转世人间，享受天伦之乐和阳光、和平的生活。

第三杯他高高举过头顶，欢声高嗓道："这杯酒祝福在座的各位，在新的一年身体健康，心情愉快，举家幸福，长命百岁，福禄俱全。"

喝过三杯酒，宴会厅弥漫开欢乐、祥和、喜庆的情绪，红灯笼、红蜡烛、红绸子，映得大家的脸色红彤彤的，喜彩耀人。各种菜一道道上来了，原先的干果、油炸果撤了下来，换上了新菜、热菜，地方特色的菜。有凉州特产的沙米凉粉，沙米是巴丹吉林沙漠中特有的米粒，黄褐色、扁圆形，有特殊的香味，对人滋补很大。发菜也是凉州的一绝，黑头发丝般细密的发菜贴在河谷苔石上，采拾很危险。人们取其谐音发财，在吉庆节日和着鸡蛋汁蒸成发糕，以示吉祥。

还有蒙古人、吐蕃人特喜爱的华锐草原羯羊的手抓羊肉，另外凉州卤鸡、红烧羊羔肉及其上乘荤素菜，一拨一拨地送上桌。

菜上到半截，多达离席，左手捧着绘龙描金的酒碗，右手捧着哈达，唱起了家乡的酒歌：

82

> 我手中的酒杯啊，
>
> 外面是吉祥的八幅轮；
>
> 里面是喷香的甘霖汁；
>
> 我献给在场的兄弟们。
>
> 我手中的茶壶哟，
>
> 外面是珍贵的八宝图；
>
> 里面是清香的鲜奶茶，
>
> 我献给欢乐的歌舞场。
>
> 我手中的哈达哟，
>
> 外面是美丽的八瓣莲，
>
> 里面是伟人的肖像画，
>
> 我献给吉祥的新生活。

大厅里扬起一片震耳欲聋的欢呼声、赞美声。

按照习俗，他把龙碗双手捧给老将军忽都，即由忽都接过唱歌的接力棒。

忽都老将军也不客气，不推让，站起来用长调悠悠唱开了：

> 愿新搭的帐房，结实坚固，
>
> 愿帐房的主人，快乐长寿，
>
> 愿屋里的陈设，华丽讲究，
>
> 愿主人的牲畜，像星星撒满夜空，
>
> 愿香甜的奶汁，像河水滚滚而来，
>
> 愿远近的客人，鞴鞍的骏马拴满门口。
>
> ……

忽都把碗重新交在多达手中。多达把酒碗交给了大厅一角早已跃跃欲试的胡旋舞妆相的姑娘手中。顿时，激越、热烈的异域乐曲响起，一队胡旋舞演员旋转着，跳跃着进入厅中心。奇特的服饰，苗条的身姿，流转顾盼的明眸，遮住脸庞的薄纱，扭动的腰肢，变幻多端的舞蹈，一下吸引住了大家的眼球。那真是诗人白居易《霓裳羽衣舞》中所言的："飘然旋转白云轻，嫣然纵送游龙惊。"尤其蒙古将军们看得眸子发花，肌肉紧绷，个个屏气凝神不敢出声。

83

胡旋舞之后，是《庆善乐》西凉乐舞，又是妙龄少女，身着艳丽的彩服，和着娴雅美妙的伴奏乐，手持飘带翩跹起舞。她们动作轻盈，手臂绵软，线条柔和，一个个似精灵，节奏徐缓，姿态舒展，犹如在云中仙宫里轻歌曼舞，怡然自在，悠悠然乐陶陶。而跳到高涨之处，犹如火球穿空，银丸滚动，飞燕掠天，惊蛇游走。

对节目，多达进行了精心编排。作为凉州城防大将军，在辞旧迎新的联欢宴会上，关键是求个欢字，首先得让蒙古汗国，也就是占领军的将士们欢喜、高兴，他们是这方土地和平、发展的主导者，是他必须联合团结的主要对象，他们喜欢欣赏什么，就是今晚联欢晚会的主场戏。除了吃的，喝的要叫他们满意，更重要的是要让他们精神愉悦，心情舒畅，消弭隔阂，增进友谊，溶进凉州的文化之中，和其他民族融合一处，同为兄弟。凉州是西夏的陪都，是远近闻名的重镇，西夏的影响根深蒂固，能动员的武装力量不可低估。凉州在蒙古汗国的分量也很重，是汗国的大后方，因此，汗王才派自己能干的二皇子阔端为西凉王。把汗国五分之一的军力拨到阔端手下，驻扎于水草丰美的祁连山脚各个牧场。那二万精兵强将是干啥的？他们不是休闲度假的，也不是颐养天年的。他们是防止叛乱的，怕西夏的遗民造反。整个河西走廊唯有凉州是不战而屈人之兵，投降了，但蒙古汗国还是放心不下，所以派重兵警戒。这一点他多达心里清楚。因此，消除不必要的疑虑，增进相互之间的了解和感情，与凉州百姓建立诚信关系，是他多达的首要任务。艺术能化解矛盾，帮助沟通人与人之间的心灵，搭建人类共同的精神境界和审美情趣。他悟出了艺术的无形魅力，便在节目编排上下了一番苦工夫。蒙古将士作为新型统治者，又从游牧社会走出，他们对凉州的胡旋舞和西凉乐舞特别感到新鲜、新奇，兴趣特浓，有着特殊的审美需求。他便把节目的重点放在这方面，没有安排地方汉族舞蹈和民歌小调，丝弦器乐，而是组织凉州城里的艺术人挖掘编排了这台晚会，突出了胡旋舞、西凉乐。把西凉乐中的歌曲、解曲、舞曲的韵味充分张扬出去，糅合成声乐、器乐和舞蹈三位一体的、既歌又舞还伴有器乐的西凉乐。

"庆善乐"之后，紧锣密鼓上场的是《燕乐》。《燕乐》是西凉乐曲和龟兹乐舞曲的综合，曲乐优美动人，舞姿似飞天仙女伎乐，观赏者如醉如痴。

……待到大家审美情趣基本满足，猜拳行令便开始了，宴会厅喧闹一片，欢声笑语震动屋梁，厅里热气腾腾，一片喜气洋洋。

多达捧着青稞酒碗，先来到阔端面前敬酒。阔端毫不推诿，接过酒碗，学着藏人的样子，用大拇指和无名指弹酒三滴，表示向天地父母感恩敬酒。然后一饮而尽，把碗倒倾，表示诚心实意，滴酒不漏。多达又盛满酒杯，走到老将军忽都面前，高高捧起酒碗，忽都也二话未说，脖子一扬，把酒全灌进了肚肠。

第三个敬酒的对象，他选择的是火列来，无论是情感上或缘分上，他都厌恶这个人，鄙弃这个人，甚至恨他不尊重人格，在公开场合用恶言恶语侮辱他、贬低他。他受够了他的气，但今天他不能不去给他敬酒。且不说现在是蒙古汗国的天下，人在屋檐下不得不低头，最重要的是他比他年长。尊重年长者，把他当作自己的亲哥哥，亲叔叔对待，那是流动在藏人血液中的行为准则、做人坐标，他不能不这样。当然还有一条那就是自己也是蒙古汗国的成员，都在一个锅里搅饭吃，抬头不见低头见，都得在西凉王手下办事，说不定还得互帮互助搭手去干活，弄僵了对谁都不好。今天他又是主人，请的都是客，手心手背都是肉，薄待谁，冷落谁都是主人的过失。除了西凉王，他是遵照黑头藏人的规矩：从老人开始，从高辈分开始，对所有客人都要实实在在，尊重到家，他自然不能慢待火列来，只能强忍心头的愤懑，挤出笑容走到火列来面前，双手捧着青稞酒碗送到唇口。

火列来满眸傲气，不屑一顾地别过脸去，仿佛眼前不是凉州城防大将军多达，而是一根木棍，一条烂布，置若罔闻，旁若无人。

多达胸口冒起一股烈火，脑门上冲涌热血，眼睛都充血了。长这么大，在大庭广众之中，他堂堂的大将军还没有受过如此的侮辱，人格上的伤害，他真想抛掉酒碗，冲火列来的眼窝一拳头，打他个脑浆四溢，血水飞溅。但他咬住了牙关，把火气压了下去，颤着声继续赔着笑脸捧稳酒碗："将军，你劳苦功高，是我们蒙古汗国的英雄，我敬你一杯，祝你，不等他往下说，火列来忽地站起，一把夺过酒碗，泼洒在多达脸上。

大厅里骤然空气冻结，弥漫开紧张的气氛。

火列来得意地冲多达冷笑："我蒙古汗国的英雄，从来不喝懦夫胆小鬼的敬酒，损了我英雄的元气。"

多达眼珠暴突，脸颊红涨，身子抖动，手不由按在腰刀上，灼灼目光烫铁般死盯着火列来那双充满傲慢、蔑视、野性的浑浊眼泡上。奇耻大辱，真是欺人太甚，竟敢在我设的新年宴会上羞辱我，羞辱我是懦夫，胆小鬼，是可忍孰不可忍，这口气一定得出，不宰了这头野牛，我多达就没有出头做人的日子，就不是黑头藏人松赞干布的子孙，他刚要抽出利剑，有一双强劲的手按住了他抽剑的手腕，他扭过头一看，是西凉王阔端。

阔端神情平静，眼中是善意的笑容："大将军别和火列来将军较真。他是粗人，又比你年长，他在跟你开玩笑，是不是，姨夫？"阔端的眼光火辣辣地刺向火列来。

火列来眼里闪过一丝惊慌，可能从阔端目光中看到了威严、杀气、军纪。他一愣，也挤出笑容，赶忙说道："玩笑，是玩笑，大将军多达是上胸能跑骏马，下胸能淌江河的藏家汉子，还能不明白是玩笑？我是试一试你的肚量。"

阔端也抓起火列来的胳膊，把他俩的手一面一个，高高举起，用浑厚的嗓音喊道："大家刚才是虚惊一场，他俩是开玩笑。看，这不联手团结得好好了吗？"

厅里又扬起释然的哗笑声、喧闹声。

阔端仍没有松手，还是高高举起他俩的胳膊："大家酒也喝了，好菜好肉也垫饱了肚皮，刚才又看了凉州城最绝妙的乐曲和舞蹈，现在该轮到我们在座的编排一个节目了，出个什么节目好呢？火列来将军不是自喻英雄吗？是不是英雄好汉，不是自己说了算，得通过比武看输赢，我看多达和火列来比武，给大家增添一点乐趣如何？"

众口一致欢呼，拍掌鼓劲。

多达心口豁亮，明白了阔端的苦心用意，他朝阔端诡异地眨眨眼，瞳仁里泛起勇气。

阔端规定比武共三项：射箭、摔跤、刀法。还有谁输了谁就向对方敬献哈达，诚心承认对方是真正的英雄，从此再不准挑衅贬低辱骂。多达感激地冲西凉王一瞥，心头热乎乎的，他知道这是阔端专意为他设的局，浑身瞬间涌上力量和信心。

酒楼前是偌大一个院落，长宽都有百米多，射箭是把院中百米处点燃的三炷草根粗的线香作为靶子。每人三箭，看谁射灭的多。

客人们都涌到大院中观赏，什么议论都有。

三炷线香点燃了，从百米以外观看，那香火小得只有头发根细，若隐若现，闪闪烁烁，似狼的绿眼在夜里眨动，又似荒野的鬼火时灭时亮。视力差一点的，看不清香火在哪里，只见黑乌乌天地一片墨色。

多达请火列来先射，表示尊重，自己在旁眯着眼目测。百米之外射箭，要想射准，得把握好张弓的臂力，空气的阻力，瞄准点的高度。蒙古人都是骑射高手，在马背上练就了一副射箭的技艺，他们征战四方，主要靠的是箭术。他们和藏人一样，都是吃肉喝牛奶长大的游牧民族，臂力是没有说的，他不敢掉以轻心，马虎敷衍。

火列来不推让，不客套，大大咧咧走上前，在规定的限线处敛步，张弓搭箭，毫不迟疑地连续射出箭。

大院内瞬时静寂无声，人们凝声屏气，望着香火那头。眼尖的很快发现，三炷香火中只有一根断裂，其余两根依然闪烁亮光。随后，监靶的卫士高高扬声喊道："射灭一根。"喊罢，他在射灭的那一根位置上重新点燃了一根。

火列来眼中的狂傲劲消失了一半，沮丧地抛下弓用右掌拍打脑门："喝多了，喝多了，眼花了。"边说边退到一侧，但目光仍瞧不起地盯着多达。

多达站在限线前，沉静地凝视前方三炷线香，慢慢挽弓搭箭，火列来只射中一靶，不啻是对他的鼓励。射香火，他不陌生，吐蕃人练箭，就是黑天暗夜，在院落、在帐前、在草滩旷野，三五青少年聚集一起走到一僻静处，点着几根芨芨草，又吹灭，用其烬火火星竞赛射箭，射不准的就得背射准的箭手跑三趟。为了不背人受罚，他常常独自练习射箭，练就了一身好箭法，在西夏军中被称为箭王。有一次西夏王来凉州视察，去祁连山打猎，多达作为护卫去保驾。西夏王追赶一只白唇鹿到灌木林中，半道突然冲出来一只雪豹，呲

87

嘴龇牙，张开血口狂飙般卷来。在这千钧一发之际，多达一箭射去，刚好射穿雪豹的右眼球，雪豹疼得大吼一声，倒地打了几个滚，仓皇回头逃窜。从此，多达箭王的名声在西夏国内如风吹开，没人不知。当然，和蒙古骑兵没有交战，所以火列来或许没有听说，才有那样的狂言和傲气。

他深深吸口冷气，让头脑和眼睛清亮冷静，然后屏住气，拉开野牛筋做的弓弦，对准三炷香火，毫不迟疑地嗖嗖连发三箭，随着竹箭的呼啸声，那三炷香火就像残烛逢上了劲风，土崖逢上了洪水，一根根全都断了。

人群中扬起惊叹声、欢呼声、赞美声。

多达头也不回地大步流星返回大厅。西凉王把摔跤项目搁在大厅中心进行，火列来和多达全是简装上阵。火列来脱去了皮袍和皮裤，上身只穿背心，袒胸露臂，箍了臂套和腕套。头上也系了黄布条，浑身的肌肉一疙瘩一疙瘩地突出来，显得强健有力，虎虎有神。他下身是宽绰的大裆裤，裤梢塞进了卷鼻牛皮靴中。腰也用掌宽的皮带紧紧束住，整个人像威猛强悍的雄狮。

多达也换了装，头发长长地披散着，像黄脊野牛威风凛凛，势不可挡；大襟羔袄纽扣紧紧，袖子宽展飘逸，伸缩自然；腰系红绸带，缠了三四圈，不见系着的红疙瘩；下身是宽松的绵羊皮裤，揉得滑润光亮。虽不像火列来的身板宽厚粗壮，但却有另外一番英姿剽悍，犹如一头兀鹰虎视眈眈。

火列来首先发动了攻势，他两眼喷放着凶焰，挥动胳膊，摇着身子，扑扇腾挪，大有一口吃掉多达的架势。

多达绷紧神经，瞪大双眸，一眨不眨盯着火列来的动作高度警戒。闪、挪、避、躲，尽量不让对方靠近自己的身子。他心头有主意但也捏着一把汗，虽说有准备，但比起射箭时的心态，他还是有点紧张，谁都知道，摔跤是蒙古人的强项，从学会走路起，小孩子们就学摔跤、玩摔跤、赛摔跤，男人们都积淀了一整套摔跤技艺，这一点蒙古人比吐蕃人强。吐蕃人也有比武习俗，成年男人入伍训练，要求飞刀驭马，乘骑弩射，侧乘卧击，乘马斩劈，疾驰越壕等马上功夫得过硬，刀剑矛斧、射箭都得超人一等，而摔跤只列在一般的竞赛项目中，赛马、游泳、射击、球类、杂技、举重之后才是摔跤。各地大型体育竞赛，大都是骑马、射击、马术三项，摔跤只是捎带的副项目，所以全社会并不看重，因而没有一套完整的技法传承，但也不是没有章程，藏人的摔跤有自由式和固定式两种，自由式可勾腿绊脚，以摔倒对方在地为胜；固定式则不能勾腿绊脚，双方抓勒对方的腰部，利用手、腰、臂部力量，设法将对方摔倒。他观察过蒙古人的摔跤，基本是固定式——扑过来，抓住你的腰带，然后凭借臂部、手部、腰部的力量，将你摔倒在地，然后压上胸部，使你无法挣扎翻起。

他一边躲闪，避开火列来的扑捕，一边急速绞尽脑汁，寻找对策。火列来力气大过他，摔跤章法娴熟，直来直去硬碰，自己肯定不是对手。但自己也不是没有优势，身手敏捷轻盈，步伐灵活快速。对，只能以巧取胜，以智制伏。对方有气力，但身子笨重不灵便，且喝了不少酒，酒劲上头，容易晕头转向，我就凭身子灵敏跟他耗。耗他的气力，耗他的锐气，尽量让他疲惫不堪。第二步呢：贴上去。贴住他的上身，双腿像蛇，紧紧缠住下肢，使火列来四肢难于自由屈伸，展不开技巧，有力难出，有法难用。

有了主意，多达便精心周旋。从场外的呐喊声中、助威声中，他分明听到了两种声音；藏语、汉语都喊的是他的名字，而蒙语喊的是火列来的名字。他和火列来的这场角力竞争，已经不单纯是个人之间的竞技比赛，而是民族情感、民族自豪感的体现了。虽说西夏灭亡了，凉州成为蒙古汗国的领土了，不分民族都成了蒙古汗国的百姓，但潜藏在心底的那份情感还在，民族精神还在，都盼着多达为他们争口气长个精神，让蒙古人不另眼看待他们。

霎时他浑身热烘烘的，一股热流从丹田升起，直冲脑门顶，两条胳膊陡增了千斤力。他两眼噩噩射光，腿脚快速挪动，兀地，意想不到地扑过去抱住火列来，全身贴紧，把火列来贴得死死的。

火列来暴跳如雷，猝不及防，箍住多达身子狠命抬起，像车轮般旋转。

多达两脚离地，腿子大大岔开，不让身下被火列来耍扣子，上身却像树胶沾住羊毛般和火列来贴成一体，任凭怎样旋转，两臂就似铁条钉死在火列来身上，怎样旋转也甩不开、不脱线。

多达看着火列来气喘如牛，鼻孔张得大大的，便知道时机到了，趁火列来想立足喘气的当儿，两只脚后跟狠劲蹬在对方的小腿肚上。火列来腿根一软，多达又以迅雷不及掩耳之势松开箍着的胳膊，两手扳住火列来的两肩头，一揉一推，火列来就像一堵墙轰然坍塌，"咚"的一声响，楼板都震起了灰尘。

人群中有人呼唤打口哨祝贺，有人失声叹息脸色黯灰。

多达擦擦额上的汗珠，退后两步，两手叉腰，警觉地注视火列来，眼角的余光似乎不经意地扫过阔端的脸，实际上他在探视西凉王的神情变化。毕竟火列来和阔端是同胞，是同一民族，又有着亲戚关系，也算是黄金家族的一员。自己的举动会不会伤了阔端的民族情感和自尊心，反倒增加了蒙藏两族的隔阂，给地方的和平安定和发展前景带来不利影响？如果那样，事情就推向了反面。这当然是他最不愿看到的。他宁肯委曲求全，忍辱负重，打碎牙齿吞进肚，也不愿损害自己奋斗取得的凉州和平。自然，心灵的痛苦是可想而知的。可如果赢不了火列来，那与火列来有一样观念的人，就会继续歧视你，瞧不起你，凉州地方就不会有真正的平等和和平，民族之间就会有摩擦，有摩擦就会碰撞火花，产生仇恨，发展成战争，那自己和平献城投诚的心血不就付诸东流，理想成泡沫了吗？这让他心烦意乱啊，不能，只能以进为守，从斗争中求团结。

还好，眼角的余光收回的是阔端平静、坦然的眼神，既没有雷电风霜，也没有雨雪冰雹，平静得如一泓湖水，晴空万里，根本看不出有情绪的。他的心安了，有所欣慰。

就在他思绪杂乱之时，火列来突然跳起来，扑向他，抓住他的腰带举起，又夯又蹾。他悬空抓不着对方的腰带，更无法箍住火列来的胳膊，虽然他屏住气息振作精神拼命控制身体重心，但没有挣扎几个回合，便被火列来左一甩右一按，失去重心砸在地上，砸得头昏脑晕，眼前金花乱舞，半晌睁不开眸子。

他听到火列来在狞笑，得意狂妄的狞笑，大厅中也响起欢呼狂吼声，显然是在祝贺火列来的胜利。

一口豪气涌上胸，他一个驴打滚翻身站了起来。他听到了人群中那惋惜的叹息声，也看到了幽幽的担忧之目光。心头暗暗叮咛自己，已经是一比一，再不能输了。

他深深吸了口冷气，让身子镇静下来。拍拍脑壳张开五爪，眼睛瞪成铜铃，神经如上箭的弓弦，脚下灵活地挪动、腾闪，像走马灯似的一刻也不停顿，但眼珠死死地盯着火列来的眼窝，不放过他眸子中一丝一毫的瞬间变化。他清楚，如果自己有一分一秒的松懈，对方就会雄狮般扑进来把他扳倒、撕开，使他无还手之力，无回旋余地。因此，他得百倍警觉，不停地挪、闪、移动，或摆脱火列来的抓捕，或双臂挥动，挣开火列来刚刚抓住的手臂，让他没有机会揪住目标；或做出抓臂，绊脚勾腿的动作，使火列来穷于应付，被动防御。他的目的只有一个，耗掉对方的气力和精力，然后瞅准空子，发起进攻。从火列来的套路反应，他看出对方已经有点气力不济、力不从心，额上汗珠滴答，鼻孔冒出粗气，脚下有点笨拙、凌乱。他暗暗心喜，正琢磨着从哪儿下手，火列来却停止了进攻，就像一只大狗熊，屹立不动，只是眼珠转动，双脚却钉在地上，既不进攻也不退却，摆出一副死守硬拼的架势。多达暗暗叫苦。火列来改变了战术，以逸代劳，以退为进，以不变应万变，既保存实力，也耗了对方的气力精力，相互熬，看谁能熬过谁。他斟酌，他掂量，觉得相持下去吃亏的还是自己，趁对方喘气未定、气力还没有恢复之前，得发动强大的攻势。

他改变了策略，不单纯从正面进攻，而是腾挪、闪跳到火列来的侧面、背面进攻，完全打破了火列来的守势，不得不扭动身子处处防御，显得被动费力。但火列来到底是摔跤世家的子弟，虽然步伐有点笨重，但还是镇定自若，让多达无从下手。两人对峙着，相互防守戒备着。过了好一阵，多达瞅个空子，从侧面揪住火列来的肩头，想用脚把对方勾倒在地，但火列来反应迅即，一个急转身，把多达紧紧抱住，两人紧紧贴在一块，旋转着，挪闪腾跃。双方使出了浑身的解数，都想把对方摔倒在地。结果，两人同时失去平衡跌倒，肩头平行着地。

阔端裁判，两人同时肩着地，没有输赢，是平手。摔跤比赛一比一，没有高低，分不出输赢。

多达长长呼口气，像是庆幸又像是惋惜。虽然没有获胜，但心头还是感到欣慰，能摔个平手也算不错，惋惜的是摔成平手后，形势严峻了，要是摔跤摔赢了，自己就稳操胜券了。但现在，就看比剑了，谁赢他心头没有把握。而且比剑是最残酷的一项，即使你小心翼翼，谦恭有礼，不伤害对方，但对方会怎样，他揣测不出。火列来一直对他有偏见，恨不能置之死地、除之后快，他从他眼中涌现的凶焰，从手脚喷发的杀气不能不产生如此结论。这是一场杀机四伏的格斗，得一次成功，也只有一次机会。因为西凉王规定，比剑格斗只限于一次，不能伤人，只以划破衣裳或划破皮肉为准。

　　两人稍事歇息，整了整衣衫，重新进入场地中央。厅内死一般静悄悄。人人瞪大眼睛盯着他俩的身影，连呼吸都变得短促粗重了。

　　手头都攥着寒光闪闪的长剑，烛影下衬出霜一般冰冷的银光；两眼对两眼，就像雄狮和斑虎决斗，野牛撞见了巨蟒，都发出灼灼逼人的火光，汪着冷如冰霜的凛冽刺芒，都想把对方吞进肚。

　　多达的神经绷得快要断线。他不能不紧张，有两重危机向他扑面而来。第一重危机自然是万一输了，那在火列来等人眼中，还是二级臣民，是懦夫，是胆小鬼，潜意识中打入了另册，今后难免受屈辱，无法抬起头。这不仅仅是他一个人的命运，还是原投诚凉州军民共同的命运，这口气难以咽下去。第二重危机则是关系个人生命，断送血肉之躯的切肤之事。俗话说，刀枪不长眼，尤其对手是蒙古汗国的悍将火列来，他最看不起的就是投降者，认定是懦夫怕死鬼，他下手肯定很狠，他把你刺伤刺死，也不过当成失手或者防卫过当说过去了，谁能拿他咋办？他是蒙古汗国的悍将，是皇亲国戚，今日的天下是蒙古汗国的天下。再说，骨头连着筋，血浓于水，阔端和火列来不管矛盾多大多深，还是肠子连肠子，脖子连着头，血管里流的是同一个祖先的血，万一出了事，那肯定胳膊肘往里拐，替火列来说话担事，只会不了了之，吃亏的还是他多达。所以，自己只能孤军奋战，自我保护，既防止他杀了自己，又不能伤了他，他是在悬崖边上走路，在激流浪尖上跳舞。不管咋说，必须得赢！只有赢了，才有出路。他下定了决心，下意识把牙关咬得咯吱响。

　　他脑子急剧地寻找对策，攥剑的手心沁出薄薄的细汗，双眼死盯着对方。对，还是泡、磨、耗，利用他急于成功的浮躁心理，发挥自己轻捷灵敏、年轻有力的优势，泡时间、磨剑法、耗精力，然后待机出动。方针一定，他的脑海便明亮了，像只麻雀蹦来闪去，腾挪跳跃。火列来的剑锋一下又一下地被他挑开，他还时不时突然地向前刺一剑，变被动为主动，转圜格局。

火列来的剑头一直不离他的喉口和胸口，都是一剑能要了命的。意图很清楚，就是借比剑术杀他多达，一是挽回前两项失去的面子，二是保持他在凉州驻军中的霸主地位；三是消除他这个潜在的对手，实现他战争狂人的梦想。

他冷静地抵挡着火列来的刺剑，不停地挪闪进退，变换位置，让火列来疲于戒备。剑术是藏人从小要接受的战备训练，必须娴熟，步伐得灵活。进退有章法，有灵活才有利剑无处不到处处到的状态；虎腾龙跃向前迈进一大步，狐行鹿蹿后退两小步，令对手防不胜防，不敢一路放胆追击。凌厉、快速，步伐得急剧变化。很快他从防御进入了主动进攻，剑剑刺向火列来的要害，或喉头或胸口或腋下，弄得火列来手忙脚乱，穷于应付，顾不上反攻。突然，他忽地腾起，剑尖直戳火列来的心窝，火列来身子一侧躲避不及，剑锋划过胸口，划破腰带，把裤子拽落，火列来窘急得蹲在地上，用手护住下身隐私处。

全场轰地一下发出哄笑，还有欢呼惊喜声。

阔端走过来，扶起火列来，又仔细地抚摸划开的血痕："疼啊，没有伤着内脏？"

火列来沮丧地摇摇头，垂下首不吭声。

阔端让侍卫把火列来扶下去，更衣再入席。

阔端站在厅中央，洪声宣布："竞技赛获胜者为多达将军。"

厅内欢声雷动。

"我请忽都老将军代火列来将军向凉州城防长官多达大将军敬献哈达。"

忽都庄重地捧起一条雪白的绸绫搭在多达躬着的脖颈："愿长生天保佑你长命百岁，战无不胜，天下无敌。"

阔端抓起多达的手高高举起："谁说多达不是英雄？凭着他刚才展示的武艺、智慧，他要死拼硬守，有谁能躲过他的利箭，避开他的剑锋？我忽都老将军，火列来将军，说不定会成他的剑下鬼呢。要是他固执己见，只为自己的名誉、利益着想，那凉州城内外就会尸骨枕藉、血流成河、玉石俱焚、两败俱伤啊！只是他明真理、识大体、顺潮流，开城归顺蒙古汗国，才有了和平的今天，幸福的今天，有了今夜的团圆欢乐，他才是真正的英雄好汉，大家说是不是？"

大厅里扬起春雷般滚滚而来的响应浪涛。

阔端脸上泛起亢奋的红晕，眼里奕奕闪光："不管是蒙古人，还是藏人汉人突厥人，都是人。是人就想活下去，就想活得自在、快乐、幸福，不然就没有意思，活着干啥！人就得相互尊重，诚信待人，不能谁瞧不起谁，谁欺负谁。没有平等哪来的团结？没有尊重哪来的平等？我想告诉大家，蒙古人并不是生来爱战争，爱杀人的，他是在得不到尊重，在不平等的情况下，才打仗杀人的。从今往后，凉州是我们大家的，大家要像爱护自己的儿女般爱护她。"

多达听着，一股股热流涌上胸口，眼眶发潮，心头的委屈、愤懑一下消失得无影无踪。阔端把他想要说的，不好说出口又没有机会向大伙说的话全部说出来了。让他堂堂正正地屹立人前，还原了一个有远见卓识、又有超群武功和智慧的英雄形象。平等、和平，我争的就是这两条啊。原来你安排我和火列来竞技比赛，就是为了给我正名……他说不出话，只是用颤抖的双手把自己颈上的哈达摘下来，鞠躬，捧过头部，庄重地回献给阔端王……

[第五章]

一本难念的经

十六

真是瞌睡遇着了枕头，骑手得到了骏马。新年一过，萨迦寺广场的新年祈愿法会桑烟还没有熄灭，从卫地噶当派主寺热振寺派来了信使邀请他去讲学。拉萨近郊的噶举派主寺楚布寺也派来信使，要他去给僧侣们讲解《菩提道次第广论》和有关密宗的知识，这正是他盼望的机会，他一直在等待着这样的机遇。抗击蒙古汗国的侵入，靠萨迦政教合一的政权，那是独木难挡狂风，一缕牛毛织不出帐篷，无法阻挡蒙古铁蹄，唯有全雪域藏区各个势力联合起来，劲往一处使，心往一处想，才有希望获得成功。他思想着，谋划着，不知从何下手为好，想不到机会送上门了。

当时的卫藏，基本上是由萨迦派、噶当派、噶举派三大藏传佛教派别控制了各地。各教派都和当地的大贵族、大封建领主相互结合，结合成一体，得到他们的布施、供养，各寺院也为他们诵经祝福，祈祷昌达，各为臂膀，相辅相成，不分你我。三大教派中，影响最大的是噶当派。

噶当派是藏传佛教各派中的经典派，学院派，也可称为正统派。

"噶"在藏语中是佛语的意思，按佛教传统说法，佛祖在世并没有留下文字型的专著，佛的一切教诲都是通过语言表达出来的，因此佛语就是佛的言教，它是经佛教僧侣四次结集记录整理编纂而成的。"当"便是佛教的教戒、教授。"噶当"一词意味着什么呢？意味着原汁原味的学习、继承、弘扬佛祖佛教的基本原理，并作为对僧侣戒律持守、修习佛法的全过程的总指导、

95

总纲领。

提起噶当派，不能不使他回忆起藏传佛教的曲折历史。

朗达玛举国灭佛时，三名信佛僧人藏绕赛、约格琼、玛释迦牟尼正在今拉萨市曲水县雅鲁藏布江南岸的山上闭关静坐。当他们听到禁佛的风声，三人便想法逃脱这场劫难。他们收拾起手头的佛经，特别是关于戒律部分的经典，驮在一批牲口上，昼伏夜行，先向西藏西部的阿里地区进发，后发现阿里也在禁佛，又逃往新疆。再后来往东部藏区转移，来到了汉藏交界的今青海尖扎县危崖峙立的坎布拉深山老林安营扎寨，后又转移到今青海省循化县丹底山上开始传经授徒。当地一位青年穆苏赛拔，来到他们面前受戒出家，在凑够五位受戒师后举行了受戒仪式，穆苏赛拔后来成为佛教后弘期的著名大师——喇钦·贡巴绕赛。贡巴绕赛是他受戒后的法名，即精通佛教理义之意，喇钦则是佛教大师的尊称。

喇钦获得成就之后，足迹到达多康很多藏区，不辞辛苦，奔波四方，传经弘法。他收了很多徒弟，也设了很多道场，影响广泛，声名远扬。他本来要进卫藏复兴佛教，但因当时卫藏闹饥荒而未能启行。

占据西藏山南，建立封建割据政权，并以桑耶寺住持为名的吐蕃王室永丹一支的后裔意希坚赞，出资派遣卢梅、楚臣喜饶等十人去喇钦处学佛经。卢梅等十人是有组织、有目的、有代表性的派遣的学经僧人。是听到喇钦在多康地区传教授佛法，便相互招呼，结伴而行。其中有卫地五人、藏地三人、阿里地区二人。从代表组成的地域可以看出卫藏地区在复兴佛教层面上，已达成共识，形成了势力规模。

卢梅等人返回卫藏后，在地方封建势力资助下，于卫藏、康区兴建了一批寺院，吸收门徒，传授戒律，使佛教在卫藏得以恢复。当然，他们在丹底学到的主要是"律学"。所以传授的自然是"三藏"之一的"律学"。卢梅带回来的这部分律学，藏文史籍被称为"前期律学"以区别后期从阿里地区传来的"上传律学"。

卢梅学识渊博，才华过人，影响很大，门徒很多，据说其徒弟有四柱、八梁、三十三椽的说法，他创建了唐波且寺（乃东县昌珠寺以东），并任住持。

十人之中的洛敦·多吉旺秋，回到后藏后，建立了古尔摩寺。洛敦在古尔摩寺剃度了二十四人受戒出家，他们陆续在后藏建立了规模不等的寺庙，组建起了"三宝"基地。这就是"下路宏法"的轮廓。

上路宏法从古格王朝迎来阿底峡大师开始。

阿底峡在卫藏有很多徒弟，但跟随阿底峡时间最长，所学最多的要数仲敦巴，是众弟子中的大师兄，他从1045年迎接阿底峡到卫藏，直至1054年阿底峡在聂唐去世，一直跟阿底峡在一起。仲敦巴以后创立了噶当派，实际上是落实阿底峡修习次第的思想和学说，是继承和延伸了阿底峡的事业。应该说噶当派是阿底峡奠基、设计的，仲敦巴是负责工程施工的。这一点应该特别强调是点明真相的宏大伟业。

仲敦巴（1005-1064）出生于今堆隆德庆县境内一富豪家庭，从少年起就跟随赛尊学习佛学，是他倡议并积极接迎阿底峡的。虽然他是一位没有受过比丘戒的居士，但一直跟随阿底峡学经，陪伴侍奉阿底峡走过了晚年生涯，他的威望很高，学识功底扎实。1055年，仲敦巴在聂唐主持了悼念阿底峡的仪式，修筑了藏传佛教第一座骨灰灵塔——阿底峡灵塔，并在附近建了一座寺院。不久，他应藏北当雄一带头人的邀请到热振地方去讲经传经，于1054年初建立了热振寺。那以后直到逝世，仲敦巴一直常驻热振寺，以讲经授徒为业达八九年光阴。他讲的方法内容都是阿底峡弘扬的、佛祖释迦牟尼创立的教义，因此僧俗信众把仲敦巴讲经和他的弟子、信徒称为噶当派。

噶当派以显宗修习为主。以阿底峡的有关论著为基本经典，阿底峡在藏区完成著作五十余部，其中七部：《菩提道灯论》、《大乘经庄严论》、《菩萨行》、《集菩萨学论》、《如菩提行论》、《本生蔓论》、《集句经论》为"噶当七论"，是噶当派教典的主要经典。

噶当派除"七论"，还有"慈氏王论"（即以《现观庄严论》为首的五部经典）和龙树的《中论》为首的一些经典，也是僧侣修习的内容。

噶当派并不排斥密宗，阿底峡大师也修习密宗，噶当派的创始人仲敦巴跟随阿底峡也学习过密法，但他提出了显宗为主，密宗为辅，显宗第一密宗第二的修习原则，其中的道理很明显：只有掌握了认识世界的正确方法，只有认识了主客观世界的基本规律和法则,只有通过了正确的般若"六度"才有成佛的基础,在这个基础之上,再秘密强化个人修悟,"心有灵犀一点通"才有望成佛。不懂得成佛的道路,懵懵懂懂地秘密修习,妄想即身成佛,那只能走火入魔,走进歧途。噶当派强化修行次第,主张先学显宗后学密宗的道理就在此。

噶当派还特别指出,密宗只能传授给经过考验的少数有"根器"的,不能随意让其泛滥,以免造成伤害。那么,"根器"是什么?佛教中"根"指生命活动。是"能生"之意,即有悟性,有创新力,能使认识发生飞跃升华,具有促进增生作用的根本,也就是俗人说的帮助生命扎根、胚胎成长的肥沃土壤。如眼根能生眼识,耳根能生耳识,《大乘义章》卷四中能生名根的有二十二种,它们分别是:眼根、耳根、舌根、身根、意根、女根、男根、命根、苦根、乐根、舍根、喜根、拊根、信根、精进根、念根、定根、慧根、未知当知根、已知根、具知根。这些根,说来说去,集中起来,其实说的是一条根——认识论之根。它们有着认识领域的价值,是认识事物的载体和工具,可深入到主客观世界,探求并掌握其法则与规律。而这些"根"的支柱是什么?是佛教原理中的辩证思维,是各种学科知识的积累发挥。没有了这个"根器",再修密法也无法达到佛的境界。所以,噶当派从这一利害关系出发,并不广泛传播密宗,他强调显密二宗不应相互攻击,而应互相补充,有机结合。

噶当派使藏传佛教的经典丰富化、完整化、体系化,使僧人修行次第规范化、程序化,使藏传佛教有了强大的、全面的理论武器,为传播、弘扬佛法拓展的前景夯实了思想基础。但噶当派几近教条式的学研,却又使它脱离了世俗社会,远离了民众的实际要求,使佛教带有幻想式的理想色彩,很难对社会产生深刻的、全面的影响,佛祖的精神力量很难化为物质力量。这是噶当派的缺陷,也是悲剧。

每当想到这里,贡嘎坚赞都不由扼腕叹息,为噶当派有点遗憾。佛祖说的话,句句是真理,阿底峡的著作,也是指路明灯,但佛祖是印度人,他的真理来自于对印度社会历史的观察总结,它与雪域隔着喜马拉雅雪山,有着十万八千里的距离,佛教是为普度众生而创立的,要普度雪域芸芸众生,怎能不按雪域地区的实际情况来呢？完全按佛语，不按藏区历史进程、民族精神、地域特色、心理素质、风情民俗予以改革、改善、改良，让佛教本地化、藏人化，那佛教在雪域要想扎下根就很难。前弘期以前的教训不正说明了这一点？朗达玛能轻而易举灭佛、平民造反毁灭佛殿、佛经，也不说明了当年佛教传播中存在的弊病和漏洞吗？不给民众造福，不为社会服务，民众会拥护吗？能播进他们的心田吗？教训是沉痛的。

虽然有缺憾，但噶当派正本清源的功德却是巨大的，受到的拥护也是可观的。噶当派的学风自由活跃，允许百家争鸣，百花齐放，在探索的路子上有学术自由竞争之可喜气氛。

噶当派教授支派中出现了很多人才，阿底峡的弟子俄·雷必喜饶创建桑浦寺，翻译和修订过多种有关因明学的书籍，被后人尊称为大俄译师。他的侄子俄·罗丹喜饶继任桑浦寺堪布，年轻时去克什米尔、尼泊尔留学，三十五岁后返藏，他翻译了很多经典和有关因明的书籍，成为非常著名的译师，听讲经的弟子达二万三千多人。桑浦寺鼎盛时期，有西藏各教派的僧人前来学习，学习的内容主要是因明学。大小俄译师传的因明论被称为"新因明"，而原来玛·雷必喜饶（小译师）所传的因明论则称之"旧因明"。不管是"旧因明"还是"新因明"，噶当派以桑浦寺为基地，还把"般若"（以《现观庄严论》及其注疏为主）、中观（以《入中论》及其注疏为主）等多学科传播开去，影响到全藏区，桑浦寺的历史功绩是巨大的，他不仅在显宗和因明方面开辟了新天地，影响了各教派，而且对整个藏传佛教的发展起到了推动、拓展、丰富、规范的作用，如梧桐吸引凤凰，形成了藏传佛教的中枢神经。

要想抗击蒙古人，没有噶当派参与，不联合噶当教区的僧俗，那万万是达不到目的的。首先，噶当教区在卫藏北面，是阻挡蒙古铁骑的首当之冲。其次，那儿是卫藏地区的中心，战略地位十分重要，或胜或赢对全藏区震动很大，影响会波及四周，将来的战场说不定得选在那里。噶当教区的使命特别重大、艰巨，鼓励他们奋起抵抗至关重要，自己有不可推卸、义无旁责的游说责任。第三呢，热振寺不像萨迦教区地方贫瘠，物产匮乏，人口稀少，它的周边地方富庶，人口较稠，物产较丰富，西北面是羌塘草原，民风强悍，牧民尚武，民兵素质较强，马术更不用说，和蒙古骑兵不相上下。兵源也充足，东南面是沃地千里的拉萨河谷，辎重粮草有保障。无论从哪个角度讲，噶当是抗击蒙古人战线的关键链条之一，必须争取到我贡嘎坚赞的立场上。

噶举派的力量也不容忽视。

噶举派是口头传承之意，口头传承佛语、学习佛语的感受体会，是佛教密宗的研习修持方法。说起来，在雪域藏区，噶举派是继宁玛派之后兴起的最早教派，佛教传入藏区之初，实际是密宗的传播，因为在那个时期，密宗成为印度佛教的主流。印度发祥的佛教，在翻越了千里喜马拉雅山后，几经反复，终于在古老的雪域大地上扎根落户。是谁撕开了本土宗教苯教设置的重重荆棘？是谁跨越了吐蕃上上下下的战壕？是密宗！莲花生大师高举密宗利剑，披荆斩棘，开拓前进，赢得了佛教一方新天地，密宗就是这样笼罩了雪域，弥漫开浓郁的氛围。

后弘期最初的日子，除了宁玛派固守着佛教密宗的阵地，逃到安多地区丹底寺的三位高僧，传授或恪守的也是密宗的教义。因为前弘期吐蕃的佛教基本都是印度密宗大师传授的，是密宗内容的经典。卢梅等人从多康传入"喇钦"的教法，应该是前弘期密宗的一套。"上路弘法"也是以密宗为核心。上路弘法的代表人物仁钦桑布，翻译的大量经卷中以密宗为主，是印度佛教在八世纪以后的密宗著作。所以藏传佛教以仁钦桑布译的密宗经卷为分界线，把仁钦桑布译的称为新秘咒，把他之前的称作旧秘咒，由此，可以看出仁钦桑布所译之密宗著作的分量，也充分说明后弘期依然是密宗为主，密宗为先。

密宗以师徒传承、父子传承为方式，宣传快速成佛，诱导僧侣们都挤往密宗之途。结果有志于密宗的僧侣便各显神通，各立学说，自成门户，派系林立，庞杂无序。但密宗作为一种认识的统帅却贯穿始终，具有强大的凝聚力，形成了藏传佛教后弘期一个重要派别——噶举派。

虽然是密宗教派，但各自的体验、感受都有所不同，从而形成了很多流派，所谓四派和八小派。这都是因为教导的某一方面有所偏重而来。举例来说，玛尔巴注重佛语的教导；米拉日巴注重特殊的静观；达伯注重清洁的心思；噶玛杜斯勤巴注重心灵与呼吸的均等。

密宗的噶举包括朗达玛灭法后重新翻译的佛经，两种识别，最深义和特殊保护神。举例来说，玛尔巴的保护神是欢喜金刚，米拉日巴的保护神是金刚亥母，达伯的保护神是无尚乐。

噶举派有始祖，但没有形成统一的轴派，没有学术领袖，所以支系繁多，各自为政，各立门户，独立成系，各占地盘，显得庞杂无序。当然，这缘于密宗的自由性、神秘性、活跃性、多元性，酿造了这种环境和条件。

噶举时代，藏传佛教的密宗达到了登峰造极的地步，展现了佛教文化的另一侧面，进一步丰富了藏传佛教的内涵，但藏传佛教也走向了神秘化极端，出现了局部腐败的现象。

为什么会出现腐败现象？在贡嘎坚赞看来，噶举派走的路有些偏颇，和佛祖教诲的普度众生、利他利众的宗旨拉开了距离。修行噶举的僧侣们，是不是有点自私了？修持密宗的都想即身成佛、完善自己，也就是独善其身，个人得到解脱涅槃，他把整个世界变成了个人追求幸福圆满的世界，而不是以慈悲为怀、普度众生，实现大同世界的普世追求为主要坐标，事实上把利他利众排斥在外，只有利己目标，这就不仅背弃了佛祖最初的救苦原则，也偏离了成佛的三项层次要求，走进了一个偏执的狭小道路。既然把佛教当作自身一人的事业，而不是为广大信众服务，那你就必然抛开了教民。教民也就不认你的账了，就脱离信众。信众的热情减弱，信仰的程度就大打折扣。一个教派若果失去了信众，也就失去了基础——思想信仰基础和物资供养基础。自然走向衰落、消亡，这是第一点。

学说的晦涩、玄奥、繁琐，形而上学的盛行，使自己的认识论缠上了种种厚茧，让信众陷入十里迷雾之中难以明白，只能在小圈子里玩文字游戏，而大众却不知所以然。

还有一个致命的弱点，那就是密宗和秘密传承。由此各种观点、见解良莠混杂，自由泛滥。有的偏执有的故弄玄虚，也造成了信仰者的思想模糊，认识混沌，甚至走向反面。秘密传承带来的另一负面影响是轻视、忽视戒律，以密宗种种"见解"抵制戒律的约束规范，带来戒律的松弛。有的僧侣甚至巧立名目、玩弄女性、贪婪钱财，使藏传佛教僧侣形象蒙上了阴影。

可人这个东西就是怪，出于本能的欲望，还是想侥幸取胜，想走捷径，想早日即身成佛，从精神及物质层面获得佛的待遇，享受无尽的幸福，由此，密宗的信众很多，占据的地盘很广泛，从康区到阿里，从安多到喜马拉雅山脚下，建有很多寺院，僧侣信众也不少。不争取他们全力投入，抗击蒙古骑兵的侵入还是一句空话。

他们邀请自己去讲学，说不一定有着沟通联络这方面的意思。

他答应了两面的邀请，说好等春天气候稍微转暖，便启程上路，先到热振寺，再去楚布寺。

他开始忙着安排萨迦教区的事，好到时候能赴热振寺、楚布寺。

二月小法会一结束，他来到了仁增旺姆家的庄园。

十七

仁增旺姆未想到贡嘎坚赞会登门拜访她，有点迷惘突兀，但更多的是惊喜。这多少年他没有主动登临过她的家，在这蒙藏关系紧张，随时爆发战争的当口，他不打招呼，突然来到她家看望她，难道，难道他改变了独身守戒的主意？萨迦派的僧侣是可以结婚的，教主更不要说了。萨迦前三世教主都是结婚生了子的，既管理寺院又操持家务，他们也不穿持戒的红袈裟，而是白褐衫的衣裳，人们称之为"白衣三祖"。作为第四世的教主，贡嘎坚赞完全可以继他们的衣钵而行之。想到这里，她脑子里哗地闪过电光，胸口烧起一堆暖融融的炭火，两颊飞起红云，眼里飘起彩霞。她急忙亲自给他打新鲜的酥油茶，又吩咐厨房准备牛肉灌汤包子——贡嘎坚赞最喜欢的佳肴。抽空，她钻进自己的闺室，换了一套新缝制的鲜艳衣裳，把藏在箱子底的珍珠项链取出来，还有纯金镂纹的"嘎乌"胸龛也找出来，戴在脖颈上。她没有忘掉镶满珊瑚、宝石、松耳石的巴珠，庄重地扣在头上，结好了系绳，脸上也淡淡地敷了层印度买来的脂粉，人顿时焕然一新，变了样子，就像马上出嫁的贵族姑娘一样。

侍僧侍女们一看这情势，马上明白了，不约而同地退出了客厅，走得远远的，到听不见他俩说什么的距离为止，临出门没有忘记关门的。她掀帘重新出现在贡嘎坚赞面前时，投进她眼帘的贡嘎坚赞是另一种神情，眸中闪烁着三层迥异的光波。第一层光波是亮晶晶的惊异，紧接的第二层光波是金花迸溅的惊喜，惊喜之后渐渐变幻为迷醉。第三层折射向往的倾慕、欢欣、神不守舍的倾情痴醉。

仁增旺姆的心尖也被欢乐所酥化，快要碎了。她心花怒放，神思飞扬，两目痴迷地盯着贡嘎坚赞只笑不说话，等着他说出她等了多年的那句话。

贡嘎坚赞也不说话，只是眉毛动都不动地死死盯着她，他瞳仁里有火花、有闪电、有烈焰，还有翻江倒海的激情。真的，他的心窝里燃烧着炽烈的火焰，胸口激荡着千顷波涛，他眼中的火花电光，真的是内心情感的流泻。眼睛是心灵的镜子，一点也不假，这世界上只要是人，只要你有七情六欲，有热血流动，有心脏跳动，谁能拒绝美的东西？谁不受美的诱惑？谁见了鲜花不嗅两鼻？谁见了美人不多看两眼？人没有不爱美的，尤其眼前的仁增旺姆，花容月貌，比壁画上的飞天乐伎，比唐卡中的度母仙女还好看，他能不动心？他能心旌不飘动？激情不澎湃？他看得入醉了，神迷了，恨不能把仁增旺姆拥在怀，体肤紧贴，来个双修，达到灵与肉的高度结合，至乐至兴。作为个人，一生拥有仁增旺姆，那是他最大的福气啊！凝视她娇美俏丽的面孔，你的心情会像明媚春光，舒畅惬意，犹如飞翔在蓝天万里，驰骋在无垠草原；听着她温情脉脉、亲昵柔和的话语，你的灵魂会飞出壳，像彩云自由翱翔；像云雀欢歌鸣啭，说不尽的快乐愉悦；若躺在仁增旺姆的怀抱里，那份柔情蜜意，那种放松酥软，梦里都梦不到的。这一生和仁增旺姆结为一家，那真是享不尽的荣华富贵，拥有美丽，拥有和谐，拥有财富，要什么有什么啊！他神思有点迷乱、痴醉……

仁增旺姆仿佛嗅到了她等待已久的那股气息，从贡嘎坚赞身上散发的追逐靠拢她的吸引力，她有点自持不住，不由阖住眼等待贡嘎坚赞拥抱她。

心湖渐渐平静，激情慢慢落下，不知过了多长时间，等不到他的双臂把她紧紧箍住，也没有热烘烘的气浪扑面而来，她有点恍惚有点惘然，沮丧地把眸子睁开。

这一次惊诧的是她！

贡嘎坚赞坐在卡垫上，一动不动犹似刀雕泥塑的佛像，低眉含眸，双手合掌，嘴皮微微打战，口中喃喃诵念着六字真经"唵嘛呢叭咪哞"，仿佛眼前不存在她这个美人仁增旺姆，而是在深山石穴中独个参禅似的。

仁增旺姆一下气得鼻孔簌簌颤动，眸子干裂得冒火星，双腿微微打战，头有点眩晕，恨不能扑上前去在贡嘎坚赞脸上咬一口，或泼碗酥油茶，让他清醒清醒，正眼瞅瞅她，但她压住了火气，她下不了手，也不忍下这个手，她又气又羞，扭转身抱着头啜泣着往门口小跑而去。

像是一条绳索捆住了腰身，有一双结实有力的胳膊箍住了她，使她动弹不了。她明白是谁，但她没有停止啜泣，也没有扭回头，心里狠狠诅骂道："死人，现在回过神来了，不理你。"

耳畔却钻进来那熟悉的声调："你糊涂了，我不是说过，只要心心相印还需要我们终日厮守一处吗？"

往沸茶里泼进一勺凉水，往喧杂的树林里投过去一颗石子，她的心湖一下平静了、安静了，思绪冷静了许多。是啊，萨班早在十多年前就说过这话，她也接受了这句话，这句话就像一剂安心丸抚慰她走过了这么多年，这不像是圣人的哲言吗？不是深深刻进自己的心扉了吗，怎么今天忘了？

耳畔还是呢喃声："谁说我不想厮守你一辈子？我想得都快要发疯了，可我立的志向，不是为自己活着，而是普度众生度过苦海。我在佛祖像前授比丘戒时，当着僧侣起过誓：拒绝情欲，决不结婚成家图谋个人幸福圆满，要为众生的幸福圆满而奋斗终生，我不能破戒，我不能为个人抛弃众生，你会原谅我的，理解我的。"

仁增旺姆没有回头，但她脖颈上感触的呼吸变得粗重急促，热烘烘暖洋洋的，声嗓也有点颤抖。她的心顿时又酸又甜，说不出的滋味，心绪纷乱，怅然若失，不知说什么好。她揩揩泪痕，转过身有气无力地问道："那你来这儿为什么？"瞳仁里充盈着怨恨。

贡嘎坚赞喏嚅："想借用您的财气、福运。"

"我的福气、财气？"仁增旺姆瞪大眼，满眸疑云。

贡嘎坚赞坐回卡垫，毫不迟疑地点点头："是的，我要拜访楚布寺、热振寺，却拿不出像样的礼品。"

仁增旺姆打断了他的话腰："你去拜访他们？你没有听说他们称咱萨迦寺是宁玛守旧派的徒子徒孙，落后保守，不瞧在眼里，还说我们的坏话。你去拜访他们，不是往泥塑上镀金，小刀上镶珊瑚吗？我不借！"她语气斩钉截铁，干脆断然。

贡嘎坚赞重重抠了她一眼，苦笑，但语气依然柔和，不过分量沉甸甸："你忘了雪域藏人眼前最大的危机是什么？"

仁增旺姆一噎，吭哧道："还不是蒙古人，保族保教……"

"这才对哇。蚂蚁成群，能搬开山；蜜蜂成伙，能蜇死狮子，光靠我们萨迦人能抗住蒙古人的骑兵？"

仁增旺姆释笑："啥话题到你嘴边，就一串串道理能撞倒牦牛。说吧，又要我掏多少银子。"

贡嘎坚赞欣喜地笑了："正是快马一鞭，响鼓一槌，聪明人一句啊，爽快人办事就是爽快。"

"你不是说我俩心心相印息息相通吗？不遵命照办，你就会说我背叛了你的一片心意，不是吗？"仁增旺姆调皮地反唇相讥，脸上却笑成了一朵花。

"一百幅唐卡佛像，一百座铜身镀金，二尺高佛祖及三世佛像。"

仁增旺姆的笑容不见了，眼神凝重，眉头拧起，陷入了沉思。

贡嘎坚赞的脸色不由绷紧了，伸长脖子凝注仁增旺姆的眸子，补充说道："唐卡虽然都见到过，但内地匠人少，作品也不多，唐卡艺术大都是你管辖的庄园农人，是尼泊尔工匠画匠的后人的或者传授的，正宗货，各教派各寺院都喜欢。"

"要算成我的供养？"

贡嘎坚赞点点头，目光显得迫切。

仁增旺姆依然不点头，偏着头还是斟酌。

院中人声嘈杂，还有马蹄的急促蹄音。

萨迦寺内务管家更登"咚咚"登上木板楼梯，掀帘进屋，神色张皇地报告："法王、法王，止贡寺教主索南旺奔派人来寺中抓小公主周措。"

105

贡嘎坚赞忽地站起："周措不是在他们那儿吗？怎么跑到萨迦寺来要人？嫁出去的姑娘归他们保护，还，还什么，还来抓人？"小妹周措是他兄妹中最小的一个，聪明伶俐又淘气活泼，长得又秀气漂亮，谁见谁喜欢，是他最疼爱的妹妹。作为大哥，他特别关注她，有好吃的会给留一份，有好穿的绫罗绸缎，会给她扯一份衣料。萨迦靠近印度、尼泊尔，经常有商队路过，他会托人买回喜马拉雅雪山那边的化妆品送给妹妹周措的，小妹妹周措是全家上下的心肝宝贝，捧在手里怕掉了，含在嘴中怕化了，谁也舍不得把她远嫁异域，离开人们的视线之外，是他执意把她嫁到止贡寺教主家中，当了教主俗人弟弟的夫人。它不是周措选择的，而是他这个大哥、萨迦寺第四世教主选择的、决定的。

那一年止贡寺教主索南旺奔前来萨迦教区参观交流，他盛情款待，迎到家中做客。止贡寺是奉行密宗传承的噶举派帕竹噶举中的一支，是帕木竹巴的弟子止贡巴仁钦贝创建的。止贡寺闻名全藏，后来居上，人多势众，他传的教派称为止贡噶举。止贡寺位于墨竹色青龙王居住的中间滩地，这儿是雅鲁藏布江中游河谷地带，和拉萨河谷平原联成片。当年他游学时去过，真是一块宝地。河谷环绕，草原广布，地势平坦，气候湿润，物产丰富，人口稠密，地方富庶，有粮食、有牛羊，还有茂密的森林，它又是通往康区内地的交通要道，商贸发达，所以止贡派发展很快，教民不少，成为噶举派中声势、权力最重，也最有财力的一派。据说止贡寺有一次举办法会，各地前来的僧俗教民达五万五千多人，可谓壮观至极，轰动了全藏区。那儿的工艺品也很出名，有陶制花盆、酥油茶壶、火盆、土锅、泥罐、酒壶、金银制品等。萨迦寺和止贡寺能结盟联姻，自然对偏处一隅的萨迦寺有好处，起码声望会扩大，有啥大事两教派还能伸个胳膊张个嘴互相帮忙，总比孤家寡人好办事。因此，索南旺奔提到他来的第二个目的———为俗民弟弟提亲，他听说了贡嘎坚赞小妹妹周措聪明懂事，漂亮贤惠，能否嫁给他弟弟。他征求了家族内部的意见，除了周措只哭不点头，其他人都乐意这门亲事，他也赞成这门亲事，止贡地方好，小妹妹也不会受罪，便答允下来，也开导得周措停止了流泪。周措嫁过去三年多了，一直没有回过娘家，也没有音讯，而两家又路途遥远，他去不了，但他心里一直惦记着小妹，想不到听来的消息是这等坏消息。

最令他揪心着急的是周措的下落，他呼吸短促，脸色苍白："周措她有消息吗？"

更登无力地摇摇头，垂下首。

贡嘎坚赞把袈裟往身上一缠，脖颈青筋暴起，眼中两堆火在蹿跳，吼道："跟他们要人去。"边说边狂风骤雨般地冲出屋去，也没有和仁增旺姆打个招呼。

仁增旺姆先是一愣一怔，接着眼珠子滴溜溜转了几圈，回过头指令管家"吹牛角号"。

十八

来的是止贡寺教主家族的俗民长官达布。

贡噶坚赞劈头叱问："周措，还我的小妹周措。"那气势就像猎犬扑向狍鹿，洪峰冲击土丘，一下把满脸傲气、气势汹汹的达布镇住了。刚才还一副桀骜不驯、不可一世的样子，霎时气泄了下去，变得猥琐、可怜，眼中泛起张皇不安，结结巴巴躬身回话："我，我们也是，也是来找王妃周措的。"

贡嘎坚赞看达布气焰下去了，语气也化为缓和，请客人坐定，自己饮了一口酥油茶润润嗓子，他察觉自己刚才放纵感情了，有点意气用事，忘了理智地评判发生的事情。自己的格言诗中不是写道——

愚人争吵哄闹的时候，

智者设法使他们安静。

河水浑浊不清的时候，

宝石能使河水澄清。

我贡嘎坚赞应该是宝石澄水，而不能当一盆浊泥，让河水更加浑浊不清，那是愚汉的作为。若果和达布顶牛闹得不可开交，那岂不是成了——

愚蠢而憨直的人们，

有的毁己，有的伤人，

林中的柏树被人砍，

笔直的利箭会伤人。

你是萨班啊，是智者，你得冷静再冷静，得用哲人的眼光，伟人的胸怀审时度势，权衡利害，不要因一时冲动坏了大事，自己应该：

卑劣之辈向高尚之人士发怒，

高尚的人哪会以发怒回报。

豺狼发出傲慢的嗥叫时，

兽王却可怜这个畜生。

先得弄清楚事情的来龙去脉，他凝眉盯着达布，等待解释。

"我，我，我也不清楚事情的原委，只，只知道王妃周措把俗王打伤逃出宫了，法王派我带人来萨迦找回周措。"

贡嘎坚赞的大气呼地冒了上来，刚要发火追问，又压了下去，平静地说道："既然你跑了那么远的路，那不弄清楚事实心底肯定不踏实，除了护法神殿，你可放开手去搜查。"

年轻气盛、体格健壮，一直在旁的本钦释迦桑布怒目相待，两拳紧攥，虎视眈眈，摆出达布要是敢于搜查佛殿经堂，就要一搏生死的姿态。

贡嘎坚赞用眼神制止住释迦桑布。

他怎能不理解释迦桑布内心的愤怒，他也清楚自己这番话的分量。不管是哪个教派，只要是藏传佛教教派，也可能世界上所有的宗教都一个样，佛殿经堂之类都是最神圣的，都是主宰所有生命或天地万物之神灵的通道，是通往幸福乐园的天桥，容不得一丝一毫的亵渎、践踏，也容不得其他教派的人随意出入，更不要说翻掀搜查。谁要那样就会迎来横祸。为保卫自己神圣的信仰，对方会豁出自己的血肉之躯去保护的，哪怕粉身碎骨也在所不惜。本钦释迦桑布也是周措的亲哥哥，他对妹妹的感情是笃深的，所以憋着的气很大。他何尝不是如此！但作为萨迦派的教主，名扬全藏的班智达大学者，他不能意气用事，凭一时的情感波澜来说话做事啊。自己在格言诗中咋写的：

要想消除敌人的危害，

只有克制自己的嗔恨；

嗔恨自有轮回以来，

苦害人们无穷无尽。

另一首也不是这样告诫自己的吗：

本领高强而狂暴的人，

嗔怒特别有害自身，

高尚而和气的人，

哪有事情使他嗔恨。

当下最要紧的是如何编织一张牢牢的细密的大网，阻挡蒙古骑兵的铁蹄，遮拦蒙古入侵者的风雪冰雹，保雪域众生的平安幸福，这才是他魂牵梦萦的最大心事。也是当务之急，是所有事项中最大最要紧的事。光靠萨迦藏区无法编织出如此庞大、严密、结实的网来，只能依靠雪域各势力集团团结一心，同心协力去结网，那么也不能漏一线儿，留下一个豁口。他呕心沥血编织的就是这样一张大网，能阻挡侵略者的天罗地网，这张网上不能没有止贡藏区，那是一颗很重要的结。我贡嘎坚赞不能为了自己家亲人的去向而大动肝火，伤了感情，和止贡派反目。当下危急之际，不要出现内讧，消耗自身力量。个人的事再大，和民族的生存、佛法的弘扬比较都是小事，大事压小事，应该如此。

俗话不是说嘛，一粒火籽能烧掉千里草原，一眼蚁孔能毁跨百丈大堤，小不忍则乱大谋，所以他才这样大度地对待达布。

达布倒弄得脸红耳赤，不好意思了，他慌忙摆手表态："哪能使得，佛殿佛堂神圣之地，岂容我凡夫俗子乱窜乱钻，那是罪孽啊，会遭天雷轰击的。"他顿了顿，解释说："我们也是不放心王妃周措的安全，才来问候的。"

贡嘎坚赞向释迦桑布使了个眼色，站起身告辞，说他出去有件小事处理一下就返回。释迦桑布尾随而去。

走到拐角僻静之处，他询问了一下情况，眉头一皱，斟酌了片刻，附耳对释迦桑布低声吩咐了几句，很快返回客厅。

达布神色焦虑不安，有点魂不守舍的样子。

贡嘎坚赞宽慰地笑说："既然来了，你就安心在萨迦地面上玩逛几天，别看天寒地干地势高，可这里有喜玛拉雅雪山，有碧波万顷的湖水，有世界最高的珠穆朗玛峰，说不定还能看到尼泊尔的风光。"

大院里忽然传来马蹄的得得声，马的喷鼻咳嘶声，人的嘈杂声，吼叫声，刀枪的碰撞声，空气霎时紧张凝重起来，达布靠近窗棂往下一瞧，脸色一下变成土灰色，回过头抓住刀把要往外抽。

贡嘎坚赞坦然笑着，帮达布把刀抽出来，说道："架到我的脖颈上。别害怕，在萨迦地盘上若果有人无辜杀生伤害你，那你先把我杀了。"

达布眼中的杀气消下去了大半，把刀推回刀鞘，但仍忐忑不安，神情紧张，身子微微颤抖。

楼梯"咚咚"，仁增旺姆全身戎装，怒目圆睁，手握利剑，气势汹汹冲进屋，大声喝问："我妹妹周措被弄到哪儿了？有消息吗？"她的身后紧贴着三五个年轻女武士。

达布的脸色又变了，惶然不知所措，又把手按在刀把上，眼露惊悸，戒备地注视着仁增旺姆。

贡嘎坚赞拧眉绷脸地冲仁增旺姆叱道："有止贡尊贵的客人在此，不得无礼。"

仁增旺姆却不去理睬，大大咧咧地跨步走到达布面前："我的妹妹周措你们弄到哪里去了？她要有个三长两短，你们就休想走出萨迦地段，我让利剑剁了你，让藏獒掏了你的心肝。"

一看情势不对，贡嘎坚赞一个箭步跨过去，挡在了仁增旺姆和达布之间，厉声吼道："我是萨迦寺的主人，你没有资格这样对待我的客人。"他的脸色扭曲可怕，布满乌云，语气凛冽冰冷，寒气袭人，直透骨髓。他怕心直口快的仁增旺姆凭性子鲁莽行事，给要织的大网捅一个大窟窿，造成终生遗憾。我贡嘎坚赞可以伤害仁增旺姆的自尊，但不能伤了达布的面子。仁增旺姆是自己人，赔礼道歉，说服开导，往伤口处撒点麝香就会和好如初，而达布是外人，是势大腰粗的止贡藏区的代表，惹恼了他，那就是改了河道的江水难回收，挣开嚼子的烈马难套住，撒了盐巴的伤口难愈合。我这边想把羊毛捻成线织氆氇，你却狗咬羊皮满滩撒毛絮，成事不足，败事有余，他不得不对仁增旺姆狠一点。

仁增旺姆惊疑地盯住贡嘎坚赞，眼中交织着惊异、愤然、困惑、委曲，眼角泛起水花。

贡嘎坚赞背对达布，与仁增旺姆眼对眼，鼻对鼻，相互死死盯着，就像一只藏獒半路上碰上了另一只剽悍的藏犬，双方都竖起耳朵瞪大充血眼珠，吐出血红的舌尖，百倍警戒地注视对方。他无法显示自己真实的意图，只能不停地眨动眉毛，用眼珠央求她赶快离开。

仁增旺姆眼底还是疑云翻腾，迷茫惘然。她咬住下唇，挤挤眼珠，回忆了片刻，兀地转回身："走，我们到仲曲河边等他们。"说着，旋风般下了楼梯，一会儿大院里响起杂乱的马蹄声。人声喧闹，很快由近及远传去。

贡嘎坚赞从窗口瞭到，释迦桑布也尾随而去。

他心头吁气，暗暗责备自己：自己把仁增旺姆得罪了，我在佛像前一定忏悔撒谎的罪过，委屈你了，我心上的人儿。

"误会，误会，都是为了周措女子，我理解，我理解，萨迦法王，你也很忙，我们不敢干扰，说不定王妃的气消了已经返回王弟身边，我们告辞了。"达布合掌致揖，执意要离开。

贡嘎坚赞客套了几句，也没有硬性挽留，他看出达布有点心虚，神色不安，担忧夜长梦多自己生命安全没有保障，急于离开萨迦地盘。或许他从门窗里也看到了，进入法王宫邸的僧俗人员，个个脸上驰着乌云，眼里喷着火焰，进进出出，有的还佩着利剑，手擎长刀，神色绷得像个凶神恶煞，这种蕴藏杀气的气息弥漫开去，怎叫达布不胆战心惊，神色慌张？这种氛围不是他刻意制造的，是萨迦僧俗教民对周措事件的自发反应，是情感的集中宣泄，表达了民心的向背，这使他欣慰，也增强了自信心，但这也存在着隐患，万一有一个愣头青，猛不防给达布一刀子、一棍棒，那就闯了大祸，种下了萨迦和止贡之间难以泯灭的仇恨，不要说团结御敌，自己内部先自相残杀起来了。这可背离了他的初衷。

他请达布先歇会儿，他要给止贡教主索南旺奔写封信。

他首先致以无上的教礼，祝佛法僧三宝保佑止贡教法昌盛发达，僧俗民众吉祥幸福，然后表达了对止贡寺的仰慕之情，即有可能届时前去拜访学习

111

之意。尽到礼数之后,贡嘎坚赞才提到正事,首先表达了对妹妹周措的惦念,对此次事件的关注,他运用自己的格言诗说明应该如何处理好这场是非矛盾的原则:

高尚之士经常检查自己的错误,
邪恶之徒老是挑剔别人的缺点;
孔雀清洗自己的羽毛,
猫头鹰却给人以恶兆。

他要求止贡法王保护他的妹妹身心健康安全,就像我萨迦法王敬重您一样对待周措,炒青稞蹦得最高,也还是落在锅里;小溪流水再细弱,也会漫延淹了草丛,尤其当前面临蒙古铁骑闯入雪域,内外更要团结一心,共同对敌,萨迦愿意和止贡结为同盟,同握一支矛,同挽一张弓,同仇敌忾,视死如归。这是他信的要害,也是需要特别强调的主旨,他以自己的一首格言作为结尾。

弱者如果提高警惕,
强者也难以消灭;
强者如果麻痹大意,
也会被弱者所摧毁。

信的末端,他列了一个礼品清单,有萨迦地区的土特产及工艺品:

谢通门中古村烧制的陶罐一对;

拉孜地方做工精美的腰刀五把;

仁布的玉器共三件;

仲巴的野牦牛大腿风干肉四件;

江孜城的什锦卡垫藏毯六件;

康马朗巴村的优质糌粑二驮;

昂仁桑桑地区味香色美的酥油两牛肚;

他郑重地用火漆封好萨迦法王专用的信封,在封口踏上自己的私章,彬彬有礼地把达布送到佛邸大院中。

释迦桑布已安顿得井井有条,东西上了驮牛之背,护送的民兵,吆喝驮牛的民夫也安排好了。

打发走达布一行，贡嘎坚赞急忙赶往本钦释迦桑布那儿。在那儿妹妹周措哭泣着扑进他的怀里，仁增旺姆支着脊背和他不搭话。

原来，他去仁增旺姆处，前脚刚迈出，周措后脚就踩进了他的佛邸。周措没有回家中找叔婶和哥嫂，而直接找到了寺中。她知道身后有追兵，怕回到家中被凶神恶煞般的止贡兵将揪回，便跑到寺中避难，寻找他这个大哥挡风堵雨。未找到，便由本钦释迦桑布领到他拜佛的小经房里藏了起来。对更登管家也保密。释迦桑布一面派内务管家更登去禀报，请教主速回阻挡止贡凶焰蔓延，一面调集寺中年轻武僧暗中保护周措，达布一行走远之后，他才向贡嘎坚赞通了实情，引他来到小经堂和妹妹见面。

十九

周措憔悴消瘦得不像人样，和三年前出嫁相比，几乎变了个模样。三年前送走她时，周措脸如桃花，粉红细腻，肤色像新磨的青稞糌粑一样乳白，透出青春的光泽和芳香；两只大眼睛就像两颗汁满肉实的紫葡萄，晶莹闪光，又长又密的睫毛就似丝线扑闪扑闪地摇曳；高高的鼻梁如寺院背倚的宝瓶山峻峭笔直，上面有层奶油发出润人的光泽；额头高又平，如一面大理石铺砌的石崖光洁滑润。头发更不用说了，黑油油，光润润的，就像一条瀑布从天上垂吊下来，又似一卷绸缎摊开，总之，浑身上下没有一处不胜过天仙度母。腰是柳条腰，肩膀是平展展的草滩肩，两条腿是桦木树干，胸膛是六月的牦雌牛，全萨迦没人不赞美的。可如今，周措成了啥样子，他都不忍用眼卒睹。

眼窝塌了下去，大眼睛陷进去成了幽幽黑洞，就像骷髅的眼窝阴森怖人。前庭上蒙了一层暗晦的灰雾，两颊消瘦，颧骨突出，鼻梁成了一道陡立的石梁，光秃秃的没一星亮光；头发粗糙无光泽还泛黄，脸上骨头贴着皮子。脖子上、脸颊上、胳膊上都残留有青疤、瘀血疙瘩。哭泣时连气都接不上，身子只是颤抖打哆嗦。

贡嘎坚赞心里一沉，像坠了副秤砣，沉甸甸说不出话来，他心头鞭子抽了似的，说不出的悔恨愧疚。怪自己啊，怪我私心太重，目光盯着佛祖，只盯着萨迦的政治利益，而忘了妹妹周措的感情倾向，对生活、对人生的选择权利，实际上剥夺了周措追求幸福圆满的天赋人权。这也违背了佛门平等、珍惜生命的原则。罪过啊罪过，自己忽视生命的过失，是自己几乎葬送了妹妹的青春年华和如锦前程，让她受到了如此不应受的特大磨难，一阵揪心的疼痛穿过全身，他无言以对地垂下头，眼圈发潮不敢看妹妹。

周措停止了抽泣，用手揩去哥哥的泪痕，喃喃说道："阿哥，不怪你，你是好心成全我，是我的命不好，前世积下的因果活该我遭这趟罪。"

贡嘎坚赞抚平周措的头发，深情地喃语："把肚子里的苦水倒出来吧，到家了，阿哥这儿就是你温暖安全的小岛。"

周措又泪眼涟涟，抬头望着阿哥，深深吸口气，才小泉溪水般似泣似诉："法王的俗民弟弟，他在当地已经有一个心上人，是止贡法王不准他与她结婚，而执意要娶我，说咱们两家联姻才门当户对，相互有帮助。可他不喜欢我，找茬子打骂我，排挤我，想逼走我。我找法王诉苦，法王只是劝慰我，却对他弟弟不说一句硬话，结果他弟弟更不把我当人看，经常拳打脚踢，还苛吃扣喝。你们看——周措挽起袖子端起裤管。"

胳膊上小腿肚上，一块块青紫的疤痕，错落摆布。有的结了痂，有的还未愈合，从伤口流出红的血，黄的脓，青青的水汁。贡嘎坚赞潮湿的眼窝里冒出怒火，浑身燥热，恨不能跨上飞马，疾驰到那个狗崽子妹夫面前，抡起拳头朝眼窝砸几拳，把鼻梁打扁，让他尝尝欺人的代价。

"他们说啥都能忍得下，怎样难听的话我都能吞进肚。我认命，认因果报应，但他们说我们萨迦寺的坏话，说阿哥的坏话我受不了，我反驳他，他毒打我，我气不过，就用腰刀捅了他，逃出来了。"

贡嘎坚赞眉头一拧，额上隆起几道皱褶，呼吸显得有点短促，眼珠瞪得大大的，虽没有启口追问，但全神贯注凝目周措。

"我听法王和他弟弟议论，说我们萨迦寺的教法不伦不类，歪门邪道，先显宗后密宗，把印度传进的密宗不放在第一位是离经叛道，和莲花生大师唱反调，是密宗的叛徒，是野蛮人原始信仰的翻版。还说你，弘扬的是宁玛派道果论，是苯教的应声虫，老走狗，是假佛学，还说你的班智达空有虚名，经不起密宗辩论学说的批驳,说你的格言诗是哗众取宠,沽名钓誉,博取无知僧俗的赞扬。"

贡嘎坚赞气息越来越粗重,眼角泛起血色,瞳仁里有两团烈火在燃烧,脖子根红涨变粗,血管蚯蚓般鼓起,太阳穴咚咚暴跳,心尖塞进了喉咙口,嘴皮有点发紫。仁增旺姆观察到贡嘎坚赞神色不对劲,忙用食指竖在嘴唇上,示意周措不要往下说了。她扶住他轻轻后靠在卡垫背垫上,用右手抚展胸口,摩挲脸颊。

真是欺人太甚。往脑门上钉钉子,往鼻梁上跑马,吃人不吐骨头,活活要把我气死。你蔑视我、贬低我、羞辱我,我能忍得下,牙碎了我会吞进肚的,但你说我们萨迦四世教主呕心沥血,辛苦创制的学说是不伦不类,离经叛道、歪门邪道,真是往他心窝里捅刀子,令人又气又恨血涌脑门。是我们萨迦派拨乱反正,正本清源,把印度传进来的佛教从宁玛派以密宗驱魔逐邪、祭祀法术、玩弄形式和神秘主义为主,追求独善身世,圆满正果,即身成佛中挽救出来,吹散了人为的雾霾,揭去了神秘面纱,还原了佛教本来的面貌,把佛祖的教诲原原本本流进僧俗藏民的心坎。通过因果论知道了人生的真谛是什么,知道了善和美的生命永恒。佛祖追求的是人类的完善、完美,人的行为、人的境界跨进佛的境界。他通过波罗蜜多智慧学说、中观俱舍学说,开导人们不要走极端、不要情绪偏激,而要辩证地剖析社会现象和自然现象,权衡利弊,顺应法则,懂得取舍。没有显宗的理论为火炬,雪域藏人能从野蛮走向文明,能从愚昧走向智慧,能从黑暗走向光明?还有,不是我萨迦派,佛学的学研修行制度能有如此的完整完善?能从散漫走向集中?从断章取义各取所需,走向系统全面、初级到高级的封闭式教育体系?僧侣的戒律修持从口头或书面,走到身体力行的实践?

正是萨迦派,为藏传佛教贡献了一种全新的蓬勃向上的面貌,重塑了新的形象,赢得了民众的信仰,注入了生命活力,这能叫离经叛道,歪门邪说?简直是狗血泼向菩萨面,把黄金当作臭屎来胡说八道。索南旺奔,我萨班和你没个完,誓不共天。

但他慢慢冷静下来,拨开了仁增旺姆的双手,让打来盆凉水缓缓拭脸摩挲,脑子却继续想着另外一回事。

仁增旺姆早已按捺不住内心的激愤，锉牙吼道："疯狗咬星星，真是蚂蚁痴心与大鹏比高低。法王，举行大法会，邀请止贡派来人辩论，把他们批个飞鸟入火圈，鱼群落干滩。"

释迦桑布也喊道："我下帖子，去他们那儿或者他们来这儿，邀请全藏区的高僧大德当评判，看看谁是佛教的真正继承者，谁高举了佛教的旗帜，要让止贡法王给您献花圈、献哈达皈依我萨迦派。"

贡嘎坚赞抬起头，苦笑着环视他们，悲哀地摇摇头："不能那样，啥话都不能说。"

众人惊诧，面面相觑，眼里浮动疑云。

"你们想过没有，他们的这些议论都是私下说的，是家庭内部的闲话，又没有在僧侣集会、大庭广众中公开宣布。旋风中的沙石手掌抓不到，云紫里的恶雕长箭射不准，我们找谁去辩论说理？如果人家不承认，那还不是揪住咱的领子要个说法。吃屎的还把屙屎的拿住了？鲁莽不得啊，火籽只能在袖筒里掐灭。为了两个教派之间的团结，为了雪域众生的安宁，我们得忍下这口气，尤其是当前蒙古铁骑要闯进我们的家园，我们更得服从大局，为卫藏众生的前途着想。"

一席话说得周措也无话可说，只是心悦诚服地点头称是，其他人更是钦佩地连声应和"是、是"。

周措眼前一亮，想起什么似的昂首说道："阿哥，我听说萨迦年前大法会上阅兵，要抗击蒙古入侵者，可止贡法王那边却是另一番情景。"

"什么情景？"贡嘎坚赞伸长了脖子。

"他们不想战，想和。"

"为什么？"又是一片惊疑，瞠目结舌，大眼瞪小眼。

"说我们雪域各地四分五裂，不相统一，拧不成拳头，可内部谁也不服谁，任何一个势力都阻挡不住蒙古人，那是麻雀和白胸雕拼命，兔子和猎犬在较量，最终只有死路一条。"

在场的都脸色变了，变得阴郁、沉重、灰暗，眼里失去了光泽。贡嘎坚赞脸上的平静、坦然也消失了，眼里涌上一缕阴云。

"听他们说，有的教派已派出使者前去联络蒙古王公求和，止贡寺也请在蒙古、西夏地面上的高僧活动，愿意和平投诚，献出藏区，接受蒙古汗王的统治。"

贡嘎坚赞心房"咚"地一响，收缩成疙瘩了，仿佛掉进了冰窖，脸上铺了一层冷霜，眉毛挽成了一座峻峰。想不到，真正想不到啊，想不到他们的想法和自己南辕北辙，大相径庭，他的思绪整个乱了。

门帘掀开之际，响起银铃般的童音："姑姑，我们盼着您啊，"两只小鹿般冲进屋的是他大弟索南坚赞的两个儿子罗卓坚赞和恰那多吉。罗卓坚赞又名八思巴，因为他聪颖过人，记忆超群，跟随他这个伯父在学习佛学，三岁时能记诵莲花修法等佛经，令众僧惊异，称其为圣者，称呼为八思巴，恰那多吉也在他身旁长大。

周措一手搂住一个紧紧揽在怀里，眼泪花子又如线般垂下来，两个侄儿热情地劝慰姑姑。

贡嘎坚赞把目光移向仁增旺姆："有件事要求你。"

仁增旺姆打个嘘，食指竖在唇中间："一家人不说两家话，我知道你要说什么的。"

贡嘎坚赞呵呵一笑，故作不解："说什么？"

仁增旺姆伸过胳膊搂住周措的肩头，学着贡嘎坚赞的腔调："求你把我妹妹周措放到你那儿养伤休息，寺院里人多耳杂，住个女人不方便。坐到家中，止贡那边又会有眼线通消息，只有麻烦你了。"仁增旺姆吊起丹凤眼，调皮地反问："是不是这些话？"

贡嘎坚赞抿嘴一笑，欢欣地点点头："什么也瞒不住你的脑瓜，你真是仙女。"

周措也高兴地笑逐颜开，抱住仁增旺姆的头，朝额头上深深地吻了三吻："在你身边，就和阿哥身边一样温暖。"顺势偎依在仁增旺姆的胸口，八思巴和恰那多吉更是贴得紧紧，就像小鸡围着母鸡，羊羔贴着母羊，脸上洋溢着无比幸福的笑容，如金莲花一簇簇绽放灿烂。

贡嘎坚赞浑身淌过一股融融暖流,心尖被幸福亲情浸得像抹过蜜汁似的。他忘记了周围的一切,只是矜持地笑,冲着周措,冲着仁增旺姆笑,还有两个小侄儿。

周措突然变了脸,神经质地跳起,紧紧抓住贡嘎坚赞的胳膊,眸中飞动着惊悸恐慌:"阿哥,我不回止贡,我死也不和那畜生住在一起,你救救我,救救可怜的妹妹。"

贡嘎坚赞把周措抱在胸口,深情凝视片刻,坚定地点点头:"阿哥不会让你再受苦,人是为了幸福生存的。"

周措欢呼雀跃,眼泪花子乱溅,一手拽着仁增旺姆,一手拽着侄儿的两只小胳膊:"走,我们现在就走。"

贡嘎坚赞默默含笑目送她们。

到门口,仁增旺姆忽然敛步回首:"唐卡、佛像还要吗?"

他略一斟酌,点点头。

二十

人一走,他的心空了。郁闷像高山夏日的浓雾,遮天蔽日地漫开,压得心根快要崩断,脑海里茫茫不见边际,不知道路在何方。他不由信步出门,沿着岖崎小路往山上慢慢攀爬。

萨迦寺建于仲曲河畔的宝瓶山根,宝瓶山远看就似一头驮着宝瓶爬着的大象。山脚右边有一片白色油润的山坡,仲曲河如右旋吉祥海螺一样流过,有种种瑞相,正是有这种吉祥征兆,才把寺院建在了灰色山脚。可今天,这些祥瑞之相却变得模糊了,那沿山鳞次栉比建设的大佛殿顶,光灿绚丽的金顶也黯淡了许多,他盘膝坐在半山腰,思绪又进入到了刚才的状态。

正是夕阳斜照时辰,阳光金灿灿地照在他身上,他成了一尊涂满金汁、有着万千光晕的佛像。斜阳照在仲曲河面上,刚解冻的河水跳跃着万点金光银鳞,在雾蒙蒙的河面构成了一幅奇妙的图像,好似无数蜂蝶在云空翩跹起舞。

仲曲河南岸的广袤草原，在夕阳斜晖中透出点点绿意，那是小草透过枯枝败叶在顽强地返绿萌芽，告诉世人春天即将到来，寒冬快要偃旗息鼓、悄悄逃遁。牛羊正在开始返圈，悠闲地迈步摇尾，不时叫唤几声扑向鼻子底下的嫩草丛，狠劲啃上两口再往前走。虽说春天的牛羊大都半饥半饱，但它们看来已经满足了，已经看到春天正在走来，因此信心十足，所以步履显得自信、悠然，不紧不慢地往回走。鸟雀也一伙伙一群群地飞过天空，啾鸣着飞来飞去，寻找自己的窝巢。周边的村落，寺院的僧宅已经炊烟袅袅，烟雾蒸腾，有人声、笑声、歌声、狗叫牛唤声，还夹杂着勤学的小沙弥们在屋顶平台上背诵经文的朗朗声，这一切构成了萨迦初春的晚景，多么祥和恬宁又散发着浪漫气息的和平气象啊，但今天却对贡嘎坚赞失去了诱惑力，他的脑中翻来滚去的是周措那串话：

"说我们雪域各地四分五裂，不相统一，拧不成拳头，可内部谁也不服谁，任何一个势力都阻挡不住蒙古人……有的教派已派出使者前去联络蒙古王面议求和之事，止贡寺也请在蒙古、西夏地面他们一派的高僧活动，愿意和平投诚，接受蒙古汗王的统治……"

这个消息不啻是晴天霹雳，十月暴雪，轰得他有点头晕目眩，不能自制。这到底是怎么一回事？他们为什么会这样？难道他们都统统是懦夫胆小鬼，被传说中的蒙古骑兵吓得魂飞魄散，屁滚尿流，没了主张？那不符合藏民族的气质和精神追求啊！藏人在历史上没有投降邪恶势力的传统，自尊、自强、自立是雪域人的价值标准，今天他们咋换了一个人，变了一种腔调？他们的气质、人格、尊严到哪儿去了？真叫人百思不得其解。

他们说的也并不是没有道理，没有事实根据。

是的，经过三百来年的吐蕃内乱，整个雪域就像粉碎的石板，四分五裂，一片狼藉。有权有势的各自拥兵自重，自成天下，割据一方。且不说康区、安多一盘散沙，一个头人管辖部落自称为王。有上千个部落联盟独立存在，互不统辖，征战不息，民不安宁。就是藏区腹心的卫藏地区，也是几个政治势力分割独裁，除了萨迦王朝，还有古格王朝、帕竹、止贡、乃东藏巴、楚布、拉达克等政权，山羊放屁羊不服，牛不顶牛是怂牛，相互盯着咬着，想方设法蚕食对方的地盘和资源，仇杀、战争时有发生。教派之间也是暗中不和，要争个高低强弱。这种局面真的形不成拳头和蒙古人对抗，那正是他们所说的"麻雀和白胸雕拼命，兔子和猎犬较量"，只有自取灭亡，死路一条。既然结果已经明明白白，那何必蛾子扑火，马踩泥漳，难道我萨班看不到这种结局的可能性？不，我早想到了，只不过人活在世上得有气节、尊严、人格，不能像狗一样摇尾乞怜。

可如果……他脑子哗地一亮，好像有电光划过，心内激灵地抖动了几下，仿佛有面窗子被捅开，阳光和清风流了进来。

"和平投诚、和平投诚，"他喃喃地念叨，咀嚼着。多好听的名词啊，和平，没有战争，没有仇杀，没有硝烟，没有欺凌，没有压迫，没有屈辱，只有和睦、和顺、和气、亲和，一切都是平等的、对等的、尊重的，一视同仁的。如果尊严得到保障，生命财产不受伤害，宗教和信仰一如既往，那是多么美妙圆满之结果啊。佛教徒修行的最大憧憬不就是盼个大圆满吗？有这样的境遇，谁不愿意诚心诚意投在他的怀抱之中？何乐而不为？这就是佛门的缘分。

真要这样，何必选择战争呢？雪域藏人让旷日持久的那场战争，也就是吐蕃内乱给整怕了。家破人亡，妻离子散，乡土破碎，不是父死就是子亡，到处是哀嚎哭泣声，没有一天不是担惊受怕、提心吊胆过日子。田野荒芜，草原上不见牛欢马叫，羊只遍野，人们穷得有了上顿没下顿，饥寒交迫，活着不如死了好。三百来年是几代人、十几代人，雪域藏人受够了分裂的苦，谁不盼着统一的日子，安居乐业的日子？就是那些当权的土邦王或者首领头人，他们也是晚上怀揣刀枪睡觉，白昼座下刺戳般过日子，不知道明天会是啥样子。上上下下，僧俗民众，都盼的是平安日子。老百姓口头不是有句俗话吗：宁愿当和平社会的一条狗，不愿当战乱时代的一个王。动荡不安，鸡犬不宁的日子大家都过够了，要是能统一那多好。这也是他梦寐以求，日思夜想的明天，他也曾萌生过统一卫藏的雄心壮志，但细细一斟酌，又不能不灰心丧气地抛弃那个念头。靠自身力量萨迦王朝是没有能力统一全藏区的，各方面条件不具备啊。首先，萨迦地处西藏一隅，偏僻高寒，物产不丰富，没有财力可支撑大事业，其次，萨迦地区人烟稀少，不可能形成强大的军事实力，没有浩浩荡荡能征善战的将士，想在这恃强凌弱的社会中统一各地，那只是痴心妄想，白日做梦而已。

财力、人力、军力都不强，寺院的声望、影响也难左右全藏。全藏僧侣最多的是噶当派，威势最大的是止贡法王，达垅法王的人脉最广，他们拥有的寺庙数比萨迦派要多得多，占据的教区也广大得多，富饶得多，萨迦派要说有优势，那就是我贡嘎坚赞的著述要比他们多，有《能仁教理明释》、《经义嘉言论》等二十多部著作，还有自己创作的三百多首格言诗《萨迦格言》，这些论著使外界对萨迦派另眼看待，颇有好感。但单凭这一点，萨迦派没有资本统一全藏，除非有外力帮忙。

想到这，他心头"咯噔"一响，疑云涌上来，难道其他教派也这样想？他们联络蒙古王，准备和平投诚，莫不是在争取蒙古汗国的雄厚实力，达到一统雪域的政治目的？一旦他们的目的实现，他们会对其他教派如何？能平等对待，一视同仁？他信心不足地情不自禁摇摇头，身上出了一层冷汗，不由咬牙暗暗诅咒道："我贡嘎坚赞在萨迦倾力组织抗击蒙古入侵者，你们却好，在打着自己的如意梦想，真是一伙权迷心窍的野心家。"

恨罢了，骂罢了，心头的气也消了一半。冷静地一思索，他又觉得自己的情绪和举动好笑。怎么思绪钻进了牛角尖，刚才明明不是牵心和平投诚吗？怎么又想到了其他教派的做法与自己的利害关系？忌恨起人家了？难道他们没有选择的自由？非得和萨迦走同一条道路？狭隘了，自私了。他内心羞惭地责怪自己。

能不能实现和平统一，能不能和蒙古汗国融为一家，他没有把握，也未曾冷静、客观、全面地分析过，现在该是通盘考虑的时候了。

按照佛教"因果论"的逻辑思维，应该是种豆得豆，下什么籽得什么果，有了"因"才会结"缘"的。照此逻辑推理，那么，和平投诚应该得到好的缘分。外来的东西只要是好籽种，就会结出好的善果来。印度传进来的佛教，不就是在雪域大地上结出了藏传佛教的善果吗？萨迦派不就是佛教沐浴出来的一颗鲜果？佛祖释迦牟尼仁慈的面容不也是尼泊尔赤尊公主，大唐文成公主带进藏域的？藏人的医学中，不也融着印度汉地的医学成分吗？这个大千世界就像气流运动，你中有我，我中有你，从未封闭，谁也无法封闭。大千世界是一个整体，人类只能在互相依存，互相帮助中繁衍生息。蒙古人也是人，而且是一个伟大、聪明、心胸开阔、见过世面的民族，让世界震撼的民族。从各种传闻来看，蒙古人并不排斥各种宗教，都是一视同仁地对待，不存在特别的厌恶或喜好。听说成吉思汗大汗帐前，常年请有道教、萨满教、汉传佛教、景教等宗教为蒙古汗国祈祷、驱邪、祝福等。不干涉这些教派在蒙古汗国传教。西夏和蒙古草原连草原，牧帐可相互遥望，犬牙交错，难分你我，一步可以跨过境。卫藏藏传佛教各教派都有高僧在西夏、蒙古传教，未听说成吉思汗加害过他们，而且有的成了他的翻译，有的成了他的随从参谋，有的成了佛教顾问，成吉思汗和蒙古人对藏传佛教是宽宏大度的，肯定对教义也略懂一二，起码怀有好感，如果是这样，那和平投诚不会坏到哪里去。

　　他释然，浑身清爽了许多，才发觉脚尖有些麻木，鼻头有点硬梆，手背也凉飕飕，原来是冻的。夕阳已经落了下去，冷意阵阵袭来，初春的萨迦还是寒气袭人啊！他站起身，在暮色中使劲跺跺脚，搓着手背，又揉揉耳朵，准备下山回佛邸，刚抬起脚，猛地有颗针头戳在心尖上，不由他浑身一抖，敛住了步子。

　　萨迦和西夏关系不一般，萨迦寺派出的高僧如沙子、如泥浆、如石片牢牢嵌在了西夏政治生活的墙壁上，凝成了一体，唇齿相依，息息相关。西夏与蒙古结下了深仇大恨，蒙古人要灭西夏，就不能不伤害西夏僧侣，尤其是与王朝共命运的萨迦高僧。一堵墙坍塌，墙根哪棵草能幸存？墙壁哪眼雀窝能幸存？自己的师弟洛桑坚参讲述的不是说明了这一点？自己可以不责难蒙古人，更不能斤斤计较，企图报仇雪恨，但蒙古人会不会记仇找萨迦算账？他心头没有底。蒙古人对于他们有宿怨的民族从不宽恕，必然斩尽杀绝，西夏信仰的是藏传佛教，他们会不会像患有肝炎的病人，把眼中的吉祥海螺看成一堆泛黄的狗屎堆？会不会对待萨迦王朝，与止贡等教派不同？凡事得往好处努力，往坏处着想，这样才不会吃亏。

　　还是立足于抗，立足和其他教派的团结联盟。时不待人，得早日出门联络。披着浓浓的暮色，他步履有点蹒跚地缓缓下山，心口像坠了一块大石头。

[第六章]

多达受命西征吐蕃卫藏

二十一

凉州城外，通往北郊的小道冷清寂寥，这阵传来"得得"清脆的马蹄声，有一行三人正在匆匆赶路。走到最前面的是西凉王阔端，他脸色凝重，眸中心事重重，惆怅惘然。后面尾随的是他的两位贴身卫士巴彦、孟和。

正是夕阳晚照的时候，初春的凉州浸浴在一片绿色中，晚霞艳红艳红，就像少女羞红的脸蛋透出粉色。路边的小河，波光水影，就像一匹匹绸缎抖开，一片明灿灿、亮晶晶，用妩媚的眼光温情脉脉地望着行人。那些亭亭玉立的垂柳，披散着刚刚泛绿的秀发，在向路人摇曳作姿，卖弄风骚。晚风中含着花和草的芳香味。但阔端王对此置若罔闻，视而不见，没有一丝兴趣。

昏苍苍的暮色和着薄雾轻风般卷过来，树木幽暗而模糊，与他茫然若失的心绪融汇在一处，更增添了压抑感。他的心还停留在上午的军事会议上，那场景至今历历在目。

父汗窝阔台发来圣旨，要他尽快进军雪域，经营吐蕃，以配合汗国进攻南宋王朝的军事行动。父汗还强调说，大汗临终留下的遗言是：不准无故杀人；要善待臣民；要尊重信仰自由。对吐蕃用兵要忠实执行大汗的遗嘱。父汗的圣旨是命令，是催促。实际上，他很早就开始着手了，他倾尽全力建设凉州城，目的就是为经营吐蕃做各方面准备，夯实后勤基地，但可能节奏慢了点，和蒙古汗国的战略部署有点脱节，所以才引来父汗的不悦，再次催促。

他真的没有准备好。关键是采取什么战略进军、经营这方土地。上午的军事会议争吵得厉害,简直成了煮沸的奶酪锅——水泡乱冒,奶花四溅。主战派是火列来为首的一帮少壮派,主和派是以高智耀为首的参谋队伍。

主战派的理由振振有词,震撼魂魄。火列来嗓门如炸雷,掷地有声:"我们蒙古人从来是马上夺天下,回头看一看,从克鲁伦河到鄂尔浑河,统一全蒙古的历程不是在马背上完成的吗?辽国、金国、西夏、北宋不是马背上击垮的?还有远征花剌子模王国,横扫天山南北,纵马印度河畔,开疆拓土的哪一步不是蒙古铁蹄踏出来的?哪一次不是蒙古弯刀的功绩?只有拳头、弯刀、铁蹄才能使雪域那方冻土颤抖、呻吟、屈服。现在我们蒙古汗国如天上的太阳,照到哪里,哪儿的冰雪不能不消融;如奔涌而下的滚滚洪涛,挡路的石块土堆全淹没得粉身碎骨,不见踪影。只要我们蒙古人咳嗽一声,谁的心不打战三下?王爷,这个天下是强者的天下,那些弱者就是长生天赐给强者的奴仆,就如马牛羊是供人驱使和食用的。"

阔端眼中掠过一丝不快,心中浮起一丝忧虑,但他没有启齿表态。面对这样重大的举措,他得让大家把话讲够,把心敞开,这样以后驾驭起来就能对症下药,运筹帷幄,得心应手。

多达阴沉着脸缄默不语。他抱定主意,对这场重大战略举措不表态,保持中立。对他来说手心手背都是肉,哪一方面他都不想伤害,卫藏吐蕃是他的精神之根,而凉州是生养他的故乡,现在又融入了蒙古汗国的版图,他同样爱它。他不希望发生战争,出现腥风血雨的残酷场面,更不想把自己夹在其中,身心受煎熬。但他坚决不同意火列来的观点,反感至极。真想站起来痛斥一番,可他还是把火气压在了肚底没有发泄。

"我们早就应该发兵占领那块地盘,我听说那儿有最肥美的牧场,最广阔的草原,那儿的牦牛肉最好吃,绵羊肉最鲜嫩,那儿的牛奶汇成湖,全是我们蒙古人爱享用的东西,还有取之不尽的皮衣皮裤。"火列来说得兴高采烈,眉飞色舞,凑过来,压低声音说:"外甥,你或许不知道,听说吐蕃遍地都是黄金,连寺院的房顶都是黄金做的。"

阔端鼻子哼了一下,移开话题:"你知道吐蕃有多大吗?"

火列来很茫然,摇摇头。

"多达将军,你说说有多大?"

"从凉州城出发到拉萨去,徒步一年,驮牛要六个月,骑马不歇息也需要四个月。这是南北走向的旅途。如果说东西横穿,那从昆仑山算起,到西康的达则道,徒步两年,骑兵也需一年。"多达平静地回话。在他十一二岁时,曾随阿爸去拉萨朝佛,用自己的脚丈量了旅途的长短。在拉萨,他们和康区和阿里来的香客闲聊,知道了从他们家乡出发有多长的路得走多少天的。

阔端有些吃惊,失声慨叹道:"这么大?要走这么长的路?"

多达点点头:"不单如此,还又高又寒冷,有的地方你走几步就喘得抬不起腰,接不上气。到处有大江大河绊住你的脚步,有高山雪峰挡住你的去路,有沼泽湿地堵住你的身子。它和蒙古草原、河西走廊不是一个地貌。一座座山连着一座座山,一条条河连着一座座湖泊,寸步难行,就是飞鸟也有时飞不过去。"

"你别吓唬我们蒙古人,那你吐蕃人是咋活命的?"火列来眉毛一拧眼角吊起,跟多达较上劲了。

多达的火气呼地蹿上来了,他瞟了一眼阔端,冷冷地回答说:"什么水土养什么人,我们祖祖辈辈生活在这方大地,已经结下缘,骨头连着筋了,就像蒙古人生来会骑马,会摔跤一样,你还奇怪吗?"

火列来呛得直翻白眼,说不出话来。

阔端挥挥手:"言归正传,父汗下达的命令得完成,哪怕前方是一团火,咱们都得跳过。都是蒙古汗国的将士,为蒙古汗国的根本利益要精诚团结,同心协力,不要再分蒙藏了。"他环视会场,口气真诚地询问:"除了战,还有其他什么好办法?"

"有!"萨满法师声嗓洪亮地应声:"应该把那些佛寺拆毁殆尽,把佛僧抓去支乌拉下牢狱,让他们脱离民众,没有说话的机会。"

"为什么?大汗可是尊重所有宗教教派的呀。"

满脸络腮胡,长有牛眼睛的法师呵呵狞笑:"不,他们和其他宗教不一样,我们都归顺蒙古汗国,拥护大汗、父汗、西凉王,他们却和西夏王朝一个鼻孔里出气,桀骜不驯,冥顽不化,自以为是,不主动投诚蒙古汗国。他们为

125

什么这样？就是因为佛教在作祟，钻进吐蕃人的脑中兴风作浪，只有斩草除根，才能免除后患，只要把佛教连根刨掉，百姓才会俯首帖耳，恭顺驯服于我蒙古汗国。王爷，请你酌定。"

有人赞许地呼应，有人窃喜笑出声，有人摇头叹息，也有人阴沉着脸不说话。大伙的目光凝注阔端王，看西凉王的态度如何。

会场一片喧嚣，嗡嗡的声浪充斥大厅上空。

"王爷，万万不可！"拍案而起的是高智耀。他长长的、黑白夹杂的胡须在簌簌抖动，细长的眼缝中射出逼人的灼光，脖颈红涨，情绪激愤。虽然他没有什么官衔和权势，但阔端聘他为顾问，给予高薪供养，参加有关大局的军政决策会议，出谋划策，视为上宾。为什么如此高抬呢？原来高智耀是凉州城内的饱学之士，熟读"四书""五经"，通达古今历史，不当官不经商，靠几亩薄田维持生计，以开办私塾育人弘儒为业，为人豁达，开通，平易近人，又公道直率，明事达理，顺应潮流，他是多达的启蒙老师。正是在他的开导劝解之下，多达才放弃了抵抗，选择了和平投诚，不仅保存了历史文化古城凉州，更主要的是保护了几十万民众的生命财产，避免了一场冲天劫难。经多达讲述介绍，阔端大为感动，也甚为钦佩，特聘他为顾问。

"先生，请坐，慢慢讲来。"阔端温和地笑着说。

高智耀抱拱致谢，没有落座，摸摸长须，侃侃说道："一种宗教，且不说它的利弊好坏，首先它是一个民族脊椎中凝聚的骨髓，是血脉中流动的血液，是精神的支柱，文化的旺泉。大法师，你说说，萨满教对蒙古人是不是如此？"

萨满大法师迟疑了片刻，茫然点头。

"所以说使不得。汉人王朝也曾几次灭佛，但时至今日，佛法不仅未斩草除根，还蔓延开去，灭佛只能把仇恨播进雪域大地。试想，蒙古汗国的人没日没夜被仇恨包围，在仇恨中能生存下去？不能啊！大汗遗言告诫我们，尊重各民族的信仰。谁要灭佛滥杀无辜，不就是背离大汗的教导？应该诛杀的首先是他。"

会场一下肃静无声，好多人垂下头陷入沉思。

"先生有何高见，也望赐教。"阔端语气恭敬、亲和，身子往前欠了欠，期待地等待高智耀往下讲。

高智耀仍站立着。他慷慨陈词，环顾场上："王爷，诸位将军，不是我卖弄学问，我们汉人有句谚语，出自唐太宗手下的谏史魏征，他说：以铜为鉴可正衣冠；以古为鉴可知兴替；以人为鉴可明得失。我不讲大道理，只讲唐朝和吐蕃之间的战争。"

右卫大将军薛仁贵为统帅，左卫员外大将军阿史那道真和左卫将军郭待封为副帅的十万唐军在青海湖南麓进击吐蕃。薛仁贵是唐朝名将，东征高丽长驱直入，无人能敌，号称白袍将军；西征西域，挽弓射杀敌酋，被军士赞歌"一箭定天山"，阿史那道真是突厥部的勇士，郭待封系久经沙场的骁将，那是大唐三位猛虎啊，但在大非川十万将士被吐蕃消灭殆尽，横尸遍野，血流成河，三员大将被擒获。大唐的威望和实力受到大大的挫伤。唐高宗时期，大唐又发兵十八万征讨吐蕃，但十八万兵马在青海湖畔不堪一击，被吐蕃打得落花流水，全线溃窜。大唐和吐蕃先后交战二百来年，但大唐的兵马从未进入过吐蕃腹地，可吐蕃军队曾经占领唐长安都城，扶持新皇帝上台，更不用说夺取安西四镇，攻占大唐控制的许多地区，可谓战果累累，威名远扬，震撼天下。

"我啰唆这些，是说吐蕃人民风强悍，尚武善骑射，历史上从未有异族占领过他们的家园，欺凌过他们，他们是不认输，不示弱的民族。成吉思汗大汗未发兵攻战是有道理的。还有吐蕃的地理条件，刚才多达将军说过了，它不同于中亚和中华北方，那儿地广人稀，雪山纵横，江河如网，高寒险峻，易守难攻，居民居住分散，游牧为主，便于游击，大部队运动围歼几乎不可能。大象踩不着青蛙，老虎抓不着旱獭，苍茫大地，你得动用多少军队？就是五十万人也如沙漠里下雨——不见踪影。"

大厅哗然，纷纷相互面觑，脸上是惊讶、惊疑、惶惑，眼神中浮动着不安、惘然。唯有多达瞳仁中跳动着兴奋的火花，向高智耀投去致谢的目光。高老头抖出了他想说又不敢说出口的话，让他惬意舒畅。

"我说这，并不是耸人听闻，或者是小题大做，庸人自扰。只是想说，对吐蕃用兵得慎之又慎，不敢贸然行事，更不可轻举妄动，以我们蒙古汗国士兵的血肉之躯当赌注。为什么要这样说话？因为吐蕃的政权虽然四分五裂，粘不到一块，但其文化，其精神却铁板一块，一统天下，深入骨髓，其价值观是一致的。所以最好的办法是不战而屈人之兵。"

大厅半晌没人说话应声。

火列来突然跳起来，大声呵斥："不战而屈人之兵？根本不可能，是你高老头白日做美梦，痴心妄想！"

就犹如油锅里溅进了水花，大厅里顿时炸开了锅，好多蒙古将士也跟着嚷嚷，附和火列来的吼斥声。

阔端威严地咳嗽一声，场上顿时如凤凰入林，百鸟哑声，安静得没有杂音了。

"大将军何出此言，敢肯定不战而屈人之兵是不可能的？说说理由。"

"理由？蒙古汗国的历史就是理由；和辽、金、宋朝的攻伐征战就是理由。有哪个是不战而屈人之兵的？请高老夫子掰开指头数数看。"火列来眼光火辣辣、挑衅地盯住高智耀。

高智耀顿时语塞，哼哧了几下，底气不足地嘘呐："凉州城……凉州不就……"

火列来冷笑一声，泼出了铁火花般烫人的话语："凉州城那叫不战而屈人之兵？亏你说得出，羞了先人的脸面！那是啥情况？西夏王朝摇摇欲坠，大厦将倾，东面大小城镇已被我蒙古大军占领，瓜州、肃州、甘州已成废墟，只剩下凉州一城。"

阔端打断了火列来的话腰说："不说凉州，说其他理由。"他担心一提凉州和平投诚之事，会伤凉州原将士的自尊心，而火列来的嘴又是一面没有盖子的臭水坑，青蛙、癞蛤蟆，什么乌七八糟的东西都会蹦跶出来，好不容易抹平的墙壁说不定裂口坍塌，他要阻止这种难堪场面出现。

"不说凉州城，也不提花剌子模王国，就说西夏，哪一次兵败都说得好好的永不翻脸，永远听蒙古汗国的话，但哪次守住诺言站在话头上了？啥时候不战而屈人之兵了？六次反叛六次征讨，不知道多少蒙古汗国的将士身首两处，血洒沙场。他们连大汗都敢欺骗，还有谁敢相信？正因为如此，大汗给围攻西夏兴庆府的蒙古将士下了死命令，每天吃饭前都要大声吼出誓言：

把西夏人杀绝了，把他们杀尽，把他们灭绝。

"党项人的西夏和吐蕃的卫藏人是一条根上的两枝蔓，他们一脉相承，骨肉相融，秉性一样，他们会不战而屈？他们是揉不熟的野牛皮，得用锥子刺；是羊脖子上的肉，得用刀尖剜；是壳子硬邦邦的核桃，得用石块狠狠砸。大伙说是不是这个道理？"

好多将士，尤其年轻的蒙古将军被煽起了激情，显得亢奋冲动，大声应道："说得好，是核桃就该砸着吃！""西夏和吐蕃都是贱骨头，只认剑和火。""屈服蒙古汗国的，都是屈服于我们的铁骑和弯刀，这世上哪有不战而屈人之兵的？别蒙混我们了。"

多达一直阴沉着脸，环视厅内，一声不吭。

忽都将军矜持地保持沉默，他茫然地瞥瞥这头，又瞟瞟那头，眼神游移不定，不知所措。

高智耀想站起来申辩，但却被嘈杂的吵嚷声淹没。

阔端的脸变得惘然，眼神迷茫。他拍拍桌子让大厅内安静，思吟片刻宣布说："今天的会可以散了，虽然没有决策，但各方的意见都有自己的道理，值得决策参考，进军卫藏，经营吐蕃，在座各位应该达成共识才对。有共识才能团结一心，有共识我们才有力量占领吐蕃，都下去冷静地过个筛子，想个万全之策，咱们改天再议，散了。"

二十二

暮色中，马背上的他眯缝着眼，还在冥思苦想着西征吐蕃的事。议事中两种对立的观点，都有自己的依据，有能说服人的理由，各自的道理不能说不成立，他很难判断谁的正确，谁的不可行，从蒙古人的角度，他更认同火列来的观点，但他也无法认定高智耀的理论是错误的。他拿不定主意，只得散会改日再议。

会散后，火列来和高智耀都登门要求进一步阐述他们的主张，意思是接纳他们的观点，支持他们的意见，他都一一闭门谢绝。他只想让头脑冷静冷静，理顺自己的思路，拿出自己的决策意见。吃过晚饭，他心头还是郁闷堵塞得很，猛地想起凉州城有座罗什寺，罗什寺据说是西域高僧鸠摩罗什曾经讲经说法之处。寺中央有座罗什塔，是埋葬鸠摩罗什"不烂的舌头"的地方。寺院和塔在唐时大力扩建修葺过。当他听说了这塔的来历后，不禁纳闷，一个来自于西域龟兹的佛门僧侣，在八百年前落户凉州，讲经弘法，翻译经典，后来到了长安，继续他的事业，七十岁圆寂。人们称赞他翻译的佛经准确无误，到"火化时舌头不烂"。便按他的遗嘱，把他的舌头葬于凉州，专意修建了这座塔。一个外民族、外地域，没权、没财、没军队的普通僧侣，为什么人们那样尊重他，抬举他？几百年后还修建寺院，砌起佛塔纪念他、祭祀他？对他来说这是一团谜，也对他充满了诱惑力。他一直弄不明白其中的奥秘。为什么为了鸠摩罗什，前秦王朝的皇帝苻坚派骁将吕光、姜飞率七万大军，万里迢迢征战龟兹。不是为了占领地方，也不是为了掠夺财富，而是为了得到鸠摩罗什。苻坚说得明白无误，圣哲的人是国家的大宝。听说之后，他大惑不解：一个僧侣，哪怕他再优秀、再出众、再有学问，怎能称之为国家的大宝呢？他不就讲经弘法，翻译经卷吗？能有多大能耐，值得花如此巨大的兵力、人力、财力去远征西域？吕光击破龟兹，征服西域三十来国得到鸠摩罗什。回程到凉州，闻知苻坚淝水之战兵败被部下枪杀，便在西凉建立后凉国，鸠摩罗什便被安顿到北郊现在他要去的寺址上，讲经说法，传播佛教达十七八年以上。鸠摩罗什钻研汉语、汉文，达到汉梵翻译准确、精深、精致的程度，后来被迎到东晋首府长安，尊为国师，奉为神明，先后译经七十余部，三百余卷。就为这些佛门经典，人们有必要把他奉为神明，和我们蒙古人信奉的长生天并驾齐驱，捧到头顶？即使翻译出成百上千部经卷，那又有什么意义？能变换成漫山遍野的牛羊吗？能聚集起芳香的牛奶湖泊？能拓展成连绵不断的草原吗？不能！肯定不能！那为什么要把鸠摩罗什尊为国师？他和他翻译的佛经，难道是太阳，能驱散黑暗和云霾，投下光明和温暖？难道它是火炬，能赶走寒冷，照亮道路，赋予希望，指引憧憬前程？难道它是春雨，能滋润万物，唤起生命的活力……真是不可思议，汉人真是个古怪的民族，把一个西域僧人吹捧到天上，我阔端倒想见识见识这位佛僧到底是三头六臂，还是青面獠牙，有如此难以估量的法力？！

路不远，未过多久就到了。

罗什寺并不大，但精巧幽静，松柏树布满空闲土地，芳草从石径小路中冒出浅绿、翠绿的帽子，吐放新春泥土掺和青草的涩香味，园内有股清新的气息在飘荡。寺院一进三院，前院是僧人住宿的生活区。他们敲开门跨进院内，只有一个年迈的老僧人开门。问有多少人，说只有他师徒两人，徒弟到乡下去化缘募捐了，只剩他一人守护罗什塔和佛殿。问到原先有多少人，老僧回答有三十来人，兵荒马乱的，都四处逃命寻活路去了。

老僧点着油灯，引他进中院。中院中央耸立着一座高高的砖木塔，借着大半圆的月光，雾气缭绕，塔高十二层，周围角有八个，和他在辽东、西夏境内看见的佛塔一个模式。层层叠叠，笔直挺拔，就似松塔昂然冲天，长枪亭立入云。真是巍峨俊逸，坦然无邪。都是条砖叠砌，糯米汁勾线，细腻精致。一层起至三五八层都开设有门，信众可拾阶而上膜拜叩头。老僧介绍说，他的顶层那座佛龛里，供奉的就是鸠摩罗什的舌头。圣哲生前说过，他翻译的经典，要是没有违背原意的地方，那火化时我的舌头烧不烂。火化时果然舌头保持新鲜，无法烧烂。根据圣人的心愿，把他的舌头从长安运回凉州，葬在了这座塔的塔尖。

阔端的心"怦然"一动，暗暗惊奇，多么自信的鸠摩罗什，他凭什么如此自信？舌头不烂，这是啥意思？舌头意味着什么？难道是他传播的佛教永恒坚固，无坚不摧，圣哲的遗言能经得起烈火的烧灼而不变质不变色？莫非，他的舌头喷洒的是万能的哲理？让世人知道世界的规律，人类社会的轨道？所以，烧不烂，永葆青春？如一道电光划开迷茫的胸口，他仿佛明白了些许道理，精神为之一振。

他们跨进里院。里院是一座不大的殿堂，平顶，女儿墙是褐红色的，绕房檐是圆椽头似的均匀撒开的两串吉祥项链般的白坨坨，显得端庄肃穆。完全是吐蕃卫藏佛堂的建筑样式。大殿最里面，酥油灯发亮摇曳，映照出一尊真人大小的镀金铜佛像，老僧指着介绍说："这就是圣尊鸠摩罗什上师。"

阔端神情庄重，两手合掌，弓腰垂首，仔细凝视观察佛像：修长俊逸的身姿，炯炯有神的圆眸庄严睿智在俯瞰众生，流泻出慈祥和聪慧。五官端庄，前庭饱满发亮，鼻梁直削，棱角分明，嘴唇稍稍宽厚，下巴圆润，一切布置的那样匀称精巧，透溢出富态、圆满、慈蔼、博大、哲理。瞻仰尊容，不能不使你肃然起敬，由衷地要膜拜。这样的学者，他的自信，他的执着，他的精神能量，都能给信仰者一种力量，一种信念，一种勇气，一个坐标，指引你奋发向上，永不气馁，奔向奋斗目标。

阔端忽然明白了，原来鸠摩罗什的影响，来自他个人的人格魅力。如果我阔端能获得鸠摩罗什这样的伟人辅助，那我就有可能不费一兵一卒，刀不染血地占领吐蕃，实现自己的宏图大略。高智耀老夫子所说的不战而屈人之兵也就有可能出现。虽然从情绪上他倾向于火列来宣扬的辉煌业绩，用火和剑，用蒙古人的铁蹄登上世界屋脊，把胜利的大旗插在喜马拉雅雪山上，让自己的英名传遍蒙古汗国，青史留名。但那可能吗？对手是吐蕃人啊，不是花剌子模国，更不是辽、金、宋那样的国度。一个西夏都征服得那样艰难反复，何况吐蕃比西夏幅员辽阔，地势险峻，气候恶劣，民风强悍，尚武善战，连大唐、大食都成他手下败将，自己要是不慎重而鲁莽行事，说不定落个身败名裂，让后人耻笑，成败难论啊。自己能有那样的福气吗？吐蕃卫藏有鸠摩罗什般的人物吗？那是历史呀，几百年与上千年出一个伟人，一个智者，我哪有如此的好运气逢上这种圣哲！

他的情绪又落入沮丧、迷茫。跨出寺门时，他又顺便问了老僧一句："你来自哪里？""我是吐蕃卫藏萨迦寺派来的，专门守护罗什塔，主持罗什寺的佛事活动。"

他脑中一阵翻腾，马上想起西夏境内诸多佛寺的住持都是萨迦寺的僧人，萨迦寺的僧人还有在蒙古讲经弘法的。大汗的一名佛学顾问兼翻译就是萨迦寺的高僧。萨迦寺的手伸得真长啊，连凉州城的罗什寺它都派僧人管理，主持佛事活动，其他地方的寺庙更不用说了，整个河西走廊，还有西夏大地，在精神上都成了它的信徒，为什么西夏将士那样顽强，那样视死如归？这个佛教一定有摄取人的灵魂，左右人的意志的奇妙魅力。他情不自禁追问道："萨迦寺现在的住持是谁？"

老僧不无自豪地笑答:"萨班,萨班贡嘎坚赞。"

"萨班,萨班贡嘎坚赞?"

老僧点点头:"他的名字叫贡嘎坚赞,萨班是人们给他的尊号。"

"萨班?尊号?什么意思?"阔端拧着眉追问。

"萨迦班智达之意。班智达是印度语,是无所不晓、样样精通的大学者之尊称。萨迦出现的大学者贡嘎坚赞,我们称为萨班,是全吐蕃卫藏都钦佩的大圣人啊。"老僧的眼里流淌出衷心的敬仰、无上的崇拜。

阔端喃喃自语:"萨班贡嘎坚赞。"他像是咀嚼一块风干牛肉,又像是利刀镌刻心壁,牢牢记住了这个名叫萨班贡嘎坚赞的生疏、新鲜的名字。

二十三

又是一夜没有睡好觉。脑海里忽儿浮现出火列来与高智耀激烈辩论的场景,忽儿是鸠摩罗什慈眉善目地反问他:"不相信?我真的说过,我翻译的经卷,我传播的教义,准确无误,皆为真理,所以我的舌头如金刚,烈火也烧不烂。"说着,张开嘴巴伸出舌头让他瞧。果然,他的舌头鲜红亮润,犹如一面锦缎,上面绣有莲花宝座,那宝座上是一幅佛教万福卍的图案。他纳闷、惊诧,刚想问个究竟,突然醒了过来,原来是一场梦。

天已大亮,他先洗漱完毕,刚准备用早饭,王妃和一名亲兵神色慌张地前来禀报说:"王爷,不好,出事了。"王妃已经泪眼涟涟,悲痛欲绝。

他的心忽地悬到了喉咙口,边扶住王妃边问亲兵:"什么事如此慌张?"

"小王子出事了,王子去祁连山中打猎,遭吐蕃六谷部丹玛部落袭击劫走,生死不明。"

阔端一听,又气又急,太阳穴突突直跳,狠狠抠了一眼王妃,他早已告诫过他们,说社会不稳定,治安秩序还混乱,蒙古人虽然占领了凉州,但乡下大部分还是西夏遗民,相互还存在隔阂或者怨恨,为避免发生不必要的冲突,他把军队大部安顿到祁连山各牧场,严禁随意出营寨或打猎巡游。担任警卫的兵骑也驻到城外郊区,不准自由进城滋扰市民。想不到外部没有出事,而王府却出了如此丢人现眼的事。全怪王妃溺爱王子，让王子随心所欲，想干什么就干什么，没个规矩没个王法，这下好了，说不定把小命都搭上了。他俩就这一个宝贝儿子，也是根脉啊。说什么都晚了，救人要紧。

他亲自带着一队亲兵心急火燎前去救人，并派人通知忽都率兵前来救援。

阔端纵马疾驰，晌午时分到了黑鸦峡。在黑鸦峡碰上了王子一伙。

王子启必贴木耳衣衫不整，脸色疲惫，头发蓬松还沾有草枝，一副狼狈不堪的样子。阔端惊喜，下马抓住王子的肩头，从头到脚，从右手到左臂，仔细地瞄了三遍，眼里才涌出喜兴，可转眼马上堆积了乌云，冷不丁扬起巴掌，扇在了王子脸上。王子防不胜防，差点一个趔趄倒地，脸上留下了五道白白的指头印痕，"孽种，谁让你去打猎的？你想让我和王妃白发人送黑发人？"说着又抡起巴掌要抽打。

巴彦和孟和抓住了他的左右两臂。

王子揉着发红的脸颊，羞愧地垂头不语。

王子的随从战战兢兢禀报说："报告王爷，六谷部没有欺负我们，是小王爷看上了山上牧羊的姑娘，那姑娘长得比天仙还漂亮，歌喉赛过咱蒙古草原上的百灵鸟，真是好看得很！"随从说着不由眉开眼笑，神采飞扬。

"拣重要的说，啰唆什么。"阔端阴沉着脸，打断了随从的话。

"小王爷迷住了，纠缠着要把姑娘领回王府。姑娘不从，两人撕扯扭打。我们随从们只得帮忙，那姑娘挣脱我们，跑到山丘吹起牛角号。顿时吐蕃人从各个山沟冲出来，骑马挥刀，把我们压在一个壑坑里使我们无路可逃。"

"结果呢？结果如何？如何侮辱了你们？"阔端的眼泡凸出，呼吸急促，迫不及待地追问。在蒙古人占领的地盘上发生围杀蒙古人的事件，不能不使他动怒。

随从急忙分辨："没有伤害我们，小王爷的膝盖伤是自己吓得跌下马背摔的，不碍事。他们割了小王子乘马的尾巴，表示警告，并要我们对佛法僧发誓，从今再不欺负吐蕃人。小王爷认错立了誓言才放我们回返。"

阔端的心放下去了大半，气也消了不少，但还是为王子的不争气感到羞耻，怒斥道："你就没有见过姑娘？咱蒙古草原有的是漂亮贤惠的姑娘，你是大汗的孙子，挑谁谁不乐意上门？偏要找山野六谷部的姑娘，没出息。"

王子缓过神了，噘起嘴巴嘟囔："我就喜欢她，不是她我不娶。"

阔端的气又冒了出来，刚要抡起马鞭，忽听身后传来滚滚马蹄声，其中火列来的嗓门最响亮："谁敢欺负我蒙古小王子，我叫他断根绝孙只剩一把灰。"

阔端心头一跳，怎么他来了？没有叫他啊，真是一撮盐巴，什么里面都要掺和。

烟尘团团中，火列来一马当先，跃到阔端和王子面前，横眉立目吼斥："还愣着干啥？赶紧追杀复仇啊！"

也不等阔端回话，他领上一队人马疾风火燎去征剿对方山寨。

阔端蹙眉苦笑不言语。从情感上说他咽不下这口气，堂堂西凉王子，在六谷部吐蕃人的包围下当众认错发誓，丢了大面子。更为恼气的是他们割了马尾巴。听多达介绍过：藏人侮辱马主人的一种特别方式就是割去其乘马的尾巴，表示轻蔑其人格和品行。也有警诫之意。是可忍孰不可忍，理应严厉惩罚发兵讨伐。火列来发誓复仇，不能说不和他内心所想是一致的。和平投诚，凉州人不知道蒙古铁蹄的厉害，应该让他们尝一尝滋味，杀一儆百嘛，他默认了火列来的举动。

忽都老人望望远去的马队尘烟，又瞅瞅阔端铁青的面孔，小心翼翼地请示："王爷，是不是把火列来将军叫回来？"

阔端眉毛一扬："为什么？"

"弓要弯，弦要直，这件事要是传出去，不会不引起骚乱和社会动荡啊！"

"我就要让凉州民众知道，蒙古人不是任人欺负的软泥。"

"不！是我们软处好取土，没有道理。"

阔端眼珠立了起来，满眸惊诧："我们软处好取土？没有道理？"

忽都坚定地点点头："是小王爷调戏人家姑娘，还要劫掠去王府，失理在前。我们蒙古民族是讲道理、明是非的民族，从不糊涂，可如果这种横行霸道、强取豪夺的行为得不到惩治，而且蔓延开去，那河西走廊，我们有多少军队可以调用，还有。"他停住话腰，瞪瞪阔端若有所思的眼神。

"说吧，我不责怪你。"阔端的语气已经缓和。

"万一，吐蕃卫藏的吐蕃人和六谷部联合在一起，那我们占领吐蕃卫藏的计划不就阻力更大了？父汗要我们及早进军并经营吐蕃卫藏，斩断南宋的西南后方支援，配合蒙古汗国占领宋王朝的南方大地，可如果我们纠缠于如此的恩怨，吐蕃卫藏的事说不定会泡汤。王爷，我们不能只顾啃骨头丢了肥美的羊胸叉。"

阔端一下陷入了深思。但仅仅眨个眼皮的功夫，他的神色从阴郁、惆然转为果断，他叩叩马肚抖了抖马缰，吼了声"追"，便打马去追赶火列来。

但迟了，看见蒙古大队人马卷来，坐落于半山腰的人早转移了，他们赶着牦牛和驮牛，往陡峭的祁连山脉走了。火列来的骑兵未撵上，反被弓弩箭镞、滚石抛石打伤了几个。火列来气得嗷嗷叫，下令把村寨烧了个精光。寨子的房子全如木头制成的盒子，又是油松木，厚墩墩的结实，楼上楼下的二三层木楼，楼下圈牲畜，楼上设佛堂、卧室。一时火光噼啪，烟雾腾天，大团大团的烟柱向四方蔓开，牲畜被烧得焦煳，有种刺鼻的味道，远远就能闻到。阔端无法靠近，不得不远远眺望，心头有种说不出的情感激荡，额头上拧出了几道深深的皱纹。他垂首扭转马头，无力地往回走。

王子被绑押到了西凉府，是穿过街市，众目睽睽之下缓缓走过去，说透了是游街示众，平息民众的议论，是对事件的反思，也是阔端的自责。

在西凉府议事厅，阔端又召集大小文武官员，当着大家的面把王子绑在柱子上抽了三十下红柳鞭，才让王妃领回房间歇息养伤。阔端再次强调纪律说："民心是我们扎根凉州的根本，今后谁要滋扰百姓，提非分要求，或者肆无忌惮，横行霸道，那王子犯法与庶民同罪。"

多达一直阴沉着脸，神色冷漠，眼里担忧和气愤交织，心头燃着火，刮着大风。他是后来听到消息的，阔端没有通知他出兵，他就在城里巡防，严禁属下将士自行其是。他揣测阔端不通知他出兵的理由：一是可能他统率下的部队都由当地人组成，与当地民众有着千丝万缕的血缘联系，一旦有事，感情天平必然倾向于自己的血肉同胞而远离蒙古汗国，说不定产生冲突酿成大祸，后果难以想象；二是对自己不放心，怕我多达三心二意，关键时刻使不上劲，毕竟不是同一民族同一文化，有戒备心也是能够理解的；三是事情紧急，顾不上打招呼就出发了。但这个可能性不太大，我多达是当地人，了解社情，熟悉道路，又负责地方治安，理应让我陪着去解决才对，可偏偏阔端没有想到，或者是疏漏了，真是不可思议，凭他对阔端的观察了解，阔端做事向来缜密、周到，很少有纰漏，今天是意外，还是有意回避？

还有，不问青红皂白，允许火列来纵兵烧杀吐蕃六谷部百姓山寨，不是往旧的伤疤上撒了一把盐吗？西夏老百姓和蒙古汗国本来就有怨恨，如今这样一来，双方对立情绪不更深了？我多达忍受委屈、怨愤、误会，想方设法弥补裂痕，你却带着尖刀划开新伤口，你这样做，理智吗？虽然你惩罚了王子，却默认了火列来的行为，比起王子的轻浮随意，纵容火列来烧杀应该罪加一等，如果不追究，那为了兽欲，为了财富，还会有人寻藉各种借口烧杀抢掠，地方能平安，民族能和谐团结吗？

他更为担忧的是家人。他的老家就在黑鸦峡里，走过平坦的盆地草原，那座半山腰的村寨就是他的家，寨子叫鹰飞寨。听阔端说的情况，那姑娘像是自己最小的妹妹华珍。火列来焚烧村寨，不知家人和乡亲们中有无遭难的，真让人揪心。我投诚蒙古汗国就是为了保一方家园，连自己的家都保护不了，那投诚有什么意义？岂不成了别人背地里捣指头、吐唾沫的贪生怕死鬼？成了苟且偷生钻地洞的旱獭？热血呼呼地涌到头顶，浑身一阵阵燥热，他咬住下牙，命令自己："一定要讨回公道，有个说法，不然活着就是一堆狗屎。"

阔端讲完，宣布散会。

"王爷。我有话要说，请王爷恩准。"多达唬地从座列中站出，大步流星地走到阔端面前，神情严峻得像个生铁疙瘩。

阔端眼里掠过一丝惊诧，疑惑地扫了扫多达，温和地说："将军有什么话请实说，不必拘礼。"

"王爷，这次事件理在何方？"多达目光霍霍，灼灼逼人。

阔端眉毛跳了跳，炯炯有神的目光突然暗了，喉头蠕动了几下，移开目光不言语。

"既然理不在官方，是由小王子惹起的，那火列来将军纵兵烧杀，是功还是过？难道就这样不了了之？"多达语句硬得如淬火的铁渣，一字一字如火籽喷过去。

阔端脸上有些挂不住，忽而红忽而白夹杂着一缕羞恼、尴尬、窘迫，眸子也变得阴冷，但眼珠子却翻来翻去在思忖什么。

火列来大吼一声："多达，你想干什么？要我和王爷认错悔过，赔情道歉？你小子白日做梦！"他冲出座列，虎虎生风地走到多达面前，眼盯眼鼻对鼻，粗气喷到对方的脸颊上。

多达眼白也充血，手攥剑柄，肩头微微发颤，他蹙眉片刻，往后退了两步，冲火列来吼道："没有公平公正而言，不讲道理的地方是野兽窝，我堂堂汉子不能待在这儿。禀告王爷，我无法维持社会公正，也就无法维持凉州地面上的社会秩序，我宁愿回家种地放牧，也不当这泥塑的护法神。"说罢，转身大步退出。

满堂吃惊，哗然，面面相觑又转回凝视阔端没有表情的脸色。

阔端阴沉着脸，一句不吭，从他的脸上什么也看不出，唯有瞳仁忽明忽暗，让人看到思绪的激烈冲撞。

议事厅阒寂无声，听得见人们大口喘的气。不管是谁，都不敢说话，谁知道西凉王在想啥，盛怒的狮子神经处于狂躁状况，谁要触动了他的哪根神经，说不定会跳起来咬死你。

过了半根烟的时辰，阔端才挥挥帽子示意大家散去。而他个人，独独又坐了半个时辰。

二十四

多达三天没有出府，焦躁不安中度过三个昼夜，他不吃不喝不睡熬过了三昼夜。

他想走出去也走出不了，蒙古军队包围了凉州将军府，里外封锁，不让出也不让进。多达困在里面想出也出不来。他明白阔端王"保护"他的真实意图。西凉王怕放虎归山，怕他回头去号召西夏遗民、六谷部吐蕃人造反叛乱，动摇蒙古汗国在凉州的统治。他苦笑，真是地上爬行的小蛇，无法度量碧空大鹏的肚量，你火列来，还有阔端王，把我看成了什么人了？我谋求公平社会秩序，还不是为了蒙古汗国的稳定兴旺？还不是为了黎民百姓的安宁幸福？要是我有私心杂念，要是有野心叛乱造反，那我要么视自己为奴才，阿谀奉承，摇尾乞怜，讨主人的欢心和信任；要么就不和平投诚，组织军民誓死反抗，和西夏王朝同生死，共命运，同归于尽，落个英名流传千古。阔端啊，你这是以小人之心度君子之腹。我多达不是那种鼠目寸光的狐兔之辈，只知道为个人的荣华富贵而生存，我多达是有普度众生、慈悲为怀的远大理想，是受过吐蕃文化、佛教文化、儒汉文化教育之人。我这辈子是有志向的，就像我的绰号"那波"：一块乌铁疙瘩，不会变色，不短斤两，一是一，二是二，坚定不移，要干一番大事业。正因为如此，他迄今为止都没有结婚成家，三十四五的人还是光棍一条。

  他本想绝食，表示自己的心迹和反抗。但想到这不是自我折磨吗？绝食了，身子虚弱不堪，还能担当大任吗？大任是什么？他自己也说不清楚，眼下就是保护凉州地面上的民众安居乐业，社会稳定有序，不遭受战乱和蹂躏，享受上苍赐给的福运和快乐。正是为了心头这一目标，他才豁出来在大堂上当面质问阔端王，犯了虎威，惹得蒙古将领们对他怒目相视，看作另类，有的可能对他咬牙切齿，欲除之而后快。为什么？就因为他对蒙古铁骑说三道四、小题大做，妄加指责，尤其这次，在大厅中公然提出赔情道歉，认错悔过的要求。当他冷静下来后，觉得自己的要求实在有点唐突，有点过分。一时气愤、冲动，信口说出那样的话，有了那样的举动，那是"咆哮公堂"、"冒犯龙颜"啊。阔端能受得了吗？即使阔端面子上能撑得住，蒙古将士能受得了？他们东征西杀，北冲南伐，已经骄横惯了，当太上皇的日子太久了，他们习惯于有一点借口就出兵征服，有一点冒犯顶撞就勃然大怒、纵情烧掠，我一个投诚的西夏党项人后裔，能让他们纳入轨道，戴上嚼子，顺从于公平公正的制度之下吗？他苦笑的正是这点。他不知道等待自己的命运是什么？下场又会如何？但他不怕，他认为自己行得端、走得正，心中无私，是普度众生，遏制邪恶，即使处死了也会有好的轮回，下辈子有个好的报应。

  他焦虑得吃不下睡不好，苦守煎熬，不是忧愁自己的前途，而是自己呕心沥血的理想追求毁于一旦,自己的选择却不尽人意,他痛苦的就是这!他有点后悔主动开城投诚的举动是否过于理想化、主观化,心头沉甸甸,像压了一块巨石。

天已黑透,正是月底夜色最暗的日子,但天上的星星却很稠密,有大有小,挤成疙瘩结成串子,闪闪烁烁如树枝上的红果一簇簇,相互肩臂相撞。他没有点燃屋中的灯烛,走出卧室,来到院中,黑灯瞎火地练起了剑。胸口闷得慌,出来一是散散心,二是练练手脚,活动筋骨,哪怕明天阔端处死他,他也要把自己的功课做好。

咚咚咚,有人在敲门,敲得很响亮很有劲。

多达停止了练剑,侧目凝听辨析。

又是响亮的敲门声,不紧不慢,很有自信。

多达朝管家努努嘴,示意去开门,自己攥紧了剑柄。

门开处,是阔端,身后还有高智耀和忽都。

多达一惊,迅即朝门外瞭了一眼。没有杀气腾腾、气势汹汹的蒙古骑兵,连一直戒备森严的警卫武装也不见了。他急忙抛下剑大步跨过去,单腿跪立,双手抱拳,垂首拜见:"罪将多达,叩见王爷,请处置。"

阔端哈哈一笑,摊开双臂扶起多达,爽声回话:"你有什么罪?是我西凉王处置不当,累及大将军,快请起,我们是来慰问你的。"

多达半信半疑地深深抠了眼阔端的眸子,看是真话还是假话。看出西凉王瞳仁中全是真诚、坦荡,毫无阴云和疵点,便放心地站起,吩咐管家酒席准备。阔端携手多达走进客厅。

远处浓浓的树荫下,有两双眼睛死死盯着多达和阔端的身影。

客厅里霎时灯火通明,藏香缭绕,欢笑声弥漫。

摆好酒席,高智耀端起河西玉石制作的夜光酒杯,亢奋地朗声道:"葡萄美酒夜光杯,欲饮琵琶马上催。醉卧沙场君莫笑,古来征战几人回?今天啊,我们尝一尝唐诗中说的葡萄美酒,醉卧沙场的滋味吧。"老学究提议先干三杯葡萄酒垫肚。

三杯过后,阔端建议撤掉葡萄美酒,喝凉州产的皇台烈酒。菜呢?只要两样：冰渣碎生牛肉片；虫草炖鹿肉。多达吩咐管家通知厨房马上料理。冰渣冷冻生牛肉是他冬春必须储备的食品，牦牛肌肉紧密细致，肉汁中血液饱满，冷冻后成了血水冰渣，和肌肉紧紧粘连，嚼在嘴中津津有味，生出浓香的涎液。冬日里喝酒，烈酒的火辣灼热味掺和上冰渣生牛肉的凛冽味，别有一番感受，令饮者气爽轻松不燥热。这种喝酒吃肉的方式正合蒙古人、吐蕃人的口味，平时他一个人喝酒就的就是冰渣生牛肉片，上面再撒点花椒、盐巴、辣椒就可以了。至于虫草，祁连山里能寻到，每年他都从牧民手中购买一两斤，平时泡茶喝，吃菜时就炖在汤里。

冰渣生牛肉片很快上桌了。窖藏五十年的凉州皇台烈酒启瓶了。夜光杯撤了，换上了青瓷金边绘龙的小碗，每人面前一碗。随意喝，不敬不劝不定量，完全是草原牧民的喝法。

多达双手捧起酒碗："王爷驾到，有失远迎，不胜惶恐，我作为谢罪酒，先干表达心意。"说罢，一扬脖爽爽快快吞进肚，不喘一缕粗气，碗底一倾一亮。

阔端欢欣地点点头，也捧起酒碗，忽都、高智耀也一饮而尽。

坐定，安静下来后，多达还是有点忐忑不安地扫瞄阔端他们的脸色，他弄不明白夜黑天他们上门是福是祸，他等待着实实在在、具体的内容。

阔端要张开嘴说什么，叫高智耀抢先了："他是我的学生，我喝他的酒，吃他的虫草鹿肉，但我不会嘴软，我先得批评你。"

多达一愣，不知说啥好，只是谦恭地苦笑。

"你那天在大堂上公然顶撞王爷，让王爷下不了台，按汉人刑例，你是犯上蔑君，不敬不恭，不顺不孝，轻者杖罚，重则杀头，知道自己的过错吗？"

一听这话头，多达脊梁上泛起冷汗，小腿肚发软，准备叩头谢罪，但被高智耀的目光制止了："说这些不是让你谢罪，而是要你以后增强修养，明白君臣礼仪，做事成熟些，冷静些。你想一想，当着那么多下层、臣僚，你要王爷认错悔过，赔情道歉，王爷的脸往哪儿搁，西凉王的权威放哪儿？"

阔端拦住了高智耀的批评："事情都已经过去了，我知多达是游牧民族出身，一根肠子，两个鼻孔——直来直去，不像汉人心细礼仪多爱讲究，他也是为了我们蒙古汗国的江山着想，是为了保护我的荣誉和诚信。我不喜欢那种虚的东西，也不想计较表面的你来我往，我还得感谢你，来，干杯！"

多达受宠若惊，诚惶诚恐地捧起碗，又是一口饮尽。阔端和他们的爽笑声在大厅里荡漾翻飞。

多达也欢声笑语，但笑中带有一丝干笑。他琢磨还会有其他事情，个人的安危算是不用担心，但他还是牵挂着鹰飞寨乡亲们的安危。给予公道的待遇才是解决事情的办法。

阔端含蓄一笑："我知道你在琢磨什么，我这两天也在琢磨这件事，蒙古人生性善良淳朴，头顶着太阳，脚踩着草原，承受天地赐予的恩泽，谁不讲公道，那谁就不配生活在这个世界上。"

"王爷准备如何处置？"多达耐不住性子追问。

"这也是本王爷前来的目的之一。烦请你和忽都将军、高先生明天去向鹰飞寨受苦受罪的乡亲们赔情道歉，发放赔偿金。加倍偿还，让重修房屋，置办生活生产用品，安居乐业过日子，我保证这号事情不再发生。你这是帮我纠正过失。你去，老百姓相信你，你也可以看看家。"

多达眼眶一热，心头暖融融的，差点离席倒地叩首。这正是他祈盼的结果，想不到阔端王如此贤明豁达，有远见卓识，还知错就改，真是心胸坦荡的蒙古王爷，看来自己没有看花眼，这一辈子一定要跟到底。

"至于银两、物资、粮食，我已经跟高先生、忽都将军交代了，明天上午，你们从凉州城最热闹的街市出发，我要让凉州百姓都知道，我阔端眼里容不得沙子，我是一位哪怕自己犯错也要公开改正的蒙古汉子，我不会失信于民。"

多达感动得双手有点颤抖，捧起酒碗冲阔端点点头，一仰脖子又来个碗朝天。他深呼吸一下，抱拳作揖铿声道："多达今生愿效犬马之劳，辅助王爷功成业就。哪怕刀山上翻跟斗、地狱里跑马，我多达都不眨一眨眼睫毛。若要食言，让我吐血而死。"泪珠在他眼角晶莹闪光，嗓子有点发哑。

阔端和多达的目光碰在一起，同样有点湿润，但他没有说什么，也是捧起酒碗一饮而尽，完了，真诚地朝多达一笑，示意落座："从今以后，我们是兄弟关系，不是君臣从属，有难同当，有福同享，不是盟兄的兄弟，蒙古汗国的大事拜托各位了。"

三人齐刷刷站起，手叠手握在一起，按照蒙古习俗大吼一声"宝路纳"——也就是同心干的意思，然后放开手，畅怀哈哈大笑。

谁也没有察觉到，在客厅背面的窗棂根，有一双耳朵贴着窗眼在凝听，一对水灵灵的大眼睛也钉子般盯住了厅内，看到四手叠扣亲如兄弟，言谈中笑声飞起，气氛轻松欢快，那对耳朵，那双眼睛悄悄离去，不声不响地消失了。

都已耳红眼热，情绪亢奋，话题也就广泛多了。都争着夸耀自己的家乡山水，自己民族的英雄好汉，夸耀各种好吃的食品，甚至高亢高调唱起家乡的民歌小曲。

阔端慈祥地笑着，打了个响指："你们说说谁是真正的英雄好汉？昨天的太阳再灿烂，也成了过去；昨天的业绩再辉煌，也是逝去的历史。真正的英雄是我们，我们正在创造着惊天地、泣鬼神的业绩。"他说得眉飞色舞，满脸红晕，眼闪异彩，嗓门洪亮，震动得厅内烛光曳摆。

多达有点惊异，眨动眉毛朝另两人眸中觑探，忽都和高智耀回应的也是意外。

"奇怪？一点也不怪。"阔端豪爽地张开双臂，做出拥抱的姿态："当吐蕃广袤的大地、浩瀚的智慧投进蒙古汗国的怀抱，想一想，蒙古汗国有多强盛？而吐蕃大地也结束分裂，凝聚一起，走向安定团结，繁荣兴旺，兄弟握手并肩，走向幸福的明天。"他一顿，又兴奋地说道："你们说说，那是多么伟大灿烂的一幅画卷，在这片大地上何时出现过？只有一统天下，顺应天意，给社会带来幸福安宁，才算英雄。所以说，真正的英雄是我们这代人，是你。"

多达又是惊异地大瞪眼，不由得环视客人的面孔。

阔端的脸色转换为庄重、严肃："我想派你去吐蕃卫藏。"

"吐蕃卫藏？"多达神色惊诧。

阔端点点头："把吐蕃卫藏纳入蒙古汗国的版图，让全中国各民族同胞组成圆满的统一大家庭，是大汗、父汗，还有我阔端的夙愿。我想，你也是这样想的。"

多达情不自禁点点头，目光坚定，还掺杂着一点兴奋，但很快又晴转多云，迟疑地反问:"我,我合适吗?"

阔端爽快地点点头:"合适,我们商量来商量去,唯有你可担当这一重任。"

"我是吐蕃人,你们想过吗?"他首先想到的就是民族成分。吐蕃卫藏是吐蕃大地的腹心,全是吐蕃血统,自己带领蒙古骑兵去征服吐蕃卫藏,万一发生冲突,爆发战争,造成血腥屠杀,那不是成了真正的民族罪人?还有,自己和平投诚献出凉州城于蒙古汗国,在卫藏早家喻户晓了,理解的人少,误解的人多,背黑锅肯定了,他们会容纳我听我的话吗?另外,这种安排会不会是阔端王下的一个套子让自己去钻,让吐蕃人杀吐蕃人?他迟疑、困惑的正是这个。

阔端仿佛看出了多达的心事,缓缓讲道:"若果多达将军有顾虑,我也不勉强,凉州地面也需要你维持,我可以考虑其他将军前去。"

多达心头一震,脱口说道:"谁?"

"火列来大将军。"阔端一顿,口气严峻,"你知道,他是一位爱杀人,爱抢财,有暴躁脾气的蒙古汉子。"

多达额头拧结,垂首阖目,陷进了剧烈的矛盾思绪。

由火列来统帅蒙古军队去吐蕃卫藏,其结果可想而知。不错,从蒙古汗国利益角度出发,火列来是一员悍将、战将,敢杀敢拼敢抢掠,能体现蒙古民族的英雄气概,能树立征服者的权威,但这对吐蕃人来说,不是一种凶兆吗?是克星降度,是灾难的洪流,他闭眼可以想出血流成河、尸骨遍野、浓烟蔽天,空中弥漫着焦臭味,秃鹫盘旋寻找腐烂尸体的悲惨场景。那对吐蕃民族是一场浩劫,一场毁灭性的打击啊。多达,你不是要普度众生吗?你不是立志要为吐蕃民众幸福安宁奋斗吗?可到了关键时刻,你为了自己的名誉和利益,却不顾大局往后退缩,你算仁人志士吗?算英雄好汉吗?在需要你时你却犹豫不决,迟疑不前,你不是懦夫胆小鬼是什么?他心里翻腾着五味,脑海里翻天覆地。

话再说回来,阔端如此贤明,智慧及仁慈,你怎能不知道派去火列来会带来的后果,给他一世英名会产生的阴影。但征服卫藏于蒙古汗国大家庭,是大汗及父汗也包括自己的宏图志向,是战略大棋局的重要一步,已经交付他来实施,他不去完成怎么会心甘情愿?我多达不去,那他只有派火列来去,这可能是他的下策,是迫于无奈,但又别无选择。征服、占领、经营才是终极目标。但自己得探明他为什么要我统兵去卫藏的道理。

他抬起头,谨慎地问道:"王爷,蒙古汗国英才如潮,王爷为何单单看中我?"

阔端一笑,用手捣着多达的鼻端:"为什么看中你?就因为你是吐蕃人。"

多达困惑地耸耸眉梢,满眸还是疑云:"因为我是吐蕃人?"

"对,因为你是吐蕃人,我才认准你可担当这个重任。你想知道为什么?那我说给你。"阔端从握着的拳头中伸出食指,"第一,你懂吐蕃人的性格、心理、语言、风格,感情交流畅通,相互交往方便,他们相信你,会听你的话。若果蒙古人去,由于语言文化的障碍,会产生误解,进而摩擦冲突,带来血腥仇杀,这种悲剧不该再延续下去,我们应该拧断这棵毒树。"

多达心头一热,眼中迸溅星光,身不由己地点头称是。

"第二,你了解高原地理,熟悉气候,由你领队,可减少人员损失,少走弯路。黑夜里走路靠山上的星斗指路;沙漠里跋涉靠的是领头骆驼。到卫藏,你多达就是最好的向导和组织者,除你没有第二个人选。"

多达频频点头,他不得不佩服阔端的分析正是一叶知秋,一语中的,点到了关键穴位,让他无话可说,只能应承,心甘情愿担当艰辛重大的任务。

"看中你,并不全是以上这两条,而是你的头颅。"阔端这句语重心长的话,倒把多达弄糊涂了:"我的头颅与众有什么不同?我又不是神怪也不是妖魔,没有三头六臂呀,阔端王为什么说这话?"

阔端指着自己的脑壳,比画说:"你的头颅里装着智慧,是理智。你有着独特的思维逻辑,有着自己的眼光和洞察力,处理事情严密慎重,有独到的见解和方法。和平投诚就是最好的例证,你有如此眼力和胆识,我不愁你不给我带来布谷鸟妙音的。"

又说得多达心窝热乎乎的,点起了胸前熊熊烈火,充满了自信和憧憬。

他思吟了一下,抛出了自己最后一块疙瘩:"谢谢王爷的信任和鼓励,但我生性绵弱,不善杀戮,恐辜负了王爷对我的厚重期待。"

阔端摇摇头，眼神变得十分庄重："你误会了，我不是派你去杀戮，是叫你打头阵劝和投诚。"

"劝和投诚？"多达惊疑，这又使他感到意外。

"你知道我这个人不喜杀戮也不爱战争，我都四十以上的人了，我不愿因罪孽深重，让长生天把我打入地狱。"

"王爷是慈悲之人，是观世音菩萨的化身，功德无量，是我等仰止的高山流水啊。"高智耀指着胡须说。

"你去吐蕃卫藏的任务，首先是开路，讲明形式，让吐蕃人明白外部世界的潮流，明白蒙古汗国统一各地是大势所趋，无法阻挡，只有顺应潮流，才能生存发展，任何愚昧、盲目的举动都可能带来灭顶之灾。我们的目的只有一个：消除仇杀，稳定秩序，增进了解，为未来建设一个友好的大家庭打基础。"

多达脸上涌现出笑容，眼里奕奕生彩。如果是这样，那他心里有底了，行为就不盲目了。看来阔端王是以礼服人，是一场宣传战、攻心战。

"这才叫不战而屈人之兵，上上策啊，王爷想的真远真宽。"又是高老头子评价说。

"对，我就是争取不战而屈人之兵，把卫藏纳入蒙古汗国大家庭的怀抱，让所有人享受和平、阳光、安谧。能不能实现，拜托你了。"

多达点头默应，一股豪气升到脑门顶，他暗暗下定决心，哪怕粉身碎骨也在所不惜，一定要实现阔端王，也是自己的理想。他感谢阔端王的知遇之恩，也感谢西凉王给自己施展理想的绝妙机会，提供了自己意想不到的广阔舞台。

"你的第二项任务是调查，调查吐蕃卫藏的政治、经济、文化、宗教、艺术，为汗国治理吐蕃卫藏提供准确可靠的依据，特别是各割据政教合一教派中，能否找到一个像鸠摩罗什一样声望的高僧大德，我盼着他能指引我和蒙古汗国的民众步步高升，纯洁高尚，灵魂干净，团结圆满。"

多达激动地连连点头，眼角有水花闪烁。

阔端王让撤了酒席，四人围桌商议起具体步骤，以及前期各项准备事项，厅内的灯一直亮到朝阳射进。

[第七章]

厉兵秣马扎西滩

二十五

到藏历九月初头,萨迦地区的风头已经嵌有寒气。风头拂过脸颊,脸上似沙石渣子撞击,生疼生疼。萨迦人的心头也刮起了寒风,弥漫着不安和担忧。

蒙古骑兵踏进雪域大地的消息,早已像喜马拉雅山谷凛冽的寒风,吹遍了卫藏的各个旮旯,吹进了每个藏人的心田,引起了内心的剧烈动荡,也把人们推到了最严峻、最残酷的生死选择面前:要么投降,苟且偷生地活命当奴隶,要么去战斗,光荣地战死,英名常留,而这样可再也看不见秀丽的故乡和亲密无间的亲人了,人生下来就是为了生存,为了人间的幸福,两种路子都蕴含着痛苦、艰难。但只能选一项。

虽然心里不安,情绪动荡,但这一切不过是暗流波澜,它并未成为主流意识。萨迦地区僧俗民众同仇敌忾,万众一心抵制蒙古人侵入的激昂情绪压倒了一切,上上下下都厉兵秣马,进入了全面战备的紧张阶段。萨迦寺整日桑烟滚滚,法螺呜呜,法鼓咚咚,诵经声似河涛,一波又一波浪浪相接,息息不断,不时有僧人从大经堂里快步走出,手端木盘,盘里是做成金刚橛三棱锥型的糌粑,还有圆锥形的,上面抹有规则的酥油花。许多指甲粗的糌粑丸子堆满了盘子。它们都是施魔食子,是经过僧人集体诵念有关驱魔逐邪、清除不洁不净的污垢之经文,祈求十方众佛保护黑头藏人安全,让侵略者丧失战斗力,退回自己老窝的赶鬼驱邪食子。

全寺僧侣从早到晚,集中到大经堂里没日没夜地诵经进行驱魔逐邪的法事活动。要诵读的经文篇目，诵读多少遍，其间实施什么仪轨，每天捏多少施魔食子，经寺主贡嘎坚赞在佛祖塑像祈请卦算后宣布的。

仁增旺姆也几天来忙前忙后，脚步不停地跑来跑去，一方面安顿全庄园男女老少筛青稞、炒青稞、磨青稞。萨迦寺举行各种佛事集会，驱魔逐邪施食，需要大量的糌粑、酥油等物资，她的庄园主动承担了糌粑开支，另一方面她家还给集会僧侣每天一顿茶、糌粑、酥油、牛肉等供施，所以，她手脚不闲地催促，督查青稞糌粑的生产进度，其他物资的准备，几天下来，她的脸红黑红黑，少了娇嫩，多了些粗粝，但精神却沛然昂扬，不知疲累地每一项都仔细过目，不让一粒秕青稞、发霉变味的青稞粒溜过自己的眼底下。她内心激情荡漾，能逢上关系卫藏前途命运的关键时刻，能辅助贡嘎坚赞抗击侵略者，保卫雪域高原，她认为是千载难逢的机遇，也是彰显自己才华和力量的舞台，机不可失，时不再来，自己应该全身心投入，贡献能贡献的一切。所以虽然疲惫，但身上还是有使不完的劲。好在贡嘎坚赞一直在身旁陪着她，在深情脉脉地凝视着她，鼓励着，她的心帆一直被风吹得胀胀的。

法事快结束了，仁增旺姆一早收拾停当，和仆人们一起，赶着十几头驮牛，驮着新磨的糌粑，还有新打的鲜酥油、鲜奶酪、新宰的牛肉、新采的人参果、蘑菇串，兴冲冲赶到寺上，把物资交给了寺中管理财务的"吉哇"僧官后，她便径直奔佛邸找贡嘎坚赞，侍僧说萨班不在，到奔波神山上实施野牛角驱秽逐妖法事去了。

仁增旺姆气喘吁吁登上神山最高处，只见贡嘎坚赞身着有黑白条布的法衣，头戴萨迦派高僧特有的五佛冠，脸上抹有黑红彩油，右手擎着寒光闪闪的宝剑，左手紧攥金刚三角橛，脚下搁着装藏有多种污秽物的野牛角，身前已经挖好了一眼深坑。他不停地念念有词，忽儿扬头激越，忽儿垂首低沉，忽儿亮嗓衷肠祈祷，忽儿翻唇愤愤诅咒，忽儿冲天慷慨陈词，忽儿低头喃喃自语……看得出，他从心底酿成衷肠寸断的语言，把对神灵的虔诚信仰，对鬼怪的无比仇恨，全表达得淋漓尽致，入木三分。

剑如飞蛇在上下左右翻转劈刺，金刚三角橛在剧烈抖动。剑锋指处是野牛角，金刚橛也冲着野牛角。他用剑砍，用金刚橛戳，脸上的肌肉不停地抽搐，神经质地狰狞凶狠，完全换了副面孔，眼中布满了愤怒的光芒，看着令人恐怖害怕。仁增旺姆在一旁都有点害怕。她从来没有见过贡嘎坚赞扮作法师进行驱魔逐邪的法事活动，想不到这类法事是如此直白，如此恐怖，有种疾恶如仇、誓不两立的冷气袭来。原来佛门对邪恶是如此凶狠、果敢无情。

她站在一旁发呆了，不知道是进还是退才好。看到凛冽寒风中贡嘎坚赞头上冒出的热气，鬓角、眼角、鼻翼沁出的汗珠，她不由迈步向前，想替他擦擦汗，却被剑锋逼停，厉声叱道："不准上前，女人身上有污秽血光之灾，离开，快离开。"

她又羞又气，两颗泪珠霎时汪在眼角，狠狠抠了一眼他，嗖地转过身走下坡，走了几十步，又忍俊不禁地停下步，扭过脖颈望去。

贡嘎坚赞仍在全神贯注地又是跳，又是舞，大步流星腾挪闪转，不停地高嗓呼唤神灵，赞颂神灵、祈祷神灵，又愤怒地斥骂鬼怪，声讨鬼怪，诅咒鬼怪，完了用脚狠劲地把野牛角踢进深坑里，又用脚掌、脚后跟把野牛角狠劲跺了几下，脚侧当铲子把碎石推上去，盖住了深坑，盖住了野牛角，又狠劲朝坑表面唾了几口，才停了法事，气喘吁吁地瘫倒在地，大口大口吸气。双眸紧阖，胸脯起伏，脸色由红涨变为蜡黄，汗珠把脖颈、脸盘、耳根、头发洗了个水淋淋。

仁增旺姆爱怜地凝注着贡嘎坚赞，心头不由升起疼悯，都已经是快六十的人了，活过一个轮回年龄，头发花白，眼角有纹，怎经得起岁月的磨砺、风雨的侵蚀，骨中的骨髓已经消耗得没有多少了，可他为了雪域吐蕃人的生存权利，为了这方土地的尊严，还在竭尽全力，费尽心血地操劳着，全然不顾自己的身体。这样的人怎能不使自己仰止崇拜，不鞠躬敬之。跟随他是自己一生的幸运和骄傲，她身不由己地又急步爬上坡，扶起贡嘎坚赞慢慢下山。

走到佛邸门口，碰上了怒气冲冲的"本钦"释迦桑布。"本钦"是萨迦寺教区统管僧俗教民的最高执行官，本是贡嘎坚赞自己要担任的，名副其实实施政教合一统治，但自从传来蒙古军队进入雪域的消息，萨迦地面气氛顿时紧张，贡嘎坚赞不仅主持寺内教务和佛事，还要联络其他教派共同抗蒙，外交活动频频，他便决定教权和政权分开，任命其弟弟释迦桑布为"本钦"，即俗民执事总管，负责萨迦王朝的俗人事务。

释迦桑布劈头就问阿哥："为什么寺内僧侣不参加军训？僧人为什么要例外？"

贡嘎坚赞一时被"本钦"问懵了，不知道弟弟的气是哪里来的。

释迦桑布生气的是阿哥让俗民们组织武装，以血肉之躯去拼杀，去保卫家乡安宁、佛教基业，却让僧侣们远离血腥，回避战场，坐在经堂里安逸地诵读经文，他觉得不公平。僧侣作为有修养有文化有意识的高层人物，更应该有牺牲精神，更应奋勇在先，成为民众的楷模和精神象征，却为什么躲在民众血肉筑成的厚墙后面，不担风险，自私地去学研修持？若果诵经驱邪法事能阻挡蒙古铁蹄，那动员武装民众有何必要？集中兵力练刀练枪为了什么，不就是拼杀吗？战争从来是刀对刀，枪对枪，以流血和尸骨为标志的人生游戏，哪能靠什么嘴头上空喊诵念，意识上角斗较量来解决胜负的。作为俗人，他从来相信靠实力来解决，务虚解决不了实质性问题，顶多给人添点精神动力，凝聚人心，指明方向。传闻蒙古铁骑很厉害，更应该从兵力的众寡、战术的高低、武艺的优劣上下功夫。寺中大多僧侣是青壮年，体魄强健、养尊处优，加之瑜伽修持，身子骨硬朗如铁，精力充沛，阳刚十足，脑子又好，经过因果论、中观论、般若论地熏陶灌输，懂得取舍，知道运用智慧战胜对方，他们才是萨迦武装的主力军，有智有勇，文武齐全。他特别看重这部分力量，对他们抱的期望最大，可情况不是他想象的那样。

根据兄长的安排，早在七天前他就把"本钦"的行营搬到了扎西滩。扎西滩地域开阔，水草丰茂，适于骑兵训练，也有利于步兵布防、刺射对阵。按萨迦王朝的指令，各部落联盟都人马齐备，干粮自带，枪械完整地赶来安营扎帐，投入了战备，浩浩荡荡的队伍似波如涛，不断涌进扎西滩。阿里古格王朝的民兵从最西边驰来；拉堆地方的领主是西夏王族的血脉，更是倾巢出动，要报西夏覆灭之仇。还有东部的夏尔巴、喜饶迥乃的领地，也派出了很多子弟来参战。至于萨迦寺直属的仲曲河中下游各村庄、豁卡，如达托、芒喀止钦、藏哇普、上下夏卡等，全都不遗余力，十五岁以上、六十岁以下的青壮男汉全来到了扎西滩。川里大小帐篷连营，显示各部落标志的彩色军旗哗哗飘动，人欢马叫藏獒吠，热闹非凡，一派腾腾生机。但他检查过后，却发现没有萨迦寺的僧兵队伍，这使他大为困惑，百思不得其解。他找到管家更登，更登说教主没有安排，只让连续诵经驱邪逐魔办法事，他便到佛邸找阿哥来论理。

仁增旺姆示意释迦桑布，让哥哥进屋歇息喝碗酥油茶再论理。他刚刚上山实施法术，已经很疲累了，身心交瘁，年事又高，经不起更多的折腾。

释迦桑布缄默不语，跟着进了屋。

贡嘎坚赞喝下去半碗酥油茶，又吸了半指甲鼻烟，连打三个喷嚏，精神恢复过来了，平心静气说道："你问寺中僧侣为什么不参加军训？为什么例外？我告诉你，僧侣是我们吐蕃文化的火炬手，是播种文明和知识的籽种，没有了他们，吐蕃大地会陷入黑暗和野蛮之中。"

释迦桑布先是一怔，紧接着摇摇头，苦笑道："若果大地被毁灭，籽种将撒向何方？若果文明被野蛮吞没，要火炬手何用？"

贡嘎坚赞一震，肩头不由抖闪了两下，眉毛绾成了疙瘩，他用诧异的眼神审视弟弟，一时说不出话来。

"您是班智达，通晓中外千年历史，精通大小十明知识，我这是麻雀给大鹏滴眼药，是地老鼠给红斑虎讲佛经，有点不自量力，可眼下到了藏人生死存亡的关键时刻，佛业也到了能否保住根基的地步，若果僧俗分开，不能五个指头捏着拳，那我们能取得胜利吗？"

贡嘎坚赞翻动眼珠，嘴皮蠕动两下却吐不出话，他眼里恍惚："真的真的非要僧侣参战杀生不可？"

释迦桑布笑了："阿哥，你犯糊涂了，谁要杀生？是蒙古骑兵进来要杀生，你想让僧人们当任人宰割的羊羔？伸长脖子任他们来剁来砍？你不杀生，他们要杀你们！西夏就是我们的前鉴，不是他杀就是你杀，中间没有选择的余地。"

贡嘎坚赞垂首阖目，陷入冥思。

"阿哥，你别迟疑了，西夏党项人和萨迦骨头连着筋，蒙古人一定不会放过我们萨迦人的，不要抱幻想图侥幸，只能抱定死战到底的信念。不是江河倒流，就是雪山岿然不动。"

151

释迦桑布是个急性子,说话快得像炒青稞,声嗓高得像藏獒咆哮。仁增旺姆在一旁有点担心,怕贡嘎坚赞脸上挂不住,心里想不通,一气一急胸口上火,脑子里充血,心脏受不了得大病。万一累倒咋办?那不整个失去了抗蒙的主心骨?卫藏不成了一盘散沙,一堆稀泥?但兄弟俩说话她又不好插一杠子,便殷勤地给释迦桑布添茶,劝他多喝酥油茶润嗓平气。

空气像被凝固,释迦桑布死死盯住阿哥迷茫矛盾的脸,缄默了片刻,语气缓和了许多:"阿哥,我为什么看上了僧兵呢?这场战争是实力对实力,拼的是力量智慧,寺中僧侣大多年轻力壮有朝气,脑子又好,知道取胜靠拼力加智慧。特别不能忽视的是他们单身独影,没有妻儿老小之牵挂,也无私心杂念之缠绕,信仰坚定,斗志昂扬,精力充沛,能以一当十,勇于牺牲,最为难得的还是他们在教民中威望高,是表率,把人心能凝聚到一块。有他们做萨迦民兵的主心骨,我统率的队伍就如虎添翅膀,绵羊生利角,没有战胜不了的对手,你想想,在最关键的时刻,僧人如果不站在最前面,我们今后还会有说话的资格吗?"

贡嘎坚赞的心砰的一响,脑子不由开了缝,透进了一抹亮光。他抬起头,眼神渐渐清澈明亮了,凝神扫过弟弟的脸:"你说得有道理,是我想偏没有禅悟到。"他顿了顿,咬住下唇:"我明天就停了驱魔法事,动员六十岁以下、十五岁以上的僧人都去参加军训,准备参战。"

三人相视一笑,不约而同地端起酥油茶碗扬脖饮了个底朝天。

二十六

萨迦寺一下寂寥了许多,寺内除了留下不能参与战斗的老弱病残僧侣外,其余全部搬到扎西滩去接受训练。贡嘎坚赞连把身边的侍僧、佛邸"拉章"的厨役、随从也打发到了扎西滩,自己一日三餐捏点糌粑充饥,酥油茶也自己打,一天虽然累一点,但精神却矍铄,双眼炯炯有神。他惭愧自己不如弟弟有远见,在生死危急的关头,自己只想着保存佛业,忘记了皮之不存毛将焉附的哲理。也忘了唇齿相依,唇亡齿寒这最简单、最朴实却又颠扑不破的真理，真惭愧啊，看来，僧侣封闭在寺院中远离实际、远离民众，与教民想的就不一样。超凡想脱俗，却淡泊了生存之道。既然醒悟了、明白了就得坚决改正，马上改正。

他把寺中参战的僧侣分成了三队：

年轻力壮，彪悍孔武的编为敢死队，为整个队伍的排头先锋。按吐蕃军事战术传统，先锋队伍要披荆斩棘，冲锋陷阵，在腥风血雨中杀开一条生路，为夺取胜利掀开帷幕。他把敢死队员请到释迦牟尼佛殿，让他们叩首佛祖塑像，起誓：忠贞不渝、视死如归，为三宝贡献身、语、意。然后，给他们脖颈上——系上佛祖像前诵经加持过的金刚吉祥结，保佑刀剑不入，一路无阻。由于要杀生去，他叫他们暂时脱下僧装换上俗装，留了长头发。他还给他们预备了毡甲、皮甲，从仓库里拿出藏了很久的长枪、短刀、弓箭。

有学问有胆识，又熟悉各地地理风情的中年僧人，组成一队专门作为侦察情报人员使用。让他们以讲经弘法的名义去雪域北方草地，蒙古军队经过的村寨寺院了解蒙古人的动向、目的、实力，对卫藏的方针、态度，让他们实事求是、眼见为实地迅速报告，好掌握动态，占据主动，制定对策。

第三编队为出征队伍举行驱魔逐邪，祈求平安幸福、祝福胜利的祈祷仪轨人员，选择五十至六十岁的老僧组成，给大家予精神鼓励和自信。

他要留寺的老弱僧侣每天早起为出征将士祈祷、诵经、煨桑、抛魔食仪轨，不能间断。

他也没有待在寺中，一有空闲就往扎西滩跑。观看训练情景，给信众摩顶祝福，给将士们赐予吉祥结，一刻也未闲呆。看到训练场上龙腾虎跃、生气勃勃，一副众志成城的景象，他的胸前似有火炉燃烧，使不完的劲。

两个侄儿子八思巴和恰那多吉也缠着他来到扎西滩，钻进阿爸"本钦"的行帐，赖着不回寺。他也答应了他兄弟俩的请求，让留在扎西滩开开眼界，经经风雨，增长见识。

八思巴、恰那多吉高兴得像鱼儿钻进河、兔儿入草丛，跟着大人们学练劈杀射箭，挽弓使枪，脚跟不着地。

贡嘎坚赞还看到仁增旺姆的女兵也在扎西滩扎下了营帐，紧张地投入骑射训练，一个个精神抖擞，意气风发。年过半百、双鬓染霜的仁增旺姆也和年轻人一样进行操练，脸色黑红，头发根被汗水浸得晶亮。他远远坐在山坡上，不顾秋风的冷刃，兴趣盎然地观赏着女兵训练，目不转睛地盯着仁增旺姆的背影，瞳仁里满是爱怜、关注、亲昵。看够了，心意满足了，他才站起身抖抖屁股上的草屑往回走。

贡嘎坚赞看出，兄弟释迦桑布真是一位忠诚于民族、忠诚于雪域大地、忠诚于佛法僧三宝的优秀吐蕃子弟。不仅尽忠职守，勤勤恳恳，肩负责任，而且具有军事才华。训练军队有独到之处。他的摆阵攻技继承了吐蕃军队的战术。他调集了数百头壮龄牦雌牛为头阵，每头的犄角都用清油擦拭得油光锃亮，角尖上又涂了一层银粉，在阳光下就如一把把利剑闪耀着寒光，透出摄人魂魄的杀气。牦牛角上还拴了萨迦匠人们打制的短刀，背厚刃利，一旦碰上，不是划开皮肉就是捅个窟窿，九死一伤，谁也躲不开这山般厚重挤压下的牦牛。每十头牦牛还配备了一名刀枪手，一手拿利剑，一手擎火把，驱赶牦牛向前冲锋。他们腰里都缠着黑白相间的"乌什朵"抛绳，别着石子袋。当牦牛冲偏方向或有畏缩不前或欲回头溜窜时，抛绳便甩石，石子会准确无误地击打在需要调整、警示的位置上——或臀部或四肢或脖颈或是抵角根，打掉了一切侥幸逃避的念头，就像督战队督促他们勇往直前，披荆斩棘，杀开血口，横冲直撞，把敌人阵地搅个稀巴烂。

"本钦"把牦牛装扮地也十分神圣英武，每头牦雌牛都弄成了一座五彩的山包，长长的颈毛、肩毛以及脊梁两侧，都系上了黄、蓝、绿、红、白的佛门五色彩条。当牦牛发起冲锋时，五色彩条像长了翅膀的猛雕，张开了臂膀，迎风飘动，加上乌黑的躯体，整头牛就像天上降落的神牛，又像一壁铁青色的山崖压过来，扬起遮天蔽日的灰尘，发出山摇地动的踩踏声。不要说敌人，就是观战的他，都留下撕心裂肺、魂飞魄散、胆战心惊的印象。

弟弟的第二个撒手锏是藏獒队。

那是一百条谁见谁爱，谁见谁心惊肉跳的藏獒。一色的虎黄色，远看就像是一头红斑虎，个头甚至高过老虎。据流传下来的说法，狗的祖先可归纳为熊、虎、豹、狼、草狐五种，獒属于熊种。虽然说不清是哪类熊和啥动物交配而成，但獒只吃肉类不吃杂食，即使吃稀的，也必须是肉汤搅拌的，或以肉块为主。正因为吃肉长大，它力大无比，凶悍无比，能把盗匪从马背上拽下来撕咬，二三个人很难阻挡它的进攻。獒对外人很凶，一旦咬住死死不放，即使刀砍也不松口，对主人却忠贞不一，俯首帖耳，听从指挥，往哪儿指就往哪儿冲，从不撒懒缩头，投机取巧。当这一百条藏獒放开时，你看到的是一百条小狮子在张着血盆大口，吐着长长的血红舌头，尖利的长牙泛着冷气，瞪着幽光闪闪的浑浊圆眼珠，向你旋风般冲来。见这场景，异域异族的入侵者会是什么感觉？肯定会吓得目瞪口呆，闻风丧胆，三魂出窍，屁滚尿流，逃都来不及。谁敢与雪域神犬较劲？谁见过这阵势？听神话故事也怕未听过。谁不识趣，谁就会被撕成碎片，血肉横飞，连个完尸都不给。

　　藏獒由人牵着行进，有专人监护喂养，是自己的主人。有的来自阿里，有来自仲巴、岗巴、定结等西部的高山牧场，是百中千中挑选出来的最厉害的，是藏獒娇子。他们被编成专门一个排阵，齐头并进，跟着牦牛队一步不落。

　　牦牛队、藏獒队之后，才是敢死队。敢死队员全戴着面具，那是战神、护法神们狰狞恐怖的面孔：青面獠牙，圆睁怒眸，横肉叠加，三头两臂，给人压抑、震慑、恐惧的感觉。他们身着黑衣黑裤黑披风，活活一尊黑塔迎面扑来。敢死队的旗帜也特别，横幅的、三角的，黄、白、绿、蓝浅色缎面上，印着血淋淋的手印，那些是上次血战中牺牲的战友的手印。之所以把死者的手印留在旗帜上，就是为了继承他们的遗志和精神，不忘为他们复仇，踏着他们的血迹前进。

　　掩护敢死队的是弓箭手。遇到阻力弓箭手便冲在前，一排又一排地发射利箭，压住敌方的火力，让敢死队猛打猛冲，不给敌人喘息的机会。骑兵也紧接着压去，他十分欣慰地检阅出征队伍的骑兵军团，那真叫威武雄壮，令人振奋。

　　最前面是白马方阵。军士们一色的白色毡甲，手擎长枪，雄赳赳、气昂昂，马头高扬小跑着走过。两面绣有狮子的白旗在中军哗啦啦飘动，两位威风凛凛的将军并肩齐驾。第二方阵是花马方阵，军士们手擎清一色长刀，军旗上绘有黄色的飞龙，张牙舞爪、气势汹汹。军旗下走着的也是骑花马的两位彪悍中年将军，依次走过的有枣骝马方阵、青马方阵、黑马方阵、黄骠马方阵……

军旗上绘有的动物图像也不一样，有的是豹头、有的是狼头，还有熊、大鹏、猛雕、野牛牛头……它们都是各部落各部族的图腾，也是各自的象征符号和标志，借图腾来壮大声势、增加势力、获得保佑，凝聚信心。佛教反对神灵崇拜，倡导自我拯救，但苯教在卫藏历史悠久、根深蒂固，为了扎根雪域，吸引民众，顺应传统，藏传佛教把苯教的很多仪轨吸收进来，化为自己的仪轨，图腾信仰便是其中一个，萨迦派当然不例外。

看过备战的每道环节，他的信心已经充足，有了胜利的把握，但也有忧虑，蒙古军队既然能战无不胜，所向无敌，那肯定有他的优势，他的长处。西夏国师洛桑坚措告诉他，若论体质，蒙古人和吐蕃人相差无几，一个喝马奶一个喝牛奶，一个吃酥油一个吃黄牛的奶酪；从营养上讲，藏人的饮食可能会产生更多热量。论武器也差不多，不同之点是蒙古草原地势平坦开阔，人口稠密，兵员充足，人丁旺盛，而雪域高原恰恰相反，人烟稀少，生存环境艰难。人，特别是青少年发育成长不容易，死一个少一个，兵源补充困难。

他从中悟出一条道理：在雪域，吐蕃人的生命最珍贵至尊。一个生命孕育、哺养、成长、生存是多么的艰辛啊！可能是地理和气候的关系，妇女一生中最多生育三四个，成活二三个就不得了，少一个就是一个。所以自己的根本使命就是保护生命，延长生命，普度众生。这杀戒一开不知双方多少生命霜杀草般黄了？但这场战争是蒙古人强加的，吐蕃人不能束手就擒，甘为鱼肉，可殊死拼搏会流血会死人，自己能做的就是祈祷护法神保佑众生平安，研制药物治疗创伤刀口，他问本钦，药物备办的如何？

释迦桑布禀报说："寺中学过医的僧人，都已分配到了各战斗系列，担任救护人员。麝香粉、熊胆粉、藏红花、虫草、贝母及各种药品，尤其是刀枪创伤药都齐全充足，其他药也不缺。我释迦桑布要和他们周旋个半年、一年，看看谁是雪域的真正主人。好些年没有打过仗，我的手儿还真痒痒的难捺。等着吧，蒙古人，我要杀你个人仰马翻，血流成河，人头垒山，看你有多少人马投进来，要叫你们犹如水泼沙地，有来无去。"

听着弟弟本钦的表白，本应高兴的他却高兴不起来，从弟弟的话中，他隐隐感到一股凶气，一种扑面而来的杀气弥漫开去。身上散发的霸气，狂热、强烈的杀生欲望，可不是他萨班的本意。我集兵抗击入侵者那是为了遏制邪恶，保护众生啊。若果以杀生为追求、为快乐，那与狼闯羊圈有何区别？

一朵阴霾飘上他心头，压得他的心旌摇晃不已，他不知道该咋办好。战争这个魔盒一旦打开，你就不知道这只妖怪它会扑向哪里。就像雪水消融汇成的洪流，没有轨迹没有河道，任凭性子漫卷，或冲击污泥浊水，激荡垢渍，灌溉良田，滋润土地，或漫淹大片沃土，冲垮田园，卷走多少生命。洪峰一旦失控，那罪孽就深重了。想到这，他不由打个冷噤，寒气从丹田处袭来。但他马上勒住了念想，警告自己说，现在根本不是想结果想远景的时候，大敌当前，时不我待，要统帅全民抗击才对，气可鼓而不可泄。

他肯定了本钦的做法，给予赞扬和鼓励，恳望他持之以恒，坚定向前，努力做到不战则已，一战必胜，把邪恶的火焰阻挡在雪域以外。

秋日扎西滩的晚霞如一匹抖展开的橘红彩缎，裹着贡嘎坚赞瘦弱又宽阔的面庞。亢奋的脸颊上抹了一层红晕，眼仁上蒙着自信和胜利的憧憬。在晚霞沐浴中，贡嘎坚赞信然由步地往回走，他的心情兴奋又带有一缕惆怅。兴奋的是扎西滩二万多精兵强将，威武雄师给了自己的战略决策强大的后盾，令他有了胜利的希望，有了坚定的信念。惆怅的是战争一旦开始，不知双方有多少生命如花瓣掐碎，硕果烂地，成了冤魂。战争的后果，双方的仇恨必然会更深更烈，冤家宜结不宜解，祖先留下的谚语说得明白："缎子穿三年会破烂，仇恨十年后仍新鲜。"冤冤相报，恶性轮回，何时了结，何时才能从三恶趣中解脱，它与佛祖开启的和谐、和睦、和顺、和平的社会道路背道而驰，大相径庭呀。

在思绪矛盾中，他回到了佛邸。

二十七

他派出去的僧侣侦探很快给他反馈来蒙古军队的情报。

西征卫藏的蒙古军队是驻防凉州也就是原西夏王朝陪都的阔端王属下的

军士。这一点他有所预料，因为从凉州出兵，距卫藏路程最近，路况也较平坦无险阻。当年吐蕃帝国的东线部队大都走这条路，翻越唐古拉山脉，走过黄河、长江上游的曲麻莱、阿米麻沁雪山脚下，穿过党项部族聚集的果洛三部落，绕过青海湖，不翻祁连山，从青海曲桑地方进入华锐草地，便轻而易举地到了凉州。往东可攻金城、平凉、长安，往西可长驱直入安西、北庭、西域诸国，直达葱岭。

西征的队伍约一千五百来名军士，属轻骑兵编制，不像大规模的征战进攻兵力。兵力为什么这样少，贡嘎坚赞蹙眉凝思。难道阔端王不知道吐蕃幅员广大，部族众多，民风强悍，骁勇善战的？一千五百名军士即使是虎豹之师，也不过几滴雨珠落在沙漠上，瞬间会蒸发得不知去向，甚至连尸骨都可能找不到。那他为什么会如此轻率冒险？派这么少的兵力，是狂妄自大，目中无人，视我吐蕃弱小，还是有其他更深的目的？藏有什么玄机？难道是来侦察社情、地理、文化、风俗、宗教？像又不像。听说他们每到一地，靠近村落帐圈扎帐安营，但不骚扰民众。拿银子买牛羊肉、牛奶、面粉，甚至用牛粪也给钱，或者用茶布绢来交换，给僧俗教民大张旗鼓地宣传说：他们是蒙古汗国西凉王的部下，是来劝降卫藏民众归顺蒙古汗国的。说他们会尊重吐蕃人的宗教信仰，人格尊严，不滥杀无辜，抢劫财富，会善待吐蕃人的语言、服饰、风俗习惯，不加干涉，但他们对反抗者、偷袭者、抢劫者却毫不留情，不分老幼一律杀光，帐庐全部烧毁，牛羊全部赶走或者变卖，残忍无度，寸草不留。

他们这是干什么。忽儿扮演菩萨度母的角色，忽儿又一副夜叉恶魔的嘴脸，究竟有什么想法？难道这是蒙古人做人行事的原则——直来直去、好坏鲜明？你对他好他对你更好，你不对他好，他对你更恶劣。或许是真的来劝降卫藏各王权归顺蒙古汗国的，但即使如此，蒙古汗国能给吐蕃人带来什么好处呢？从他们的行为来看，稍有不恭就杀人越货，斩草除根。这样的处境，即使投诚了又有什么福音？还不是人为刀俎，我为鱼肉，任其宰割欺凌吗？前面那三条允诺是不是空中彩虹，一种诱饵，他想了想，想不出结果，心情一直郁闷压抑。

接下来的情报给他头脑稍稍吹进了一缕清风，使他朦朦胧胧感到思路有了一抹光亮。

情报是关于这支队伍的统帅和民族的组成。

"多达那波",统帅是多达那波!情报上写得清楚,多达那波,蒙古将领,凉州城防司令。怎么这个名字有点耳熟,难道、难道他就是六谷部落头人华盖那个圆头圆脑、黝黑如黑铁疙瘩的儿子?记得二十多年前他曾接待过一队来自安多六谷部落的香客,其中有一中年人自我介绍说他是凉州六谷部落某一部落的头人,叫华盖。专程领上独生子多达前来叩拜萨迦上师,祈福驱灾。那时他还不是教主,在佛邸拉章兼管接待外来宾客的事务。按照萨迦寺的规定,对远来的香客要安顿食宿。接触中,他特别喜欢华盖头人那个黑疙瘩儿子多达那波,这个名字也起的太贴切了。多达是具备巨力之意,真是名副其实,小小年纪臂力却很大,帮他干活卸牦牛驮子,八十多斤的糌粑皮袋他能背着送到厨房里,少说也走了百八十步。说他是那波即黑人,也一点不夸张。浑身上下简直是木炭塑起的,黑得锃亮,黑得结实、紧凑,就像一块火炉里炼出的黑铁疙瘩。他喜欢他倒不是他力气大,肤色黑,而是多达那波的灵劲,勤快劲。他成天缠着他,围着他的屁股转,帮他干活跑腿,真正成了他的小伙计。那双滴溜溜宝石般的眼珠一刻不停地在转动,只要你眼中闪现什么意思,不用吩咐,他就自动去干了。腿也快,有事无事都是小跑或者蹦蹦跳跳着去了。嘴也甜,左一声右一声叔叔叫得他心头像被蜜泡了。最大的优点是爱动脑子,喜欢问个为什么。有时候提出的问题怪怪的,看上去唐突,细一想还带点哲理思辨。虽然他父子在萨迦只住了三天,但他与多达那波却有了感情,印象很深,有点难舍难割。

会是他?但他马上掐灭了这个念头。不会的,绝对不会的。为什么?事由很简单,情报上写得很明白:多达那波是蒙古汗国的蒙古将军,凉州城防长官。他听说了凉州和平投诚的消息,也听说了西夏凉州城防将军叫多达那波,但藏语和蒙语中同名同姓叫法相近的多的是,谁能听出谁是谁。蒙古的西凉王阔端哪会信任一位异族的降将并委以重任去统管他的同胞故地?谁会有如此广阔的胸襟和肚量?他不相信!但仔细问来报告的僧人侦探,从相貌长相上他又觉得是小时候的那个多达那波。这就怪了,阔端为什么要派一个吐蕃六谷部落藏人的后裔来充当征西大将军，而且是西夏党项人的降将，这是什么意思？象征着什么？他懵了，悟不出阔端是什么目的。他拧眉苦思，梳理头脑中的乱麻，想理出个"因果"，明白是咋回事的，也好决定自己下一脚往哪儿踩。

按通常的逻辑推理，敌方启用异族降将，是为了以毒攻毒，利用他们熟悉本地本民族的地理形势、风俗习惯、语言文化的便利条件，利用他们无耻、贪婪、利欲熏心、冷血残酷以加大进攻的力度、深度，分化或瓦解敌方的实力、民族自信心以及斗志，达到以很小的损失获得很大胜利之目的。当然，上层大都抱有一种不可告人但却很有实用价值的秘密，那就是在削弱作战方的实力的同时，也削弱异族降将的实力，造成两败俱伤，最后消除异己。很少有统治者不对叛变投降者保持警觉、警惕的。

他们的理由很直接也很简单：既然他们能背叛自己的祖国，自己的民族，背叛培育、提拔他们成人的上司，他们还会忠诚于新主子吗？他们的情感、信念被利益磨钝得如一汪冰冷的池水，投入什么就能接纳什么，想变成什么颜色就可以变成什么颜色。他们只有利益需要，没有信仰，没有主见，不分是非善恶。这号人等同于狗屎堆，谁敢相信谁敢靠近？说不定哪一天他会举起屠刀杀害新主子！那真是把毒汁当作美酒饮了，把利剑拴在脖子根了，所以历史上没有几个国王相信降将叛臣的。

那么，蒙古阔端为什么要选择多达那波统帅军队呢？是出于一般思维逻辑，常识规律，还是另有打算，他琢磨不透。若果离开人们常当做价值标准的名节、气节等去衡量某个人的功过，说实话他心底还是赞成多达那波的做法的。赞扬他的过人胆识和远大眼光。名节、气节毕竟是一种虚空的东西，不同地位、阶层有不同的要求，而佛门要求的做人标准则是脚踏实地，慈悲为怀，普度众生。不是什么忠诚于某个人某个小集团的忠君思想。毕竟，多达那波不为自身的名利着想，不目光短浅，固执己见，故步自封，裹足不前。他的行为，保护了众生，包括平民百姓和战争双方的将士，保护了一方土地的安宁和财富，也保护了当地的文化遗产，宗教信仰，风俗习惯。他顺应了历史潮流，也是利他利众，慈悲为怀的大无畏举动。按佛门的标准来说，他造化众生功德无量，是佛的化身，当地军民感谢他，拥护他，从而赢得了广大民众的尊重，这从远道而来的香客口中他听闻到了。若果从这个角度剖析，派多达那波来卫藏，那阔端想的就不一定是战争、烧杀抢掠，或许是和平愿望。若果真是这样，那这个蒙古王爷就不是一般的蒙古王爷了，他有着远见胆识，他有着智慧的头脑，灵活的政治手腕，有着穿透云霾的目光，他就如自己格言诗中所赞扬的：

> 高尚的人即使住在远方，
> 也会照顾自己的属民；
> 由于天空浓云密布，
> 地上的庄稼特别茁壮。
> 看来阔端明白下面的哲理——
> 要想消除敌人的危害，
> 只有克制自己的嗔恨；
> 嗔恨自有轮回以来，
> 苦害人们无穷无尽，

> 若想消灭所有的敌人；
> 靠杀戮哪能消灭干净？
> 若是克制了自身嗔怒，
> 就是消灭了一切敌人。

在他脑海里，阔端原先青面獠牙，血盆大口，三头六臂的夜叉形象渐渐朦胧、消退，化成了面部模糊、眼神诡秘、身段修长、似人似神的轮廓，说不出是善是恶，满是糊糌粑般的雾絮。

他琢磨自己判断的对与错，不知道该把阔端归入魔鬼还是保护神的行列才对，也猜不准这队蒙古骑兵的真正意图是什么。他们是来寻衅挑起战争，制造灾难的，还是来传播和平福音，酿造和谐美酒的，他拿不准。当然他祈盼和平而不是战争，他多么希望多达那波是菩萨而不是魔怪。他情不自禁地合掌垂目，向着佛龛上凝目注视他的文殊菩萨无声祷告，请求文殊菩萨赐予多达那波智慧和仁慈，赐给雪域大地祥和和安宁。说实在的，虽然他在公开场合都号召备战，呼吁团结御敌，视死如归，但他心底最迫切最希望的还是和平。

　　虽然扎西滩人欢马叫，龙腾虎跃，生机勃勃，一派热火朝天、意气风发的场景，但透过表面的红火景象，他从人们，特别从中老年，从妇孺的眼中还是捕捉到了隐藏在眼底的恐惧不安。那是对战争的恐惧，兵火的悸怕，未来命运的不安。嘴上不说，但大家心底都清楚，蒙古骑兵骁勇无比，凶狠无比。听周边地区和国家传来的消息，几乎没有哪个城市不被蒙古骑兵攻破。攻破的城几乎没有不被屠杀殆尽的。在愤怒、仇恨之外，成年人没有哪个不担忧厄运的。大伙嘴上不说，怕泄气伤了斗志，遭人耻笑，但心头却忧虑万千，压着重石。是啊，萨迦很难挡住蒙古洪流，拼杀的结果，怕只是玉石俱焚，遍地焦土，元气丧尽。蒙古人年年月月血战征伐，练就了一套攻城夺地的战术谋数，个个是久经沙场、尝血如狼的猛士，而萨迦民兵不过是上马为兵，下马为民的业余军士，是乌合之众，很难捏合为拳头。战术谋数更是陈旧落后，全是吐蕃时代的战术，拿这样素质的队伍和蒙古军队相拼，即使再有勇力、胆识、智慧，恐怕最后还是难于摆脱失败的阴影，萨迦寺也难于保全，几代人竭尽全力、培育成长的业果也将付诸东流，烟消云散。这是他最为担忧，最为灼心的事，他不愿看到如此悲惨的后果。保卫雪域，保卫萨迦，保卫佛业，目的是保护，而不是毁灭。

　　他被邀请去热振寺、楚布寺讲经弘法，借此机会，他联络沟通两派教区僧俗教民联合抗蒙，但反应并不理想。表面上还点头赞成，但谈到具体操作，却闪闪烁烁，忧虑重重，下不了决心。谈话中，他发现他们更多考虑的是保护自己寺院的势力，保存教区现有的疆域，而很少关注全雪域的民族利益，关注佛业的安危前途。他们担心一旦联合，或削弱了教权及影响力，或被别的教派乘机蚕食。实际上他们怕萨迦占了上风，动摇自己的根基。更令他不安的是这两派的教主，正如周措听到的，背着他贡噶坚赞，偷偷派使者去内地，和蒙古汗国的皇室子孙实权派联络，表示只要保全他们教派的既得权益，他们就愿和平投诚，不做任何抵抗。他又气又急，气的是他们如此目光短浅，急功近利，心胸狭小，不去考虑整个雪域的生存安全和人格尊严，只顾自己小集团的得失福祸。急的是如此下去，雪域大地不就一盘散沙，四分五裂，成了一头奄奄一息，没有一点精气和力量的老牛，任人宰割、欺凌。糊涂啊真糊涂，面对强大的蒙古汗国，你如何争取尊严、人格和权益？既使你和平投诚成功了，人家会尊重你的信仰、文化吗？你葬送的不是整个雪域的前途吗？人家各个击破，让你全线崩溃；勾心斗角，窝里争雄，佛业永远振兴不起来，他急的就是这。

返回萨迦寺后，他没有往外表露过这些发现。表现出有点失落的情绪，真相更是裹得严严的，纹丝不透。与僧俗教民交谈，都说的是热情鼓劲的话儿，依然全力投入到备战练军之中，奔走于寺院和扎西滩之间。

他明白，气可鼓而不可泄。

他也抱定了一个信念：宁为玉碎不为瓦全。

但一个人关在禅室时，他还是感到说不出的孤独，心绪纷乱焦灼，有点坐立不安。他说不清楚自己脚步该往哪里迈，拿什么主意才好，只好安慰自己，顺其自然吧，牦牛的路是踩出来的。

[第八章]

神山脚下

二十八

当最后一顶军帐扎起在念青唐古拉雪山脚的当雄草原时，多达长长吁了口气，如释重负，几乎瘫倒在草甸上。

终于行进到了雪域的心脏地带，接近了目的地，他可以放下半个心喘口气了。

从这儿出发，东下可到达卫藏的中心即热振寺，拉萨释迦牟尼大佛殿；顺雅鲁藏布江可直取山南泽当，康区的昌都等地。往西则通往羌塘大草原，达阿里圣山冈底斯。若再往西南进军，便是藏地中心的日喀则，萨迦派的主寺，萨迦寺，他少年时曾拜过的神圣之地。当雄扼卫藏四方喉锁，战略地位十分险要，它居高临下，鸟瞰拉萨河谷，雅鲁藏布江流域，攻可势如破竹，一泻千里，守可凭据丰美草原，养马屯兵，蓄势待发。选择在念青唐古拉雪山下安营扎寨，他不仅仅是出于战略地位的选择，还有信仰、心理上的寄托。

念青唐古拉是雪域最有声望、最具权威的四大神山之一，吐蕃人认为他是众多神灵中享有崇高影响力的"大亲眷光明之神"，他能给雪域众生温暖、光明，保佑他们走向胜利和幸福。他也是世间的护法神，头戴白盔，身披白甲，骑着白马，一手持鞭，一手仗剑，威武雄壮，在空中巡视、睥睨天下，抑强扶弱，除暴安良，所向无敌。他手下有十八位掌握雷电雹雨的神将和三百六十名随从。一个个武艺高强，勇猛无比，协助他维持雪域的正义、公道和社会秩序。

人马驻扎在念青唐古拉护法神脚下，他的心里有了一种热乎感、安全感，成为胆识寄托点，胸前踏实多了，对未来也有了憧憬和希望。最重要的是天天能就近煨桑祈祷护法神，亲近护法神，获得护法神保护、赐予恩惠的机会就更多了。念青唐古拉山神一定会辅佑他的雪域之行顺利无碍，达到预期目的。

他瞅准这儿还有战略上的考虑。现在已经是九月了，很快严冬就会来临，到时候，整个雪域大地冰天雪地，白皑皑一片，寸步难行，给养十分困难。蒙古汗国的远征军会面临生存危机，部队回返凉州根本不可能，回归的路上雪海茫茫，冰河连天，不见寸草，像唐古拉山雪深到马的脖颈，看不见一条丝线粗的路径，回撤不是冻死、饿死，也会迷路而死，那是死路一条。要想熬过冬天，就得选好营地。他把远征军安顿在念青唐古拉神山脚下，不仅仅是为了亲近护法神，求得护法神的保佑，更重要的还是从功利实用出发的。戎马生涯十几年，他明白人是拿饭喂成金刚的，马是靠草料长出膘的，一千多远征军每天至少三顿饭，粮食从哪里来？蒙藏联军喜欢的牛羊肉从哪里来？冬日御寒的皮袍从哪儿获得？战马的饲料饲草谁来提供？物质的东西只能靠物质来解决，精神很难代替物质的需求。选择紧紧毗连山神驻扎的神山脚下之当雄草原驻营安寨，他是这样考虑的：

一是当雄草原和澎波河流域山连山，川接川，澎波河流域以农耕为主，当雄是纯牧区。以当雄为轴心，向西向北全是丰美无垠的草原，有着数以万计的牛羊，生活着许多游牧部落，从他们那儿可以采购、征集到蒙藏官兵需要的肉食、乳食、皮张、牛羊毛，不愁食品匮乏。往东往南走，则是天然形成的粮仓，澎波河、拉萨河流域，盛产青稞、麦子、油菜等菜蔬，不愁肚里没有东西可垫饱的。远征军中的蒙藏将士由于出生成长的地域原因，既喜欢传统的有油水的牛羊肉，乳制品，也喜欢、习惯有多种营养成分的淀粉农产品。而这儿恰恰是牧业与农耕的结合部，索取油水和农产品都方便，食物来源充足。"吃饱肚子不想家"，远征军更是如此。来到几千里远处的风雪高原，人生地不熟，孤苦伶仃，无依无靠，心中的孤独寂寥可想而知，由孤独产生恐惧、胆怯、迷茫也是必然的。想家，想家人，想亲友，怀念眷恋之情会像凉州城窖藏的烈酒，越藏越浓；像一团丝线越缠越紧，紧得透不过气来。唯一能安慰他们，让他们长胆生底气的就是搞好伙食，保持健康的体魄，心理的平静。

阔端王给他下达的一条指令是：要把这一千五百名蒙藏将士平安带回凉州，生命至尊至贵，他们的亲人等待着他们平安返回。不管其他使命完成的如何，保护他们的生命安全是他首要的使命，他一定得叫他们吃好，吃饱肚子不想家。

除了能保障人的衣食住，战马也寻觅到了福窝窝。当雄草原草好水美，广袤丰饶，是骏马的天堂，有的是过膝深的牧草，有的是甜甜的山泉溪流，有的是开阔的空间，任它们恣意玩耍嬉戏，也方便骑术训练。还有一点很重要，也是他选择此地的战略考虑，那就是攻守优势。开阔的草滩，有利于骑兵纵横驰骋，自由发挥，一旦受到攻击或者发生冲突，骑兵有着机动灵活的舞台，可免于陷入被动挨打的处境，岿然不动，保存实力。

当然，选择在这儿安营过冬，他心中还有一个小小的秘密，那就是去热振寺朝佛方便。小时候来朝香，他叩拜过热振寺，热振寺给他脑中镌刻下无法磨灭的印象。热振寺就在当雄草原的东边，顶多二个马程，阿爸就是从当雄草原把他领去热振寺拜佛的。热振可是一块美丽温馨的好地方啊。山上柏树参天，林木葱郁，各种鸟儿啾叫歌唱，石岩上还有岩羊悠闲觅食，苍鹰兀立俯瞰；川里小河清澈碧透，鱼翔浅底，蝌蚪舞尾，流水潺潺，浪花穿泡。小河两岸绿草茵茵，一直铺展开去。草滩上有着星辰般的绵羊，乌金似的牦牛，还有骏马和马驹在悠闲地叼青漫步。热振寺就镶嵌在如此风景秀丽的半山腰上。她背枕石山翠柏，仰躺花草似锦的坡面，脚下聆听小河流水的欢歌琴弦，犹如贵妇人在酣睡休憩。贴在山腰的寺院建筑也似一座精巧玲珑的玉雕秀丽紧凑，一幢幢佛殿经堂鳞次栉比，错落有致；僧舍排列得井然有序，白墙黑窗，五色布条围檐，佛塔屹立四角，简直是一幅仙界画图。这种美景他只在唐卡佛画上见过，在凉州境内还没有一座这样幽美的藏传佛教寺院。

在阿爸的引导下，他叩拜了每座佛殿的每座佛像、菩萨像、护法神像，知道了叫什么名字，有什么法力能耐，分担人间什么职责。还去大经堂，看到了僧侣们如何潜心学研佛经和其他知识，有什么法事和仪轨活动。朦胧清楚了僧人的戒律如何严格，生活如何清贫，学业如何繁重。小小的心灵中激起了无比崇敬的信仰之浪花，不由五体投地自觉地信仰起藏传佛教。

热振寺很富，寺内供奉的佛祖释迦牟尼像、未来佛先巴佛像、无量寿佛像都是镏金铜身，在酥油供灯的映照下金碧辉煌，灿烂夺目，令人目眩眼花。特别是佛身基座、冠帽、璎珞上镶嵌的各色宝石色彩斑斓，闪烁异彩。有的比鸡蛋还大，最小的也有大拇指粗。听住持给阿爸介绍，这些宝石是各地的土邦王，包括安多、康区的首领头人朝佛供献的，其中有克什米尔拉达克王室、不丹皇族、哲孟雄国王、印度、尼泊尔等国的王公商贾，一颗颗价值连城，一颗能抵得上几群、十几群绵羊。还有金锻的酥油供灯，金银锻打的净水碗及其他玉器。大经堂内悬挂着各种绫罗绸缎，僧人们诵经坐禅的是江孜地毯卡垫等等。他恍如走进了一座富丽堂皇、奇妙无比的宫殿。回返的路上他按捺不住心头的疑窦，悄悄问阿爸：热振寺为什么那样富？阿爸一笑，不假思索地回答："你知道这热振寺是谁修的？是阿底峡大师最有成就的弟子仲敦巴创建的。仲敦巴出身富豪人家，从少年起就随大学者学习佛学，在拉萨河谷颇有名气，是他倡议并积极迎接阿底峡大师来雪域腹地讲经弘法，拨乱反正，正本清源的。仲敦巴是公认的阿底峡大师的真传弟子，是他高举阿底峡大师的旗帜，忠诚地继承了其学风，创立了噶当派，也建立了热振寺。由于噶当派在传授佛祖教诲时原汁原味，遵守戒律又不走样，所以威望高，信众多，供养就丰裕。还有，它西靠藏北草地，东临农业区，交通又方便，畜产品、农产品都充足。"

阿爸的一席话使他茅塞顿开，恍然大悟，把美丽富裕的热振寺刻在了心尖。……等一切安顿好，他准备抽空去热振寺一趟，十几年后看她是否还是老样子，或者更加秀丽幽美，更加成熟丰满。

二十九

正在营地里检查军毡扎得合适不，有人高嗓粗门地在叫唤他的名字。他一听，是火列来的嗓音，不由眉毛一拧，不情愿地回声。

组建远征军，他想甩开火列来，但火列来死缠住阔端王要参加。当然，他自己也没有想到阔端王会挑选他当蒙藏联军的统帅去远征卫藏，而不是蒙古将领，尤其是嚷嚷得最凶的火列来。

凉州会谈

　　组建远征军是秘密进行的，他没一点思想准备。虽然之前他听阔端王讲过，为配合消灭南宋政权，父汗决定由凉州出兵占领雪域卫藏，断绝南宋的后退之路，有利于迂回包围南宋王庭，但他没想到会派他去。原先他一直认为：事关战略大计，只会委以最信赖、最心腹的亲友去完成，最起码也是同血缘同种族的蒙古人担任，怎么会派异族异域还是投诚来的我多达呢？既然是占领，是攻伐，那肯定以战争为形式，以血腥杀戮为基本内容，让他无缘无故去屠杀自己同文同种的同胞，他办不到！他心灵上有负罪感，与地狱中受熬煎一样。作为军人，他不能不杀戮，但他也奉行佛教不杀生的道德信条，他杀生杀的是邪恶和魔鬼，不杀无辜，更不伤害善良。从心底来说，他希望远征卫藏的军事行动离他远远的。自然，从战略角度出发，他是拥护远征的，但从情感上说，他是不乐意去的，甚至有点厌恶。毕竟是军事行动，肯定有残酷的杀生，死的肯定大多为自己的同胞，在蒙古汗国的军队面前，他们是弱者，他不忍心啊。所以，无论是军事会议还是私下交谈，对此事，他一般缄口不语，保持沉默，把距离拉得远远的。

　　那一次，阔端、高智耀上门，他答应担任远征军统帅，但过后，他越想越后怕，他找到阔端王，提出推辞。理由是父母年老，他不宜远行。阔端王笑了笑，没有回话。

　　但与阔端王的又一次交谈，彻底改变了他的态度。

　　那是元宵节之夜。凉州的元宵节是十分热闹的，也很红火，各种彩灯形状各异，千奇百怪，琳琅满目，装点得各条街道流光溢彩，奇幻迷离，观赏者川流不息，欢声笑语如百鸟在林中喧闹放嗓。不要说城里人倾巢出动，扶老携幼前来观赏，连四乡八邻的农牧区乡下人也涌进来一饱眼福。作为城防司令，他的任务加重了。元宵佳节，万人空巷，人头攒动，观灯者都心情亢奋，最易激动，人人自我意识膨胀，稍有不顺，便冒出火花发生冲突，打架群殴的事往往免不了。那些鸡鸣狗盗的鼠辈小人，也乘机浑水摸鱼，偷窃观灯者的首饰钱包，更有拈花惹草之色鬼淫鬼，在人伙中不是踩大姑娘小媳妇的花鞋，摸人家的乳头，就是胆大妄为去亲嘴搂抱，猥亵下作。他得百倍警觉，小心提防此类事件出现。这是蒙古汗国治辖下的凉州第一次如此规模宏大的元宵灯会，一定不能出任何治安事件，得给阔端王长精神，给蒙古汗国长脸。所以这几天，他心根收紧，连耳朵都竖了起来。最让人担忧的还有祁连山里的吐蕃六谷部的部落，也就是他家乡的人。山里人视野不广、心胸偏狭、性格强悍好胜、爱记仇，若果他们乘元宵夜潜入城中杀人复仇，那事态就闹大了，说不定会酿出一场昏天黑地的血腥杀戮，凉州地面就会陷入一片血泊中，自己的一片赤心忠胆也就付诸东流，半世英名葬送殆尽。因此，他给祁连山各部落头人发去了密信和捎话，请求他们顺应潮流，顾全大局，当一个遵纪守法的蒙古汗国臣民，万不可妄生非念，轻举妄动，引火自焚，玉石俱碎。他告诉说，蒙古汗国的军队在元宵节期间，枕戈待旦，严阵以待，胆敢反叛者，必自取灭亡，切切。虽然已尽心尽力，做到缜密周到，但还是担心有鲁莽者会挑起事端。他和忽都将军分了工，忽都负责城外治安，集兵严密注意各方动态，他管城内。幸好平安无事，没有发生任何风波。到后半夜，人散灯稀，他才松下心返回府中，正准备解甲上炕，睡个好觉，阔端王的侍卫长来了，请他去王爷府赴宴，说王爷高兴，睡不着，摆了干果要多达将军陪他喝几杯，聊聊天。

　　明月当空，月辉如纱，河西走廊的元宵夜沐浴在一片轻轻的纱雾中，穹空犹如擦得油光锃亮的绿松耳石，人就像在天界祥云中飘浮的神仙般心旷神怡，街上依然有彩灯在眨动迷碎奇幻的媚眼，远处还传来游兴未尽的男女欢笑嬉戏声，不时夹杂着大小鞭炮的噼啪脆响。空气中飘荡着硝烟，令人头脑清新惬意，恍如仙境之中。多达快步走着，心情愉悦得和夜空一个样，脚下轻松得就像在茵茵芳草之中漫步。

　　心情好脚下清爽，他很快走进了西凉王府。

　　客厅门敞开着，月辉直接洒在了厅里，像抹了一层银液，明媚柔和。阔端王笑盈盈地站在门口等待着他。

　　坐定，阔端亲自盛了一杯凉州葡萄美酒于昆仑玉的夜光杯中递给他："来，干一杯，这个新年是我一生中最美好记忆的年节，你操心不小，我感谢你。"

　　多达有点受宠若惊，连忙端起夜光杯一饮而尽，又给两盏空杯倒得满满，激动得舌头有点不灵，嘴皮微微哆嗦："汉人说，士为知己者死，我们吐蕃人说，以心换心，以肝换肝，从今以后，我多达就是你的心你的肝，我听从你的安排调遣。"

阔端摆摆手："咱俩既然是交心换肝的好朋友，那不是兄弟胜过兄弟的交情，今夜咱俩喝个高兴，不说喉咙以上的话。"

两人对饮，喝得耳酣脑热，脸色酡红，已是半醉。阔端干脆从榻上卷起毯子，铺到门口，两人席地而坐，观赏着圆月，沐浴在银子般的月辉中，大口撕扯咀嚼已经放凉了的肥嫩手抓羊肉，二指厚黄澄澄膘情的牦雌牛肉，还有酥酥的风干牛羊肉。两人不是说笑逗玩，就是各自任性唱民歌、跳自己会的舞蹈，放开性子，敞开胸怀尽情娱乐高兴。

"多达，你不能白喝我的酒。"

"明天我送十缸还你。啬皮鬼，我知道天下没有白吃的饭局。"多达舌头已经有点发僵，眼珠子不灵便。

"谁要你的酒，我要你给我干事。"

"干事，你只管说就行了，咱换心换肝的兄弟，你请吃请喝，说这话，是把我当外人做买卖哩。"

"是外人我不就下命令好了？是兄弟才请过来商量着咋办好。"

"这话说到我心坎上去了。说吧，要我的头你割去算了。"

"比你的头还要大的事，我还是要把你派到卫藏去。"

多达心头打个冷噤，酒劲一下过去了大半，他以为听错了，飞快地眨巴眼皮，反问了一句："卫藏？一定要派我去？"问罢两颗眼珠睁得大大，瞳仁里涌满了惊疑、诧异。眉毛不眨地审视阔端王的眸子，看是否在与他开玩笑。

他的心刷地沉下，就像坠着铁疙瘩堵得慌，连喘气都困难。脑门子里忽地冒上一把火，呼吸一下短促。他下意识地摇摇头："我不去，我不是说了吗，坚决不去！"

阔端眉头一皱，神色惊愕："为什么？"

为什么？为什么？一个为什么问得多达打了个哆嗦。是啊，为什么？阔端王虽把自己看成换心换肝的兄弟，可这是私下，是吃肉喝酒，嬉戏还玩耍的场合，逢到公事，逢到正儿八经事关大局的场合，那王是王，臣是臣，主仆分明，将军与士兵有严格的等级界限，丝毫不能含糊，含糊了就是犯上作乱的不赦之罪。作为阔端王手下的一位将领，而且是一位投诚的异族将领，执行命令是天职，没有任何资格、任何权利、任何理由可以拒绝。摆对自己的位置是处理任何事的先决元素。可阔端问为什么，自己如何回答呢？刚才不冷静的回话已经很冒失，很唐突，虽然命令来得有点突兀，但不是没有提过，自己当时答应了的，到后又后悔，又失言了。但自己内心有难言的苦衷啊，它就像大山压着他喘不过气抬不起头。他不想落个藏奸、蒙古汗国走狗的恶名，变成整个雪域藏人眼中的罪人。凉州是个例外，当蒙古大军气势汹汹卷来，东面的兰州等地，西面的沙州、甘州等全部沦陷，而南面是绵亘千里、巍峨高耸的祁连山，阻挡了他的回旋脚步，北面则是浩瀚的腾格里沙漠，钻进去只有死路一条，万般无奈，为了凉州几十万各民族百姓的身家性命，为了地方上的安宁幸福，他只能顺应潮流，抛弃自己的名节声誉，投诚蒙古汗国。但雪域西藏却不一样，这里有着广袤的土地，回旋空间十分辽阔，有江河雪山做天险，可阻挡任何外敌的侵略；有上千年积淀的民族精神，很强的凝聚力，能很快同仇敌忾，万众一心，拧成一股力反抗凌辱踩躏；有雄厚的文化底蕴，人人具有辩证思维；有佛教平等博爱仁慈的胸怀，容不得别人骑在脖颈上拉屎撒尿。更重要的是，这里有着抑强扶弱，主持正义和公道，骁勇强悍的性格，尚武好斗，决不向恶势力低头。征服雪域大地，谈何容易。

这个大汗啊，你有什么爱好不好，偏偏执意要追求"征服"，要世界上所有人跪倒在你膝下山呼万岁。作为一个人，你什么欲望得不到满足？美酒尽你喝，只要你的胃能撑住，有肚皮装；美女尽你玩，只要你不腰酸背痛，头晕眼花，你能玩转多少有多少。你的财富堆得比山高，比河水还长，你拥有的金子可以锻造金盔金甲金靴，把身子裹得一尺厚还绰绰有余，你还有什么不够用的得用武力索取，到处去杀伐抢掠？你要征服天下，让天下被你踩平，对你有何裨益？你还是不是你？你能变成万古常存的长生天？不可能！你和你征服的民众还不是一样，都生老病死，而且老化为粪土朽骨，你们的大汗不就是如此？而他征服的大地依然矗立在世界上，他征服的奴仆依然生活在人间，而他却烟飞灰散，早成了一把腐土。你图了个啥？大汗啊，你忘了你征服的民众，他们和你一个样，都是人，都有着父母姊妹，有着自己的信仰和文化，有着自己的喜怒哀乐，血管里流的是热血。上苍把他们安顿到人间，他们和你一样，有着平等的尊严、人格、自由，而你却违背天意，剥夺天赋之权，硬把大家打入地狱，沦为奴仆，你这是尊长生天的旨意吗？不是！说到底，你是违天命而倒行逆施，你这是欲壑难填！人一旦被贪婪、愚昧、痴迷所浸泡，那比野兽还要狂妄十倍百倍。虎豹吃饱了再不会伤害其他生物，而大汗呢？死了还要叫后世子孙继续征服，真是荒唐之极。

去征服雪域吐蕃，雪域招惹你了？他们在那块雪山环绕的神秘之地，按照自己的生活习惯过着安静的、与人无争的生活，安居乐业，淡泊人生，一切听凭佛门的指导，没有去外地外域抢掠、杀戮，和蒙古汗国过去没有宿怨，今日未结新仇，为什么你却要派兵去征伐攻掠？他不理解也想不通。至于断南宋的退路一说，更是政治家编造出的拙劣谎言。南宋的疆域根本没有到达雪域境内，即使就从四川算起，离拉萨足有五六千里的路程，沿途崇山峻岭，江河纵横，连苍鹰都很难飞过，何况大部队出动。真是无稽之谈，只不过是寻找的一种借口而已。

多达找不出任何理由说服自己出征卫藏，但如何回绝阔端王，他却又找不出冠冕堂皇的理由，他窘迫，他恐慌，皱眉思索，脑轮飞快转动，却一时挤不出什么，他慌促地干笑，气氛霎时显得尴尬、难堪。

阔端还是那副真诚、慈蔼的神态，依然平和地微笑："说吧，就咱俩有什么顾虑说出来。咱俩是换心换肝的兄弟，我不会强迫你的。但占领卫藏是蒙古汗国的既定方针，这一点是无法改变的，也是我的使命。"

多达垂下头又紧张地思考。既然是既定方针，那谁也阻拦不了。阔端王明确表态，自己去与不去都可自由选择，给了很大的面子，但他要自己去，这是第二次了，说明他的第一人选是自己，自己再不识趣实在说不过去，可不情愿的事违心地承担，又不是他的性格。他嗫嚅嘴皮，找不出合适的词语来搪塞。

"你不好说，我来替你说。"阔端凑近，眼对眼鼻对鼻，呼吸的热气喷到了多达脸上。

"第一，你是降将，嫌自己名声不好，去卫藏会引起僧俗仇视、反感，臭上加臭，永世难以抬头。"

多达不由垂首点头，一脸的沮丧，不得不承认阔端的话点到了他的穴位上，他忧虑不安的就是这。

"第二，你忧虑的还有你是吐蕃人，去占领雪域卫藏，如有杀戮，则是同胞之间的残杀，这是你最不愿看到的悲剧，也就是藏族谚语所说：绵羊和山羊抵角斗殴，却让狐狸来舔血。"

多达的心咯噔一响，震动得揪心。这话像铁锤淬火，一字字一句句砸得心头生疼生疼。是的，他不愿意自己手上沾满同胞的鲜血，不愿意看到自己民族内部相残，他一直拒绝自己这样去做。阔端看透了他的心思，说出了深藏在他心底的隐秘，还能说什么好呢？

他缄口不语，埋下头不吭气。

"若果你不愿去，我也不勉强，那我还是派火列来去当统帅。"

"火列来？"多达耳畔像炸开了一个炸雷，震耳欲聋，又像是针挑心尖，不由悸跳。

阔端收回了微笑，眼神凝重，坚定地点点头："对，是火列来。他几次缠着要我派战斗任务，要去卫藏，兑现父汗的战略使命。他说他待在祁连山里枯燥无味，闲得手痒，弯刀都快生锈了，要出去冲冲杀杀活个痛快。他看准凉州蒙古军队现在唯一的靶子只有卫藏，但你清楚，火列来任统帅意味着什么？"

"火列来任统帅意味着什么？"阔端王这句问得好，言简意赅，意味深长，给他重重敲响了警钟，不由不使他心根兀地缩紧，脑壳嗡嗡作响。火列来嗜血如命，杀人成性，残害生命是他的乐趣，抢掠财富是他的爱好，他有毒蛇的冷血，有野狼的残忍，要叫他当统帅，那雪域大地就会留下无数的寡妇、孤儿，到处会飘浮着哭泣、哀嚎、呻吟声，草原弥漫着被焚烧帐篷燃烧的焦糊味，寺院被拆毁，佛僧成奴仆，同胞们陷入水深火热、十八层地狱中。不堪想象，不敢想象。他急得眼白充血，头发竖起，由不得已地拳头砸在地板上，愤愤吼道："不能让他去，去了只会播下仇恨和战争！"

阔端脸上重新绽出笑容，拍拍手，按住多达的肩头："对，真对，咱俩想到一处了，我不担心火列来对蒙古汗国的忠诚，我担心他的性格会给蒙藏关系撒下阴影播下仇恨，我们这一代人再也不能让仇杀蒙住眼睛，把人类推入血泊之中。"

多达有点惊诧，疑惑地深深抠了阔端一眼。他不相信这话会出自西凉王之口。不是说征服吗，占领吗？

可征服、占领不就意味着杀戮吗？和阔端王刚刚说的不是自相矛盾吗？他半信半疑地望着阔端。

阔端又宽厚地一笑，拽起他的胳膊："走，到里屋，后半夜天冷小心着凉。"

他顺从地跟进里屋，他满脑子跳跃的是"远征卫藏"，"谁来当统帅？""火列来"、"征服"、"占领"、"仇杀"、"血泊"等等词语，撞击得他脑壳快要炸开缝。但他又有点惴惴不安，不知道阔端王往下会对他说什么。既然你是坚决反对火列来挂帅，那谁来担当统帅好？若果还是执意选择你，你怎么办？可不能像上一次一样，热血一冲动，就答应了。

坐在热炕上，随从把重新热过的肥羊肋巴，黄膘颤动的牛肋巴端到茶几上，又往龙碗里盛满了葡萄酒，便退走了。多达没有胃口，不想喝酒，也不想吃肉，低着头，满腹心事。

"你没有听懂我的话？"

他茫然点点头又摇摇头，不置可否。

阔端笑了，递过来一块切好的羊肋巴，又用嘴呶呶酒碗："快垫点肚，天快亮了，困倦的时辰到了，解解乏气。"

他机械地咀嚼，机械地饮酒，不要说困意袭来，反而脑子白天般清亮，只是不知道该如何是好。他在狠劲琢磨，狠劲思量，既然占领卫藏是蒙古汗国的既定方针，那谁想阻拦也阻拦不了的，既然自己坚决反对火列来当远征军统帅，那阔端王动员我多达去卫藏也就没有理由推诿。说实在的，军令如山，只有服从、执行的份儿，绝没有对抗、拒绝的权力。今夜阔端以请客、赏月、吃酒的形式与自己商量，不勉强下令，已经够尊重我多达了，也说明了他胸怀的宽广、待人的平等真诚。而对自己的断然拒绝，作为父汗的亲生儿子，作为西凉王有至尊地位和无上权威，他却不发怒，不变脸，不霸气十足，而依然平心静气地与你娓娓而谈，你还有什么可说？士为悦己者死，即使前面横着刀山也要咬着牙上，流淌的是火河也要昂着头跳。一股豪气涌上脑门顶，他锉着牙沉沉说道："王爷，刚才我冲动了，错了，我挂帅去西征。"

阔端并没有表现出惊喜，只是咧嘴淡淡一笑："你没有听懂我的话，没有弄清远征军是干什么去的。"

多达惘然，迷茫地盯着阔端诡秘的眼神，心里问自己：没有听懂？不就是去占领，去征服，实现蒙古汗国一统天下，不留空白的战略意图？不就是一场新的战争吗？

"我还是上次说的话，你去卫藏，是为了和平统一大业！"阔端斩钉截铁地一字一句告诉他。

多达又懵了，他不相信自己耳朵似的呆呆凝视着阔端的脸。

"我说得很清楚，我们这一代再也不能让仇杀蒙住眼睛，播下仇恨，如果那样，那我们就成了历史罪人。"

多达惊愕，他未想到阔端会说出这样的话，而且语气里带有明显的沉重和无奈。他情不自禁地冲口问道："那，那我们派部队去西征干啥？"

阔端苦笑，没有马上回话，端起酒碗，猛一扬脖，把半碗酒全灌进了肚里，哈哈气，又给自己添了酒，添的是凉州陈酿，不是一直喝着的葡萄酒。

多达不知道再问啥好，也闷头喝干了葡萄残酒换上了白酒。

"占领卫藏是父汗的旨意，也是蒙古汗国一统天下的规划，要我西凉王去经营，我不干会有其他王爷去远征，他们去会怎样？"阔端不往下说了，只是呼吸变得急促。

多达大瞪眼睛，他万万没有想到作为西凉王的阔端，还有如此重的心事，太出乎他的意料了。现在，他才真心摸着了阔端王的脉跳，知道了他在想啥，想达到什么目标。原来他想和平解决吐蕃卫藏进入蒙古汗国的问题。他站得高，想得远，有着善良的意愿，博大的胸怀，是一代伟人啊。他要完成父汗交付的任务，又想和平地实现一统天下的理想，他执着地挑选我多达是出于这方面的考虑？希望通过我的手，达到和平统一大业？如果是这样，自己决不能辜负他的厚望。

"你知道我为什么不选蒙古军中的骁勇悍将为统帅，偏偏选你为统帅呢？"

多达摇摇头，迷惑地盯着阔端的嘴。

"还是那些老话，我再重复一遍。你是吐蕃人，虽然不是卫藏出生，但你们都是松赞干布的子孙，是一个祖先的儿女，情感上有着共同的联系点。你只会关爱他们，决不会有意地伤害自己的同胞，更不会无辜地剥夺他们的生命。你和他们有着共同的信仰，共同的精神生活，你肯定会尊重他们的信仰、文化，让他们有尊严地生活，这自然消除了隔阂和误会，化解他们心理和行为上的戒备和对抗，引导走向和平和谐，起码不产生或者少产生冲突。毕竟你是自己人，是血肉相连的同胞，值得信赖。还有一个有利条件就是你懂吐蕃语言文字，一张嘴会使他们感到亲切、亲近、亲和，好比搭建了一座宽敞结实的大桥，跨江过河，畅通无阻，相互交流，直截了当，没有什么磕磕绊绊的，容易取得信赖，比我们蒙古人说话顶用得多，更不会引起误会，是不是这样？"

多达听得心窝热烘烘的，全身一股暖流，眼里兴奋得射出异彩，不住地点头，他的心被阔端说活了，也有了信心。真得感谢这位蒙古王爷，他心怀的不仅仅是蒙古汗国的利益，还有吐蕃藏人的根本利益，他是观世音菩萨的化身，救苦救难，想为雪域带来幸福安宁的日子。

阔端谈兴很浓，继续滔滔不绝："我选择你去远征卫藏，最重要的着眼点就是你的经历。上次我没有展开说，今天咱兄弟俩说话方便，我就敞开胸怀了。"

多达眉头一耸，不解地反问："我的经历？我的经历有什么用处？"

"有用处，用处大着呢！"阔端诡秘一笑。

多达愣了，摸不着头脑地探视阔端的眸子。

"拿凉州说话，以凉州和平投诚蒙古汗国以后的情况说话，你本身就是活教材，就可以现身说法，让事实开口去说服不明真相的人。事实是铁锤，而不是泡沫，它能砸出坑发出响声。"

多达恍然大悟，自己真还有这等独一无二的价值。是啊，拿凉州说事，是最好最有穿透力的活故事。不管别人对我多达有什么毁誉和误解，但凉州城和平投诚以后，社会稳定有序，老百姓安居乐业，农牧生产受到保护，蒸蒸日上，贸易、手工业得到复兴、繁荣，宗教信仰自由，各种寺庙没有受到破坏，相反还有修缮，新的也在兴建，各个民族的生活习俗照旧，和西夏时期一样，未有干扰和禁锢，这是不争的事实，肯定传到雪域卫藏了。从凉州城的境况可以看到蒙古汗国治理卫藏的方针了，可以看到蒙古汗国管理下的明天是什么样子？吐蕃卫藏的前途如何？事实是最好的语言。他眼里一亮，脱口建议道："要不我组织带领凉州地面上僧俗各界的代表前去卫藏，向各王朝各教派现身说法，劝降他们归顺蒙古汗国，不用派兵惊吓他们。"

阔端摇摇头，苦笑："兵是要派的。没有牙齿的老虎不如二岁口的绵羊，没有军队示威做后盾，那你磨破嘴皮也没有人搭理你。"

多达不得不点头称是，觉得自己刚才想的太天真了。自己是带兵打仗的人，却忘了在虎狼横行、荆棘遍地的今天，刀和枪才是最强硬的力量。是的，没有军队做后盾，来示威，你说的话如泡沫，没有人去理睬，似水里放屁，没有响声。可阔端王刚才说，你去卫藏不是为了战争，是为了和平统一大业，既然是为了和平统一大业，那率领一支如狼似虎的军队去干吗？当你领上一帮武装到牙齿的军士去和那些土邦王、教派教主交谈，他们会怎样想？他们不会怀疑和平的诚意？会真心投诚？会排除戒备心和对抗念头？他不由想起藏传佛教寺院每年新年祈祷大法会上有个角色的面具来，他的一半是仁慈的菩萨相，另一半是邪恶的妖魔相。说的是人类的一半是理性，另一半是兽性，难道阔端王也是这类脸谱？他审慎地扫瞄阔端的面庞。

阔端避开了他的目光，呷口烈酒吁吁气，思忖片刻才抬起头："不瞒你说，蒙古汗国对吐蕃有着很强烈的戒备心，生怕咬他一嘴。我们都清楚，蒙古人和吐蕃人，是老虎和棕熊的搏斗，是公牛和蟒蛇的对峙，谁胜谁负谁也判定不了。都是第一流的强悍凶猛，谁也扳不倒谁，谁也防着谁。一个西夏折腾得蒙古汗国征讨攻伐六七次，死伤无数将士，教训够惨痛的，而雪域卫藏比西夏大得多，人口多得多，谁敢小看他。说实话，蒙古汗国经不起西夏般的二次折腾。和平统一是我的愿望，也是蒙古汗国有远见卓识的智者心中的愿望。但一个巴掌拍不响，我不能不防一手。不能不显示蒙古汗国的军威，震慑那些胆大妄为之徒。我得两手准备，不能掉以轻心。"

多达深深抠了一眼阔端，没话可说了。老实话好听，老羊皮袄挡风。阔端倒出了心底的隐私，他倒觉得阔端实在、可信，真是个换心换肺的好朋友，好大哥。他沉吟了一下，抬头挺胸地问道："什么时候出发？"

"不急，等春暖花开，大地解冻，等到你完全心甘情愿统帅远征军进军雪域高原的季节。"

多达吭哧了一下，移开目光，眸子里有一丝迟疑的阴云。

"你有心理障碍，带着它，它会拖累你的。"

多达心头一震，抬眸觑了觑阔端闪烁着睿智的瞳仁，不由咧嘴尴尬地笑了。

"你得理直气壮地把自己定位在历史的功臣、时代的功臣上，而不是民族的罪人，吐蕃的叛徒。唯有如此，你才腰杆直，胆气实，做事有底气。这不是空话、虚话，没有根底的谎话，而是言之凿凿，无可辩驳的实话。是谁用自己的行为保护了千千万万的生命？是你多达那波！是谁使一方沃土保持了安定、和平、宁静的生活，老百姓安居乐业，耕田牧畜，过着最想过的日子，是你多达那波！是谁使佛、道、儒三教的人士和寺庙、道观得到保护，香火持续不断，事业走向兴旺繁荣？是你多达那波。是谁使凉州城内外百姓没有担忧也没有禁锢地继续传统的文化习俗，心情舒畅地过日子，是你多达那波。你给凉州百姓带来了幸福、安宁、自由的生活，让他们过得有尊严，活得衣食无忧，自在安逸，蒙藏汉及各民族在凉州和睦、和谐、和平地生活，就像一个圆满的大家庭，共同创造自己幸福的生活，你说你这是积下了功德还是遭下了罪过？按佛门的说法，你这是功德圆满，功德无量。你还用得着惭愧心虚吗？"

一席话说得多达不由直起腰，昂起头，眼里一片晴朗无云。是啊，自己怎么如此心胸狭小、眼光短浅，只想着个人的名节声誉，计较虚的、偏的空名声，而没有好好掂一掂自己创下的社会效果。阔端王却看到了实质，看到了结果，惭愧啊。一席话使他清醒多了也饱满多了。看明白了自己是个顶天立地的汉子，是撒一片绿荫给一方的参天大树，不应该有自惭形秽的想法。他觉得自己的身子飞起来了，飞到半空，放眼俯瞰到了层叠的连绵雪山，奔流的黄河、长江、雅鲁藏布江等不尽江河，还有东方那闪烁金辉的城市，车水马龙，千里平原……

他的思绪被阔端的话打断。

"还是老话，派你去卫藏，不是去散播战争和瘟疫，而是撒放福音和和平，在更大的地域更多的人伙中种下参天大树，让雪域拥有温暖、光明、幸福。"

阔端一本正经、郑重其事地阐释他的见解，但多达心里却泛起了波澜，他不理解阔端所说的自己去雪域是撒放福音和和平，种下参天大树的说法。凉州城防的事我说了算，可雪域卫藏的去向不是我说了算，也由不得我说话。那儿有着大大小小许多土邦王朝，有着各自相统属的教派，他们都掌有决断之权，有自己的地盘和民众，他们能听我的？他们谁知道我多达那波是为了和平而来的？但阔端下面的话解开了疑虑："你告诉他们，投诚蒙古汗国只意味着你吃饭换了个碗，一只更大更新更结实的碗而已，雪域的小木碗变成了内地的大瓷碗。除了拌糌粑，喝奶茶外，还能吃大米、长面、炒菜、烩菜。什么好吃的都能盛进去，有的吃。宗教信仰自由不会变；文化传统保持完整没人去干涉，农牧业生产按部就班，各行其是，由自己掌握；生活安居乐业，该怎样就怎样，和过去没有两样。天还是原来的天，地还是过去的地，我阔端王保证不让他们受苦受罪。蒙古汗国只要个归顺的名分，再没有其他目的。实际上，换了个帽子，人还是原来的人。"

多达清楚了，摸着了西凉王的底牌，如释重负。

接着，他俩头碰头研究起远征的具体事项。

火列来当副帅也是这时候定的。阔端建议多达把火列来吸收进远征军中，因为他一直缠着他，要走出祁连山去外面闯荡，他是长辈又是亲戚，他不能不答应。而且他信誓旦旦，愿对长生天吃咒，绝对服从主帅，违犯纪律愿受重罚，杀、剐都没有怨言。更重要的是你要去的雪域，民风强悍，骁勇能战，大都是游牧地区，抢劫成风。若遇桀骜不驯，蛮横无理，专意打家劫舍之徒，那没有一员悍将恐难抵挡住，而你作为吐蕃人，佛教徒，可能很难下狠手给予致命打击，他可能会变为你手中的一柄铁锤。

他赞同阔端的想法，就这样，火列来成了他的一只臂膀，而另一只臂膀是忽都将军，负责后勤辎重和后卫。

……

火列来大摇大摆地走过来，见到他，微微点点头，算是打过了招呼："主帅，我们为什么要在这荒滩野地安营扎寨，准备过冬，离这儿一二马站的地方不是有个热振寺吗？听说那儿风景秀丽，气候暖和，林木茂盛，牧草丰美，河水甘甜，是个宜人宜牧的好家园，尤其热振寺富得淌油，连大经堂的顶子都是黄金镏的。"说到这里，火列来咽了一下唾沫，眼里显现出馋涎欲滴的样子。

多达好笑地吊起眉梢，平声静气地反问："大将军，你忘了临来时王爷咋叮咛的，三不准规定你忘了？"

火列来一怔，脸上堆起窘笑，掩饰道："王爷的话是圣旨，谁敢忘了，我是一时兴起，说说而已。"

"那你重复一遍，好长个记性。"

火列来喏嚅道："不准靠近寺庙住宿，不准靠近村落安营，不准在高山脚下扎寨。"

"好，记住了就得忠实执行。你问我为什么要在此安营扎寨，你是蒙古骑士，是大将军，骑兵部队该选择什么地方你最清楚，不需要我来说教。你的任务是训练，不让一千五百名骑士松弛战术、骑术。"

火列来没有说什么，转身走了。走了几步又停住步回头望望多达，眼里好像有话要说，但见多达背对他，步行往山根的煨桑台走去，便欲言又止，怏怏不乐地返回。

三十

多达走得很吃力，双腿像拴了重石般沉重。在雪域行军，骑在马背上只是呼吸短促气不够用，下了马背那心脏就提到了喉咙根。咚咚咚，像铁锤砸在石台子上一样快速有力，快要堵住嗓子眼，胸口憋得要爆炸，步伐也像胶粘了似的迈不开，每一步都要费很大的劲。但他还是顽强地向前迈步不停下，他要祭祀念青唐古拉神山，膜拜念青唐古拉山神，祈求山神保佑。从他记事起，只要是信佛的藏人，早晨起铺后第一件事是煨桑祭神，祭祀自己地域的保护神，所以旅途中到达一个新地方，他第一件事就是煨桑祭祀当地的山神，祈求保护异域来的香客，愿他们平安无事，事业有成。这已经成了他的习惯，成为生活中的头等大事，后来长大，他知道这个习俗来自于上千年前的苯教时代。苯教认为天地万物都是神灵创造，人类的主宰就是神灵，神灵无处不在处处在。整个雪域都跪倒在神灵面前，神灵崇拜经久不衰。煨桑祭祀就是为了沟通人与神的关系，通过侧香柏拌和糌粑、鲜奶等其他素食佳肴的焦香味向保护神表达人类的虔诚、敬仰、祈祷，还有美妙无比的诵词，歌唱般的音调，以建立表达情感互通的渠道。渠道的名称就叫"香供"、"食供"。让敬奉的保护神在"香供"、"食供"中心情愉悦，神志兴奋，乐于为众生施展神力，主动保护辅佑。

从山脚向山腰爬了四五十米，便到了一座一人高、四四方方能躺下一头牦雌牛的煨桑台跟前，台上有着侧香柏燃烧过的灰烬，撒落在四周未烧过的糌粑粉、鲜奶、酸奶汁渍和残落的柏枝叶。他让随从把两捆从祁连山麓折来的侧香柏枝摊开在煨桑台上，上面浇上一小皮袋新鲜的手磨青稞糌粑，然后点着干透了的柏枝。顿时，柏枝噼里啪啦爆出脆响，冒起乳白色的烟团，燃烧着覆盖了的糌粑粉，撒开混合焦香味，袅袅升上长空。

多达从褡裢里掏出一包包供食，有凉州产的葡萄干、杏干、梨干、糖瓜、砂糖、蜂蜜等许多素食特产，还有凉州葡萄佳酿。他一一有序地把这些美食佳肴敬献到桑堆上任其燃烧。又掏出一把天马行空的符纸，使劲向天空扬撒，边扬撒边高声呼喊念青唐古拉保护神战无不胜。他边围着煨桑台按右旋海螺的方向转圈，口中不停地高诵赞美四方神灵的伟大业绩，赞美念青唐古拉山神英勇的法力，赞美莲花生大师带来佛教福音的诵词；祈求给予远征军护佑辅助，一帆风顺，诸事如意；祈求保护雪域众生安居乐业，丰衣足食，吉祥和平；祈求农牧业蒸蒸日上，佛教欣欣向荣。

他慷慨激昂、热情洋溢的诵词在大川之间回荡，传来洪亮的回音。他继续放声诵咏自己编撰的颂词，目光如钉子般盯向桑烟的曲直，盯向念青唐古拉雪山的顶峰，观察出现的兆头是吉还是凶。还好，吉多凶少。三种兆头中桑火燃的火爆，不时有火苗蹦出，在半空中炸响，溅开金色的火花。这是吉兆，可烟柱却不是直直的，被川里的劲风吹得摇摇晃晃，但幸好没有折断，也未化成缕缕云絮四散飘开，它只能算是不吉不凶，中庸，有惊无险。另一个兆头，尤其最后的兆象使他心花怒放，喜出望外。在观看高高升到半空的天马符纸的同时，他看到了一直笼罩在念青唐古拉石峰顶的云层突然裂开缝隙，往周边退去，露出顶端嶙峋陡峭的石柱。他仿佛看到了念青唐古拉山神站在峰顶骑着白马，披着毯甲，提着银枪，冲他微笑示意。他兴奋地连忙趴伏在草坡上，频频叩头致礼。

　　只片刻工夫，云层又遮住了峰顶，把雾纱拉到了半山腰，但他已经满足了。心帆涨得满满，眼里涂了亮漆似的明晶晶。他欣喜若狂，念青唐古拉山神露脸，这是最大的吉兆啊。看来，找到"圣人"有可能了。若果真能找到圣人，那自己不枉辛苦这一趟，远征也就算胜利在望。"圣人"是他和阔端王商量好的远征目标之核心目标。阔端王在那夜开诚布公地告诉他：远征的主要目的就是在卫藏寻找一位"圣人"，能站在高处振臂一喊，整个雪域都一呼百应，全拜倒在他麾下。若果能说服他，争取他站在蒙古汗国一面，那蒙古汗国不派一兵一卒，不派官员治理，由圣人替汗国统一管理吐蕃藏人，汗国就可兵不血刃，不费吹灰之力地把雪域大地统辖在蒙古汗国的旗帜之下，也实现了和平统一的理想。这个圣人是智者，是伟人，他的目光能穿越千年时空隧道，能洞穿人类前进的轨迹，刺透各种雾霾阴云。给大家指明一条宽广光明、铺满阳光的道路。他具有哲人的头脑，他的学说能破解人生各种谜团，能划开黑暗和阴谋，让愚昧者变为文明人，让贪婪者变为慈善家，让痴迷者化为清醒者，让雪域藏人永远跟着他走。阔端语重心长地剖开心肺说：靠蒙古汗国的武力，是永远无法征服雪域的，你既就是一条大河，对于沙漠来说，流进沙漠中只会渗得无影无踪，没有一丝水珠，浇不出几棵绿苗来。能弄清其中的奥秘吗？蒙古人过去对付的是村落，或城镇人口集中，区域狭小，围起来打就行了。可雪域吐蕃，地域广大，人烟稀少，雪山环绕，气候恶劣，地形复杂，江河纵横，你撒上十万兵骑，也不过牦牛身上的一撮毛，天上落下的一片云雨，不知道到哪里了。游牧部落，马背上的民族，说走，赶上牛羊上雪山牧场了；说来，一抖缰绳挟风裹雷来了，你根本摸不着他的踪影，还打什么仗去征服他？神箭射不准飞虫，虎爪揪不住蚂蚁，一个西夏党项人就把蒙古汗国折腾得汗流浃背，疲惫不堪，何况浩大广阔，崇尚英武的吐蕃民众！雪域大地藏族谚语不是说嘛：一个智者能降伏一百个莽汉，一个勇士只能对付一个勇士。我们一定要找到圣人智者。进军雪域我们打的是政治仗，不是军事仗。要的是和平统一，安居乐业，繁荣昌盛；不是血流成河，哀嚎遍野，家破人散。这一说，多达彻底明白了这次远征的目的。他一直怀揣着这个目的，睡到半夜，脑子里翻腾的还是这位圣人在哪里。

不管怎么说，有神的兆示，他心里踏实了许多。心情也舒畅了许多，有了一点闲情逸致，想散散心，便慢慢往山腰走去。

站得高，望得远，离开凉州、离开老家整整四个月零五天，他的乡恋越远越醇烈，越久越浓郁。站在念青唐古拉山的半腰，他伸长脖子往北方眺望，巍峨绵延的唐古拉山脉遮挡住了他的视线，但他心头还是浮现出阿爸那副忧心忡忡的黝黑脸盘，还有妹妹那双纯真如清泉的眸子，他忘不了和阿爸、妹妹临别时的情景……

远征军出发之前，阔端王批了他三天假，让他回家和父母、亲人告别。他急匆匆回到了祁连山深谷中的部落。当他把要去卫藏的消息告诉他们时，阿爸阿妈、小妹妹华珍都惊呆了。阿妈和华珍头摇得像手转经筒，坚决不赞成，要他宁愿不当凉州城防长官，回来当牧民，也不去卫藏统兵杀同胞造罪孽，成为遭人唾骂的千古罪人。阿爸拧眉阖眼不说话，脸色铁青陷于思忖。乡亲们也闻讯跑来劝导他慎思慎行，千万不可图一时痛快杀生害命，糟蹋圣地雪域。乞求他怜惜手足同胞，免得吐蕃咒师发怒，给部落撒出咒语法术，带来病疫灾难。包围他的全是焦虑忧郁的面孔、不安的眼神。没有一句是赞同、支持、鼓励他统兵去卫藏的，弄得他哭笑不得，心尖酸不滋滋的难受，心灵空荡荡的无比孤单哀伤，原先鼓满的心劲也似乎瘪了些许，他有点彷徨，张不开嘴，只能拿苦笑来回应众人。

乡亲们走后，阿爸才脸色和缓，眸中凝聚起理智的光波，给他盛了一碗浓浓的酸奶让他品尝。他不知道阿爸是啥意思，但又不好问，便听话地埋头用勺子舀着吃。真香，透出新鲜牛奶的醇香味。一冬天没有喝过这样浓这样香的酸奶，是牦雌牛的奶才能有如此的清香味，只有阿妈才能窝出这样芳香的酸奶。酸奶很浓，在碗里就凝结成了断崖土坎，没有一星破碎和酸水，一勺子下去就是一块，搁进嘴中滑润得自行滑进食管，进了肚肠就像含着糖浆般沁人肺腑，吃净了，舔干了，他把碗还给阿爸，阿爸又给了他半碗酸达拉水，既取了乳油，又没了奶渣，只剩下残存的酸奶水。他喝了一口，不由皱皱眉，整个脸扭成了未成熟的青杏子，但看到阿爸阴着的脸色，他不得不狠下心闭上眼睛一口吞下。从小他就厌恶达拉水，那是春乏时期，没有酥油，没有牛羊肉干，只有一两头牦雌牛早产，挤不下几滴奶汁时，家里只能靠酸达拉水搅拌糌粑糊糊充饥过春乏日子。他喝厌了，吃烦了，闻见达拉水的味道就反胃。他不清楚阿爸的意思是什么，还碗的同时，他抬眼审视阿爸的眸子。

阿爸眼中交织着关爱、眷恋，又不无担忧："既然阔端王让你去卫藏，我想他不会揣坏心眼让血肉同胞去相残，一定有他过人的思考。我让你吃酸奶喝达拉水，就是希望你这次远征的结果，像酸奶一样凝聚幸福、和平、圆满，让我雪域藏人结束四分五裂、互相争斗的分割局面，在蒙古汗国的统领下，走上和平、繁荣、和谐的道路，而绝对不是达拉水一般，给同胞带来苦涩、贫穷、战乱、灾难的贫乏日子。"

他感动得频频点头，眼眶泛潮，深情地凝视阿爸，由衷地感谢阿爸理解自己、支持自己，又一次拨亮他的眼睛，也更使他感到肩上的担子加重了，心头沉甸甸的。现在看来，不仅是蒙古汗国的委托，也是整个雪域僧俗民众的委托。一种神圣的、重过雪山、深过大海的使命感顿时压在胸口，令他血液沸腾，神经颤动，全身像注进了炭火般的热力。

第二天阿爸又请来部落中宁玛派僧人法师举行法事，念了"度母经"、"涤邪清净经"、"大威德金刚经"，逐鬼驱魔的"朵玛"施食烧供，把高僧开光加持过的佛龛"嘎乌"和金刚吉祥结藏在他胸前、脖颈上。做完法事，老人的脸上才有了笑容。

　　阿妈夜以继日为他缝织了草猞猁皮的背心，祁连山红狐的狐皮帽子，还有旱獭皮的皮裤，炮制了由人参果、酥油、奶酪、红枣泥、新磨糌粑拌和的藏式点心"辛"。

　　乡友亲戚们也送来了很多礼品，有新酥油、新奶酪、新糌粑、人参果蕨麻、风干牛羊肉、"辛"等等佳肴；有麝香、鹿茸、虫草等珍贵药品。还有送来獐子茸毛褥子的，毛毡披风及银钱的，送得他心头热烘烘，四肢浸在温泉中。

　　瞅空，他把小妹华珍叫到僻静处问他对王子求婚如何想。华珍埋下头羞涩不语，问急了才羞答答地回话："王子的心看上去还实在，不像是玩弄人。不过，他是蒙古人我是藏人，他是王子，我是牧羊姑娘，恐没有缘分……"

　　听了小妹的话，多达的心有底了，知道小妹对王子有所好感，只是拿不定主意。所提的忧虑，不过是枝节，而不是本质，他心底微微欣慰。临来前，阔端王和王后再三托付他，要他想方设法从华珍嘴中讨个底儿。从王后嘴中他也知道了王子和小妹之间发生的恩怨。原来那次冲突事出有因，双方都有责任。小妹在山坡上放牛，王子带人去狩猎。小妹放嗓唱起悠长的情歌"拉伊"，王子听得入迷了，也扬声唱起蒙古长调歌回应。虽然两人听不懂对方唱的啥内容，但年轻人却从优美、饱满、抒情的调子中找到了知音，找到了情感的交叉点，也碰撞出了少男少女之间爱慕的火花。王子冲动地要华珍跟他走，有抢婚的意思。闻讯而来的部落小伙子们围住了蒙古跟随。两方面扭打，互有伤残。是华珍挺身而出，怒叱王子结亲不能结仇，要与王子进行蒙藏两族特别技艺竞赛，若华珍输了情愿跟王子走，若果王子输了，则当着大家的面学小狗叫三声后乖乖回返，王子答应了华珍的条件。第一项是抛石击靶子，王子输了，第二项大象拔河背靠背，王子拽倒华珍赢了第二项，双方扳平。最后一项是骑牦牛赛，结果王子从牦牛背上摔了个鼻青脸肿，狼狈不堪，不得不学小狗叫唤，这惹恼了蒙古卫士们，要冲过来抢走华珍，结果被部落来的男人们用甩石砸了个落花流水，不得不簇拥着王子狼狈逃窜……虽然事件不愉快，但多达听出小妹对王子还是有好的印象，言辞中还是认为王子单纯、朴实、真诚，心地善良，性格活泼开朗，可以靠得住。有了这句话，他就可

185

以跟王爷、王后说个大致了。他开导小妹,既然我们已经加入了蒙古汗国这个大家庭,那蒙藏通婚就不是事了,王子喜欢你,他就不会亏待你了,说得小妹秀眉绽花。

……

离开是春天,如今已到深秋,阿爸阿妈身体不知怎样?小妹华珍与王子的爱情又发展到啥阶段了?他任思绪翩飞,飞到东又飞到西,从天上飞到地上,直到脚跟有点发麻,太阳穴发胀,心脏跳得咚咚响,才缓缓走下坡。

[第九章]
决战前夜

三十一

就像高原上狂劲的秋风刮来刮去,把世上的信息传向四面八方。噩讯吹过雪山、越过江河、跨过川滩,热振寺遭蒙古军队烧杀抢掠的事像长了翅膀不翼而飞,震动了雪域各个王朝和教派。首先得到消息的是萨迦王朝,射进了贡噶坚赞的耳廓。

他不愿听到不愿看到的血腥惨案,终于像狂风暴雨中的沙石,击打在他眼里、耳孔。蒙古军队终于撕下伪善的面孔,露出了狰狞邪恶的嘴脸。不该来的终于来了。蒙古人对付西夏般的要镇压雪域藏人,要灭族灭教了。他胸口憋得难受,眼里冒起灼人的刺芒,紧紧咬住嘴唇半天不语。

早在半月前他就听到蒙古汗国的远征军到了当雄草原。他派出的侦探便以各种身份隐蔽着刺探远征军的情报。得知主帅是凉州降将多达那波,也就是吐蕃六谷部藏人,他的心稍稍平静下来了,毕竟一个祖先一个血脉,信仰的又都是佛门,对自己同胞不会下狠手。当然他弄不明白西凉王为什么要选择多达那波当主帅,而不选一个蒙古将领。蒙古汗国战将如云,彪悍骁勇之武士有的是,为什么单单看准异族的多达那波,这其中有什么奥秘?难道是看准了他忠诚不二,会对同胞下手,而制造藏人内部不和相互残杀,削弱藏民族的元气,瓦解凝聚力?如印度故事中所说的:鹬蚌相争,渔翁得利?但从多达那波开城投诚,不计个人名利得失,保护了凉州地区众生的生命及财产,使蒙藏两民族相安无事,和平相处,共同幸福昌盛,达到了佛祖倡导的尊重生命、和睦、和谐、和平，亲如兄弟，进入升平世界的结果，他不像个杀人魔王，也不是鼠目寸光的莽汉，可今天他统领下的兵将杀了热振寺上百僧侣，抢了金佛金灯以及其他贵重物品，还烧了经堂佛殿的珍稀经卷，从这件惨案来看，他又真是无恶不作，罪行滔天，天理难容的一个混世魔王。多达那波究竟是怎样一个人，他至今说不准，他得琢磨。但只要闭上眼，他眼前浮现的就是一个个手无寸铁、手捧经卷的僧人尸体横七竖八地躺在禅房、经堂、巷道中，一张张惊恐万分，扭曲得不忍卒看的面孔。到处是刺鼻凝汪的、殷红的血腥味，到处是血肉翻开的躯体，到处是焦煳味，是一洗如空，残垣断壁，僧宅、经堂、佛殿，风吹过之处残存的经卷，唐卡如尘土般扬起，飘在空中……他不忍往下想象，只能悲伤地阖眼，合掌祈祷十方众佛超度无辜冤魂，早日转世进入三善趣，起码获得人世幸福。

他没有想到蒙古远征军的屠刀会最先砍在藏传佛教最早、最有权威、影响最大的教派噶当派主寺热振寺的头上。损失太惨重、伤害太厉害了。那是阿底峡大师亲传的弟子仲敦巴，根据大师的旨意，为正本清源，继承佛教的真髓而创立的寺院，历经二十来年，热振寺不仅规模壮观，殿堂辉煌，佛像高大，更令人翘首注目的是人才济济，学者云集，佛典俱全，教义纯正，学制完整，是全藏区名副其实的最高学府，藏传佛教响当当的旗帜。他贡嘎坚赞少年时曾前来拜师，求学过，萨迦寺内很多高僧也都是从热振寺获得学位的。热振寺属寺有数百，是乌斯藏属寺最多的教派。教区也最广大，从拉萨河上游到下游，东西直线距离达近千公里，把吐蕃赞普的雅隆觉卧家族的势力集团也都拢在一块，声名显赫。而且教区内有农牧、商业、城镇，经济根基雄厚。噶当派的热振寺一向反对政教合一涉事世俗社会，注重从精神上修炼道德。他万万没想到这样一个教派却会招惹世俗社会的毁灭性围剿。他们是完全生活在自我编织的虚幻世界中，以为精神是万能的，超越世间一切力量的，结果没有防备，叫人家一击便惨不忍睹，吃亏吃大了。

几乎得到侦探报告的同时，他收到了热振寺住持堪布在亡命路上的求救信。信中夹有一绺发丝，表示以头颅名义发去的肺腑之言。信中说：蒙古大将军火列来领着数百骑兵气势汹汹，包围了寺院，说他们的几匹军马让盗马贼盗了，追踪到热振寺不见了，要热振寺交出盗马贼和被盗马匹。真是栽赃陷害，无中生有，贼喊抓贼。正如您的格言诗中所说的：滑头说得委婉动听，那是为了私利，并非表示恭敬；猫头鹰亲近发笑，那是在散布凶兆，并非真的高兴。

蒙古人真是虎豹心肠，狼心狗肺。他们冲进寺中，不去搜捕子虚乌有的盗马贼，却反而把寺院包围得箍成了铁桶，肆无忌惮冲进大经堂，格杀正在集会诵经的上百僧人。那血染红了灰色的阿嘎土夯地面，染红了僧人的坐垫，溅红了经堂柱子的围毯、半空的唐卡佛像。神圣的佛堂霎时变成了屠宰场。杀了僧侣，蒙古骑兵又疯狗般扑向佛像，扑向供桌，扑向大经堂各个角落，抢金锻的酥油供灯、净水供碗，至于金佛像金菩萨、金护法神像更不用说了。他们用短刀、用手指去抠佛像上镶嵌的珊瑚珍宝。掠财掠得他们红了眼、昏了头，见什么拿什么，酥油奶酪糌粑肉干，地毯壁毯氆氇……连勺子陶罐都放不过，暴露了他们的狼子野心，野兽的本性。

杀了人，抢了财产，他们还不过瘾，一把火把经堂、佛殿烧光了。队伍住进了僧舍，寺院变成了军营，佛教圣地成了人间地狱，热振寺成了冤魂遍地、死气沉沉的坟场。信中说道："先生您说作为佛门弟子，是可忍孰不可忍？"

"我因为那两天在后山闭关坐禅，才躲过一劫，幸免于难。我是听逃出来的僧人告诉，才知道这场灾难的前因后果。我万分恳切呼吁您，您作为雪域藏区的贤哲，作为班智达大学者，运用您崇高的威望和人格魅力，运用您聪明无比的智慧和超人的才气，拯救藏传佛教事业，拯救雪域众生宝贵生命，拯救藏民族的文明。我也诚挚地向您致歉，由于自视清高，无视世俗社会的险恶，未听进您先前的劝告，疏于戒备，才大祸临头……"读到这里，贡嘎坚赞放下信函，信手端起酥油茶碗，吹了吹茶面上黄澄澄的酥油汁，小心地呷了一口茶，眉头渐渐松开。

他为自己以前的判断感到欣慰。既然蒙古人对西夏如此残酷，屠城为快，杀人为乐，那他也同样不会放过雪域吐蕃大地。他们对西夏僧俗的野兽嘴脸，对黑头藏人也是如此，今天不是灵验了吗？热振寺不就说明了这一点？事实教育了雪域僧俗各阶层。那时他们不相信我贡嘎坚赞的劝告，不愿联合抗蒙，现在呢？在事实面前他们明白了只能丢弃幻想，联合抗蒙才有生路。自己想到前头了，备而无患，验证了自己格言诗的主题：

> 以粗暴才能制伏粗暴，
> 以柔和哪能降服得了？
> 苞子疮只有火烧切除，
> 姑息疗法只能导致毒瘤。

眼下要紧的是如何趁热打铁，一鼓作气，把蒙古骑兵点燃的仇恨之火集中到一处，形成熊熊烈焰，把侵略者这颗瘤疮火烧切除，不让其祸害雪域。既然热振寺堪布率先提出，要他萨班运用威望和人格魅力，运用智慧和才华，扛起拯救佛业和众生的伟大使命，那自己应该义不容辞，责无旁贷地承担起这份责任。他放下茶碗，摊开信纸，调好墨汁，拿起竹笔，用藏文楷书工工整整地写起呼吁书。这份字斟句酌的呼吁书是写给各教派、各政权、各大首领的，呼吁大家以热振寺事件为鉴，去掉幻想，拿起武器，万众一心，同仇敌忾。最后他引用了自己的一首格言诗来警示大家：

> 在坏蛋做了国王的时候，
> 在快要坍塌的楼房下面，
> 在行将崩溃的山峰底下，
> 时时刻刻使你心惊肉跳。

同样，他用另外一首诗作了结尾：

> 做伟大事业的时候，
> 需要努力依靠好友；
> 火烧大森林的时候，
> 一定要靠大风相助。

写罢，他让管家叫来几个楷书写得好的僧人到他书房，吩咐他们把热振寺堪布的信抄了十来份，他把自己的呼吁书也同样抄了十来份，附上堪布的信，封装好，加盖了萨迦王朝的印章，要他一大早派出寺中的年轻僧侣，骑上快马分头送去。

三十二

萨班的行营设在阿尼念青唐古拉雪山北面半腰的度母乳峰山包上，居高临下，俯瞰当雄山川，蒙古兵营尽收眼底，一览无余。

他的行营是一座硕大华丽的帐房，由八十四根杆子里外支撑，活像布制的大经堂。里面可容上百僧人诵经念佛举办佛事。它又是议事厅，有关大事的决策，僧俗代表，各方首领，邀请的其他政教领袖，协商意见都在帐内进行。主要用途就是野外大型活动的场所，主要聚会集会，大帐是布丹王国的一位王子供献给萨班的，拜他为生命的指导师，超度灵魂的经忏师"阿木巧"。王子倾其财力，把自己的信仰、虔诚、自信力全融进了这座法帐之中，称其为法王宝帐。帐首中心顶上镶嵌有三尺高、一抱粗、象征佛法无坚不摧、战无不胜的胜利宝幢。宝幢是镏金的，金碧辉煌，灿烂夺目，隔多远都光芒万丈。就似燃烧不尽的火焰，向四面八方、天地空间传递开佛法昌盛的信号。还有一件装饰也特别珍贵富丽，即孔雀翎的法王宝座。长一尺、宽一尺舒展自如的法座，厚有一巴掌，靠背如一堵长墙，全是喜马拉雅南麓热带森林中最为年轻、最为艳丽的孔雀翎毛组合，把五彩缤纷的翎毛有序地压制缝合成浑然一体的法座，格外绚烂，高贵华美。法王坐在上面显得更尊贵更庄严更神圣，犹如佛国净土香巴拉王。使人心花怒放，眩晕夺目。

孔雀宝帐的布料是印度细棉织成的精布缝成，针脚细密得连灰尘都钻不进来，雨水更无法渗进。白晃晃的发出玉石般光泽。帐的脊檐前后都是条条金丝线绣的飞龙，生气勃勃，张牙舞爪，一副腾云驾雾，凌空万里的气势，震人魂魄。帐壁还绣有红、绿、黄、蓝等色彩勾描的吉祥八宝：法轮、海螺、白伞、胜幢、莲花、净水瓶、金鱼、吉祥结。他们浓缩了佛教的吉祥象征和具体仪轨法器。如法轮象征"法轮常转"，佛法无时无刻、四面八方传播弘扬；海螺象征佛祖弘法声如海螺响彻无边无际，吉祥右旋海螺被称作"妙音吉祥"；白伞意味着佛法能遮蔽魔障，驱除灾难；胜幢则表示解除烦恼，得到觉悟；莲花自然指高尚纯洁之意；净水瓶内装净水，象征甘露，瓶口插有孔雀翎，象征吉祥清净，福智圆满；而金鱼则象征自由、解脱、坚固活泼；吉祥结盘结成没有开端也没有尾梢的图案，实际是说明佛法回环，没有障碍，贯彻世间终生。

像这样全雪域都稀有的孔雀宝帐，贡嘎坚赞很少搭建用过，它是镇寺之宝，也是萨迦王庭的一张名片，他只在热振寺堪布和止贡噶举法王来拜访萨迦寺时用过，除此，一直藏在寺中大库，妥善保护。用在出征、法事活动中今天是第一次，而且在对敌作战的前线，充作军事指挥所使用，实在叫信徒们困惑不解。他为什么要如此冒险？为什么要大张旗鼓摆出架势？为什么舍得拿出法王宝帐，有何必要？是经过深思熟虑的，也是孤注一掷。他要向蒙古军队传递一种信息，一种决心，那就是吐蕃僧俗民众誓死拼搏，宁为玉碎不为瓦全的意志。还要告诉蒙古军队，雪域吐蕃万众一心，同仇敌忾，坚决血战到底消灭侵略者的信念；二是他要展示萨迦法王贡嘎坚赞保卫雪域众生，保卫雪域佛业，保卫千百年文化传承与生活习惯的决心，坦露了他不怕牺牲，与雪域信众同命运，共生死的胸怀和胆识。他要竖起一面旗帜，以身作则，身先士卒激励全雪域抗击侵略者；三是用胜利的战果宣告佛法无坚不摧，战无不胜，最终理性战胜兽性，文明战胜野蛮，佛法战胜邪恶这一真理和必然趋势。为此，半夜搭建法王宝帐的同时，他还让侍僧们在帐前立起一根高高的旗杆，把一幅比真人还高大的护法神大威德金刚的唐卡金丝线佛像悬挂在上面，当天色放亮，晨雾褪去，那光芒四射、金碧辉煌的胜幢和多彩的大威德金刚唐卡展现在阳光下时，川里蒙古骑兵受到的威慑震撼可想而知。而四方赶来会战的民兵们受到的鼓励也是可想而知的。帐内各个柱子他也都布置悬挂了各个面孔迥异，色彩不同，姿态各不一样，但都面目狰狞，威武恐怖、吓人胆魄的护法神唐卡佛像。法王宝帐构建成了众多护法神的世界，无论谁进了帐内，都有一种安全感，油然产生反抗邪恶、战胜敌人的信心和力量。

他亲自赶赴战场之事可是费了好大劲。最终才说服萨迦本钦，仁增旺姆，寺内高僧，实现了这一心愿。

他们众口一致，理由很坚决很充足，态度很明朗：您是持戒念佛、在佛祖像前受过比丘戒、发誓坚守五戒十善的高僧，不能上杀生的血腥战场！说得振振有词,如石如钢无法击碎。

本钦的话更是硬邦邦像个生铁:大树离不开根,儿女离不开娘,你就是萨迦的树根,你就是萨迦众生的阿妈。你亲临前线,万一有个三长两短,出个闪失,不就断了萨迦的根?萨迦不就成了没娘的娃?我们不就犯了罪孽,成了众矢之的?为了萨迦大业,为了佛门香火延续不断,为了我们不受舆论的谴责和良心的折磨,我决不会让你走出萨迦寺一步!

仁增旺姆语言温柔可亲,贴心贴肺:不是我不相信你能杀敌保卫雪域,可你生来是读书人的命,年过半百,陪伴青灯,与经为友,屁股压不住马背,胳膊舞不动刀枪,眼里见不得血腥,连只昆虫都不去踩,你如何面对凶残的蒙古骑兵?如何涉身杀声震天的战场?你头上已经染霜,脖颈有了肉褶褶,眼角开始下垂,额头刻满了皱纹,脊背不再挺拔,双腿也不如风般利索,年近华甲的老人,风烛残年,不是上战场的料。光靠心气扳不开石头,只凭意气翻不过高山,你去统兵打仗,僧侣百姓的心全牵在你身上,怕你出个意外,这不是影响军心,削弱全藏民兵的战斗力吗?好,我的阿哥,你待在后方,为我们诵经祝福,避灾祛祸,求得吉祥胜利,大伙更不是有了靠山,能一心一意杀敌吗?这有什么不好?你的格言诗中不是有这样一段吗:

> 要经常从长远着想,
> 谨慎小心,任劳任怨;
> 勤奋学习,稳重机灵,
> 即使奴仆也能成官员。

你想一想,难道你不该从长远着手,谨慎小心?你还谆谆告诫世人:

> 君子温顺护己又护人,
> 小儿蛮横害己又害人;
> 果树结果利己又利人,
> 朽木干枯毁人又自焚。

你是君子,是果树,你得护己啊。护己才能护人,求求你了。

仁增旺姆眼眶泪花涟涟,泣不成声,弄得他胸口漾开青杏的酸辛味。

更让他意想不到的是,寺中年事甚高的几位老僧也结伴前来阻拦他。他们满头的白发羊羔皮般地颤抖着，没牙的嘴里唏嘘着长短不齐、含糊不清的话语，皱纹布成蜘蛛网的眼里老泪纵横，使本来就黝黑苍老的脸显得更加垢渍难看。一进他的书房，他们扑通一声全跪下了：咚咚咚连叩三个响头，才抬起头齐声哀求，萨班啊，你不能上前线，我们是全寺推举的代表，求您看在观音菩萨、文殊菩萨、金刚手菩萨的面子上，陪伴我们度过眼前这一劫难。只要根在，霜杀过的枯草虽然会凋谢，但来春照样翠绿遍野，花草如锦，招蜂惹蝶，一片生机勃勃。而没有泉水的山是死气沉沉的山，没有百鸟的林是丧失神气的死林子。你抛下我们去前线，萨迦寺不就成了一座死寺、空寺？没有人指导我们学经研习；没有人主持佛事举行法会；没有人为年轻僧侣剃度持戒。你一走我们的心空了，眼前模糊了，就像夜行者在黑暗中行走，乘舟者在汪洋大海中随浪漂泊，没有方向坐标，没有信心理想，活着也没有什么意思。你硬要去前线，那就把我们也带上，让我们死在你前面，灵魂也好有个寄托……

他哭笑不得，一时不知说什么好。

但他毕竟是萨班，是精通大小五明的智者，尤其对因果论有独到的悟性。他理解大家劝阻的良苦用心全是为了他贡嘎坚赞好，也知道他们心头疙瘩的由来。不解开就影响他们的行为、情绪，也影响抗蒙斗争的顺利进行。他斟酌，思虑，未过多久，想好了说服的理由，便一个个登门解释，当然最关键的是萨迦民兵总指挥本钦释迦桑布。

三十三

他谦恭、诚实地开导说："我钦佩您的军事才能和谋事智慧，我相信您一定能指挥萨迦民兵打好仗，打胜仗，可这一次不是咱萨迦一地的兵马，是全雪域的兵民汇聚一处打大会战。有藏北的牧民，拉萨河谷雅砻王朝的民兵，噶举各派系的领地，他们会信赖你吗？会听你的指挥吗？鸟无头飞不起来，羊没了头羊成满天星，我们辛辛苦苦动员起来的全藏民兵，如果没有统一指令的总指挥，岂不成了蒙古虎狼之师的盛宴大餐？让人家一口一口地吃掉，把雪域推进到血海之中，变成十八层地狱，你甘心吗？"

　　本钦愣了！眼珠大瞪，满脸惊诧，眉毛向上拧起。瞳仁里茫然不知所措，顺着贡嘎坚赞的话脉机械地摇头，却不去争辩。

　　贡嘎坚赞的语气更是和风细雨、充满温情："我明白你是为我好，我发自肺腑感谢你，可本钦你想过没有？一旦大树被砍倒，留下树根它能带来多少绿荫？能挡多少风雨雪霜？它何时能发芽抽枝长成参天大树？渺茫啊！即使长出小苗，在侵略者的毒树毒草包围之下，它还有多少精气能排除他们、独立成长？怕只怕它会被窒息而死！要么与他们同流合污，要么枯萎凋谢。老百姓总结的好啊，洪水未来临前筑好堤，敌人未得逞前磨好剑。我不能躲在后方只等事态变化的结果，我不能眼看着妖魔把大树砍倒，把枝芽剁个粉碎，只留下可怜巴巴的树根藏在底下哭泣、呻吟、哀嚎。我是萨迦教主，是萨迦班智达，我应该是一把利剑，一柄匕首，刺向妖魔的心脏。佛祖若在世，他也会鼓励我舍己救人，普度众生的。

　　"话扯远了，为什么雪域各阶层能响应我们的呼吁，纷纷赶来当雄会战，与蒙古虎狼决一死战，除了蒙古人的残忍、野蛮，屠杀热振僧侣，掠夺财富激起的仇恨，重要的是他们信任我，相信我能统帅他们，能赶走侵略者。光相信能顶什么用？他们相信的是我的脑瓜。"他用指头轻轻弹了一下脑壳："听，响声还脆吧？还经得起几下敲打。"他又把额头、左脑壳敲了两下笑说道："他们相信我的智慧和谋略，是冲着我来的。如果我不站在他们面前，他们不会寒心吗？他们的斗志会失去多少？我若不实地观察了解，又怎能运用智慧决断，灵活机动地指挥？你想想，设身处地地想想，心头一定有答案的。"

　　本钦释迦桑布眼里升起亮光，抠了抠贡嘎坚赞坦荡真诚的眼神，由衷地点点头："不说了，你亲临前线，审时度势，捕捉战机，得当机立断，决策大事，我听你的。可布阵排兵，冲锋陷阵，你得听我的。"

　　两人相视一笑，同时端起酥油茶碗，酣畅地喝下了半碗。

　　至于仁增旺姆，虽然言之凿凿，情之切切，但他理解，也能听出她对自己情意绵长，沁心入肺的关切。那是说不出的儿女情长，情侣之间交心换肺的情感，像品不尽的甜奶酪味。他意会也动心。但如果道理能讲透，像仁增

195

旺姆这样识大体、明大理又充满理性的女人她怎会想不通呢？说不一定她早已想明白，悟透了内在的逻辑，只不过感情上舍不得他上前线罢了。尤其担心有个万一，会失去他的。她更多的是偏重于他俩的私人感情。

他让管家更登去滩上请来正训练女兵的仁增旺姆。他把阳台简单地布置了一下，搬来绘龙、绘大鹏、绘斑虎和天马的彩色长条桌，铺上有八宝吉祥物图案的江孜地毯、卡垫，桌上摆了印度、尼泊尔、克什米尔香客供奉的水果、干果等佳肴，侍僧也熬好了香喷喷的酥油茶，里面还添加了葡萄干、核桃仁。

仁增旺姆来了。她步履沉重，双眉紧锁，忧心忡忡，眼神盯住贡嘎坚赞，在努力地搜寻什么。他请她在卡垫上坐好，示意侍僧退下，亲自给她盛了酥油茶，笑盈盈地望着她："今天太阳好，请你过来晒晒秋天的太阳，舒展心扉。"

仁增旺姆狐疑地剌了眼贡嘎坚赞："太阳很暖和，可我怎么感到身上冷飕飕的，好像有点生离死别的悲伤味飘浮？"

"想听佛经故事吗？你我虽青梅竹马，两小无猜，一块玩耍长大，可我记得我还从未给你讲过佛经上的故事。你不知道，佛经上的故事多如天上的星星，数都数不过来，我讲给你一两个，你也好养养性，散散心。"

她点点头，呷了口酥油茶。一怔，露出一丝惊喜，又深深喝下去一大口，抬起头注视着贡嘎坚赞，眼里霎时漾开柔情、温馨、千般妩媚。不知为什么，目光一碰上这张棱角分明，有着睿智、刚毅、聪敏、善解人意，能穿透一切的黑黄脸膛，她就忘掉了一切，全心投入进去，忘记了自己的存在，忘掉了心头的烦恼。有时候事后她责怪自己下贱没志气，但她没有办法，无法自控，就像灵魂被神怪摄去，自己只剩下一副躯壳。她不知道这是什么魔力，能把她仁增旺姆弄得如此魂不守舍，神魂颠倒。

"知道帝释天吗？他是天上所有主宰的主宰，是菩萨的化身，代表十方诸佛治理天国和人间，使众生都吉祥如意，生活幸福安宁。但他遭到了恶神阿修罗的嫉妒和仇恨。阿修罗无缘无故，无怨恨地掀起了一场罪恶战争，他统率他属下的战马、大象、马车和大鬼小怪，杀气腾腾气势汹汹地侵入帝释天的王国，扬言要决一胜负，占领帝释天的天下。

"帝释天一再据理说服，严词驳斥，但野蛮愚昧的阿修罗就是充耳不闻，不听劝告，我行我素。眼看阿修罗的兵马侵入进来，帝释天被逼无奈，只好亲自挂帅，前去迎战。他用千匹良马驾着黄金马车，高擎彩缎制成的幢伞，身上佩戴闪闪发光的各种珍宝，白色神衣上面挂着各种锋利的兵器，率领着无数战马、战象、战车和天兵在海滨与阿修罗的大军展开了激战。双方杀得血肉横飞，尸骨遍野，阿修罗的兵马团团围住了帝释天的战车。

"帝释天的马车夫玛达利看情势危急，便冲出重围，准备撤退，但未走几步，帝释天看到迎面有棵小小的海桐树，树上有大鹏筑的鸟窝，他产生慈悲心，要玛达利不让车辘撞坏鸟巢。玛达利坚持说要撤退就得撞翻鸟巢，帝释天便毅然决策说："我宁愿被阿修罗杀死，也不愿无故伤害一个生灵，留下臭名，苟延残喘活在世上，你把马车倒回去好了。"

"千匹良马拉着的黄金车突然掉头冲向阿修罗的队伍，恶神和其麾下的牛鬼蛇神猝不及防，慌了手脚。而帝释天的兵马精神为之大振，像乌云般卷去，像洪涛漫天降下，把阿修罗的军队杀得望风披靡，溃不成军，全线逃窜。帝释天的亲征保护了天界人间的和平幸福，世界得到了安宁。"

讲完了故事，贡嘎坚赞笑眯眯地看着仁增旺姆，捡起茶几上的佳肴请她尝尝鲜。

仁增旺姆推开他的手，古怪地询问："讲完了，想说什么？"眼神里泛着一层神秘又明亮的光芒。

贡嘎坚赞摇摇头，意味深长地深深抠一眼仁增旺姆。

"哈哈哈——"一串铜铃般的笑声突然飞上云空，插向蓝天，就似一队白鸽从头顶飞过。仁增旺姆笑罢，古怪地朝贡嘎坚赞发愣的眸子狠狠一刺："我听懂了你讲的佛经故事。"

贡嘎坚赞眨眨眼皮，故作惊诧地追问："听懂了什么？"

"你想当帝释天，你是帝释天！"说着，用食指捣了捣贡嘎坚赞的鼻梁，吊起眉梢，佯作愤怒："你居心叵测，把我比成马车夫玛达利。让我落个坏名声，你的心真坏。"

贡嘎坚赞急忙挥手分辩："我只想到我，想说服你，未想到伤了你，佛法僧三宝在上，真的没有伤害你的意图。"

仁增旺姆扑哧一下咧嘴笑了："我是玛达利，但我是掉转马头向阿修罗冲锋的玛达利，别拐弯抹角了，我还有一个条件，你能否答应我？"

贡嘎坚赞迟疑了一下，审慎地盯着仁增旺姆点点头。

"跟你在一起，寸步不离，当你的护兵。"

贡嘎坚赞一愣，苦笑："我谢谢你的关心，可你知道咱藏族的习俗，女人上战场认为不吉利，母鸡叫鸣是凶兆，你仁增旺姆是明白人，难道让我用指头捣？"

仁增旺姆的眼神黯了，沮丧地埋下头，但倔强地扭过脖颈不服气。

"不过，我给你们找了个苦差事，和上战场一个样。"

仁增旺姆眼里唰地溅起火花，头一昂，抓住了贡嘎坚赞的手腕："什么事，快告诉我？"

"到河滩捡石头，甩抛尕的石子。"他又补充说，"它的威力和射箭挥刀一样大，我们要用藏人特有的武器对付侵略者，打得他们抱头逃窜，胆战心惊，不要小看这活。"

仁增旺姆偏着头想了想，释然一笑，站起身告辞。

……

最令他头疼、难以说服的是本寺那些白发苍苍的老僧，他们认死理，迂腐又固执，只知道佛经上说的那些条条框框，而不知道世界在发生什么变化，有什么新情况出现，要应对什么新矛盾。他们不关心雪域以外发生了什么大事，他们只看到鼻子尖下面的萨迦寺，关心研修佛业和晋升学位，除此之外，两耳不闻窗外事，一心活在自己幻想的仙境。也难为了他们，他们从童年、少年开始剃度为僧，入寺之后，没有经历过大的风波，更不用说外族侵入、迫在眉睫的灭族灭教危机。从史书上看，从开天辟地以来，吐蕃大地就没有遭受过外族的侵略和践踏，那种滋味谁也没有尝过，现在听说蒙古骑兵打进来了，简直是一段说唱故事，一段神话，他们懵了，不知道蒙古人是神还是怪。有人来问他，他回答说是古代的霍尔（胡）人，他们恍然大悟，刚才还有点忧心忡忡，霎时变得春风得意，轻松欢欣，他纳闷。老僧告诉说："不愁了，我们有格萨尔大王。霍岭大战，我们黑头藏人的岭国不是胜利了吗？"说得他苦笑起来，还眨眼皮、皱鼻梁。他辗转反侧，苦思冥想了一宿，才找出说服的办法。

什么锁子用什么钥匙开。

第二天早餐时，他把老僧的代表请来共进早餐，亲自拌好糌粑，捏成一撮撮送给他们。吃罢，品酥油茶时，他笑问他们："当大火烧尽森林，有哪个鸟巢能安然无恙？"这是他设计的第一个问题，他要按藏传佛教僧侣解惑释疑的公开答辩方式，把老僧们心头的迷雾吹个一干二净，全身心地支持他去前线指挥战斗。

老僧们摇摇头，眼里还有几丝对贡嘎坚赞的讥笑。

他没有理睬，抛出了第二个疑题："佛祖释迦牟尼离开我们有多久了？"

老僧们又笑了，七嘴八舌地抢答："距今一千七百来年，萨班，你问这干什么？"

"佛祖涅槃了，可我们为什么仍在坚守佛祖的事业，不断研习佛学？"他神色严肃，沉静地反问。

老僧们一怔，面面相觑不说话，只有一个讷讷的回答："佛祖形体走了，但灵魂永驻人间，他教诲我们，如何做人如何成佛。"

贡嘎坚赞点点头："那如何做人成佛？"

这下大伙异口同声应说："慈悲为怀，利他利众，普度众生。"

贡嘎坚赞拍拍巴掌，站起身慷慨激昂地喊道，如果我萨班不能以身作则，普度众生，我还算他的好弟子吗？可普度众生只能停在嘴上留在心上吗？佛学因果论中咋讲？没有因哪有果，不知你们记得不记得我的格言诗中有这样一首："说着他声情并茂，抑扬顿挫地朗诵起来：

　　谁想圆满幸福，

　　就得忙忙碌碌；

　　若把尘事当痛苦，

　　就休想圆满幸福。

我的意思是，关键看行动，有实践才有果。学佛法要致用三世论，因果轮回论、十二缘起，哪个学说不是说要身体力行才能结善果，修佛业？你们不让我上前线，不是让我违逆佛的意愿吗？难道你们忘了西夏国师洛桑讲的悲惨经历？西夏的昨天说不一定就是我们的明天！"

老僧们一下哑口无声，埋下头不吭气。

结果，没人再说啥阻拦了。

三十四

云雀啾啾鸣唱着，叼走了晨曦的薄雾，牵来了旭日的万道光芒。贡嘎坚赞早早起铺，先在文殊菩萨的佛像前做了简单的早课，然后走出帐走到煨桑台前。

煨桑台筑在帐前的山包上，是用草皮砌起的，有成人齐胸高。四四方方二抱粗，上面堆起了一人高的香柏枝，撒满了雪白的糌粑，还有新酸奶、新酥油、新奶酪，各种水果干果素食佳肴。煨桑祭祀护法神助战。开战前的第一道程序就是煨桑祭祀念青唐古拉护法战神，祈祷护法神助战获胜。他点燃了柏枝堆，顿时浓烟如柱，一咕噜一咕噜升上天空。围着煨桑台的将士民兵全副武装，见香柏噼里啪啦响了起来，洁白的烟柱冒向天空，他们便按顺时针方向围着煨桑台转圈，边转边高声呼喊念青唐古拉护法神的名字，祈求护法神保佑。声声呼喊汇成松涛海浪，震天动地，遮天蔽日，如滚雷掠过，万马奔腾，响彻当雄河川。

随着煨桑台人流的涌动，数也数不清的黄绿红蓝白纸片飘洒向人们头顶，飞扬在山冈的半空，稠稠密密，如飞蛾云集，蜂蝶翩舞，燕子迁徙，把长空染成彩色斑斓的世界。这是人们抛撒天马符纸来祈祷护法神灵，赐予自己好运气，好声望，前途似天马，坦荡无垠，心想事成。在抛洒天马符纸"朗达尔"的同时，十几面右旋海螺发出厚重雄浑的鸣叫声，它似春雷漫过高高的山冈，漫过长长的河川，传向天宇，传向四面八方，弥漫了阿米念青山周边的山山水水，沟涧滩谷。

就像听到了什么号令似的，整个当雄河川二三十里方园的各座山包，制高点上都冒起了桑烟，天空飞扬起天马"朗达尔"，海螺声此起彼伏，弥漫了整个天地。它气势磅礴,雄浑威武,透出一股穿石凿壁、勇往直前、无坚不摧、震撼魂魄的大无畏精神,贡嘎坚赞心头暖融融的,浑身像增添了千斤力量,变得清爽多了。他看到川里扎着的蒙古兵营里人影幢幢,马嘶人喊,蚂蚁般大小的人在骚动,他们纷纷走出兵帐往四面山上张望,有点惶惶然。

　　他穿着萨迦派教主的法衣,头戴五佛冠,面朝白云缭绕的阿米念青唐古拉神山,放开嗓门,从丹田处用劲,朗朗诵念起祈祷经文《吉祥度母风马经》:

超凡德行要依仗加持力,
获得加持才达圆满境界。
向"三宝"和本尊神敬礼,
特别是慈母般至善上师!
灵瑞风马催生好的福运,
胜利经幡闪耀万道金辉,
吉祥佛典传播飘空张扬,
洪亮威严震撼九霄云天。
教义似锋利无比的剑刃,
斩断那充满兽性的欲望。
向上天高高飘升去的是,
斑虎般披靡无敌的风马。
诸多善业靠佛来指导,
才水晶石般坚硬结实。
政教和谐四方必祥宁,
就若松石刀柄光灿灿,
又似雄狮山巅威凛凛!
在俗世与佛界二者间,
福运者灵敏得如鹰翅。
在有情众生的蓝天上,
会聚有美丽吉祥胜幡。
只要虔诚得像南天云,

幸福甘霖就会来滋润；
只要诵佛妙音凝一体，
就如玉龙头顶隆隆吼。
龙驰雨降涤荡四大洲，
污垢秽渣彻底大扫除。
心佛众生汇聚莲花苑，
就似莲叶绽开结亲缘，
佛法世俗两界涌喜欣，
神奇赛过生风的良骏。
四方八面都有善业者，
灌顶解脱女神现眼前；
至尊母的仁爱与怜悯，
帮你遂心愿还结正果。
愿各种贪欲清除殆尽，
愿佛法永恒常存真谛，
愿早有酝酿想办诸事，
无一遗漏全部成现实，
愿吉祥度母如风马行，
扫清孽障快速得圆满！

他停顿了一下，换口气，深深吸口气，待胸前平静，丹田鼓胀，又用另一种咏唱长调朗诵起《二十度母赞颂祷文》。

在布达拉殊胜圣地宫殿中，
绿黄色孕育了度母的秘咒，
度母秘咒光芒如明灯巨烛，
愿度母和其眷属光临世间。

冠冕显赫诸神和阿修罗，
在莲花苑中深深扎根柢。

为所有贫穷人家的救度,
特向度母佛母做祈祷。
轮回何时有终端,
愁苦烦恼难逾越,
常常沉迷苦之海,
祈祷佛眼来提示。
祥福滴滴来积攒,
祝愿众生都慈悲,
走向清欲之境界,
引导我跨吉祥园。

掌握命运走向是帝释神,
驶往彼岸轮机的舵手,
右方发誓右方展躯体,
足下稳镇邪恶诛毒害,
发怒时口吐烈焰团团红。
向辛勤缔造世界神致敬,
所向无敌并赐我甘露汁。

面露怒纹的莲花生尊颜,
能将外道无一挂漏歼灭,
这全仗佛法僧三宝威力,
大自在神向右伸展左屈弯,
欣喜自如运转四方又八面,
外敌邪道臂膀节节被砍断!

顶礼无处不在的金刚佛手,
深浅可移动但根须却坚实,

愤怒显化神圣文殊菩萨相，
把世界七欲贪婪都摧毁尽。
致礼极乐的吉祥度母佛母，
让愁绪远去境界独存真佛。
大地有大自在神与莲花生，
佛显真身罪恶邪欲清除净！
顶礼各方诸部护法神，
把敌魔消灭得四逃遁，
兽欲的命根攥金刚手，
救苦度母的超凡学说，
把邪恶毒雾一扫而净。

顶礼神部所向无敌获全胜，
它是人类和各地的保护者，
它是众生赫赫威严的铠甲，
它消除了无稽争论和噩梦；
致敬无限广大日月之力，
让我们双眸不断磨锐利，
救苦救难本尊佛的眼力，
摧毁了世间瘟疫和恶疾；
顶礼安排命运的三本性，
帮助解脱还赋正确思维。
一切魔障鬼蜮还有夜叉，
一一被奋力摧毁是必然。
赞颂根本秘咒无坚不摧，
再次向二十一度母顶礼！

全部恶迹从根本上铲除尽，

摧毁兽欲让佛业永屹立；
粉碎如千万害鼠获全胜，
迅即予众生灌顶得幡悟。
愿有佛性人均得解脱，
　愿佛的地位升华顶端。
　即使邪毒来势很凶猛，
　佛法面前只会烟云散。
把魔障瘟疫一切毒物，
犹如重石挤压让走开；
把众痛苦之绳来砍断，
　人们的意业让重显现。

　　朗诵罢，山冈上扬起震天动地的欢呼声，人们再次呼喊护法战神的英名，祈祷护法神战无不胜，无坚不摧，攻无不克。

　　贡嘎坚赞没有返身回帐，他继续贮立山冈上，俯瞰山下蒙古兵营。

　　蒙古兵营扎得特别，不要说见，他听都未听过。那是小莲花簇拥着大莲花，花瓣套花瓣的结构布局，既紧凑又舒展，既独立又环扣，既突出中心又不忘死角，就像那铁锁锁住了铁链，环环相连，紧紧咬合，纹丝不动。你看这长长当雄滩里，蒙古兵营以地势为依托，形成长方形的营盘，最大的蒙古白军帐立在中央，那肯定是统帅多达的指挥中心。白军帐周边扎着五座等距离的中型军帐，既是保卫指挥中心的，也可能是各将军的指挥所，便于和总指挥直接联系，听取命令，调整战术，以利进退。每个边角都均匀地扎有如上的莲花瓣簇拥花蕊的军帐，也是五顶，保持一定距离，又相互照应互为掎角，利于合力夹击，左右逢迎，不留死角，没有漏洞，布局就像佛教八大吉祥物的吉祥结盘联相结，不见首尾，浑然一体，找不出破绽，又似铁皮箍成的木桶，滴水不漏，严严实实，砸不破，摔不烂。

　　他满腹狐疑，眉头不由皱起。这蒙古骑兵还真有自己的一套，竟能设计出如此严密、天衣无缝的布阵方案，看来，蒙古汗国南征北战，东讨西伐，积累了一系列的攻防经验，怪不得他战无不胜，攻无不克，能横行天下。吐蕃藏人碰上这样的对手，还真难说有几分胜算。他继续仔细审视，看见有两三块黑乌乌山包般的物件在虎视眈眈地望着他贮立的山冈，头上的独角长长地翘出。他不知道是啥物件，问旁边的洛桑国师，国师告诉他，那叫轰天炮，西夏众多城池的厚墙就是它轰开的，威力无穷，弓箭刀枪无奈于它。

他心头一沉，眼里的光芒黯淡了些许。

忽然，一声石裂地崩的响声轰然响起，震天动地，天摇地晃，贡嘎坚赞觉得脚下的土地抖了抖，心儿蹦到了嗓子眼。他看到了半山的石崖腾起土雾，碎石如冰雹铺天盖地地扬洒。紧接着，南北东西同样响起震耳欲聋、大地晃动的轰响，如山包般的尘烟弥漫开去，草皮碎屑被抛到半空直翻跟斗。

本钦指着蒙古兵营一队队排列整齐的木头架子说："那是蒙古军队的弓弩车，一次能发十几发弩箭，其中有的还可改装成抛石器，把牛肚囊大的石块抛到百八十尺远。蒙古骑兵不仅盔甲坚硬轻巧，连马匹也有护头护胸的铁甲，一般的刀枪箭镞射不透。他们的武器装备远远胜过我们，不好对付啊。虽说人数不多但训练有素。兵员精悍，战术特别，这都比我们强。钉进心脏的针头虽然小，但它能要了一个壮汉的性命；一星火籽撒开看去微不足道，却能把一片旷野烧尽，我观察侦察了几天，还是找不出攻破其兵营的良策。"

贡嘎坚赞斜瞥了本钦一眼，看到他的脸色有点发灰，眼里布有忧虑，显得沉重不安。原先信心百倍，斗志冲天的本钦也会沮丧，沉不住气？他心口堵着的石子更沉了，但他深深吸口气，眼珠转了转，镇定自若地安慰道："放心，他们的轰天炮打不到我们这儿，那是多达那波在吓唬咱们。只要是人打的绳索结子，哪怕再结实，羚羊尖角也能挑得开。"

本钦苦笑："这个多达那波还真不好对付。乘我们一个月时间未能集兵包围，你看他们把兵营围成了城墙，除了东南西北四个进出的门，凡是浅沟平坡都削成了陡坡，陡坡上栽了黄刺和杂木，两尺宽的沟里灌了水，变成了泥浆，马和牛根本冲不进去。而四道门全摆好了弓弩车，就是一只娥虫也飞不进去，我们原先准备的藏獒突击队，牦牛冲锋队都派不上用场了。"

贡嘎坚赞偏头想了想，思忖了一下说道："白天不行，晚上行不？不进攻，只骚扰，叫他夜夜惊恐万状，彻夜难眠，身心交瘁，疲惫不堪。"

本钦一下愁眉开锁，眼中泛现惊喜，拍掌欢呼。

"我们进不去，他们也休想出来，天时地利人和全在我们这边，念青护法神也在我们这边，困也要把他们困死，记住我的这首诗：

假若善于计谋，

即使大人物也不难；

金翅鸟虽然本领高强，

却成了保护神的坐骑。

两人相视一笑，心头有了主意，前庭又恢复了亮光，一起走进大帐。

各方带兵官都已到齐，见萨迦法王进帐，匆匆站立敬礼，摘下帽子松开发辫，弓腰垂首。

萨班落座，让大家坐下。这是第一次作战联席会议，作为发起者、总指挥萨班的他，面对真正的战场，胸口还有点波澜起伏，难以平静，犹如老虎吃天无处下爪。好在大家都信仰他，尊崇他，听他的话，使他有了信心有了勇气，但同时也使他如履薄冰，感到肩上担子重大，多少生命的安危系于一身啊。不过，对整个战争的战略构想、走向，他都已经有了初步的构想。

"这场战争不是我们引发的，是蒙古人强加给雪域藏人的，我们是正义的，是反侵略反奴役反压迫的，我们理直气壮，上苍也会保护我们的。"

"我们反抗，不是为了杀生。作为信奉佛教的雪域藏人，我们要少杀生不杀生，目的只有一个，吓走侵略者。让他们明白，雪域神圣不可侵犯，人不犯我，我不犯人，人若犯我，我必痛击之。这就是联合大军的原则，和平是我们的最终目的。"

"既然我们难以攻进去，那他也休想冲出来，咱们就像抓旱獭、抓地老鼠一般守住洞口困死他，饿死他。要像捋生牛皮一样慢慢捋，不松手。我们的战术就叫捋生牛皮，慢慢捋，白天黑夜的捋，他在我们手心，我们就能捋软他，捋透他。具体的部署请本钦给大伙交代。"

根据萨班的精神，本钦做了较为详尽的安排，中心意思是如何封锁蒙古兵营，从水源、燃料、食品、草料等各方面着手，白天甩抛石，晚上用藏獒、牦牛伪装冲锋骚扰等战术交替使用。说得大家信心大增，脸上开花。

萨班又让萨迦寺的年轻僧人沿着山包前的陡坡徐徐摊开了寺藏的巨幅唐卡文殊菩萨佛像。霎时，长十尺宽五尺的菩萨佛像金光灿灿，辉耀长空，给当雄河川增添了壮丽夺目的光彩。

[第十章]
暗夜星光

三十五

真是天公不作美，多达觉得倒霉透了！

是蒙古远征军的举动惹恼了念青唐古拉神山，让护法神发怒了，还是萨迦寺的诅咒经发生了效应，不管是什么原因，反正天气变得反常。还未进入深冬，纷纷扬扬的大雪就飘了三天三夜，把当雄川及周边近邻山峦草坡、沟涧、湿地、溪流全变成了白茫茫一片，不见一根绿草冒出地面，只有稀稀拉拉的芨芨草光着身子在寒风中簌簌抖颤。

这真是一场搅天风雪，一片水瘦山寒，把人心捆成了一骨嘟蒜。三天三夜，当雄川上空滚动着铅厚的漫天云层，乌沉沉，黑压压，几乎贴着人的头顶，仿佛要把人压成牛粪饼，压成一张纸片，把五脏六腑全挤出来，把骨头压得粉碎。抬头仰视，叫人心惊肉跳，丹田处不得不冒出寒气，直冲脑门顶。飓风撕裂着云块，呼啸着，尖叫着，把密密麻麻的雪片卷得东倒西歪，四处飞扬，弥漫开去，人和人鼻碰鼻都认不出，耳贴耳听不出对方在说什么。扑天揭地的刮起，又把它们重重摔在地上，搅拌得天空灰蒙蒙、阴沉沉的，草原一下变得苍老了、丑陋了。

多达不能不慌张，不能不心悸。他从未见过这样大的暴风雪。在他的家乡祁连山北麓，也曾有过大的暴风雪，也曾积雪深过膝盖，但哪有过这掩到马肚子深的积雪，在凉州六谷部，风雪刮也就刮个一两天的，哪有这样连续三天三夜的？他从未见过暴风雪还有这等狂野这等肆虐的架势，他有点吓晕了，不知所措。眼看草料要吃完了，全军的燃料也烧得几乎没有了，个个冻得成了缩头旱獭，胸口没有热气，全身都冰浇水似的直发冷打哆嗦。已经好几天吃不上热饭，喝不上热茶了，就靠雪水拌糌粑、炒小米充饥填肚。还好，一个月之前，他化装成藏北猎人，率领十几个壮实部将去无人区猎获了几头野牦牛，驮回晒成干肉，暂时还能维持几天。没有办法，将士们把营帐里四处抛撒的牛羊骨头、野牛残骨收拢到一块，烧骨头生火取暖。兽骨里有骨油，勉强能燃起来，但臭味弥漫，呛人心肺，骨焦味难闻，咳嗽声不断，整个军营上空都凝滞着刺鼻的骨焦味。更为可怕的是，风雪封锁了大道小径，掩盖了五步之外的一切，谁也出不去，什么也寻不着，看不见，活活捆死了人，人连草木昆虫都不如。

　　要是风雪再这样持续下去，远征军近两千蒙藏汉将士，就没有活路可走了，只能坐以待毙，听凭老天爷的主宰，不战而死于风雪之中，成为一片僵尸，一片寒骨。想到这，他不寒而栗，心尖都发抖，脑壳也轰地涨大了。眼前浮现出阿爸、阿妈、妹妹亲切的面容，浮现出阔端王情意殷殷的眸子，浮现出许多熟悉或不太熟悉，相识或不太熟悉的面孔，他不知道他要对他们说什么好。每逢这时候，他就阖上眼，强迫自己镇静下来，或者转移思路去想另一件事，决不让情绪控制理性思考，感情淹没思想，做出蠢事、糊涂事，误了大事。他记得他和阿爸去叩拜萨迦寺时，萨班给他俩赠了吉祥结，还请吃饭，席间，萨班朗诵了一首他写的格言诗，深深烙在他脑壁，至今铭记在心。那首诗说道：

　　　　聪明人即使受到挫折，
　　　　也会更加机智顽强；
　　　　当兽王饥饿的时候，
　　　　能迅速撕裂大象的脑袋。

　　对，我多达不是蠢汉，更不是愚笨之徒，我不敢自诩为聪明人，但起码不是糊涂人。我想当个聪明人，在暴风雪压顶和吐蕃人的包围绞杀中，自己应该更加冷静，直面挫折，不让将士冻死、饿死才是上上策。从那儿凿通生存之道，和吐蕃民兵决一死战吗？他苦笑，摇摇头否定了。

　　作为单兵作战能力，他不怀疑自己率领的近两千将士，一个个硬邦邦如钢铁，如硬石，是从蒙古兵营、凉州守军中百里挑十，十中挑一，精选细筛出来的。不仅体格结实健壮，彪悍威武，他们还训练有素，善于作战。箭技、枪法、马术都出类拔萃，超人一等，能独当一面。蒙古骑士大多历经沙场，征战四方，有着丰富的作战技能，而凉州守军又有着能征善战的传统。一千二百年前的东汉王莽时期，凉州军就驰名中原，威震大河上下。平常他们一顶三、一顶五，敢冲敢杀，所向无敌，很少有对手，但到了雪域高原却像霜打的绿草全蔫了。又如暴雨淋过的鲜花，花瓣四散，花蕊溅飞，一个个提不起腰杆打不起精神。为啥？很简单，就是气不够，接不上气。快走两步就气喘吁吁，使点劲便大口大口地呼吸，身上没有力气，脚下如拴重石，胸口似敲鼓点，头脑晕乎乎。平时就头昏眼花又乏力，你叫他骑马冲锋，结果会怎样，可想而知。吐蕃民兵虽然缺乏训练，只会野牛般蛮干，但他们占据了制高点，居高临下，体质又好，气候更适应，不等你冲上去，他们就会藏獒般扑下来把你撕个粉碎。他曾试图派兵去占领周边几个制高点，都失败了，不得不溃退，连马也爬不上去，上到半坡嘴里吐白沫，鼻孔里淌血，身子打战，再鞭抽也不往上爬，而是滚石般掉转头往下窜，有几匹还当场活活地炸肺倒地不动弹了。逢上这样的高天旷地，老虎吃天无法下爪，老天爷偏心眼，不帮忙，看来这片大地就是吐蕃人的福地，别的人休想染指。

真是想不到，愚蠢啊！远征军组建筹备期间，他和高智耀、阔端王，还有火列来、忽都及其他幕僚，什么细节都想到了，从钉马掌的钉子到扎口袋的皮绳，从保暖的狗皮褥子到点燃牛粪火的苏鲁柴枝，从野外生火的羊皮鼓风袋到遮风挡雨的毡袄，啥都备齐了，唯独没有想到的就是山高气短带来的生存危机。除了他在懵懂岁月来过卫藏，他们谁也未踏进过雪域一步，想象中以为和祁连山北麓的草场一个样。想不到一踏上雪域，遇到的第一个拦路虎就是高原气候。是没有想到，但想到了又能咋的？对老天爷你有什么办法能改变它的规则，你把上苍能制伏得了吗？只能听天由命！

萨班的这一捋生牛皮的战术真歹毒真高明啊。他依恃老天爷对雪域特殊地理环境的安排，巧妙利用，让你铜嘴钢牙碰在坚石岩壁上，无可奈何，只能干看干着急，火烧心肺自我损耗，直到肉消皮干。这一着也真是技高一筹，以逸待劳，居高临下，围而不攻，充分依恃地理环境和自然气候的有利条件，不硬碰硬打肉搏仗，而是扼住你后勤辎重没有保障，孤军深入没有后援等等先天不足的致命七寸，成了棒打狗嘴，手扭马耳，剑捅熊眼，抓住要害，置你于死地。他不能不钦佩萨班的高瞻远瞩，高屋建瓴，机智聪敏，能主动地避开远征军的锋芒，牢牢抓住并充分开掘自己的优势。最初安营扎寨时，他也曾考虑分兵占领营地周边几座山冈为制高点，起到前哨向外扩展又保卫中心营地的双重目的，但最后还是打消了这个主意，为什么？就这点兵力，要抗击吐蕃兵民的围剿，只能捏成拳头集中使用，一旦分散摊开，容易被对方各个击破，分而歼之。分兵那是往沙漠上浇水，往老虎嘴里塞麻雀——无济于事，山下水源是大问题。如果你分兵去支援山包上的守军，那营地空虚，就有可能被吐蕃民兵偷袭占领，到时候鸡飞蛋打，哭都来不及，流泪都没有水。他只能如此布局，结果成了今天这样子，让萨班捏了肉夹饼，烙在火炉上了。

　　他也曾想过夜袭山冈，拔掉眼中钉，占领一两个制高点，但都以惨败告终。别看夜半三更藏兵营帐里烟火销尽，阒无人声，仿佛都进入了梦乡，但偷袭部队刚爬到半山腰，不知从哪儿冒出的藏獒，三五一伙怒吼着扑过来，那红红的眼珠，长长的舌头，狮子般的长绒披毛，银剑般的尖利牙齿，把偷袭者吓得屁滚尿流，魂不守舍。咬着的惨叫嚎泣，吓着的连滚带爬，顾头顾不了腚。紧接着，藏军骑兵也风驰电掣，风卷残云般压过来。他们有的光着上身，有的没有鞴马鞍也未衔嚼子，骑光背马下山迎战，原来藏军有他驯养的哨兵，晚上他们把藏獒全放开，代替人巡逻放哨。忠诚凶悍的藏獒只认主人不认他人。它在黑暗中百八十步以外就能认出人面嗅出人味。一旦陌生人靠近，便咬住，不咬死决不松口。而吐蕃汉子，从小在马背上滚爬跌打，马术是男人必备的六大技艺之一。骑光背马，攥马鬃为嚼子，靠两条脚后跟叩打马肚指挥马的方向与节奏，都是马上功夫的具体内容，还有抛套索，能把对方在三五十步套住拽下马。晚上夜寝，他们的马就用长长的毛缰绳拴在背山半腰处吃草，长矛就插在帐房外围，一有情况，立即能跨上马背抓住长矛投入战斗。老祖先留下的备战、战术等优良传统全继承下来没有荒废啊。要不是弓弩手拼死抵抗，吐蕃追兵差一点冲进兵营中。

那次以后，他再不敢干损兵折将的笨活了。

出不去也待不住。萨班的战术是让你活不好也死不了，把你折腾得夜夜心惊肉跳，睡不好，歇不成，挦你个半死不活，魂飞魄散，不得安宁。每天半夜时分，海螺响了，藏獒在营房四周狂吼乱嚎，牦牛的蹄印重重踩过，像有千军万马在奔腾咆哮，又像是千顷波涛汹涌而至，能把你的心吊到嗓子眼，耳朵震得像炸雷冲击耳膜。更让他提心吊胆、夜不能寝的是到了后半夜，围攻的藏军骑兵出动了，马蹄声嗒嗒，一队队冲过去卷过来，就如夏日的滚地雷轰隆隆波过，叩打得整个当雄川在颤抖，在摇晃，兵营里的将士们心房像有铁锤在敲击，紧张得头发根都立了起来，眼珠子绷得大大，眼睫毛眨都不敢眨一下。伴随马蹄声的是吐蕃藏人特有的亮嗓高门呐喊声，它洪亮、高亢、雄浑，透出杀气和刚性，有着一种凛然正气，仿佛不把对手击倒决不罢休的豪迈气概。对于他来说，这种呐喊声、厮杀声、口号声并不陌生，这是藏人冲锋陷阵时助威打气、表达雄心壮志的一种传统，但声势如此浩大，气势如此威猛，震盈山川，地动山摇，撕心裂肺的怒吼声他却没有见识过，真叫人惊心动魄，魂飞神散，心肝五脏俱裂。这是上万人的呐喊怒吼，伴之马嘶、牛叫、藏獒狂吠，两山的回声，汇成了洪涛海浪，几乎要把兵营淹没，把将士们吞掉。

几乎夜夜如此，真真假假，虚虚实实，不知底细，弄得他和将士们不敢掉以轻心，百倍警觉，防不胜防，精疲力竭，心力交瘁，全身神经绷得紧紧的，不知如何应付。他的精神差点崩溃了，总担忧吐蕃兵民说不定啥时候会冲进营帐，杀个七零八落，血流成渠。为防备万一，他把那四门轰天炮搁在四个门口，以威慑对方不敢冲进来。他自然清楚吐蕃民兵的能量。他们的眼睛像鹞鹰一样明亮敏锐，能穿透夜幕下的黑暗，把矛锋刀尖准确地刺入你的心肺，把套索箭般甩出，套在你的脖颈上，拖你个半死不活，身首离异。一旦让他们近身，蒙古汗国远征军就不一定是他的对手。他们身携长刀短刀，还有四棱铁制打狗棒，更有藏獒相助，不把你捅死、砸死、咬死才怪呢。这也是挦牛皮的一种方式，不知是哪位本钦总指挥的点子，还是萨班使出的软刀子，总之，它能弄得我多达和蒙藏联军紧张之极，疲惫不堪，元气大伤。这一着真歹毒啊，不见血照样杀人毙命。

　　他也曾想过，把轰天炮推出营帐，就近对准山包轰击，给个下马威，让他们自行撤兵。但很快发现还是不行，不得不打消了这个念头。原因很简单，藏人很难吓怕。他们生来与虎豹熊狼为伍，天不怕地不怕，能驯服野牛、野马、藏獒，还会怕谁？不怕风暴不怕雪灾，历史上从无投降屈服的经历，他们会向谁低头？他们头脑里满是佛教的平等、尊严、人格，反对侵略掠夺，反对压迫剥削；生命因果轮回，善恶有报，三世轮回，灵魂永驻是他们精神的支柱。他们不怕死，只把死当成生命的一个里程碑、一段人生的接力棒，生命转折的一道坎子而已。早死晚死都没有本质的区别，关键在于你活着的这一世，是否积有善业，有所功德。若有，死后照样能转世到人间，获得好命运。因为有轮回观念，他们根本不怕死，何况他们这次兴兵动刀，是正义的，是保卫雪域众生生命财产，保卫藏传佛教的，所以更不怕死，底气足着呢。当然，这是他多达的心理推测，实际呢？藏兵驻扎的山包大多高峻陡峭，轰天炮无法射到，而炮弹打一发就少一发，自己造不了，凉州送不来，打光了那炮不就成了一堆废铁疙瘩，连根打狗棒都不如，它根本不是制胜的武器，只不过是画在石壁上吓人的老虎罢了。相反，假老虎一旦暴露了真面孔，那叫藏兵们嗤笑喷鼻，士气大振，更不会放过他们的。所以，他马上收回了这个主意，缩在营帐中不敢露头。

　　缩着头也不安宁，照样挨打。

　　每天有几千少年、妇女散落在川西边的山坡上，他们打着尖厉的口哨声，挥动着羊毛绳的甩石器，把核桃大的坚硬石子，随心所欲地甩向远征军的营帐中。从小在牛头羊角上练就的技术，现在用在了人身上、战马身上，照样准确无误，有力有劲。你稍不留意，就砸你个头肿脸青，不死也疼痛难忍。马儿更可怜，甩石像冰雹"咚咚"击打在马的头、脸、嘴、脊背和腹部，发出沉闷、钝砸的声音。马儿说不出话，只能嘶叫、呻吟、乱蹦乱跳。帐房也如此，时不时遭到甩石的袭击，有的砸开了洞，有的绷断了缝线，冷风、冷雨、冷雪从窟窿眼里灌进，冻得将士们白天黑夜树叶般发抖打哆嗦。而你用箭弩回击，则不在射程以内，干着急，没办法。

出不去，也不敢出帐，在兵营里操练、晒太阳、走动一下都有危险，整个兵营变成了监狱，将士成了囚犯。他看出来了，萨班的目的就是想困死他们，藤条缠树木，黑虫啃草茎，地老鼠咬断草根，慢慢地把你耗干，吸尽。最后形销骨立，化为一片干骸。

他抓头挠脑，苦苦冥思，头发有一半白了。

他恨死了火列来，全是他惹的祸。

三十六

火列来率兵前去热振寺抢掠烧杀时，他不在营帐。他当时领着十几个弓箭手赶着驮牛，前去藏北无人区，射猎野牦牛。他了解雪域高原的冬天很漫长，漫长的冬天将士们哪里也去不了，只能龟缩在兵营里。需要的食物很大，靠带来的粮食根本不够用，到附近农牧区去采买，也买不回来多少。因为卫藏的村落小，往往几户、十几户，有二三十户的就算大了。高原地势高，气温低，没有霜的日子很少，庄稼成熟不了。稍微暖和的地方又大都在河谷冲积的小块地方，一年没有多少收获，养活不了多少人，要想多收获五谷难上加难，也就采购不了多少粮食。当雄周边的牧区地广人稀，百八十里看不到几顶帐篷几百只牛羊，大多穷得除了一顶帐篷一口烧茶的锅，什么也没有。牧民还有个习惯，那就是以牧养牧，不要银两，而远征军带的商品又不多，供牧民实用的更少。因此跑上一两天，也买不到几头牛、几十只羊。他不能让将士们跟他受苦挨饿，便决定亲自带队去藏北羌塘大草原狩猎。

临走前，他把兵营的事交付副帅火列来负责，再三叮咛他不得走出兵营骚扰百姓，尤其不准进入寺院和庄园，违令者严惩不贷，火列来答应得很痛快，他放了一半心。私下他又与忽都老将军谈话，要他注意火列来的行径，一有不轨，就出面劝阻，以免酿成大祸不可收拾。他了解火列来的禀性，任性暴躁，鲁莽又贪财，野心十足。他在还收敛一点，他不在，就不安分守己，他也把阔端王交给的底细捅给了忽都：寻找谈判代表，和平统一，把雪域吐蕃融入蒙古汗国大家庭，远征军的任务是侦察、了解吐蕃的社会、文化、地理、信仰等情况，而不是征战流血。把一切安顿妥当之后，他才启程去打猎。忽都起初阻拦他，说主帅的位置在兵帐中央，而不是蛮荒的藏北旷野；是主事谋划大事，而不是射猎打野物。他愿意领兵去打猎。他苦笑，解释道：蒙古草原、河西走廊，有的只是兔子狐狸，狍鹿黄羊，没有野牛这种庞然大物，你们没有经验，根本对付不了野牛。没有野牦牛牛肉干，我们抵挡不了雪域严冬的寒气，将士们的体能会受到严重削弱，一席话说得忽都再不启齿了。

　　他的担忧变成了现实，但他万万没有想到火列来的血盆大口咬在了声名显赫、德高望重的热振寺上。那是雪域藏区最有规矩，最讲章法，以研习佛教经典、严守佛法戒律、远离尘俗社会而闻名藏传佛教世界的噶当教派的主寺。噶当派只认经典不认人，只管学研守戒进入佛的世界，不管社会上发生了什么变化冲突，更不管你是藏人还是汉人、蒙古人。他站在全人类的高峰上，绝对不会招惹你的。听说萨迦法王贡嘎坚赞曾亲自联络，希望联合起兵抵挡蒙古军队，都被热振寺婉言推辞。这样一个两耳不闻世间事、一心只读佛经卷的教派，你招惹他干啥！事情的起因肯定是火列来无中生有制造事端，嫁祸于人，想达到不可告人的目的。火列来啊火列来，你这是拔老虎嘴上的胡须，搔烈马的屁股，扭野牛的利角啊，你一个天不怕地不怕的野牛犊是真不知道还是假装糊涂？烧掠热振寺，就等于往吐蕃人心窝里捅了刀子，眼珠里戳弩箭，鼻梁上跑弩马，他不跟你翻脸才怪呢！热振寺是一种信仰的象征，是藏传佛教信众仰止的对象！你烧掠它就是亵渎他们的信仰，踩踏他们的灵魂。雪域藏人一呼百应，群情激昂，义愤填膺，围攻远征军是必然之事。这场灭顶之灾是你火列来的贪欲引起的，真应该千刀万剐才对。

　　他出去打猎二十来天，回来才知道这件事的，他本来可以提前几天返回，也已经打发兵卒们把野牦牛肉驮回去了，但回来的路上发生了变故。他发现了一只雪豹在石山与草坡之间游弋，便改变主意准备猎杀这只雪豹再返兵营。早在凉州时，他就知道雪豹很值钱。雪豹皮是吐蕃青壮男人装饰衣领、袍边的最稀罕、最珍贵的兽皮，显示男子汉彪悍、勇武健壮的气质，是男人最喜欢的装饰品，在历史上吐蕃赞普表彰勇士英雄，就是用雪豹皮挂衣领。在市场上，一张雪豹皮值五六十两银子。雪豹的肾、筋、睾丸被称为豹之三宝，滋补男人阳气，即使花大价钱也是难求之一货。雪豹的骨头入药治寒病，比虎骨还顶用。总之，雪豹全身都是宝，但祁连山北麓没有雪豹，想射猎也是空想痴想，可他一直梦想着猎杀一头雪豹，表现自己的勇猛和智慧，想不到天遂人愿，在藏北高原他逢上了雪豹。他把兵士们打发回去，就自个儿踏上了猎杀雪豹的道路。可惜的是他未能如愿以偿，被受伤的雪豹追赶滚下崖。要不是几位吐蕃姑娘用燃烧的柴枝吓退雪豹，他就会被那只雪豹生吞活咽，撕得粉碎。她们把他抬回他们的帐篷，精心照料。也不问他是哪里人氏，干什么的。姑娘中有位叫周措的，特别关照他，怕他再受伤害，其他人去采药，她却留下来照顾他，给他熬酥油茶，拌肥嫩的酥油糌粑，还煮喷香的手抓羊肉让他滋补身体。他的小腿骨摔断了，头摔得昏昏沉沉，晕天晕地，是周措用随身带的麝香粉包进糌粑丸子中让他咽下去，不仅止了血还防止了伤口感染恶化。周措还把麝香粉用青稞酒调和，给他擦拭身上各处的青肿伤口，消炎化瘀血。更让他感动的是周措跑到冰冷的小河中，抓来冷水鱼，让他活咽生吞，说冷水鱼是接骨的，有特效，活的比死的来得快。这他在凉州时就知道，当地的中医称冷水鱼为接骨胆，一吃就灵，是稀缺药物。他不知道周措是如何涉足藏北高原寒冷入骨的小河中捉冷水鱼的。他的眼眶常常不由湿润，几乎流出泪来。怕他冻着，她把身上穿的黑紫羔皮袄脱下来盖在他身上，而自己只穿秃了绒的旧氆氇褐衫，早晚冻得瑟瑟发抖。为了让他睡得舒展点、宽敞点，姑娘们搬出了帐房，睡在了石崖下。他和她语言交流不畅通，他说的是安多方言，周措说的是卫藏方言，开始交流都磕磕碰碰，说不到一处，但词根一样，发声、音调有差异，顶多听懂大半，有的还得揣测，两人更多靠的是眼神、笑容、手势。他没有告诉他是蒙古汗国的将领带兵来雪域，只说他是香客，与安多乡亲一起来朝拜转山、祭祀念青唐古拉神山。周措相信了，照顾他更精心了。

他对这位姑娘动心了，如此善良、热情、贤惠，又美丽、善解人意的姑娘，真是从天上掉下来的度母，落在了他怀里。他也知道自己这是想入非非，自作多情，藏家姑娘生来如此，不需要理由，他们生来就善良，热情，待人亲和、亲近，对所有生命都一视同仁，从不歧视冷淡。热爱生命，保护生命好像是她们与生俱来的天性，从胎里带来的。从她对他的无微不至的关照，他就看出她是一位善良贤淑、诚实热情的女人，是他心仪已久的那种藏家姑娘。她从未问过他是哪里的人，家庭穷富状况，个人禀性如何，只知道默默干活，时不时问寒问暖，服侍他抹药晒太阳，除此之外没有一句多余的话。他又感动又不安，幸好找他的人找到了他，他的腿骨也基本接好能上马背了，他不得不难分难舍地告别，但周措的音容笑貌却清晰地烙在他心壁上，用刮刀也无法刮去。

怕伤口复发，路上兵士们没有向他透露这方面的消息，到了兵营后，他才知悉火列来闯的祸，种下的孽果，脑子轰的一响，差点晕了过去。

火列来不仅葬送了热振寺，还葬送了他和阔端王商定的战略大政，葬送了远征军千辛万苦要开拓的前途。他暴怒，集合全体将士列队训话，下令把火列来捆绑起来，拴在行营门前的旗杆上，用红柳条抽打了五百下，抽得全身血肉纵横，遍体鳞伤。但火列来一声不吭，还嘶喊他是为蒙古汗国效力，消灭吐蕃抗蒙基地，为蒙古人增添荣誉。

多达当场驳斥了他的谬论，严词驳斥说："阔端王当时如何教导我们的？制定了哪些铁的纪律？你要是英雄好汉，当场给大家重复交代一遍！"

火列来眼中的凶气灭了，缩头耷脑，再也不吭声了。

"你不说，我来说，这也是全军铁的纪律，我再重复严告于大家。"他憋足劲宣布说："阔端王当着我的面，忽都大将军可作证，还有他火列来，郑重要求我们远征军，牢记大汗成吉思汗的遗嘱，不准无故杀人，要善待臣民，要尊重信仰自由，这三条你做到了吗？"

火列来垂下头颅，无力地摇摇头。

"组建远征军时，我就担心你这桀骜不驯的性格闯大祸，不同意吸收你，可你死缠活缠阔端王，信誓旦旦，对长生天吃咒，绝对服从主帅我，违犯纪律甘受重罚，杀、剐都没有怨言，你是不是这样说的？"

火列来迟疑地抬起头，眼中闪过一道可怜巴巴的求救眼神，又黯淡下去，点点头不言语，摆出了一副任其杀剐的无赖样。

一看火列来无所谓的样子，多达的气更是火冒三丈，他真想抽刀把他劈成两截子，抛到营帐外喂狼，但他强压住怒火打消了这个念头。他的眼光扫到了蒙古将士眸中闪烁的不平、愤恨、抑郁，他想到了这支队伍的组成，一半蒙古骑士、一半凉州藏人，是为了这次远征才捏合到一块的，相互并不熟识，更谈不上交情，说穿了各是各，人心隔肚皮。这支军队代表的是蒙古汗国的利益，打的是蒙古汗国的旗号，蒙古人自然是主体民族、统治民族，蒙古骑士是胜利者，有着传统的骄狂情绪，自以为比其他民族高人一头，欺凌异族是理所当然的事。而火列来又是他们崇拜的英雄汉子，杀了火列来他们会服气吗？会不会认为是藏人借机在压制他们，泄愤报复？会不会引起远征军内讧，蒙藏士兵相互仇杀，整个队伍土崩瓦解，自行消失？如果是这样，那阔端王精心谋划的宏伟事业不就烟消雾散，化为灰烬了？阔端王如此信任我多达，而我担当的责任又是如此意义重大，我能凭一时的意气、任性了事，那样葬送的不就是雪域和平统一的道路和美好前景？不能！绝对不能，在这敏感问题上不可大意，在孤军深入、远离根据地凉州的情况下，团结是第一位，五指捏成拳头才能揪虎头，跨马背，但不能轻易饶了火列来的过错，得让他当足反面教材，让将士们明白他们是为了啥来到卫藏的，肩负的任务又是什么？

他让人松了绑，让火列来面对大伙说说阔端王制定的三项纪律。

火列来嗫嚅着回答说："不准入驻寺院和村落，不准无故动刀动枪，不准践踏信仰神圣之地，抢掠财物。"他顿了顿，惭愧地咂巴嘴，嗫嚅道，"大伙不要学我的样子，让蒙古汗国丢人现眼。"声音低得像马蝇子嗡嗡叫。

多达挥挥手，示意扶下去。星眼扫过队伍，提亮嗓门，语意深长地讲道："我知道大家辛苦，心里也孤独，谁愿意在这人迹罕至的旷野，像麻风病人似的孤孤单单生活？没人！可大家知道我们肩负的重大使命是什么，现在我可以告诉你们，你们不是要枪弄棒打仗杀人来的，而是来完成和平使命的。"

队伍哗然，一个个惊疑的眼神面面相觑，几乎同时发出惊叹，又几乎同时把目光聚焦到他脸上，眼神中是复杂的疑问和执拗的探询。

"在组建我们这支远征军时，阔端王曾明确告诉我，不要战争、不要杀戮、不要死人，蒙古人已经打够了仗，也死了很多子弟，再也不能以战争、掠夺为目的了。蒙古汗国要建设一个和平、和睦、平等、博爱、繁荣富强的国家，为了这样的伟大目标，才把你们派到这儿的。"

场上泛起轻轻的欢欣、亢奋的涟漪，将士们脸上像抹了酥油一般发出光亮，但很快，又浮现出困惑不解，仿佛在询问，既然不打仗，不杀戮，那千里迢迢，翻山越岭，受尽风寒是为了什么？

多达一笑："和平不会凭空掉下来，统一也不是拌糌粑一样轻而易举。实现和平统一得有实力做后盾，你们这些剽悍英勇的斗士，就是我们这些和平使者的保护伞，护法神。你们的一切，显示的是蒙古汗国的强盛威武，是胳膊上的腱子肉，是老虎嘴里的獠牙，但这都是震慑那些愚昧野蛮之徒，并不是一定要虎狼般张牙舞爪去吃人，明白了吗？"

兵营里扬起鸟雀入林般的喧闹、嬉戏的声浪，大伙的脸色霎时轻松了，明朗了，有了笑容，情绪活跃起来。

"阔端王给我们的任务有三条，第一条是开路，不是让你们遇河架桥，逢山开道，而是从思想上从情感上开条蒙藏合作、犹如一家的心路。我原想扎好营盘，储好冬粮，乘农牧民僧俗各阶层冬闲之际，派出小分队，扮成香客、商贾，以转神山圣湖的机会和方式到卫藏各地游说，让吐蕃人明白雪域之外的世界潮流走向，知道蒙古汗国统一各地是大势所趋，无法阻挡，顺者兴，逆者亡。蒙古汗国不会消灭吐蕃人的文化及宗教信仰，只会保护扶持。在蒙古汗国大家庭里，吐蕃人会更加安全，更有机会发展繁荣。

"第二条呢，第二条更为简单明了。那就是调查，调查卫藏的政治结构、社会状态、宗教教派、风俗习惯等方方面面，为汗国治理吐蕃卫藏区提供准确可靠的依据。

"第三条吗？第三条算是羊脖子上的肉，难啃却好吃，得费好大工夫。"他顿了顿，往队伍里扫视，见一个个伸长脖子瞪大眼满脸疑惑地盯着他。

"阔端王要我们在吐蕃各割据为王的政教合一王朝中，找一位威望很高，很有号召力的，像咱们河西曾经出现过的高僧大德鸠摩罗什般的人物，帮汗国治理雪域，能使吐蕃人心所向，号令各地，造福大众，也能指导我们蒙古汗国上上下下灵魂纯净，行为高尚，品德优秀。"

场上发出轻轻的唏嘘声，从众人的眼神中，多达发现人们感到意外，为难，有点茫然。他笑了笑，轻轻地说道："别急，这件事我来做，大家帮助打听就是了。放心，顺着河道会摸到鱼獭的，找到荆棘上的挂毫，会弄清獐子的去向。"

三十七

可能训话训得慷慨激昂，情绪激动，嗓门抬高，丹田用气过度，他感到有点口干舌燥，浑身发困。回到行帐，便仰躺在熊皮褥子上阖眼养神，想歇息一阵，但脑子却像驰骋的马蹄，根本收不回来，翻来覆去崩跶的还是下一步怎么办。怎么办，怎么办？无头绪，理还乱，火列来闯下的祸太大了，非同小可，影响根本，把阔端王和他制定的战略方针颠覆了。现在说什么都晚了，碗被打破，糌粑撒了一地，唯一能做的就是把撒在地上的糌粑捧回来，重新装进干粮皮袋中，能挽回多少损失就挽回多少，起码有纠错改错的态度，让吐蕃藏人看到蒙古军队不是榆木疙瘩，还是懂礼行的人，有清醒的头脑，从而减少对远征军的戒备、仇恨，产生宽容、友情，不再摩擦和对抗。对，眼下首要的是消除怨恨，解开误会，汉语说解铃还须系铃人。

他略一思忖，便立即起来径直朝火列来的帐中走去。

一见多达脸色严肃，步履匆匆走进，火列来吓得忙从铺上跳起，张皇失措，不知说什么好。

多达让他重新躺在铺上，没有表情地掀开袍子察看伤痕，皱皱眉："打得不轻。"他一顿，吁口长气："你以为我愿意抽你？打在你身上，疼在我心上，我俩现在是一条档绳上拴着的牛犊，孤苦伶仃，患难与共，生死相连啊。"

火列来打了个战，眼角湿润，喃喃道："是我不该贪财任性，闯出如此大祸，愧对阔端王的信任啊。"

多达挥挥手，打断了话头："现在摆在你面前的只有两条路，看你走哪条道。"

火列来眼里又掠过惊惶，急忙欠起上身，目光一动不动地盯在他脸上，他内心的恐惧一目了然。可能想到过去与他多达的宿怨,想到对阔端王旨意的忤违,想到对远征军形象的损害,他的瞳仁蒙上了厚厚的暗云,脸色变得灰塌塌不见血色。

多达瞧着心里好笑。火列来啊,你往日的骄横劲到哪里去了?凶狂样又抛在了哪儿?你以为我多达那波会借这次机会,挟私仇灭了你?我才不是那号人呢!在这关键时刻关键地域,内部团结是第一要素,我绝对不会干分裂远征军的事儿,蒙藏将士得捏成拳头才能应付眼前千变万化的事态,他不会做亲者痛仇者快的蠢事。再说,火列来虽是他的下属,将在外有权自由处理惩罚,但火列来是阔端王的姨夫,是皇族家庭成员,不管怎么说,骨头断了还连着筋呢。还有,他是蒙古悍将,在军中有影响,自己图个痛快,捞个名声,以后能有好果子吃?他脸色庄重严肃,沉沉说道:"第一条,我派人送你回凉州大本营,你亲自向阔端王报告事情的过程,我也会写奏折告诉事情的原委。"

火列来眼里倏地一亮,但马上熄灭了。他咬着下唇痛苦地摇摇头:"那是懦夫怕死鬼的选择,回去是我一辈子的耻辱,我不会去的。"最后一句是他从牙缝里挤的,坚决果断,有股倔劲透出。

多达一听,倒有了些许欢喜,这个火列来有很多毛病,但性格刚强,直来直去,快人快语,不失为蒙古汉子。

"那只有第二条路可走了。"

火列来沉默片刻,梗直脖子,闷钝钝启齿:

"说吧,好汉做事好汉当,即使让我舔刀口,矛子戳心,我也心甘情愿,不会眨眼皮的。"

多达笑了,语气也温和了许多:"不是叫你死,而是让你活得有尊严。"

火列来惊疑地抬头,刺了一眼多达。

"是好汉,就要敢于认错改错,恢复自己的形象,过几天伤情一好,你就带几个随从去热振寺赔罪道歉,把抢掠来的财物全送回去。"

火列来眉头一抖,垂下头不言语,陷入了沉思。

"不敢去?"多达迟疑地伸过头询问:"不怕!寺院不是狼窝,而是慈悲宽容的羊皮袍子。佛教是拯救灵魂的宗教，回头是岸，净化灵魂会受到欢迎。去忏悔吧，佛法僧三宝会保佑你。"

火来列半信半疑地望着多达，但眼里的火焰却越来越明亮，越来越热烈了。他伸出手来，多达抓住，两人的手握得紧紧的，相互传递着滚烫的暖流。

三十八

火列来未来得及去热振寺，藏兵就包围了兵营，占领了整个东西两面的制高点，占领了回返凉州的传统小路。往南走雅鲁藏布江流域的羊八井峡口的大路小路也全封锁了，连只鸟儿也飞不出去。接着，就出现了双方冲杀僵持一个来月的局面。

火列来让远征军背了黑锅，成了魔鬼，他多达也只有扮演魔鬼的角色，以硬制硬，以刀对刀。仇恨之火一旦燃起，就很难用三言两语把它压下去，只能维持对抗，慢慢让仇恨的波涛平息、远去、干涸。他想让吐蕃藏人看到魔鬼的狰狞样，凶悍劲，屈服于魔鬼的淫威之下，但他失败了。他想先发制人，用轰天炮轰击吐蕃民兵总指挥部，干掉其中枢神经，却失败了，轰天炮够不着目标，也没有吓掉藏人的勇气和胆识，相反他们似乎看穿了他的心计，用甩石和箭镞，居高临下，织成了密密的网络砸向营帐，如飞沙走石，铺天盖地，砸得联军人人成了活靶子，个个抱头鼠窜，只能缩在帐中不敢探头。而联军的箭手臂力再大，也无法仰射到山顶上，只能空耗力气。还有，那些民兵穿的全是老羊皮袄，用的盾牌是厚牛皮，即使射中了也毫发无损，不着皮肉，反倒送去了很多箭镞。

他组织了好几次进攻，由火列来带队冲锋，准备夺下东西几座山包作大本营的屏障，但也没有成功。吐蕃民兵的防守十分严密周到，你根本找不到破绽。他们用牦牛阵反冲锋，用藏獒各个击破，用甩石排炮般砸击。蒙古人擅长近战、肉搏，但你怎样拼命也冲不到跟前。而最让人沮丧的是蒙古马跑不起来，跑到半坡就接不上气，大口大口地喷云吐雾，身子打哆嗦，直扭动旋转抬不起蹄子，有的干脆趴在地上，把骑手摔在一边。人也一样，任凭如何用劲，脚下仍铅石般迈不开步，头发晕发胀像在云里飘浮，不知道要干什么，该干什么，而胸口就像乱风中生火，即使拼命抽动羊皮吹火筒，也照样急剧跳动，几乎接不上气。虽然蒙古汉子们从小吃牛肉，喝马奶长大，体格健壮，能吃苦耐劳，但逢上雪域这地理，这高度，也是老虎吃天无法下爪，只能仰天悲叹，无能为力，自认倒霉。

将牛皮般的骚扰战弄得他穷于应付，精疲力竭，昼夜不得安宁，他成了笼中的老虎，赶进峡谷中的黄羊，只有挨打逃跑的分，而无张牙舞爪的能耐。他服了，对萨班贡嘎坚赞完全服了！服得五体投地，心悦诚服。想不到一个佛门高僧，除了大小五明精通，还对社会世俗的战争策略方术也有如此精到、高明的掌握，怪不得人们这样尊敬他，佩服他，推举他为全卫藏民兵打这场战争的最高领袖。作为一名智者，他指挥战争，分寸恰当，既不造成双方大面积流血，又把远征军弄得元气大伤，威风扫地，溃不成军，真不愧是一名高超的巨人，像时轮王一样操有主宰世间法则的能力。应该说比之鸠摩罗什有过之而无不及，莫非、莫非……他脑中哗地划过一道电光，亮灿灿，明晃晃，把满脑子弥漫的雾霾扫了个精光。莫非他就是阔端王指令要寻找的人？真是不打不相识，踏破铁靴无觅处，得来全不费工夫。他兴奋得心尖打哆嗦，眼睫毛忽闪忽闪直抖动。是的，他各个方面都超出了鸠摩罗什，单纯说学识吧，也强多了，周措给他介绍的至今如雷贯耳，洪钟响彻。

养伤期间，他有意问道："雪域卫藏大地谁的学识最高？"

周措边给他拭药，边不假思索地回话，当然是萨迦班智达贡嘎坚赞呗。

他半信半疑地用古怪的眼神凝视周措。

周措手中干着活儿，眼皮抬都未抬："不相信，你去打问打问，谁出的著作多，谁的学生多？说起来，可能让你目瞪口呆，嗓子眼都喘不上气来。知道吗？他写了二十来本书。"她扳着手指头如数珍宝一一说出书目：《能仁教理明释》、《经义嘉言论》、《乐论》、《学者入门经》、《入声明论》、《祈愿如来发大悲心》、《语门摄要》、《诗律花束》、《藻饰词论藏》、《因明库藏》、《三仪律差别论》、《医论八支摄要》、《法理通用学者入门》……周措一口气说出了二十几部书目，真的把他惊得瞠目结舌，大瞪眼，大张嘴。

长这么大，从小信佛，在河西走廊，在安多藏区，他从未听说过有哪位高僧大德哪个学者哲人写过这么多的书。不仅仅是篇目，内容也相当广大浩瀚，有佛学、有哲学，还有语言学、医学、艺术造像等等，真是个才气横溢，学贯古今的大智者。鸠摩罗什的成就主要在翻译，他把梵文的、西域各国文字中的佛经翻译成汉文，使佛教开始在中原扎根开花传播开去，把一种充满思辩、充满和平和谐的世界大同理想传递给了汉族同胞，展现了一幅阳光和煦，春风盈漾、花香鸟语、万千物种共存共荣的升平景象。虽然他的功德无量，但毕竟是翻译，是搭了一条桥梁，而不是自己创造的哲学思想。而贡嘎坚赞却有了自己的一套学说，一种思维啊。

周措看他发呆出神的样子，一笑，细碎洁白如海螺的三十颗牙缝里又迸出一个问题："你识藏文吗？"他毫不迟疑地点点头："我叔叔就是僧侣，他教过我。"

周措一听，喜形于色，从袍怀里掏出一本藏式书递过来："你看看，我们的萨迦班智达多厉害，全雪域没有人不知道这本萨迦格言的。"

他接过来，翻了两三页就被深深吸引住了。养病的那几天，萨迦格言从早到晚陪伴着他，三百多首中有一半他默记在心能背诵出来。临别，周措把萨迦格言赠予他做留念。他一直把书搁在枕头旁一有闲空就翻两页。这哪里是书呀，完全是圣人圣言，指路明灯。是一条阳光铺陈、彩霞贯空、温暖如春的路啊。它犹如在他脑顶上开了眼天窗，一下把他提携到了一个更高的境界。字字是智慧，行行是哲理，让他的眸子长上了千里眼，脑瓜生了鹏翅，不由不惊叹，不钦佩，不敬仰。

他还了解到是萨迦贡嘎坚赞号令全卫藏起兵反对蒙古汗国远征军的，又亲自担任主帅亲自出征。虽然碰到了对手，但他看到了萨班对社会、对信徒的一片赤心。看到了一个佛教徒利他利众，用实际行动慈悲为怀，舍身担当，敢于牺牲的精神，他敬仰只有这样的人才是民众向往、尊崇的领袖。

两军对峙博弈之中，他也领略到了萨班的厉害，一个政治家、社会学家、一个军事人才的能耐和眼光，还有谋略。他服了，萨班贡嘎坚赞正是他要寻找的人物，是阔端王企盼的吐蕃领袖。他眼前豁然开朗，就似阴沉沉的乌云破开了一道缝，露出了蓝莹莹的晴空；漫天飞雪也化成了花瓣纷飞跹舞，他的心跳加快了，憔悴的脸上浮上了红晕，但很快又面部紧绷，陷入了深深的思虑之中。

如何接上头，劝说他和平结束这场仇杀呢？

如果没有火列来烧掠热振寺事件，没有这一个多月的流血对峙，事情原该可以较为平缓顺利进行，但现在双方都杀红了眼，如何联上线呢？他想来想去辗转反侧，到后半夜终于下定决心，不管受到什么样的屈辱和冷淡，自己都得亲自直接去山上与萨班谈一谈。且不说他将来能不能成为蒙古汗国的代表统辖雪域，眼下为一千多骑士的生存，他也得找萨班贡嘎坚赞和谈。

[第十一章]
云开天晴

三十九

纷纷扬扬的大雪把整个山峦河川都下成了白茫茫的世界，就像一幅无边无际的羊毛毡毯披盖下来，盖得严严实实，不见一点其他色彩，只有牦牛、牛毛帐篷，红马、黄马、黑马身上透出一抹生命的气象。

这场雪下得贡嘎坚赞心头乐开了花，悬着的心落到了实处，他心头欢喜得扬声喊道："真是天兵天将啊，苍天开眼辅佐藏人，感谢虚空的年神，感谢地底的鲁神，感谢佛法僧三宝，感谢苍天的大恩大德。"他让各山冈上的守军从黎明到垂暮，不间断地煨桑祭祀各方神灵，感谢老天对卫藏的护佑。

在他眼里，这场大雪不亚于千军万马，把蒙古远征军捆了个结结实实，一步也挪不动。首先，他们的战马没草吃。偌大的当雄川，连草带水全压在厚雪之下。没有饲草的战马不如一只兔子，没有战马的骑兵不如一条浪狗，在雪域高原，蒙古人失去了马就等于大鹏失去了双翼，斑虎失去了利爪和尖齿，还不如旱獭有力量。不只是马，他们的驮牛也惨了。牛没有上牙，只能舔草、啃草根，雪压枯草，唯有推开积雪才能啃到草，牦驮牛的胃口又大，不是简单几口就能垫饱肚的。再加上风雪寒地露天宿营，首先饿死、冻死在野外的是驮牛。没有了驮牛就等于砍掉了军队的四肢，一步也动弹不了。也等于抛弃了辎重，光身子一条，吃穿住行全没有了。看来多达只剩死路一条，等着老天爷吞噬掉一切。

其次，他们取暖的牛粪也没了来源。没有牛粪就煮不出热茶热饭，也不能烤火取暖。没有了牛粪和其他燃料，漫长的寒冬谁能抗得住？连藏人都受不了，而从暖和地方凉州来的蒙古军队岂能受得了？可怜的侵略者，你们已经走到了尽头，老天爷都看不顺眼要灭你们，你们还有活路吗？不用我们去杀生，老天爷下定决心，驱逐妖魔了！佛法僧三宝啊，愿他们的灵魂早日涤荡罪恶，得到好的转世。

他及时把战略部署做了调整，一部分兵力撤出阵地，尤其农区来的民兵。河谷半坡地的庄稼收割时大多因未熟透脱籽不净，谷物大多搭在架杆上日晒月晾一段光阴，当地传统是入冬后才打碾。眼下正是需要劳动力的时候，应该让他们返乡脱谷忙去。各寺院来的武装僧兵也应该回寺诵经备课考取学业，杀生上战场本是不得已的特殊举措，现在蒙古军队已经让老天爷弄成坑中青蛙了，再蹦跶也跳不出去，再也不用担惊受怕了，僧兵应该全部撤返回寺去。藏北、藏地来的牧区民兵，只留精干强壮的一部分，其余的也可返回牧帐。冬季的牧区虽然较消闲，但储备冬草，牛羊保胎保膘，修补畜圈，各种活儿也不少，得有男人使劲撑起。仁增旺姆的女兵在供应后勤物资的前提下，轮流回家服侍孝敬老人，抚育儿女健康成长，享天伦之乐。他发出信函要昌都、工布、阿里的民兵暂停集中赶赴当雄川。告诉他们形势已经有利于雪域藏人，他把北面的藏北部落民兵调到了南面，防止蒙古军亡命之时窜到河谷温暖地带寻找立脚点……

联席会议上，各政教权力代表都赞成贡嘎坚赞对局势的看法，以及防务兵力的调整，表示无条件地执行。本钦作为总带兵官，要大家发扬大无畏精神，坚持到底，时机成熟时全歼蒙古汗国军队，为西夏同胞，为热振寺死难佛僧报仇雪恨。

开会的人走了，帐房里空荡荡只剩下他一人。在这之前，本钦也劝过他，说这儿留下他一人指挥就行了，要他回寺去。天气越来越寒冷，六十高寿的人万一得个病，全卫藏没了顶梁柱、主心骨，他担不起这个责任。仁增旺姆也忧心忡忡要他早日离开法王宝帐，到温暖的宫殿里休养生息，说老天爷已经捆住了蒙古军队的手脚，还愁啥怕啥。他都点头表示赞同，但却执拗地不去答应，反过来还劝导他们设身处地想一想，是我贡嘎坚赞高举佛门平等、博爱、正义、自由、平等的旗帜，号召他们拿起武器，牺牲自己眼前利益，在风雪严寒、冰天雪地里坚持抗击，奋勇驱逐外来的恶兽毒虫。现在我走了，去贪图享受，避开战火，远离风雪，追求安逸，却留下他们去坚守，顶风冒雪，卧冰受冻，以生命为代价，抵抗侵略者。他们会咋想？他们是冲着这顶法王宝帐来的呀。我离开前线，那佛门普度众生、舍己救人的人生目标不就成了一句空话，我不就成了自私自利，言行不一的两条舌头人？自己说过的话自己不去遵守，那还有谁信任你？圣主松赞干布制定的二十条法规中，诚信为首。不讲诚信，人与野兽就没有区别啊。我在格言诗中也曾这样总结说：

想用谎言欺骗人，

实际是欺骗自身；

说一次谎话的人，

再说真话也不信。

所以，你们得成全我，让我善始善终有果业。至于这寒冬天气，它只能吹冷我的肌肤，吹不灭我心头的热火。你们忘了，我是修炼过密宗六成就法中拙火法的，也就是灵热成就法的，我会把全身的热量调动起来集中使用。要用在什么部位我能自由掌控，你们不用担心我受不了这点风寒。实话告诉你们吧，我在这儿，等于闭关坐禅，比寺内闭关坐禅要收获大，从大自然的万象之中，从社会复杂的关系网络中，我能悟到很多的哲理，受到很多启迪。

话说到了这份上，本钦、仁增旺姆只得无声地苦笑，合掌致礼，退出了法帐。

四十

第三天下午，雪停了，风也停了，厚铅般的云层从人们头顶上升得高高，颜色成了絮灰色。当雄川变得宁静恬祥，恢复了往日的寂寥空旷，大地一下显得柔和绵软，温情脉脉，一片亲和。

一两只雄鹰缓缓飞来飞去，自由地盘旋，忽儿敛翅俯冲，忽儿张膀悠悠俯瞰，像是在寻找雪地上有无马牛羊的腐尸。几只麻雀不知从哪里钻出洞，叽叽喳喳在滩里跳来跳去，蹦跶着，匆匆把尖尖的嘴伸进雪地里啄食草籽。

贡嘎坚赞走出帐，信步走上煨桑台前的山冈往下观察蒙古军帐。这自然是统帅全藏民兵后他的习惯动作，知己知彼，有备无患，以便根据观察到的敌情变化，用海螺、用旗语等秘密联络方式，随时调动兵力挫败敌方的阴谋，但今天他不是观察敌情而是观赏风景。生于雪域，骨子里天生有着白色崇拜的情结，他从小喜欢雪后的原野、雪后的山峦河川。今天心情好，肩上的担子轻松了许多，他更想好好浏览眼前的雪景。

真让人心旷神怡，赏心悦目：看，银晃晃白茫茫一片，霜华遍地，毛茸茸的雪粒如水晶玉石堆砌，跳跃出点点银辉。再眺望东边连绵起伏的群山，一座座峰峦排列，分明是头戴银盔、身披银甲、手擎银枪的一列方阵队伍，威武雄壮的彪悍勇士，气势如虹，浩浩荡荡，气吞山河，瞧一眼都让人豪气澎湃，斗志冲霄汉。再看北面，巍峨雄浑的唐古拉山脉，犹如一头巨大硕壮的白色大象横卧天际，筑起一道飞鸟都难以逾越的铜墙铁壁。至于西边的雅鲁藏布江，苍莽的藏北高原，那更是像一群雪豹在嬉戏玩耍，卖弄风骚。有的昂头冲天，像雄狮在长啸；有的露出尖齿逞威示强；有的在甩动长尾，横扫雾霾；有的舞动双爪刨食雪下的兽骨；有的山势像猛虎躬腰漫步；有的千姿百态，仪态万千，让你眼花缭乱，产生很多遐想。

至于南面那浩浩渺渺、苍苍茫茫的喜马拉雅山脉又是银装素裹，蜿蜒起伏，俨然是一条雪龙在舞动。南有雪龙，北有大象，东有武士，西有雪豹，全在雪域吐蕃人的脚下生气勃勃，雄伟壮阔，贡嘎坚赞胸口激荡起万顷豪然正气。

正在他看得津津有味之际，眼帘下忽然扑进来三个黑点——从蒙古兵营里走出三个人骑，蜿蜒往山上爬来。

他抽回了翩翩思绪，眼珠子随着三个人影转动。是逃兵？不像，人数太少。关键是他们都没有带兵器，披战甲，只穿着长袍，骑着马，既然不是来挑衅行刺的，那只能像对待平民般对待他们。他下令警卫部队不得伤害侮辱，以礼相待。但他的脑子却一刻不停地急速转动，在猜测各种可能，以备应对。

不一会儿，民兵前来报告说："蒙古军的主帅多达要求晋见无价之宝萨班上师。"

贡嘎坚赞心头咯噔一响，多达他亲自独身前来，想说什么想干什么？是来投降的？却不见两手托着剑；是来决战的，又没有旌旗和刀枪簇拥。他有点纳闷，有点困惑。虽然双方处于敌对状态，但只要不杀生不动凶器，都是佛门拯救灵魂、救度苦海的对象，都应该礼待。他让侍僧在帐内摆好客席，搁好奶酪等小吃，打制新鲜酥油茶。他自己正襟危坐在法座上，手捻佛珠口诵度母经等候多达进帐。

积雪反光，白帐篷里亮堂堂的，贡嘎坚赞一眼看出进帐的多达似曾在哪儿见过，但他想不起在哪儿见过，只觉得有个模糊的、轮廓性的印象。眼前的多达，面容憔悴，暗灰，头发有点乱也少了光泽，眼白上有血丝，看来好些天没有睡过囫囵觉，下嘴唇上结了厚厚的血痂，但瞳仁里却炯炯有神，射出一种精壮、执着、自信和不服输。贡嘎坚赞感到有点意外。围困绞杀一月多久，日夜不息地折磨煎熬，多达还能有如此的精神、精力、气质，他真没有想到，看来这人不简单，是自己真正的对手。

多达谦卑地躬着腰，掌心向上，双手捧上一条黄丝织的哈达，恭恭敬敬上前敬献给贡嘎坚赞。

贡嘎坚赞从管家更桑手中取了一条上等的、印度细丝制成的乳白哈达还赠，搭在了多达脖颈上，表示还礼并示以祝福。客主互赠哈达是雪域藏人的传统礼节，体现出双方人格的平等，相互尊重与亲善，但颜色上僧俗有区别，僧佛可接受黄的，但俗人只能享用白色为主的，因此，贡嘎坚赞回赠的也只是白丝哈达。

多达挥手让两位侍从把供品献上茶几，三尺上等的湘绣、蜀绣织锦缎，三坨黑黝黝透出清秀味的普洱坨茶，三捆稻草捆住的细瓷龙碗，外加三百两银子，三十两黄金。都小心翼翼，摆放得整整齐齐。黄的金光闪亮，白的银光灿灿，锦缎华丽耀眼，龙碗瓷光映人，坨茶的香气弥漫了法帐。

贡嘎坚赞拍拍巴掌，周措手拎着宝瓶状的酥油茶壶闪进帐来，走到客人面前，抬头一望，眼神唰地变为惊诧，耸起秀眉啊了一声，多达也眉头飞扬，瞠目结舌，一脸的惊讶。

周措掩饰地垂下目，匆匆盛了茶。可能心情有点紧张，只盛七分的茶水差点漫到碗沿。多达匆匆端起碗吸了一大口，让茶水保持在七分量上。

两人的窘迫，被贡嘎坚赞收进眼帘，但他没有吭气，依然沉稳地打坐在卡垫上，微笑着打量多达："我们好像见过，不会是在睡梦中吧？"

多达欠起上身，卑躬地回话："谢谢上师还记得我，我十三岁时随阿爸来卫藏，叩拜各名寺，曾经叩拜过你，你还给我金刚吉祥结呢。"说着解开领口的纽扣，抽出一条打着结，已经发旧褪色的绿绸带吉祥结，让贡嘎坚赞看。

贡嘎坚赞心头漾开一眼热泉，他想起来了，但未想到多达真的就是十多年前那位随阿爸来朝佛的安多少年，真是缘分啊。想不到他馈赠的金刚吉祥结，他还系在脖子上，信仰之诚、坚定，可见其行为上。要不是这场战争，他挺喜欢多达的，真想留下来好好款待几天聊聊天叙叙旧，但现在不行，两军对阵，互为敌方，都犄角对犄角，牙齿碰牙齿，眼睛发了红，恨不能把对方吞进肚。作为蒙古汗国军队的统帅，谁知道他心里藏有什么花花肠子，不能不防一手，他用目光探索对方的内心。

多达神色有点羞涩，压低声不好意思地解释说："祭祀完念青唐古拉神山之后，我去藏北射猎野牦牛以储备过冬的干粮，不幸摔下石崖受伤，养了一段日子，回来听闻部将私自抢掠热振寺，为处理此事又耽搁了时日，准备前来向上师叩拜谢罪，你们的民兵已经把我们包围得水泄不通。两军交战，我不便前来，便耽搁了时日，加上这场暴风雪，更脱不开身，请上师鉴谅。"说罢，垂手合掌三鞠躬，表示歉疚。

贡嘎坚赞颔首微微一笑，表示理解。他沉吟了一下，问道："将军今天雪地登山，不单单是为了来叩拜我吧？"

多达迟疑，斟酌，一时没有回话。

"是战还是投降，你想好了没有？"贡嘎坚赞脸上的肌肉瞬时绷紧，严厉地追逼道，语气里刮出一缕寒风。

多达眉梢抖了抖，抬起目光直视贡嘎坚赞，眸子里一扫刚才的雾霾窘迫，显出镇定自若。他缓缓地回话："禀告上师，我来您宝帐是有三件大事须办理。"

"哪三件？"贡嘎坚赞眼里依然闪着剑芒。

"第一件是叩拜，贡献供品，以你的高尚德行和聪明智慧，保佑我和我的将士，一伙远离故土的流浪汉平安吉祥，避开血光之灾。"

贡嘎坚赞不以为然地鼻哼一声，特别抠了一眼多达："将军的叩拜、供养我领了，我会祈祷你和你的将士之灵魂得到拯救，罪孽减轻，尽力进入三善趣之来世。可你作为藏人，应该知道因果轮回，善恶有报吧？"

多达毫不犹豫："自然知道，我也是为这事来的。"

贡嘎坚赞愕然，疑惑地扫视多达交织沉重、忧郁、愧疚，还带有一抹哀伤的瞳仁。

多达站起身，躬腰走到法座前，从袍怀里掏出一张纸，双手捧着，恭恭敬敬地递到贡嘎坚赞的下巴前："这是抢掠热振寺的物资清单，请萨班上师审阅，我已全部集中保管，可择日送还。"

不时有人卷帘探头探脑，一双双愤怒的眼珠喷出凶狠的目光，贡嘎坚赞知道那是热振寺的参战僧俗官员，其中有管家宗哲。他让侍僧把他们请进来，由他们当面审定清单如实不。

热振寺的僧俗代表怒目蜂拥而入，有的手攥铁钥匙的皮条束，恨不得出手痛抽多达一顿；有的手按腰刀柄，随时想抽出来捅向多达。多达侧目瞭了瞭，眉宇间悄悄凝起阴云，印堂变得发灰，但他神情却依然镇定、坦然，旁若无人地伫立在贡嘎坚赞身前。

"不得无礼，多达将军是我的上门贵宾。"他低沉而坚决地发话说，又收回目光，和蔼地请多达入座饮茶。

多达没有入席，依旧伫立，只是侧侧身子，面向气势汹汹、有股杀气的管家宗哲一行谦恭地躬腰候着，把一条白丝哈达献上。

宗哲依然横眉怒目，一把推开了多达的胳膊。多达猝不及防，身子晃了晃，哈达掉落，差点跟跄倒地。他眼中掠过一道怒气，但马上收敛了，拣起哈达依然捧在手心伫立。

宗哲拿过清单，仔细审阅了两遍，脸色才和缓地接过了多达的哈达，朝萨班点点头，又转过脸，眼里喷着火，嘴边溅出唾沫："东西是回来了，可我僧宝僧人的生命呢？无价之宝啊，你得还我。"他几乎要撕住多达的衣领，恰巧，周措进帐添茶，一闪身到他俩之间，用身子挡住了多达，笑嘻嘻劝解道："宗哲大叔，有话慢慢说，多达是我阿哥的上门贵宾，你不看骏马的鞍子，也得看主人的面子啊。"

多达肩头一抖，惊异地扫扫周揩的脸，又瞥瞥萨班的眼睛，释然地露出欣慰。

贡嘎坚赞用眼神制止住宗哲，又威严地冲多达叱问："杀人者偿命，罪魁祸首应绳之以法，交受害方惩罚，你对火列来为什么一再纵容，不杀头谢罪？"

多达苦笑，压低声回答："我已鞭笞五百柳条，准备押回去交阔端王处置。"

贡嘎坚赞冷笑："将在外不由帅，他是你的部下，你公然袒护，是善恶不分，黑白混淆。"

多达依旧谦卑地申辩说："我不是那种糊涂人，请上师放心，我有我的道理。至于具体考虑，容我单独给你禀告，但命价我一定要付，超度仪式一样也不会缺。"

萨班一愣，眼珠子一转，不再揪住不放了。

多达又郑重地掏出五根金条说："这是三十两黄金，请萨班上师为热振寺各位亡僧举行超度法事，愿他们的灵魂早日安宁，不做游鬼，得到圆满转世，也表达我们的忏悔，追悼和怀念。还有，如果贵方不阻挡，我们派人把抢掠物资悉数送回热振寺，并派四五百强壮兵丁去热振寺清理焚烧了的经堂佛殿地基，备办石料，砍伐木料，为来春重建做准备。一切费用由我方负担。"临出发前，阔端王和他商议过，要给卫藏各名刹古寺予以布施，这笔经费还没有花呢，正好用在热振寺的重建上。他一顿，又补充说："前提条件是：一要保障他们的生命安全，二要让他们吃饱肚子，三要他们有房子住，有火能取暖。"

滔滔一席话，倒弄得萨班一时不知如何回话，他沉吟了片刻，斟酌说："谢谢你的超度唁金，至于热振寺重修之事，待我们商议碰头后再给回话。"虽然没有明确回话，但听了多达剖腹开胸的肺腑之言，他的心还是热了起来，有点感动。他未想到多达会这样处理热振寺事件，如此赔情道歉，真是太实在、太诚实，不能不使人产生好感，减弱仇恨。不怕不犯错，只怕不认错，不改错，对罪恶也如此，自己的格言诗中不是这样写的吗：

稍有点头脑的人，

既反省又克服毛病，

这样对症下药的人，

自然会一天天长进。

多达应该说是这种"聪明"人——

聪明人能勇敢地改正错误，

傻瓜连缺点都不敢承认，

大鹏能啄死有毒的大蛇，

乌鸦连小蛇也不敢得罪。

对聪明人佛门应敞开胸怀，欢迎他们抛弃愚昧、贪婪、偏见，进入文明行列，成为善者、智者。说实话，多达的言行不卑不亢，要办的事件件在理，有步骤，有条理，他心头已经有点喜欢这位从"多拉让宝"（祁连山）山脚下走来的安多青年人。可他还是心存疑虑，他的这些表现为什么不偏不倚，不早不晚，在暴风雪封山、蒙古军队走投无路之际才展示出来？是一种欺诈，一种战术，像又不像。他决定单刀直入，开门见山，像一句谚语所说的："登上山豁口，就揪住对方的领口不放。"

"你来宝帐拜见我，是应该有更大的事，说吧，事到如今，想降还是要战，一句话。"

多达一笑，神情沉稳，毫无怯色和虚光："都不是，我是来和上师谈和的，这也是我来要办的第三件事。"

"谈和？"贡嘎坚赞眉毛挑了挑，眸中掠过一道惊疑，紧接着咧嘴呵呵笑了："谈和？事到如今，你们还有什么资格谈和，更登管家，把各带兵官请进帐，听听多达将军的奇谈怪论吧。"

多达平静地一笑，呷口酥油茶，等各带兵官坐定才谦逊地回答贡嘎坚赞的话题："资格？我觉得资格在这个风云多变的世界很难说明白。若论强弱，豺狗不大，却能掏光野牛的五脏；虱子微小，却能吸走人类的血液，说说谁强谁弱？至于胜败，枯枝败叶的树根埋在雪下，到来春却繁枝茂叶长出茎秆。弱者身上藏有尖齿，强者身上还有软肋，上师是哲人，精通佛门因果论，这其中的因果关系不会不清楚,请指教。"

贡嘎坚赞眉头微微隆起,几道深深的抬头纹陷得更深了,他用目光犀利地审视多达,不以为然地咧嘴讥笑:"你的思维很缜密,口才也很流利,可你要说是,你们蒙古汗国的派遣军是强还是弱,眼下凭什么资本和我吐蕃僧俗民兵和谈?"

"因为我们仍然是强者。"多达的语气硬邦邦。

帐内一片哗然,七嘴八舌的嘲笑声、讥讥声、嗤笑声泛起,震得帐篷顶棚唰唰地一闪一闪地动弹:"山羊虽瘦,尾巴却翘到天上了。"

"枯枝败叶,一把火烧个精光,还想留根?"

"麻雀叫得再欢,也不抵猛雕一爪子。"

"暴风雪铺天盖地,你露出尖牙试试。"

"有利刃还怕豺狗?虱子用两指一尖,不就血肉横飞?"

……

贡嘎坚赞神情严肃,皱眉思索,他拍拍巴掌,制止了喧闹:"说说你强在何方?"

"背靠蒙古汗国,就像万山敬仰这念青唐古拉神山一样。"

"蒙古汗国强大就应该恃强凌弱,鱼肉众生,难道人类应该像野兽一样,永远在野蛮、暴力、黑暗中沉浮挣扎,永远不应该有平等、博爱的生存环境?"

帐内扬起响应萨班的评论助威声。

"是啊,这样重复循环,人不就成了野兽了?谁强大谁就可以恣意暴虐残杀弱者,那是野蛮人的家园,不是雪域佛地的梦想。"

"野狼闯进羊群,咬死绵羊还说是上苍备办给它的盛宴,真不知羞耻!"

"蒙古汗国再强大,也和我们吐蕃隔着十万八千里,隔山的兔子都不到他乡去吃草,你们为什么要跑到我们的牧场上来?"

……

众目睽睽,目光灼灼,多达难抵帐内那一双双吐火喷焰的愤怒眼神,他有点局促,有点尴尬,有点窘慌,但他努力镇静情绪,使内心平和起来,尽量不去挑起对方更强烈的仇恨。他垂下首默默听大家的声讨、嘲讽,甚至辱骂,狠狠抑制内心的委屈、怨恨、怒火。有的带兵官甚至斥责他在凉州的投诚举动，骂他为藏人的叛徒、败类，蒙古汗国的鹰犬、走狗，刺疼了他的人格、尊严，他真有点受不住，火气冒到脑门顶，也烧红了眼珠，正想发作一通，萨班制止了众口不一的评论。

"凉州的事就不用提了。作为凉州守军最高长官，看到大势已去，大厦将倾，西夏王国已支离破碎，元气丧尽，你审时度势，高瞻远瞩，为避免凉州地区百万生灵遭涂炭而毅然投诚，这是明智之举，是伟人的眼光，值得理解和敬佩。"

多达眼里顿时湿漉漉，心头热乎乎的，胸口的疙瘩刹那间化成了一泡水。他未想到在危难之际，萨班救了他，把他从十恶不赦的妖魔还原成正常的人，还夸奖他明智，有伟人的眼光，他不由不热泪盈眶，热血沸腾，觉得有了希望，对这次独身闯吐蕃藏兵总指挥部增添了几分自信。他乘机接上萨班的话茬，语气和缓但坚定地插话道：

"我这次进卫藏，不是为了播种灾难，制造杀戮而来的，我是来播放福音，提供和平安宁的幸福新家园的。"

"播放福音，提供和平安宁？你这让我们莫名其妙，感到可笑。"有人冷冷地打断了他的话头，表达出内心的愤慨。

多达执拗地继续往下解释："我还没有说完，让我把话说完。我知道各位先生心中有很多疑团，把我多达看成半人半兽的怪物，不相信我刚才的表白。首先是大伙肯定想知道我为什么带兵前来？兵者，凶兆也，兵是战争的象征，是为了杀戮和掠夺，可我不这样认为，就像大伙腰插的长刀短刀，是为了自卫，防止恶兽袭扰，而不是杀人掠财。"他讲到自己为什么不进军拉萨河谷，雅鲁藏布江人口稠密、物资丰富地区的原因，说明是为和平而来，是游览祭祀神山神湖，朝拜各教派名寺圣迹，顺便做点买卖，但最根本的使命就是宣传西凉王阔端关于蒙古汗国经营卫藏吐蕃之大计方针。他看出满帐房的官员都伸长脖子，十分专注地听他讲述，他有了信心，更有劲地放高声嗓，字斟句酌，放缓语速地传达："西凉王阔端要我告诉你们，吐蕃投诚蒙古汗国，只意味着你吃饭换了个碗，一只更大更新更结实更好看的碗，雪域的小木碗变成了汉地的大瓷碗，除了拌糌粑、喝酥油茶以外，还能吃到大米、长面、炒菜、烩菜，什么好吃的都能盛进这个碗，有得吃。宗教信仰自由不会变，文化传统保持完整没人去干预，农牧业生产按部就班，各行其是，由自己掌握，生活安居乐业，原先该怎样现在也如此，天还是原来的天，地还是原来的地，阔端王保证不让你们受苦受罪。蒙古汗国只要个归顺的名分，实际上，让人换个帽子，人还是原来的。"

多达的嗓子有点发哑，唇干舌燥的，他大口饮下酥油残茶，喘口长气，定定望着帐内众人。周措上前添满了茶，特别关注地瞟了一眼。虽然再未往下说啥，但他胸口欢畅得像骏马大跑了几圈似的。他等待大家冰释前嫌，感谢阔端王的宽宏仁慈，表达投诚蒙古汗国的诚心向往。

但没有，不说欢呼声，赞美声，连昆虫的嗡嗡声都没有。

他惊异，感到意外，不知所措，环视帐内大小官员，僧侣代表，一个个大眼瞪小眼，眉梢拧起，眉宇凝聚疑云，一副事出意外、半信半疑的神态，目光都集中在萨班眸子上。

贡嘎坚赞也阴着脸，没有一丝表情，眉梢蹙成了黑沉沉的一对峭峰陡崖，瞳仁里看不出欢欣和轻松，略微厚敦的嘴皮抿得紧紧，双眼微微阖着，就像坐禅进入深深冥思之中。他不张口，谁也不敢喘气，在事关雪域前途、百万众生命运的大问题面前，谁也不敢信口开河，凭自己一腔热血、一管之见，妄加评论，予以判断。还有一个主要原因，那就是法座上的萨班上师，他是全藏至尊至智至善的上师，都折服于他，奉为圣明，在他面前，他们都自认渺小，肤浅、单薄，都愿意听他的指导，这次听他号令集兵抗击侵略军，就是因为他是他们心中的菩萨，菩萨是众生灵魂的导师，是世界时轮的舵手，跟着菩萨才有幸福，谁也不敢妄自尊大，胆大妄为。

帐内空气似乎凝结，沉闷得快要爆炸。

多达尴尬得搓手挠发，内心焦躁但又抱着希望，他的目光也聚焦在萨班脸上，企盼着他很快张口表态。

贡嘎坚赞终于开口了，但眼神却还是那样严肃庄重。他提出了一个谁也没有想过却合乎生活逻辑的问题："未曾献过供养，哪来的福德报应？"他自言自语地喃喃，声嗓不高，却如春天的滚雷，震撼得每个人的心房咚咚狂跳。

有人马上应和："驯服野马，牧人拿青草去诱惑，然后把铁嚼环扣进嘴中驾驭掌控，阔端王想用这法子把我们扣进圈套。"

"猫头鹰夜里飞进林中吃小雀，唱的却是布谷鸟美妙的小夜曲。"

"野狗窜进帐中，还不把酥油、酸奶、牛奶撞得天翻地覆，糟蹋个精光才怪呢。"

……

多达哭笑不得，想张嘴解释却没空子插话，急得坐立不安，直舔嘴皮。

萨班目光灼灼地盯在多达脸上，语气低沉但威严地问道："多达将军，你曾经是西夏国防守凉州的军事长官，你清楚，西夏国和蒙古汗国是邻国，西夏国惹过蒙古汗国吗？占领过他们的一寸土地吗？为什么要屠杀西夏国君臣百姓，僧俗男女？"

多达噎住了，大瞪眼说不出话。

"我再问你，在蒙古人征战过的各地，哪块蓝天下没有呛鼻的硝烟味，没有烧焚的焦臭气浪？哪方土地不是尸骨遍野，哀嚎冲天？杀光男人，杀光老幼，连妇女也不放过，只把有用的工匠带走，财产牛羊更不用说，这种传说恐怕不全是谣言吧？他们真的会放下屠刀，立地成佛？"

帐中的目光齐刷刷地集中在他脸上，如针如芒刺得他两颊烧辣辣的，就像被当场戳穿谎言的骗子，被活活揪住的小偷，他不知道如何回话才好，他不能不佩服萨班思维的严密性，眼力的犀利性，语言的准确性，看问题本质的尖锐性。而蒙古汗国征战史留下的污点，他同样无法否认。尤其这种杀戮、烧掠，与佛教的和平、博爱、平等格格不入。佛教徒们的厌恶、成见、抵制情绪可想而知，不信任是必然的。说实在的，阔端王的承诺，他都肚中没底，也没有多少自信，但自己又已向阔端表了态，所以只能照样本传递过去。蒙古汗国杀人如麻的不光彩之事是尽人皆知，到处传说，传到雪域也是必然的，你要掩盖，你要捂住，那是不可能的，已经造成了印象。你说阔端是另类，谁会相信呢？说实在，他多达心中也是矛盾的，一方面他对蒙古汗国的方针策略有警戒，怕言而无信，成为圈套，另一方面他又钦佩阔端的人格，认为他说话如墙板上钉铁钉,一是一二是二,值得信赖,尤其他的远见卓识,他不能不信服。但他在两难之中,根本无法说出斩钉截铁的话。再说,大伙的眼里分明在说:你是吐蕃人不是蒙古人,蒙古汗国是蒙古人的国家,他会让你一个吐蕃人代表汗国拍板定大事?说不一定是利用凉州安多吐蕃人欺骗卫藏吐蕃人,这种可能性不能说没有,所以他平静下来,采取了缄默不语、垂首缩脑的态度。

"你清楚,但你可能轻信,忘记了西夏王国最后一个皇帝是怎样死的。当他答应投降蒙古汗国,汗王窝阔台承诺不屠城,不杀皇族一个成员,但开城投降后,蒙古汗国便实施了屠城计划,不但皇帝全家被杀死,连吃奶的孩子也不赦免,把首都中兴府变成了血河尸山,一座空城,整个西夏都变成了坟场。你说说,诚信在哪里?一个没有诚信的民族,它会给你带来和平、和顺、和谐的社会生活?一个不讲慈悲、怜悯、同情的集团,他能给你带来平等、博爱、仁慈、善良?这符合因果逻辑关系吗?完全是谎言,是骗局!"

一串串质问,似一颗颗炸雷,震得多达耳膜颤动,头皮发麻,脑壳胀大,胸口堵得满满,脑子里一片空白,耳畔萦响的就只有两个词:谎言,骗局。萨班以历史为鉴,产生哲理。是的,历史就是最有说服力的重锤,藏人不是有句经典性的谚语吗:在花喜鹊的窝里,不会有乌鸦的雏儿。还有一句谚语也是这样说的:闻闻嘴里的气息,就能看出是不是咬狼的藏獒;看看蹄脚的模样,就能知道是不是善驰的骏马。阔端布下的真的是一出骗局?想利用我的吐蕃血统当工具,欺骗藏人归顺,然后派兵占领雪域的土地、草场、森林、河流等等资源,烧杀抢掠,恣意撒野。真要到那时候,自己岂不成了民族的罪人,想拦想堵都悔之晚矣。他不由浑身打个哆嗦,垂下头去,两耳什么也听不进去,耳根里只嗡嗡地响着谎言,是骗局。

但仅仅刹那之间,他的头脑冷静了,觉得自己陷入了逻辑推理机械、偏执的深沟里了。不!阔端不是那号人,从他治理凉州地面的事实就说明他不是那类人,是蒙古汗国中的智者、伟人。对,萨班是智者,是高人,但他对蒙古汗国的评断却不一定符合事物发展的变化事实。佛祖说得清楚,大千世界无常态,一切都在变化,人和野兽不一样,人类经过自己的思维筛选,能明白什么是正确的，能行得通的，什么是错误的行不通，人类不正是通过自己的实践总结经验教训，纠正错误偏差，逐步成熟起来走向文明的吗？连蒙古汗国的创业人成吉思汗临终不是也叮咛后人，颁布了他那条禁止杀掠的命令吗？人是能变好的，世间的事也应多往好处想好处努力，若果总是黑暗，还有什么活头，他相信阔端的承诺是真诚的。蒙古汗国已经跨上了文明的坐骑，但他说出来在座的有谁相信，乌鸦洗得再净也没人说它的毛色不是黑的。不过，他觉得阔端王不是那种过去年代的蒙古人，他的谈吐言行，他的思想观念是一种新型的、文明豁达的现代蒙古人。从观察、接触中，他相信阔端王言行如一，表里如一，说出的话，说到做到。他不能不争辩，蒙古人中也有好人、哲人、智者，伟大之士，他们的举措大多是顺应时代潮流，推动历史前进的。乘萨班停下话头的空儿，他霍地站起，卑恭地说道："我多达感谢各位长辈、各位官员的开导，尤其萨班上师的教诲。或许这是一场骗局，是他们的谎言，我将百倍警觉，认真思考，但我记得上师的格言中有这样两首诗，开导我如何辨别黑白是非。"

他从袍里掏出周措赠送的已被他翻得颜色发灰的书，扳开熟悉到心扉的页码琅琅念诵到：

"具备所有优点的人很少，
没有一点优点的人也少；
优缺点混在一起时，
聪明人主要看优点。"
"有自由，大家都幸福，
无自由，大家都痛苦，
强求一律是纠纷的根源，
清规戒律是绑人的绳索。"

念罢，他盯着萨班的眼睛，双手合掌致礼，微微鞠躬："按我的理解，上师说每个人都有优点、缺点，我们应该多看到对方的优点。看人审事得多长个眼睛，多一分心智，事物是变化发展的，应该看到发展变化。我们就不该对阔端一言蔽之，打入虎狼之列。如果你们相信我这个黑头藏人的后裔，那我要说，一条沟里的溪水和另一条沟里的溪水水质不一样，有的是甜水，有的是毒水，同一父母生下的儿女也不是同一德行。一娘生九子，九子九个样。据我这些年接触、观察，阔端是蒙古人中的绵羊、白唇鹿、金鱼，他有一颗崇尚和平、平等待人的金子之心，是一个有远大眼光、宽广心怀的汉子……"

他瞅准说话的机会，谦卑而自信，娓娓而言，把对阔端王的印象，用朴实的语言、形象的比喻、典型的案例简要地介绍了出来。他知道这个说话的机会难得，一旦获得，就不会有人打断，或者赶下台的可能，这是吐蕃上千年传统部落民主议事制度所决定的：允许议事代表说话，各抒己见，尽情表述，不准压制打断。尊重每个人的人格与尊严，不得由权势、财富、年龄、辈分、血缘关系来当场干涉左右，即使有不同意见也只能待对方阐述完毕后才允许起来反驳，哪怕作为敌方代表，也有权阐述自己的观点和理由。他很珍惜萨班给他提供的这次难得机会，他清楚，通常情况下，他很难有机会向各政教集团的头面人物宣传蒙古汗国阔端王要他传达的大政信息，和平发展的总体目标，在和平的旗帜下蒙藏两族共同发展繁荣的愿望。这次可好，各方的上层人物都荟萃宝帐之中，又有萨班坐镇主席台，机不可失，时不再来，他得把话说完说透。至于对方愿意归顺蒙古汗国不，那就看天意看民心了。令他兴奋的是，坏事变好事，想象不到的是各政教实权人物都集中在这儿，给他提供了天大的好机会。最后结尾他传递了阔端王的最基本意图。

"从蒙古人的利益来讲，吐蕃归顺汗国，就断了南宋王朝以吐蕃为后方继续抗蒙的战略想法，蒙古人没了后顾之忧，可一心一意攻占四川，抄了南宋王朝的后路。"

"这就是蒙古占领吐蕃的理由？"萨班脱口问道，不以为然地摇摇头沉下脸。

议论随之鹊起，人们表现出愤愤不平。

萨班用眼神示意多达把话说完。

"阔端认为蒙古汗国把吐蕃统一到汗国统治之下，对吐蕃只有好处，没有坏处。"

"这话咋讲？猫儿体贴老鼠，真是旷世奇谈。"

"阔端王曾这样说过,一旦卫藏纳入蒙古汗国的怀抱,那蒙古汗国该有多强盛。广袤的大地,无边的草原,丰富的物产,智慧文明的藏人,那是如虎添翼、锦上添花。而强盛的蒙古汗国,他会结束吐蕃分裂,消弭各王朝之间的硝烟,把各地各教派凝聚成铁板一块。社会安定,民生乐业,商贸发达,人人心情愉快,处处兴旺发达,兄弟携手向前。他说这一切都要有强力当裂缝的黏合剂,当弱者的保护伞,只有蒙古汗国能帮助吐蕃走向统一、和平、和谐、繁荣的社会。"

萨班眉梢跳了跳,脸上掠过难以察觉的惊诧,心头如一颗火星烫了似的,也猛烈地跳动了一下。多达最后一串话刀斧镌刻般印在心坎上,让他深深陷入思忖,一下难以自拔。这可说到了雪域大地的软肋。吐蕃民众的宗教信仰一致,语言文字一致,风俗习惯、心理取向一致,价值观一致,地理上山连山,水连水,完全是一家人。但现在却分灶吃饭,互不亲近不统辖,分裂使吐蕃难以进步,甚至走向倒退,这个局面不应该持续,统一才是唯一的出路,但我萨班没有这个能耐,无可奈何。现有的各政教派都有统一全藏的勃勃雄心,但都手长袖子短,没有力量称心如愿。谁也没有胃口吞掉另一方,要统一,恐怕得靠外力强化。可这外力,究竟会带来什么结果呢?这个问号嵌进他的脑壁。多达说完坐回席上,各议事官员议论纷纷,他都一时没有回过神。过了片刻,他才清醒过来,拍拍巴掌,恢复镇定,旁若无事地宣布说:"多达将军已完成了他的使命,向我们传递了蒙古汗国西凉王阔端的意向和心愿。我钦佩他的敬业精神,能顶风冒雪来告诉阔端王的思想德行,让我们全面地了解蒙古汗国这个邻居的动态,今天就算和谈双方见了面。多达将军可以回营了,谢谢你的供养,热振寺的回话很快会转告你们的。"

多达知道萨班下了逐客令,不好意思再问啥,只得快快离开,临出帐时回头深深地抠了一眼萨班。眼中充满了期望和信任。萨班脸上没有表情,只有睿智的眸子从眼皮下瞟着他。在帐外路口,周措悄悄塞进他袖筒一束干肉。

萨班站起:"今天大家累了,听到的信息也不少,脑子里肯定翻云腾雾,有很多思绪。我也累了,下午想闭关坐禅养养神。"

四十一

　　实际上他根本顾不上养神，坐禅也不过是个借口，他得根据蒙古汗国对吐蕃的策略，思考应对的方针，即选择最妥善最温和最小损失的对策，这是根本大计啊，绝对不能轻率鲁莽。眼前最棘手的是如何对待多达兵营。本来想借这场暴风雪围困他们，让他弹尽粮绝，人畜倒毙，自生自灭，但现在看来不妥，太简单化了，还是放条生路，表达吐蕃人善良和平的本性。尤其多达那句"强盛的蒙古汗国"如一根银针挑动了他的神经，也似重拳深深提醒了他，不能忽视蒙古人是强盛的，无敌的。他消灭了西亚许多国家，占领了辽国、西夏、金国的国土，连中原汉人的宋朝也节节败退，龟缩到南方了，灭亡只是时间问题。靠吐蕃当下四分五裂、互不团结的割据势力，恐怕不是对手。原来以为民心可畏，现在看来那也是高估了精神的力量，忽视了物质的决定因素。河沙石再多，也抵不过一把铁锹、一个铁镐的刨铲。自己原先高估了吐蕃各教派政权的凝聚力、战斗力，热爱民族的牺牲精神。但事实呢？不能不让他有点心灰意冷。在热振寺事件之前，他曾多次写函捎口信，告诉情势的严重性、危急性，要求组成联军，共同抵制侵略者，可响应者不多，大都吭吭哧哧，犹豫不决，有的甚至嗤之以鼻，笑话他无事生非，大惊小怪，庸人自扰，唯恐天下不乱。只是出了热振寺事件，他们才恍然明白，才有了危机感，才答应出兵阻挡。要是早明白，蒙古军队就不可能长驱直入，穿越茫茫江河源的安多大草原，跨过天堑唐古拉山口来到当雄川，应该在昆仑山口，或在曲麻莱红河一线阻挡住他们的蹄脚了，但一切都迟了。

　　通过一个来月的交战相持，他发现蒙古军队的战斗力不可小觑，他们训练有素，令行禁止，武器精锐，装备齐全，作战有章法。一个个如虎似豹，凶悍无比，吐蕃民兵很难在同等条件下应敌，现在是凭天时、地利、人和才捆住了这条猛虎的，要是一对一拼搏，还真难说鹿死谁手。他们冲锋时如闪电划空，撤退时又风卷残云，格斗起来刀法娴熟，如飞龙腾挪，如金鱼翻身，他在山上看得眼花缭乱。尤其操练时，他们马背上的功夫，队列的变幻，都使他惊叹不已。虽然藏兵也受过训练,但那技法、章法较之蒙古军队就像云游僧人和寺院高才生之天壤之别。他发现自己原先觉得精神为第一要素,或者是决定因素,精神、信念决定胜负的看法有偏差。打仗,首先凭的是体力和体魄,而不是意志和精神。其次是凭智慧和技法。在同等精神因素之下,赢得胜利的基础是以上两条,而这次对峙搏击,蒙古军队较之吐蕃民兵是高出一头,技胜一筹。这次他们只不过二千余众,若果大部队进藏,那很难对抗。吐蕃幅员广大,兵源分散,刀枪自备,兵丁集中困难,也难以进行专期、专门的训练。他们是上马为兵,下马为民,是老百姓。从各方面看来,战斗力很难抵得上对方。若果蒙古军队集中兵力攻击一点,吐蕃很难有胜算,再说他们的机动性能很强,人好马好,一阵风就到了一处地方,等吐蕃听到消息集兵去围攻,他早以逸待劳,又游击到另一地区,留下一堆废墟,一堆尸骨。就拿当雄川来说,要不是地理、气候、暴风雪帮忙,他这个主帅恐怕也不会有今天的宽松心情。若果继续捆紧口袋皮绳,借机让他们自生自灭,完全消除,那明年开春阔端王听到全军覆没的消息,一定会恼羞成怒,大发雷霆,派大兵来征讨报复,到时候一场血腥的、剑拔弩张、你死我活的战争便全面爆发了。冤家宜结不宜解,人心一旦被仇恨燃烧,兽性便如喷井汹涌澎湃,难以抑制。这片和平的土地会被硝烟笼罩,绿色的牧场成了血色弥漫的屠宰场。不管谁胜谁输,都是人类的大悲剧,大灾难,都是佛门所反对所诅咒的罪孽。作为自己,只有扑灭孽火蔓延的责任,没有推波助澜、风助火势的权利。原来的想法得调整,必须给蒙古军队留条生路,也表达吐蕃僧俗对邻居蒙古汗国的友好、尊重,热爱和平、追求和平的愿望。

他还是相信多达所谈的话,相信阔端王所说的话也是诚恳、诚信的。现在回过头冷静想一想,多达的话是可信的。从多达进藏的路线可以看出,他一直远离人口稠密的村庄,远离藏人信仰中心寺院,尊重民俗民风,不扰民,不害民,买卖公平,不强取豪夺,做事小心谨慎,为人正派端庄,没有劣迹。看来阔端王是有指示有安排的,至于火列来抢掠焚烧热振寺可以说是一个个案。一条沟里什么样的野兽都有,一座山上长有上百种草类,有香花也有毒草,不足为怪。好多蒙古将领骄横惯了,贪财成性,火列来的行为也是可想而知的,可以理解。当然,大伙要求严惩火列来,拿他的头颅祭祀护法神殿,也是理所应当。可从多达的神色来看,有难言之痛。他琢磨过多达,不说他也理解。虽然他是主帅,但火列来与蒙古黄金家族联姻,也算半个皇亲国戚。蒙古汗国的顶梁大柱是蒙古人,首先维护的是蒙古人的利益和声誉,一个吐蕃投诚的将军斩杀了一名战功卓著、声名显赫的蒙古人将领,蒙古汗国的面子上肯定挂不住的,必有报复的,弄不好,蒙藏将士之间还会起内讧,引起相互残杀。明智的多达,他采取的措施是明智的,有战略眼光,他佩服他的抉择。

派多达为蒙古军队的主帅,原先他多少有误解,以为是蒙古汗国的阴谋诡计,以吐蕃人制服吐蕃,利用多达的藏人血统和信仰,来欺骗吐蕃军民归顺蒙古汗国。现在看来,阔端耍的不是阴谋而是阳谋。他让多达担任主帅,而不是火列来,本身就是一个高招,一种战略眼光。首先语言没有隔阂,信仰一致,风俗习惯没有大的差异,情感上接近,有可能谈得来。要是换成火列来,不知会是啥结果,恐怕对立更重,冲突更剧烈,后果不堪设想,他不由对阔端产生了几分敬意,有了一丝钦佩。

他的思绪还是拧紧在眼前的残棋上,如何收场为好?以硬碰硬,显然不行,只会带来战争和灾难,不是卫藏各大教派的衷愿。那么,只能采取软的一手。用什么软办法呢?他想了一夜又一天,没有吃饭也无心喝酥油茶,烦躁苦闷,嘴上起了泡,有了血痂,到第三天黎明时分才有了头绪,理出个次序来。

天一亮,他把本钦请来,谈了自己的想法,征求他的意见。

本钦释迦桑布沉吟半天,最后还是同意他的方案,但提醒他,不要对蒙古汗国抱多大希望,存有幻想,毕竟他们要派兵来占领,占领就是为了利益掠夺,狗啃骨头狼吃肉,全是为了腥味。他同意他的观点,还补充了几条意见:即分为几战区,各战区以当地民兵为主体进行因地制宜地训练,相互协同作战,战术自定。根据这次蒙古军队的作战特点,有的放矢、因人制宜,务必阻挡在雪域之外。总的原则是面对武力威胁不投降,决不当外族的牛马奴仆。

各政教王朝带兵官联席会上,他和盘托出了自己的考虑。从处事出发点、理由,到逻辑推理,以及为什么要这样设计的想法。众人听了心服口服,完全赞同。联席会议最后一致同意萨班的建议决定:第一,把多达的蒙古军队定位为友邦的交流人员，结束战斗状态，以客相待，允许他们去圣山圣湖名刹大寺朝拜观光，游览名胜古迹，或者到城镇购物贸易。对他们短缺的物资，如酥油糌粑、肉食乳制品，还有皮张兽皮、药品、日用品，还有牛羊粪燃烧，开放平价供应。使他们安全度过冬春，能全部返回凉州，同时让他们看到一个真实的、祥和的吐蕃社会以平等和平的心态看待这方土地；第二、通过外交礼节表示对蒙古汗国的友好与尊重，恳请和平共处，互通有无，增强联络和感情，成为手足兄弟般的睦邻关系，互不干涉内政，互不侵犯，永远当好邻居、好朋友、好友邦。吐蕃愿给蒙古汗国物资、道义诸方面的支援，但绝对不谈投降、投诚、归顺之类的话。信函由贡嘎坚赞亲自拟写，交多达亲手转送，并备办有意义的礼品馈赠，各方面做到滴水不漏，万无一失。

没有异议，大家都想到一处了。

最后萨班提醒大家，两手准备，拳头得捏紧，往最好处努力，也得有最坏的打算，要提高警惕，不放松厉兵秣马，训练民兵。只有自己强大才不会受人欺负。雪域藏区从未被外族占领过，到我们这一代也不能让外族人来主宰。

他再三叮咛大家诚实待客，热情帮人，使他们在异地能度过一个温暖如家的冬春，买卖要公平，不准欺骗、欺负、欺凌这些离乡背井的流浪汉。雪域冰天雪地，人心却要炽热如炭，他还规定了邻近几地具体负担物资供应的范畴。

与会的首领，在文殊菩萨唐卡前赌咒发誓，一定要言行一致，说到做到，决不食言。

第二天他派人通知多达上山，当面宣谈了联席会议的决议。多达高兴地咧嘴笑了，张口张得嘴皮上的血痂裂开口，流出了血水，在旁侍候添茶的周措心疼得直皱眉头，她三两下撕下衣领上的羔裘绒毛，跑到炉前往火上一燎，绒毛发出焦臭味，她跑回多达面前，把毛灰往多达嘴上的血口处轻轻按下，毛灰制止了血水渗出。

贡嘎坚赞看在眼里，欣慰之后产生了复杂的情思，但他什么也未说。多达千恩万谢之后，说他和他的蒙古将领到雪域各地，特别是雅鲁藏布江、拉萨河谷多转悠，看山水、看风景、看民心，看能收进眼帘、搁在心上的事儿，回去好向阔端王据实报告,好使英明睿智的阔端王对卫藏局势有个全面、正确的判断。

傍晚,他远远眺见山下蒙古军营的中心烧起了堆堆篝火,青稞酒坛搁在草地中央,羊肉整架烧烤在火堆上,兵丁们围着篝火或狂跳劲舞,或引吭高歌,或猜拳行令……军营里像过年似的一片欢歌狂舞,贡嘎坚赞观赏了好久,脸上一直浮着欣慰的笑容。

四十二

从喜马拉雅南麓飞来的杜鹃鸟,在雅鲁藏布江的中游——山南泽当落脚啼春,通知可以开播。又沿江上溯,飞越拉萨河谷,再飞到日喀则、萨迦。一声声春曲,化开了冰河,唤绿了河坝,融化了积雪,萨迦寺前的仲曲河冰解雪融,清澈的流水唱着欢快的歌,扬起灿烂的笑脸,一路观赏,品味泛绿的草芽,抽丝的杨柳,含苞待放的金莲花,把盎然春机和欣欣向荣的景象浏览个够。

这天,萨班寺也像是过节似的,一早僧侣们打扫卫生,把僧宅、佛殿、经堂、佛邸收拾得干干净净,纤尘不染,佛像、法器擦拭得锃光瓦亮,能映出人影,还把各条街巷清扫得整洁有序。浮尘上洒了清水,佛殿前的广场,客人路过的巷道,萨班的佛邸都精心洒了白、黄、蓝、绿、红的吉祥云纹,表示尊贵、热烈。

到中午,全寺僧侣和仪仗队都整齐地排列在广场两侧,南头到了仲曲桥头,北面延伸到了萨班半山的佛邸,仪仗队都是清一色的年轻僧侣,面相清俊秀气,个子高挑如竹,袈裟都是新的。他们有的高擎华盖,有的手执宝幢,有的举着各种护法神的唐卡,有的还提着开道的香炉,捧着珍贵的锦缎法服,扛着长长的法号,银镶的小号筒、唢呐、长笛等乐器。携带乐器的是萨迦寺的佛乐队,寺主出行,迎接贵宾时才动用佛乐队。今天他们是迎接哪一路贵宾呢?

他们接迎的是曾视作妖魔鬼怪的蒙古军队主帅多达一行。他们要离开雪域高原返回凉州去，政教领袖萨班动员僧俗民众隆重欢送蒙古军。过去是仇敌，现在成了朋友，是朋友就要诚心实意，临别要表达主人对客人的厚重情意。所以贡嘎坚赞把多达和火列来、忽都三位请来叙别，表表雪域藏人对友邦的一点心意。这阵他在佛邸阳台上伫立着，跷着脚，引颈往西边望去。

不一会，大路上便扬起了灰尘，十几人骑马急急赶来，黑影子如雪团越滚越大，很快滚到桥头前。

瞬间，大经堂顶上的长号呜呜欢叫起来。广场煨桑台冒起了滚滚浓白的烟柱，淡淡的柏香味弥漫开去，右旋海螺也拖着庄重、悠扬的雄浑声向天空飘翔而去。佛乐队奏起了轻松欢快、让人心旷神怡的《迎宾曲》，萨迦寺上空回荡着一片仙境般的美妙气氛。

离桥头十几步远，多达一伙便勒马下鞍了。多达捧着黄色的细丝哈达，火列来、忽都紧紧尾随，他们也学着多达的样子，以藏人的礼仪，双手摊开捧着白色的细丝哈达，躬着腰过桥走过欢迎的队列。经过一冬一春风雪的吹淋，他们的肤色较之初来黝黑多了，粗糙多了，也显得有点苍老，但气色却红润多了，精神矍铄，目光炯炯，肌肉紧绷绷，脸上泛着黑红的油光，尤其火列来比过去结实粗壮多了，如果不仔细辨别，真看不出是蒙古人的。他的变化，主要集中在眼神上，那眼神从刚进入雪域时的浑浊迷茫、贪婪凶悍、无所顾忌、野性十足，变得温和明亮、文雅宽厚多了，目光已经有了普通人人性的光芒了。

仪仗队把他们一行导引到了佛邸大门前。

贡嘎坚赞和多达互敬哈达，客人被请进会客厅。佛僧住所及寺院本来都是不许喝酒的，但贡嘎坚赞破例，在他们面前置放了两个银碗，一个盛酥油茶，一个盛青稞酒。客厅里飘散着酥油茶香和青稞酒香交织的芬芳味。寒暄罢，贡嘎坚赞捧起酥油茶向天地祖宗弹酒三滴，朗朗诵道："祈求神圣的佛法僧三宝，祈求战无不胜的护法神大威德金刚，祈求威名远扬的念青唐古拉山神，祈求四方十地的神灵，请护佑蒙古贵宾顺利走出雪山环绕、江河纵横、草原苍莽的吐蕃大地，平安回到家园，和亲人团聚，让父母放心，圆满幸福。遇到高山请劈开一条道，遇到河流请架一座桥。请不要让坐骑跛足、皮袄裂缝、野炊熄火……"祈祷完，丰盛的藏宴开始了，先是藏式糕点，样式奇巧，味道鲜美,以人参果蕨麻为基料,糌粑、酥油汁、奶酪拌和红糖、白糖制作的"幸",接下来是人参果浇酥油汁米饭,人参果红得颗颗晶莹如宝石,白米是印度的上等乳奶般大米,黄澄澄金汁般的是新酥油炼汁,细瓷小龙碗犹如度母手托的饭钵,溢出不尽的喷香。藏式灌汤羊肉馅包子也端了上来,一个个莲花般翘着秀气的小口,肚子鼓胀如猪肚,脖子修竹般挺立,那姿态,不吃也迷人。灌汤包子之后是新宰的鲜嫩手抓羊肉,热腾腾、香喷喷,肋巴上两指厚的脂肪白花花颤闪,火列来和忽都吃得兴冲冲的,两手油糊糊,嘴边油烘烘,一木盘很快腾光了,萨班又让周措端来一木盘。劝道:"吃吧,过好瘾,回到凉州和蒙古草原,你就吃不到这样好的羊肉。"

火列来不好意思地咧嘴笑了:"我也纳闷,应该是家乡的手抓羊肉最香,可到了卫藏,卫藏的羊肉比蒙古草原的羊肉还香还嫩。"

"这不奇怪,先是品种不一样。各是各,生来品质不一样,味道自然有区别。关键是草质不一样,藏羊吃的草品种多,四季游牧高山深谷,阳坡阴凹,啃食不同的草类,其中很多是药草,水也好,雪山上流下的泉溪,清澈干净不带污泥浊水,还有后藏的羊只盛夏长膘时得舔盐土,赶到有盐土的草坡上放牧几天,所以肉质特别香嫩鲜美。"

火列来、忽都恍悟释然。

"只要战争不毁灭和平生活,蒙藏互为友邦,睦邻亲善,蒙古人来雪域做客,我们还会用手抓羊肉招待,一定管饱过瘾。或者你们从凉州捎个话,我贡嘎坚赞会捎几架风干羊肉的。"

多达和火列来、忽都及随从们都欢欣得叫了起来。

吃着说着笑着,笑着说着吃着,客厅里洋溢着欢乐、亲和、轻松如一家人团聚会餐的气氛,几乎分不出主客。

夜幕垂下,大经堂前的广场烧起了篝火,由本钦释迦桑布主持萨迦僧俗与蒙古联军的联欢晚会,由仁增旺姆带她的"堆谐"踢踏舞文艺队,演出了后藏独有的歌舞,还有印度传过来的嘎尔舞,克什米尔的刀斧舞。寺院僧人们表演了牦牛舞、鹿舞、狮子舞。火列来和忽都虽然年龄不小,但却亢奋得像个小孩子似的,也手舞足蹈,和年轻随从们跳起蒙古草原传统舞蹈,唱起蒙古族长调歌。多达也用他有点苍凉、沙哑的嗓音献唱了祁连山脚下藏人的民歌——三杯酒。

人群中，周措火辣辣的眸子一直目不转睛地盯住多达不放。

群情昂扬的晚会在锅庄舞中结束。

火列来和忽都被随从搀着，意犹未尽地回到安排好的寝舍，倒头便拉起了粗粗的、长长的鼾声。

早晨醒来，多达第一个跑去向贡嘎坚赞上师请安。上师正在念早课，念罢，邀他共进早餐，周措盛完酥油茶，特别抠了一眼多达，暗示有话要说。多达借口上厕所走出上师的卧室。楼梯拐角口碰上候着的周措，周措递给他一包晒干的藏药："你的伤还未全好，记着，别忘了喝藏药。"说罢，又从无名指上摘下银制、镶有绿松耳的戒指，套在了多达右手中指上："我这戒指不值钱，但从十七岁戴成人发饰就戴着，你想我时就看看它。"

多达觑觑周围，见没人，猛一把搂住周措，眼睑发潮，声音发颤，喃喃道："不知道我们何时再能见面……"

周措伏在他胸口，也抽泣："看缘分吧，有缘分我俩会交心换肺的。"

楼下响起了脚步声，多达匆匆抽身，从怀里掏出一串红珊瑚项链，掖进了周措怀里，又重重抠了一眼，回转身进了上师书房。

"乘这阵清净无杂人，我有几句话要交代于你，我想你也会有感受的。"

"上师请讲，我一定铭记在心，付诸行动。"多达合掌躬首，谦恭虔诚地回话。

"那好，你是藏人，又是信佛的佛教徒，不是外人。我们都是黑头藏人，血管里流的是紫红色的血液。你肯定看到了藏人不喜欢外族来干扰他们的生活和信仰，也拒绝外族来当家做主管理他们。派兵进藏会带来什么后果，你心底肯定很清楚。两败俱伤，玉石俱焚，给双方同时带来凶杀、血泊、仇恨、孤儿寡母、哭泣和尸骨，有什么好处？你得告诉阔端王，我们当个好朋友，当个好邻居又有什么不好？虽然吐蕃内部四分五裂，各自割据，但它是吐蕃自己的事，上下牙都有磕碰的时候，还有牙齿咬舌头的事，谁听说割了舌头打掉牙的？我们两家互通有无走亲戚般来往有什么坏处？"萨班顿了顿，拨动了下手中的佛珠，又谆谆说道："兵戈相见，尸骨枕藉，肯定不是阔端王的初衷，他说要给雪域带来和平、团结、繁荣，你就把你看到、听到、经历的事儿如实汇报，我想他会有选择的，我给他写了封信，刚才说的意思基本都写到了，请你呈献给他。"

多达频频点头，郑重接过，揣进袍怀，眼里闪耀着异样光芒。萨班的话如泉水浇在他心苗上，又似冰糖滑过他的肚肚肠肠，正是他思考、斟酌的心事，上师一席话拨开了他心头的疑云，真正明白了自己的职责和使命。他也清楚，上师单独和他谈这些肺腑之言，是信任他，是托付重大使命，目的只有一个：通过他的见闻、思想影响阔端，达到和平发展，共同繁荣的前景。他心知肚明。不为别的，就为了纯贞善良的周措，他也要豁出命完成这一神圣使命。

火列来和忽都也过来了，他们是来告辞致谢的，火列来有点愧疚地道歉说："昨天喝大了，也玩得过头了，让您见笑了。"

贡嘎坚赞挥挥手："一家人不说两家话，高兴才遂了我的心愿。来，喝茶，完了我还有礼品馈赠你们。"

欢声笑语中吃过早餐，贡嘎坚赞让管家更登把礼物捧出来：每人一尊无量寿佛镀金铜身佛，有一拃高；每人一件阿里紫羔皮袄，五道卷毛如黑宝石闪着光彩；每人一盒克什米尔的藏红花。

三人兴奋感激，连连合掌致谢。

贡嘎坚赞又让本钦托出给阔端王送的礼品：三颗克什米尔的蓝宝石，一袭猞猁皮披风，一领火红狐皮围脖，一尊巴掌高的纯金佛像，一套十二件精织唐卡护法神画，一本佛经。礼品上面搁了一封信，信封没有封口，里面写的是祈祷文，祈祷他父母长寿健康，家小平安无恙，幸福圆满；祈祷他吉祥如意，心想事成；祈祷世界和平，众生安居乐业，和谐和睦终生。他要他们仨把这信捎去，最后，他布施金刚吉祥结，给每个战士也捎去一条，祝福一路平安，团聚快乐。

贡嘎坚赞在阳台上手搭凉棚，一直目送多达一行转过山坳不见踪影才回过身，发现妹妹泪眼涟涟，唏嘘不已，不由爱怜地用袈裟角擦了擦周措眼角的泪珠："用笑容送行才有好的结果，看缘分吧，说不一定你们有缘分。"

周措破啼涌笑，害羞地转身跑下楼去。

贡嘎坚赞也进了书房，跏趺卡垫上，身上像抽了筋似的困乏无力，但心口却清爽得清风刮过似的欢欣。一切都在自己的规划下运行。热情、热烈欢送蒙古军队，是他谋求雪域和平安宁大战略下的一个重要链条。他采取的是迂回战术，攻心为上，打情感仗。情感仗是什么？情感仗就是水漫山川。利用水的魅力，水的精气办大事，水柔软无骨，水无形无状，但它能淹没草原石滩，它能泡塌山崖土包，它能卷走城镇山寨，它战无不胜，攻无不克，却不露牙齿，没有锋芒，不动声色，悄无声息，一步又一步，一个点滴又一个点滴地走近你，锲而不舍地亲近你，侵蚀你，最后让你和它融为一体，化进他的怀抱之中，这就是水的力量。情感就是一盆水，一眼泉，一堆火，他能消除隔阂，消除误会，隔断战火，浇灭偏见和仇恨，唤起对生命的珍惜和尊重，唤起一视同仁的平等理念，滋养和平、博爱、友情，它培育的是温馨、亲善、和谐。

慈悲、善良、诚信、平等……他就要用佛教的思辨感化蒙古汗国的将士，让他们的心肺变为热烘烘的，脑子亮晃晃的，眼光明晶晶的，让他们远离兽性，远离愚昧、野蛮、贪痴，明白只有人和人亲近和善，人与人平等相处，自己才会充实、温暖、安全，人生的道路才会越走越宽广。他送礼、款待、隆重送行，让他们游览全藏，全是为了感化。慈悲的力量是无限的，也是巨大的，佛祖不就靠慈悲学说感化了偌大的世界吗？不就拥有了亿万信众吗？理性、智慧、哲理加上慈悲，一座石山都能熔化，一条冰川也会化为温泉，自己在格言中不是这样说过吗：

　　知道取舍，平等待人，

　　和蔼可亲，尊重别人，

　　无所畏惧，受恩不忘，

　　这种人没有不成功的。

但愿文殊菩萨助我成功，愿阔端王会感化。

[第十二章]

阔端的妙棋

四十三

盛夏的祁连山牧场,成了花的海洋,绿的湖泊,鸟的天堂,蜂蝶昆虫的乐园,小溪流水的歌苑,只有接触天际的山尖才是白皑皑的冰雪银峰。

翠绿、黛绿、深绿、墨绿……从雪线以下,参天松树像剑林直指蓝天,组成了松塔的无边队列,也构成了绿色的层次交织;向阳的绿成了釉光水色,翠绿浅绿泛出亮彩;阴面的却暗绿、墨绿如深渊反光。到山半腰,各种灌木颜色斑斓,有的鲜血般殷红,有的像炒熟的大豆,有的如粉红的绸缎……各种色彩斑杂缤纷,靓丽光华,就像一位高明的画家在绿的基调上精心地泼洒了各种暖调的色彩,构成了一幅天工巧织的锦毯。葱翠的是绿杨,郁郁的是苍松,玉石般挺拔的是白桦,红黄青黛杂陈的是酸果灌木林。

从山里流出的央强河,就像一条不大不小的蛟龙,昂着充沛的头颅,调皮地舞着尾巴由南向北而来,湍急处水面上泛起细碎的雪浪银花,平静处却是叠叠的涟漪,而它游过的沿岸,绿绒般稠密的芳草上开满了高高低低、大大小小、花瓣各异的野花。桃红的额白玛尔布像蝴蝶展翅,而黄棕色的额白花似如意宝向高天奉献,金色的驴蹄花趴伏草地中金光灿灿,还有乳白色的羊羔花、金露花、银露花、雪青杜鹃花……各种叫不上名字或者没有被冠名的花朵,毫不在意,也雄赳赳、气昂昂地跻身于花海之中,自我挠姿弄影,构成了绚丽夺目的花海。花海中没有歧视、排斥,各自展示风貌和个性。

在花海边,在央强河畔,祁连山脚下,一座座蒙古毯包也像银灰色的雪莲花，疏密有序地怒开亭立。她们是阔端王的行宫。每年入夏，他便搬迁到这水草丰茂、天高云淡、气候凉爽的祁连山下避暑消夏。凉州城内夏天干热，他很不习惯。从小在帐篷里长大，通风透气视野开阔，是蒙古人居住最基本的要求，也是从襁褓里养成的习惯，城市中房挨房，墙接墙，闷得不能喘口舒心气，所以一到夏天，他就搬迁到凉快处去度夏。今年和往年还不一样，赴吐蕃的远征军安然无恙地要返回，报信的说今天下午就能赶到阔端王所在的牧场，全军欢欣雀跃，阔端心头更是鼓点咚咚，说不出的亢奋喜悦，他决定举行隆重的欢迎仪式，亲自去峡口大草滩迎接。

　　远征军是他心上的疙瘩，堵得他一年多来魂牵梦萦，寝食难安，心神惶然。一冬一春大雪封山，不要说有行人，连只鸟也没有飞越崇山峻岭告诉一星消息，前途难卜，生死不明，怎能叫他不牵肠挂肚，心惊肉跳呢？远征军中有他的爱将多达、火列来、忽都，近两千军士全是百里挑一的精兵悍将，是他属下部队的骨髓和油花。土地、财富是身外之物，而将士则是人间难以寻求的无价之宝。要是有个万一，那咋对得起他们的英灵和亲眷。吐蕃之地山水凶险狰狞，人种也凶险狰狞，听说吐蕃人强悍无比，不说杀人，连虎豹也不在话下，敢扭野牛的犄角试臂力。和这样强悍的民族扳手劲，万一失手，那不全军覆没，给蒙古汗国军队带来灾难、抹了黑吗？不能说没有这种可能。他历经百战，知道什么情况都有可能。战场上形势瞬息万变，啥情况都会发生。那是多大一块地域啊？多达说过，步行走一年，骑马走半年才能到达腹地拉萨。没有后勤供给，没有援兵接应，万一发生冲突，那不是沙漠里浇水，早不见气息了吗？可怕，太冒险了！为了美好的梦境，出此险棋，真是可怕啊！父汗窝阔台训斥他拿汗国的勇士们当儿戏，往狗嘴里搁鲜肉疙瘩。万一远征军被吐蕃撕碎，要拿他是问，按军法处斩，姨姨听到消息，哭哭泣泣跑来，跟他要姨夫火列来，又是撕耳朵，又是往脸上吐口水，说火列来一旦出事，就死在他门口。远在蒙古大兵营，或在与南宋交战前线的同胞兄弟也传来热讽冷刺的口信，说他别做空手套白狼的美梦，猎熊不成反被熊掀了头盖骨。又热情地伸出手，说兵力要是不够，他们可以从他们分得的兵力中借一部分……说得他心烦意乱，忧心忡忡，心口像压着一座石山般沉重。至于凉州城内，更是各种流言蜚语不少，三天两头有人上门探问远征军将士的情况，甚而在街上还有拦路的，祈求他施恩放子弟回返凉州。弄得他哭笑不得，恼怒又无奈。

白天闲暇无事时，或夜深人静睡不着时，他脑中旋转的就一个疑团：自己是否决策错了？是胆大妄为，盲目自信？他怀疑自己是不是走到偏执的巷道里了，谋划迷失了方向？他的信念有点动摇，情绪下落，神色显得沮丧，正在这时，高智耀鼓励他，启发他，要他沉住气，相信正义之师必定会胜利，相信多达能处理好。劝得多了，他才心情平静下来，沉着应对，熬到了这一天。

除了远征军的事，还有汗位继承权的事也缠绕着他。

蒙古汗国汗王继位制度，不像汉人王朝由嫡系长子继位，没有定位，而看汗王临终时的抉择或遗嘱。若果汗王没有先行决定，则由掌权的母后决定。这等重大事由，还待皇族皇子民主议会上讨论，提出推荐意见，最后民主集中、两者结合权衡选举产生。当下的局势是，父汗病重，大小事务由异母乃马真皇后专权，而母后乃马真宠爱他的亲生儿子，即自己同父异母的弟弟贵由，有意立贵由为汗王，这不能不使他心事重重，对自己的前途多想一想。当然，蒙古社会不会出现汉族历史上那种为了争权夺位而杀父杀母、兄弟互残的悲剧现象。那种事在蒙古民族的伦理纲常中是绝对不允许的，视为比野兽还凶残的兽类，全民共诛之，不要说汗位，连立足之地都没有。个中的缘由很简单，蒙古汗国是游牧民族，每个男人既是牧人，又是兵丁，上马是战士，下马是牧民，兵民一体，组织者是各部落的酋长、头人，他们才是实权者，汗王并没有多少常规武装可掌控，若果因为道德上的错误他们反对你，那你的汗王地位便土崩瓦解，分崩离析，很快化为烟雾了。你若镇压，他则投奔其他较为强大的部落联盟，继续反抗你，那个部落也会参战和你拼个你死我活。即使封为汗王，或者被民主议会元老院推举为汗王，你的实际权限并不大，军队分别掌握在其皇兄皇弟手上。父汗窝阔台虽为汗王，但他能调动的兵力只有二万八千人。为什么这样少呢？因为大汗去世前夕，把蒙古军队分给诸子诸弟，各二万八千人，剩下的十万零一千人，都属于成吉思汗本人，他留下遗嘱，这支军队属于幼子拖雷。蒙古人有蒙古人的规矩。

蒙古人有着"幼子守产"的习俗，游牧生活的艰辛，变动性强，又面对牲畜和野兽，父母总放心不下最小的儿子，担心他们独立生活能力差，心理也脆弱，难以自撑门面，便以护持小儿为借口让幼子和父母一起居住，家产及牲畜自然也就归幼子继承。在此之前，已经成人的兄长们，按蒙古部落的传统，得离开父母独立支撑生活了。家庭会分给他们一份财产和牛羊，但小儿子不能离开父母，他将继承父母的财产。"幼子守产"就是这样来的。大汗成吉思汗也是按照幼子守产的规矩办理分配他拥有的财富的。四个儿子术赤、察合台、窝阔台、拖雷，除拖雷以外，给三个儿子的封地依次从额尔齐斯流域到维吾尔边境的草原地带。拖雷没有单独的封地，大汗统领的地方也就是他的封地。大汗直接统率的十万零一千人，自然而然地在大汗去世后属于拖雷直接指挥。这就是说，成吉思汗最贵重的财物，所统领的各部落大部分军队，都作为他个人的财产留给了拖雷。但汗位却不！蒙古人认为汗位带有平等资源的成分，不能纯粹属于他私人，没有权利当作私人财产传给拖雷，应该通过元老院的议事程序，推举皇子中能力强、德才兼备者来担当。大汗遗命他的父亲窝阔台继承了汗位，说明大汗对父汗的才能是器重的，人格是信赖的，但事实是，实权、军队、土地却在拖雷手中，父汗也是手长袖子短，不能不受掣肘。

　　父汗的情况都如此，他阔端的前途就更难卜定，这也挠得他心神不定，不知所措。他知道父汗很器重他的才华，有意把窝阔台汗国地盘以外的西夏大地、河西走廊让他掌管，还让他出兵经营吐蕃。父汗的用心是很清楚的，但其他皇子会咋想呢？母后乃马真又会如何看？如果父汗在世时决定皇子中谁继承汗位，自己还可能有希望，可父汗去世后，决定权落在母后乃马真手中，那就是个未知数。父汗一再催促他派兵占领吐蕃，不就为了让他立了战功有更大的政治资本吗？有了资本，父汗说话就更有了权威，可自己没有完全按父汗的旨意去办，没有大举进军杀伐，而想着和平解决吐蕃，让蒙藏两族成为朋友，而不是敌人，让世界各地都弥漫和平、和谐、和睦，因此才派出两千人的队伍去劝降。自己的举动说不一定伤了父汗的心，使他失望。当然在他心底，当不当汗王，并不太在乎。他对霸权作威作福，杀戮抢劫，已经有点厌倦，他只想让自己辖区内的所有同胞都幸福、快乐、平安，让后代活得

257

舒展安逸，但是，让庸人来管自己，他又觉得憋气，委屈，受不了。

还有一个说不出口，却使他疼痛不已、长期折磨他的苦衷，也煎熬他的身心，让他脸色发灰，眉头常锁，眼里荫翳重重。那就是随大汗征战花剌子模、撒马尔汗等地染的病，还有脚后跟疼痒的足疾，越来越严重，发作的次数越来越频繁，他不得不用很大的身心体力来应对。

每当他心绪不安、烦躁、焦灼、举棋不定或是被病魔袭扰之时，他便请来高智耀陪伴聊天，讲汉人的历史故事，讲孔子、老子、庄子等先哲们的学说，分析形势及远征军的得失。他记住了高智耀一再重复的那句话："谋事在人，成事在天，天意不可违。"天意是什么？是君主的意志认定，还是上苍的不可逆转法则？高智耀自己也说不清楚，模糊不定，他只能朦胧有个框架，天意是大千世界吗？大千世界谁能扭转？谁能掀倒高山揪住江河，让白天变成黑夜，让黑夜亮得胜过白天？在大千世界中，人连蚂蚁都不如！大汗心境那样高，要征服全世界，要众生听到他的脚步声发抖打哆嗦。他天不怕地不怕，要掠尽天下的财富由自己享用，但结果呢？还不是抵不住西夏的毒箭一命呜呼？还不是不到七十岁就埋入了黄土？人生苦短，只能顺其自然，按照世界潮流随波逐浪才有生路，天意是规律啊，是铁的法则，谁也阻挡不了，那么，我的做法是不是顺应了天意？

不管怎样说，远征军的命运总是让他揪心。那是他理想世界的一幅蓝图啊，是生命的一次赌博，是宏图大略的一着险棋，日夜搅得他忐忑不安，思绪纷乱。现在好了，远征军完整无损地回返，真是天大的喜事，说明这幅蓝图有望变成五光十色的绚丽画卷。投下的赌注或许能赢。这一着棋看来是走对了，他欣喜若狂，亲自到央强峡口去接迎顺利回返的远征军。

四十四

当远征军走出峡口时，宏大的欢迎人群便乱了，首先是将士们的亲属骚动起来，不顾原先宣布的纪律，不顾队伍的先后秩序，也不管欢迎的锣号、鼓号奏鸣，全疯了似的冲上前，像母牛寻找牛犊，马驹重归马群，在远征军中寻找自己的亲人,父母找儿子,妻子找丈夫,儿女找阿爸。远征军的将士也疯了,抛开了队形,抛开了长官和战友,鱼一般乱窜乱跑,疯了般左冲右撞,东吼西喊。峡口成了一锅粥,成了谁也无法平息的沸河。而哭声、笑声交织成了一片夏日的雷声,震盈在峡口大草原的上空,吓得飞鸟远远逃遁,不敢从人群上空掠过。

阔端王放假三天,让远征军将士和亲属团聚狂欢。

行营给每个士兵换了新装,十两银子的赏金,给军官按官阶发了二十至一百两银子为犒赏。沿央强河畔,支起了几十口大锅,整日炊烟缭绕,飘出了手抓羊肉,卤猪肉,牛肉炖粉条豆腐的香味。雪白花卷馍馍,堆成山般的瓜果,任人舀来管饱的凉州美酒,还有奶茶等混合交织的香气弥漫了辽阔的央强草原。各种鸟儿落在帐房周围,在忙碌地叼食人们的残羹剩汤。旱獭钻出洞翘首昂立,不停地抽动鼻翼吸吮飘盈的香味。狗儿们懒慵地躺在草地上,对抛给它们的羊骨牛骨置若罔闻,正眼都不看一眼,就像一位贵族酒足饭饱之后躺在软榻上,心满意足,懒得瞅世界上的一切。

花草丛中同样躺着不少醉汉,或者让酒精烧得欲火难捺的年轻男女,借矮矮的灌木林掩护,滚来滚去,相互蛇般缠绞在一起。更多的是亲族好友围成圆圈席地而坐,聊天喧话,喝酒吃肉,唱歌跳舞。在享受阔端王敞开供应的佳肴美食的同时,也尽情地享受家乡暖融融的阳光,香喷喷的清新空气,花团锦簇的草原风光,这是他们在当雄川做梦做得最多的场景,是梦寐企盼的日子啊。

多达急着要把萨班捎的礼品、自己的见闻及感受汇报,却被阔端王拒绝。让他这三天狂欢的日子里,尽情释放压抑了一年多的亲情、友情、人情,宣泄个够,不留一点遗憾,然后再谈公事,汇报情况。实际上,在狂欢的日子里,他已经和蒙古将士们用蒙语喧谈,把情况了解了个七八成。好多不用他找上门,而是有人送上门来了。最早送上门来的是火列来。

说好三天后再听取汇报,但第二天夜里他刚要解衣就寝,火列来就闯进来了。他已经喝高,步子不太稳,眼珠子充血发红,两颊油光闪闪,额头上沁着细碎的汗粒,瞳仁里闪烁亢奋的火团,他首先声明说他来是亲戚之间聊天,不是汇报正事。阔端只得和他搭讪闲聊。火列来是姨夫，长一辈，他理应接待，姨姨从小对他好，亲如自己的儿女，他不能不尊重姨夫。从感情上讲，他对这个姨夫也有着难以割舍的情分。和姨姨一样，姨夫也一直关爱他、呵护他，有危险他用自己的身体遮挡，有荆棘他首先去踩踏，尤其随大汗征战四方，他是自己的左臂右膀，冲锋在前，撤退殿后，保护着他躲过了一个又一个浩劫，这个情他一辈子也忘不了的。虽然这个姨夫身上有不少毛病，贪财，喜欢杀戮，鲁莽好胜不服人，说话也粗野，少礼仪，但心直口快，不藏奸，不要阴谋，待人诚实，说干就干，心里藏不住话也藏不住事，说实在的，他心底里倒喜欢姨夫的这种性格。

两人的话题很快集中到了远征军在吐蕃的经历。

火列来眼中的光亮突然熄灭了，脸神变得灰暗，他低下头用酒精烧得发僵的舌头嗫嚅道："我再不去……再不去吐蕃……"

阔端惊异。喜欢闯荡天下、南征北战、杀伐不停的姨夫，参加远征军是他自己强烈要求的，为什么又突然改变了主意？原因是什么？他脱口问道："姨夫，发生了什么事，能不能给我说一说？"

火列来爽快地点点头，他用巴掌揉揉脸，又用手指头插进乱蓬蓬的头发中挠了几把，才讲述起他自作主张，抢掠烧杀热振寺的事；讲到了特大暴风雪中大家在生死线上垂死挣扎，绝望到神经几乎崩溃的场景；讲到了吐蕃人慈悲为怀、网开一面，救助他们渡过难关，还隆重送行、馈赠礼品的事。他说他没脸再见吐蕃父老，更不要说带兵去打吐蕃。

阔端呆了，发愣着说不出话来，从火列来口中听到如此富有人情味的话语，他有点不相信自己的耳朵，觉得不可思议，很意外，很惊奇。那方弥漫风雪、插入云端的神奇大地，竟有如此的神力，竟然把嗜杀成性、杀人不眨眼，以砍人和抢掠为乐趣的火列来改造成了有仁慈之心、感恩之心的善良之徒，这是他万万没有想到的。这勾起了他极大的兴趣，他要他说个究竟。

火列来也不推诿，口若悬河，滔滔不绝地讲了他在拉萨、在山南、在后藏的所见所闻，就像遇上了一位可推心置腹的知心朋友，恨不能把积在心头的所有话倒出来。他感慨地总结说："……人的活法很多，幸福的表现也很多，但我在雪域吐蕃,见到了真正的幸福。"火列来顿了顿,清了清嗓子,酒也好像醒了许多。"没有过分的欲望,知足才有快乐。他们住的地方那样高寒,地理那样险峻复杂,物质也不富裕,但他们人人脸上挂着幸福快乐的笑容。一领羊皮皮袄,一顶牛毛帐篷,一拌酥油糌粑,就让他们快乐幸福了、满足了。劳作之后,老少聚在一起唱歌跳舞玩游戏,眼睛里只有友善、宽厚、仁慈、诚信、平等,没有狡诈、凶残、虚荣、贪婪、愚昧、偏执。不管认识不,还是有无血缘亲戚关系,见了面都亲如一家,请吃请喝,热情谦恭,面对的全是诚实、热情的笑容。走到哪里,都有亲人般的温暖、坦诚的笑脸、倾尽全力的招待。走到哪里,都是祥和、平静、安宁,相敬如宾。我真羡慕他们,人的一生若能这样过下去,那多幸福。不用提心吊胆,不用戒备提防,不是贪婪无度,我想过那样的日子,和你姨娘,还有你表兄妹过宁静、祥和、亲昵的日子。"

原来他是这样想的!是吐蕃大地感化了他,是吐蕃人的精神生活、精神状态感染了他,改变了他。阔端心房被深深震撼,也感到十分的惊异好奇。这是一片什么样的大地,是一群什么样的族群,竟能感化火列来这样凶悍的人,连火列来都能打动,能转换成另一种人,那其他人呢?远征军其他将士肯定会被感化,成为吐蕃人的好朋友。这是好事还是坏事?蒙古汗国今后还能占领吐蕃、管理吐蕃吗?毕竟是统治者和被统治者的关系啊。

火列来的肺腑之言,反倒勾起了他对吐蕃人的极大兴趣,他沉吟了一下随口问道:"你觉得吐蕃人是怎样一伙人?"

"一坨酥油,一块冷冰。"火列来不假思索地回话。

"这话咋讲?"他拧起眉梢质疑。

"对来客,对朋友,他们像酥油般绵柔细腻,亲近醇香,对危害他们的敌人,又像冰块般冷气袭人,让人不寒而栗,爱憎分明,水火不容。"

阔端仿佛明白了些许,恍然点头,一个较为清晰的吐蕃人之轮廓开始浮现在他脑海,他不由开始调整思路,想着下一步该咋办。

四十五

　　接过萨班馈赠的礼品，阔端的手有点颤抖，一缕热流从丹田处升起。他未想到萨班会千里迢迢托多达捎来如此贵重的礼品，不把他当敌人看待，而是当成亲戚和要好的朋友对待，这使他惊愕不解，感到大大出乎意外。他生平没有经历过这种情况。以往的戎马生涯中，只要蒙古骑兵进入对方的领土，他所碰到的不是战书，便是诅骂，或者信使被斩，更大的怒火、更刻骨的仇恨、更凶猛的拼杀。是双方你死我活、刀戈相见的搏斗，哪有萨班这样的心胸豁达、不计前嫌的首领？不仅不记仇，还当成朋友盛情对待。火列来说的不错，他是一坨新鲜酥油啊。能融化对手心头的疙瘩，烧热素昧平生者的心肠，溶解警戒为友好，怨恨为笑容。这萨班，不借暴风雪扼杀蒙古军队，还供给粮草，允许在吐蕃全境自由经商，朝香拜佛，观光游览，让他们毫发无损地返回凉州，和亲人团聚，这样的善人世上真难见啊。而若需要硬，他硬得像石崖，像钢铁，一声令下能号令吐蕃千军万马，上万民兵，包括僧俗贵族，老幼妇孺，全民齐上阵，利用有利地理地形，把蒙古军包围个水泄不通，箍成了铁桶，寸步难移，龟缩在兵营里脖子都不敢伸一伸。要不是他发慈悲，真不知近两千多蒙古军将士寒骨将抛洒哪里，游魂流向何方？这萨班真是高人，智者啊！也是怪人，难以揣摩，猜不透的僧侣。他的心尖情不自禁地打个冷战，心里自语，我阔端遇到高手了，很难对付的高手，软硬都不吃的对手！

　　他没有打开信函，准备回府后细细阅读品味，琢磨好了再决策。

　　在行营召开的高级官员议政会上，阔端让多达全面汇报了远征吐蕃的情况、获得的各方面情报以及对占领和经营方针的思考。实际上狂欢三天，他没有闲着，串帐走户、聊天喧谈，表面是慰问，实则掏情况、探人心，特别是从蒙古将士口中捞实话。因为他们不带民族感情，没有宗教倾向，实打实，不藏不掖，不拐弯抹角，爽快直率，不掺水分和泥草。议事会上让多达重复讲述，一是表示尊重，二是引出其观点和态度，开阔大伙的思路和视野。

　　火列来和忽都做了补充。

阔端要他谈谈下一步打算。

多达星眼扫过火列来和忽都，他们三人在昆仑山口歇营时就交流、统一了看法，决定由忽都汇报。火列来是阔端的姨夫，大庭广众之下向小辈汇报，有点面子问题。再说由他汇报拿主意，恐怕造成误会，以为他有情感倾向，唯有忽都，是蒙古将领，为人忠厚老实，说话不偏不倚，大伙相信他。当然他所说的，都是三个人达成的共识，是三人捶打锻造的统一意见。

忽都先开了口。摊开了一张藏羊大羊皮，上面画有山形、水势、城镇和重要乡村，还有一道道细细的线条穿越纵横，那是传统的路径。图用颜色来表示区别，绿色代表农区，土苍色是牧区，白色是雪山和神山，深绿表示森林，蓝色是江河和湖泊，不同颜色标出了不同景别。忽都介绍了吐蕃大地的广袤辽阔，也讲了其富饶；讲到了游牧生产，牛马羊繁如星辰，与蒙古人相近的生产生活方式，还有种种畜产品和其他财富，说得与会者大多直了眼，张大嘴，满脸浮现神往的、贪婪的神色。但忽都话锋一转，忽然阴下脸眸子严峻："但那不属于蒙古人，那是长生天赐予吐蕃人的乐园，对蒙古人来说，可能是地狱，起码是一场灾难。"

在座的都惊骇得大瞪眼，目光惊疑，相互面觑，张大嘴说不出话来。

忽都讲述了他们的遭遇：走不动路爬不动山接不上气，胸口憋得要爆炸，不要说自在活命，连一分一秒都在受罪。他进述了吐蕃的崇山峻岭，路途的艰辛，生存的严酷，民风的强悍，信仰的笃诚，人心的淳朴和凝聚力，加之部落松散，人口稀少，幅员广大，无法聚而歼之。而全民皆兵、善于骑射、熟悉地理、兵器突出等等都是吐蕃的优势。蒙古人虽为虎狼之师，但吐蕃却是力大无敌的棕熊。蒙古兵会陷于整个吐蕃的泥潭难以自救，伤亡肯定严重，征服所需时间漫长，后勤供给困难等多种问题。他发言的落脚点是征战的结果必然是两败俱伤，得不偿失，自讨苦吃，不应派兵去占领。

阔端蹙眉，沉吟了一下问道："难道他们连和平投诚也不愿意？"

忽都苦笑，目光落在多达脸上。

多达迟疑了片刻："他们好像没有思考过这种前途，只希望蒙藏两家成为好朋友好邻居，互通有无，相安无事。投降的事我提过，但从上到下走到哪里都摇头，说吐蕃历史上没有投降的先例。"

大厅里黯然无声，气氛忽地变得沉闷，温度也一下降得有点冷风飕飕。

阔端王把目光移向火列来，平和谦卑地问道："大将军，你的看法呢？"

火列来不假思索，冲口回答："情况属实，是我们三个人共同交换过的看法。"

"大将军，你们仨是不是吃人家的嘴短，拿人家的手短？"高智耀一边捋着长髯，一边呲开半张嘴开玩笑说，眼神阴阳怪气的。

"你把屎拉到裤裆里去，人家把你从悬崖边上拉回来，你还说他是为了你怀中揣的那点奶酪，我看错了你高智耀，正如你们汉人所说的，你是拿小人之心度君子之腹。"

高智耀脸上霎时一阵红一阵白，窘羞尴尬得不知所措，连声申辩："玩笑，纯粹玩笑，大将军心地太诚实了，误会。"

火列来仍然阴沉着脸嘟囔："我是下不了手去杀戮他们，真的。"

"为什么？"阔端惊诧地追问，西凉王的话一下道出了其他人的惊诧、惊疑。满帐人全一个眼神，一个神情，伸长脖子盯着火列来。蒙古军营内的英雄，杀人不眨眼的火列来口中竟吐出这等话来，真让人意外，难解其意，一个混世魔王般的刽子手竟有了慈悲之心，怜悯之心。真是万万想不到，这究竟为什么？

"你们瞪着我干啥？难道我不是人，是妖怪，是恶鬼，是野兽？虎毒还不食子，兔子都不啃窝边草，我也是个父母养育大的人呢。想一想，有哪个射手会把箭弩对准麻雀？那弓弩是为恶雕准备的呀；有哪个蒙古好汉会把砍刀劈向羊羔的，那是为与豺狼虎豹搏斗时准备的。吐蕃人太善良、太纯朴、太热情了，他们恨不得把皮袋里的糌粑全倒进你的干粮袋里，把身上的皮袄脱下来披在你身上，他们心中只有别人，没有自己，利他利众是他们的人生信条，终极理想，对这样的人你用刀斧去劈杀，你是人吗？你连牲畜都不如。所以，我决意退出这场战争。"

沉闷，沉闷得像暴风雨来前的大地似的，全场震惊沉闷。如滚雷贴着地皮隆隆滚过，震撼得草木昆虫、山河鸟兽抖颤。都发呆地凝眸沉思，没人再说话。

阔端打破了沉闷。他的目光落在了多达脸上,语气很平静:"吐蕃掌实权的大首领是谁?"

多达摇头:"没有掌实权的大首领,有的是四个不同教派的政教合一政权。"

"哪四个?"

"宁玛派,它有教派、有信众、有僧侣,但没有多少寺,势力不大,对民众控制不强,也未建立强大的王权。要说影响最大、僧侣最多的是噶当派,他们的主寺是热振寺。"

阔端打断了多达的话腰:"火列来将军已向我禀报了热振寺的情况,不用细说了。"他不想让热振寺事件扩散,他要维护蒙古军队的声誉,也要给火列来留面子,毕竟是黄金家族的成员,在大汗临终遗嘱禁止无故烧掠后,还置若罔闻,明知故犯,这是要受到严惩的。多达已经在当雄川惩处过了,他不愿再往姨夫的疮口撒一把盐。

多达马上明白了阔端王的想法:"噶当派虽然影响大,但这种影响主要表现在佛学研究、修行方面,而不在世俗社会。他们对世俗社会不感兴趣,一心钻研佛经走成佛道路,也不愿涉世俗事务,应该说,他们不会操心权力、财富重新分配等诸如此类的事。"

大帐内的人个个屏气凝神地注视着多达。

"吐蕃最大的派别是噶举派,信徒众多,土地广大,是修习密宗、独自成佛的藏传佛教派别。它和民众的联系很紧密,啥事都搅和一起,但这个王朝内部派系很多,有四大柱八小柱之说。其中达隆法王智慧出众,积安、敬安大师的荣誉,德望为尊,但他们都各自为王,互不统率,只在教义上是一致的。最有章法、政教合一,体现最完整、最有力量的是萨迦王朝,他们有一个通晓佛法和世俗策略的领袖——萨班贡嘎坚赞。"

阔端不动声色:"比起鸠摩罗什,他的学问和声望如何?"

"有过之而无不及,起码远征军上上下下都钦佩至极。"

阔端点点头:"听说他写了一本格言诗?"

"我这儿有一本,请大王鉴阅。"他把周措赠给的萨迦格言双手捧上。

阔端接过,认真地翻了几页,便遗憾地咂巴嘴感叹:"我不识吐蕃文,

265

以后你得给我好好翻译讲解一番。"说罢，他站起："今天的议事到此结束，大家回去想一想，过几天再商量下一步咋办。"

高智耀望着阔端的后背，好像有什么话要说，但阔端大步流星的背影堵住了他的嗓子，他只得怏怏地走出帐。他看见多达走在前面，便叫住，拽到僻静处，神情庄重、严肃地压低声说："不要战争，不要流血，和平投诚，归顺蒙古汗国的方针是无懈可击正确无比的策略。可名分不能变，君臣之礼不能变，三纲五常是我们蒙古汗国的宗旨，吐蕃必须有请求投诚的降表，这道底线不能跨过。什么朋友、友邻都是屁话，不能搁在桌面上。"

多达惊异，高智耀眼中喷出的不是平时那种他熟悉的平和谦逊、温文尔雅的目光，而是少见的愤慨、愤恨，甚至夹杂着一缕凶光，仿佛有杀父之仇，不共戴天。他愣了，不知这是为什么。

"臣就是臣，君就是君，是上苍派下来的真龙天子，专门治理凡夫俗子的，是世界的主宰者，神圣不可侵犯。汗王是代表天意管理这世俗社会的，谁要是与汗王平起平坐，那是大逆不道，天诛地灭，十恶不赦的滔天罪行。这个萨班太狂妄，太可恶了，该杀该诛。"

多达的心情缓缓平静，听老先生进一步阐释，他才明白了老学究动怒的真正原因。原来，自己转达萨班那些愿望的话，深深触动了老夫子脑海中那根神圣不可动摇的红线，即普天之下只有皇帝是最高主宰，皇权大于天，谁要和汗王平起平坐，那就触犯了天意，该人人讨之诛之。是的，在儒家的伦理观念中，人类天生就分三六九等，等级不同，特别是平民都在最底层，边远地方的僧俗要与王族讲平等就等于犯上作乱，是叛逆，是天理不容，理应铲除。等级不同、地位不同，一级压一级，那是天经地义、顺理成章的事。他生在凉州长在凉州，又上过儒家的私塾，他知道上述伦理的根柢和影响，但他又是藏家的儿女，是藏传佛教的信徒，他脑子里种下的又是不同于儒家的价值观念。父母叔婶，寺中高僧讲的都是平等、博爱、仁慈、善良；尊重生命，珍惜生命，包括昆虫雀鸟，不得践踏蹂躏，不准恃强凛弱。佛教一再教诲说，生命不分贵贱贫富高低，一律平等，生命至上，是人类的无价之宝。孔夫子虽然倡导仁义礼智信，但哪朝哪代不是皇帝说了算。王道乐土实际是霸道霸权，是专制、压迫、监狱。官大一级压死人！在上层看来，平民百姓犹如草芥，任宰割任摧残，没有平等地位。为了权力，杀父杀母，兄弟相残，株连九族，什么坏事都能做出，胜者为王，败者为寇，还美其名曰替天行道。真是令人发指，不堪入目，它和佛教的理念大相径庭。在凉州的日子里，两种理念在他头脑中绞缠着、纠扰着、打架着，一阵这一头占了上风，一阵又是那一头充满了脑际，他很难认定哪一方是对的，只觉得各有各的道理。但他在吐蕃转了一年多，耳闻目睹了许多现实，尤其读了萨迦格言诗，他心灵的天平就倾斜到了吐蕃这一边，那就是虽然贫穷，但人人活得祥和安宁，相敬如宾。一个个乐呵呵不知愁苦，平等得如一家人似的。这有什么不好？等级森严带来了什么幸福？当好朋友好邻居又有什么坏处？怎么高先生这样执拗，这样坚决地反对他的观点？他感到不理解。

多达用陌生的目光深深瞥了一眼高智耀，淡淡一笑，挣断拽着的手转身走了。

高智耀惊愕，呆呆望着多达远去，眸中只有迷蒙、惘然。

四十六

家里捎来口信，说阿妈病危，急速回山寨见面。

他向阔端请假，阔端很爽快地给他十天假，还备了一份慰问品捎去。

回到家，阿妈的病一下好多了。本来卧床不起，心口疼得直呻吟的她，心口疼轻松多了，精神变得爽快多了，蜡黄的脸上有了光泽，也浮出了惬意的笑容。当她看到儿子无名指上的绿松石银戒指，便明白儿子已经有了意中人，不用她再催促儿媳之事了，眼神一下明亮了，熠熠有神。追问是哪里人氏，叫什么名字。多达没有遮掩也没有回避，把他和周措的故事简要做了汇报，并点明是萨迦班智达贡嘎坚赞最小的妹妹。全家都欢欣鼓舞，祝贺多达前生积善，今世获福，得到了萨班家族成员的婚姻。他天天陪着阿妈说话吃饭，把老人背到草坪上晒太阳、看风景，享受鸟语花香的生活。阿妈的病情好转了许多，不几天就能自己下炕走到室外。

每天早中晚，他都要给阿妈泡下一粒从西藏带来的安心补神藏药"索隆德谢"，她慢慢嚼碎咽进肚。它是由沉香、肉豆蔻、广酸枣、丁香等十五味组成，主治的就是高山心脏病、风湿性心脏病、心肌炎、心颤、心慌等病。阿妈连声夸奖卫藏的藏药是神药，是佛在保佑她。她要多达把西藏买来送她的镀金佛像、铜酥油供灯盏、净水碗、藏香、经卷、细呢氆氇等一应礼品全供养给寺院，祈祷她平安幸福，延年益寿，等到抱孙子。

阿妈病情一好，他的心情也清爽多了，他没有忘记乡亲们在他远赴卫藏时的那份深情厚谊，抽空上门一一拜访，把卫藏带来的一小包藏红花、萨班加持过的金刚吉祥结，还有一束藏香送到每家每户，表示感谢。

每天晚饭后，他家客厅里便挤满了乡亲们，他们是来喧谈凑热闹的，想听一听多达在吐蕃的见闻趣事。路途太遥远，关山险阻重重，吐蕃对于他们来说，那是天上，那是佛界净土，是一个遥远渺茫的世界。由于是同一种族血脉相连，又是同一信仰的腹地，向往、了解、认知是大伙共同的愿望和兴趣，比起其他地域，他们更想知道自己的同胞是怎样生活的，藏传佛教界有哪些绚丽奇特的景观。自然，作为游牧为主的藏人，又地处偏僻闭塞的祁连山内，信息来源很少，对外部世界充满了新奇、渴望，只要有生人来总要追着问这问那。多达不是外人，大伙更随便了。多达便把他经过的神山神湖，青海湖、纳木错、长江、黄河、昆仑山、唐古拉、雅隆桑波神山的雄浑奇丽讲给大家听；讲觉卧康（大昭寺）、布达拉宫、雍布拉岗、桑耶寺、昌珠寺，尤其萨迦寺的宏大庄严，还有其他名刹古寺。对卫藏地区的风情民俗，他也把自己看到的、体验过的，或者众口传承下来的轶事趣闻告诉大家。乡亲们听得津津有味、出神入化，不时啧啧赞叹，常常到半夜时分才恋恋不舍地离去。

他观察到妹妹华珍做事说话时不时心不在焉，忘三混四，好像心头揣着一块石头。他猜测她的婚事遇到了麻烦，是不是小王子又在找事欺负。他瞅准没人之时，把妹妹叫到自己卧室悄悄询问。华珍丧着脸说："王子患上了一种病，动不动头痛，头晕目眩，肢体发麻僵硬，神志不清，抽风痉挛。全凉州城没有人能治好，我是牵挂他的病情。"

多达试探地问道："这样一个病人，你能陪到老吗？"

华珍坚定地摇摇头:"我没有想那么远,只想着解除他眼前的痛苦。"

"要是他病好,又不要你了,你咋办?"

"他对我好一天,我对他好一月,人要讲良心,他那样痴心爱我,我是块石头也应该动心,人心换人心。"华珍顿了顿,又铿锵锉声道:"他对我不好了,我也不责怪他,婚姻本身就是情感的交换,也是缘分。情感转移了,缘分中断了,也就没有意思了,各走各的路还自由。"

多达的心猛烈地抖动了两下,他未想到妹妹有如此坚贞的情意,如此深邃的人生见解,一丝欣慰一抹暖意涌上胸口,他脸上漾开钦佩的笑容。"阿哥帮你治好王子的病。"他从胸口的嘎乌佛龛里抖出一个黄绢包裹得严严实实的药包,捧在手心,小心翼翼地从里面挤出一粒黑褐色的药丸,郑重地递给华珍:"这是从布达拉宫藏医学院买来的七十味珍珠丸。有七十种药物组成,以甘露座苔为主,另有珍珠、猫眼石、吠琉璃、青金石、碧玉、绿玉、翡翠以及黄金为主的八种金属炭;牛黄、麝香、藏红花等,共七十味,专治心脑血管、神经、血脉方面的病。我是用五十两藏银买的,本来只准买一粒,听说我是从安多来的香客,很是照顾,便卖给我十粒,我想留给自己救急,现在王子病重,你先拿去让他服吧。记住,七天一粒,黎明时分喝下去。傍晚用凉开水泡好,一早喝了再抱头睡上一个时辰。得忌口,不吃油腥食品,不尝辛辣酸咸味。"

华珍接过,欢喜得眼泪花子都溅跳出眼眶了。她双手合掌,向阿哥连连三鞠躬,便转身跑出门,跳上了门口拴着的光背马,飞也似的驰向凉州城。

多达的假期满了,阿妈的病也大有好转,阿爸把他送下草坡,到山根分手的三岔路口,阿爸把马褡裢从马背卸下,递到他手中:"周措是名门闺秀,是无价之宝萨班上师的胞妹,血统高贵,我们家不能亏待了她。既然你们俩已经定好了终身,那这点东西就算聘礼。"他从褡裢一头抽出一条纯沙金的嘎乌佛龛;一串红白宝石串起,中间有猫眼石的珊瑚项链;一副镂花嵌红宝石的银子腰牌和奶勾;掏出的那个红绸包得严严实实,色气有点陈旧的包也被打开,里面是一对金光闪闪的雕有龙凤图案的金手镯;最后掏出的是一件水獭皮四耳帽。阿爸让多达一一过目:"这是我和阿妈悄悄准备的,你一直找不到一个合适的,就放到现在了。"说着重新装回,又从褡裢那头往外掏,掏出一件苏杭织锦缎的藏式衬衣,一件镶有火红狐皮领子、蓝缎子面的黑羔皮,一双红牛皮有纹路的高腰藏靴,"这些是匆忙赶制出来的,不一定合适,但它是我们两位老人的一片心意,要她一定收下。"

多达恍然大悟,原来这几天总见阿爸和阿妈嘀嘀咕咕商量什么,阿爸白天出门很迟才回来,原来两位老人操心的是他的婚事。一股热流传过全身,眼窝里湿润,不知道该说什么好。

四十七

多达赶到城内时已是傍晚时分,守门的兵士告诉他,西凉王府通知他们,见到将军请转告要他直接去王府拜见王爷,不必去府邸。他心里咚咚跳了两下,脑海里急剧寻找答案,但一时空空然,想不出个所以然,便让来接迎的侍卫把褡裢带回府去,自己独身孤影地去王府拜见阔端。

王府里静悄悄没一点喧闹声,这使多达的心又悬了起来,不知道等待自己的是什么。他神色不安地随侍从走进最里厢的阔端卧室。

阔端站在炕前微笑着迎接他:"来,今晚咱哥俩单独饮几杯。"

多达一眼瞭见炕桌上摆满了佳肴,中间是一盘肥嫩得颤闪闪的手抓羊肉,周围是核桃、杏子、桃子,还有切好的沙地白瓜,他欢欣地咧嘴笑了,心头的阴云顿时烟消雾尽。他也没有客气,脱靴上了炕。

他不客气,抓起手抓羊肉就撕咬吞咽,说实在,走了半天的路,他真的有点饿了。和阿爸阿妈告别,心头像有一团毛疙瘩堵着,酸酸的,不知道饿的,也不想吃喝。这阵有了饿意,便放开手垫肚子,光啃肉不过瘾,他让侍从要来一碗羊肉汤,上面撒上香蒜苗,再拿一块凉州烘锅馍来。

阔端看着他的吃相,只是慈父般微笑。

他狼吞虎咽地吃着,脑子却一刻也不闲,各种疑云一团接一团地翻转沉浮。阔端王为什么要在城门口截住我?为什么要接见我多达一人?是福还是祸?吃饭的只有我们两人,家人回避不见面?仅仅招待我吃饭,还是有什么神秘之事要我多达去办理?……越想越头涨,越想越没有了胃口,他装作吃饱了,表示致谢要告辞。

阔端用手势拦住他，递过来一碗酒，示意碰杯喝干后他有话要说，神情有点诡秘。

多达听话地喝净碗中之酒，瞪大眼恭敬地望着阔端，眼中游移着一缕忐忑不安。

阔端从枕头底下抽出那本萨迦格言诗集，抖了抖说："这本书你看完了？"

多达的心落回实处，点点头："看了三四遍，没有保护好，揉皱揉脏了，你别介意。"

阔端神秘地一笑："你看出了什么味道？"

这一下把多达问住了，不知道该如何回答。萨迦格言内容浩瀚，涉及面广，仁者见仁，智者见智，味道交织错综，不是单一色调。他张开嘴，窘迫地摇摇头。

"你不好说，那我直说了。他说人类之间不能暴力对暴力。用暴力对付暴力，只能使暴力更猖獗，人性越弱小，社会更混乱，经济文化走下坡路，文明丧失殆尽，人间成为兽界，弱肉强食，重返混乱。你看，他对执政者这样提示道：

  大人物对敌人慈祥，
  敌人就会向他归降；
  众人尊重他，他又爱众人，
  人们自会推他做国王。

还有这一首——

  靠罪恶武力得来的财富，
  哪能算做真正的财富？
  猫狗虽然吃饱了肚子，
  却尽是些无耻的经历。

真是一针见血，一语中的啊。如果我们蒙古汗国用武力去烧杀抢掠夺得吐蕃的财富，那我们还不是和猫狗一样了？只获得了虚荣，吐蕃人会向我们归降吗？他们还会尊重我，发自肺腑地推我做国王？"

见阔端王打开了话匣子，多达的心踏实了，原来阔端王叫他来是交流对萨迦格言的感想，马上觉得话多了，有好些心得在胸前翻腾，他顺杆往上爬，直奔主题："萨班的诗就像一盏风雨中不熄灭的灯盏，能照亮道路、照亮心房，比如这首诗这样说道：

弱者如果提高警惕，

强者也难以消灭，

强者如果麻痹大意，

也会被弱者所摧毁。

你看，他把强弱关系的因果变化说得多透彻，不能不使人心灵震撼。世道变幻不就这个道理？"

他选择这首诗是经过慎重筛选的，萨迦格言他基本烂熟于心，特别是那些富于人生哲理、世界法则的诗句更是刻骨铭心，记得牢牢。他相信阔端王看了也会信服的，也会受到强烈震动的，但他不知道阔端的理解，领受到啥程度的，所以，他只是泛泛而谈，没有涉及更深刻、更具体的话题。

阔端点点头，脸色亢奋、两颊泛上绯红："萨班不仅是高僧，他还可以当我们灵魂的导师，指导道路的取舍。他叫他们如何做事，如何思想，最根本的是如何做人，有些诗句，就好像是说给我听的，看这首诗——

国王过分炫耀权势，

会导致最后的毁灭；

将鸡蛋扔向高空，

只能是摔得粉碎。

想一想，历史上哪一代暴君不是如此，老虎不自量力跳跃过度，会坠入深渊；骏马不自量力奔驰过度，会磨烂脚掌。

"实际上，世上的许多事，不用暴力照样办得顺畅圆满，如这首诗就写得好：

经常仁慈的主人，

很容易找到仆从；

在莲花盛开的湖里，

水鸭自然会来聚集。"

"对，你说得太准确了，萨班不是人是神，是神的化身，他什么都看到了，什么都想到了，什么都替你指明了，点拨到了。你说说，我想把萨班请为我的导师，我父母及全家的灵魂导师，你看怎么样？"

多达兴奋得几乎跳起来，激动得情不自禁抓住阔端的手摇晃："太好了，萨班也应该成为我们全凉州的导师。王爷，你这样做功德无量啊，老百姓都会敬仰你。"

阔端眼里闪过一道诡谲的波纹，语气里带点迟疑："可萨班像天空的星辰，谁能摘得来？"

多达豪气涌胸，毫不迟疑地拍拍腔子喊道："我去请。"说着一扬脖子把碗里的酒喝了个精光。

阔端喜形于色，冲动地抓住多达的手摩拭手背："我也想到过你，可你刚回家，屁股还未捂热座椅，不好意思让你再往返吐蕃一趟，若果你乐意去，那是最好不过的事。"

两人连续碰了三杯。

"你刚才进城，碰到熟人没？"

多达摇摇头，感到纳闷，阔端王问这事是为了什么？

阔端轻轻点头笑了，沉吟了一下收回笑纹："我想早日见到萨班先生，越快越好，还希望他能治好我的病。"

"那我准备两三天后就出发。"

"不！今晚后半夜出发，人不知神不觉。刚才我问你碰到熟人没，就是为了保密，秘密进行。"

"为什么？这是好事啊，谁听见谁都会高兴的。"多达惊讶地反问。

阔端不以为然地摆摆手："现在两国交战，我请吐蕃政教领袖来当我的导师，他们能想通吗？你不记得那天的讨论？有人会发难，出现许多是非争议的，事情未办成，舆论造得沸沸扬扬的，有啥价值？"

多达钦佩地点点头，但还有一个疑窦浮现脑海，不由脱口问道："那经营吐蕃的事咋办？这可是大事啊，父汗不是催得很紧吗？"

阔端移开目光埋下头，抿紧嘴唇，斟酌着思忖着，过了片刻才抬起头，缓缓说道:"这是我肩上的担子,也是眼前迫切重要的大事,但我不会按常规办理。给你透个底,我阔端是明白人,绝不会采取以往暴力的举措,决不会搞压迫、掠夺、专制那一套,得走不同常规的道路。我给你交个底,不管谁说,有多大压力,我阔端要走的是和平道路,共同繁荣的道路。"

多达心头的一块大石头搬掉了,他敬仰地点点下颌。

"邀请萨班来凉州,你有多大把握?"

多达愕然,苦笑,底气不足地埋下了头。

屋内空气沉闷,两人埋头各想着心事,谁也说不出什么。

多达蓦地扬起头,锉声道:"没有开头就没有结果,不管结果如何,我都要努力去追求。"

阔端赞赏地点头称是:"只要把萨班请到凉州,啥事情都好解决。"他停下话头,意味深长地特别抠了一眼,好像话后面有话,但不准备说出来。

"就我一个人?"

"不,有忽都当你的助手,还抽调了十来名精壮兵士为随从。一律便装藏服,看上去是一支朝香的商队,给萨班的礼品,还有你们商队的货物都准备好了,这封信你一定得亲手交到萨班手头。"

多达接过盖有火漆印的、用羊皮包好的信,觉得心头沉甸甸的,又像鼓满了风帆,充满了光明灿烂的憧憬,血管中波过一道道暖流。他小心地揣进贴胸的衬衫又往实里按了按。不知道阔端信里写的啥,但知道使命重大,关乎两地的命运,便站起身要告辞,阔端按住了他的肩头:"别急,还有一件事要问你。"

多达坐定,凝眸注视阔端诡秘的眼神,等待还有什么事要安排的。

阔端走到墙旮旯里搁着的一件旧得垢渍斑斑的牛皮箱子,从中摸出一个白丝巾包着的巴掌大东西,走到多达面前,郑重地放在他手心:"听说你和萨班的妹妹要好,我祝贺你,请将它送给你心上人,表示我这个大哥的一片心意。"

多达打开,是一对象牙镯子,奶油色,白里泛黄,晶莹透亮,细腻光滑,是象牙镯子中的上品,在卫藏也难以见到,他喜不释手,心头泛起热浪。

"它是我在印度河北岸一座小镇上买的,放心,它和它的颜色一个样,没有血腥味。"

多达感动地直点头,说不出话来。

"快回府去收拾一下,五更时忽都在门口候着你。对府上人说,回来向王爷续假,要带上阿妈去转神山、神湖,求得阿妈的长寿健康。"

多达深深瞅了阔端一眼,便转身快快走出。

[第十三章]

山路弯弯　曲径幽幽

四十八

八月仲秋，六十三岁高龄的贡嘎坚赞耐不住凉州城北面沙漠深处吹来的干风热气，移营到祁连山东部边缘的扎西秀龙草原避暑乘凉，开始为时一月的闭关静修。

在他看来，扎西秀龙真是个养心修身的好去处。它由两条南低北高的青山夹峙，宽宽的平川东西走向，有二三十里长。扎西小河穿流而过，蜿蜒曲折，犹如一条白金项链在脖间。小河两岸芳草茵茵，一直铺展到两边山脉脊梁上。绿玉般的茂草丛中开着各色各样的花儿，潮湿的滩地里满是黄灿灿的金莲花、蕨麻花，鹅黄色的牛奶花、灯盏花，他们苗条的身姿亭亭玉立，压住了芳草绒毯。越离河岸远，花儿个儿越高，花瓣越肥大，颜色越明丽，越抱成团一簇簇怒开，就像一束束火炬，一团团彩云。各色鲜花一直爬到半山坡。半山坡的阳山上是虬枝乱伸的翠柏，阴坡上则是密密麻麻的青松。风景幽美，视野宽广，空气洁净，蓝天如缎，白云悠悠，心中爽怡。天气不冷也不热，空气中流动着花草和泥香的气息。眼前头彩蝶蜜蜂跳舞，头顶鸟儿啾唱欢飞。贡嘎坚赞太喜欢这儿了，觉得比萨迦好多了。

阳面半坡上有一院禅房，叫梦幻禅院。四合院，设施齐全，七八间房子，有三位萨迦派僧人在看护。听到萨班到来的消息，他们早已将禅房收拾得干干净净，理得井然有序，前来凉州接迎萨班到禅院。

来到扎西秀龙草原，他的心情平静多了，也淡泊了些许，凉州城中的那些冷待、冷眼、冷落冲去了许多，能按下思绪静静地梳理思想了。

他是藏历木龙年，也就是前年从萨迦寺出发，历经两年长途跋涉来到凉州的。陪同他的是侄儿子——十岁的八思巴和六岁的恰那多吉，还有七八位博学多识的"格西"学位的高僧，十几位年轻僧人侍从。

他们八月初到达的凉州，阔端不在，在多达组织下，凉州城内佛教僧俗举行了隆重的欢迎仪式，但西凉王府中高智耀为代表的部分官员和蒙古将领中的少壮派却表示出冷淡，没有出城门迎接、准备的驿馆。物具也是安顿一般过往官员的。多达很生气，但西凉王府的事务阔端交由高智耀负责，不好插手去问，只得把萨班安顿到城内萨迦派寺住持的须弥寺中歇息。按理说，佛寺中应该清静，但他清静不下来。吐蕃六谷部的藏人，原西夏各佛寺的僧侣，风闻他来了凉州，有的携家带口驮着帐篷而来；有的携老少集体出动，只留下青壮男力守家务业；有的全寺僧侣倾巢前来接受摩顶；有信仰的汉人、吐谷浑后裔也纷至沓来。凉州城刹那间膨胀了许多，须弥寺前人山人海，排起了长长的队伍，请求萨班摩顶赐福，施舍金刚吉祥结。他的情绪沸动了，他未想到在藏汉交壤的凉州城，还有如此众多民众向往佛教、信仰佛教，佛教的舞台如此广大、肥沃。这怎能不使他激动、亢奋。再说，阔端王到漠北和大本营，参加汗位推举会，不知道啥时候能返回凉州，时间宽裕，所以，他不顾旅途困顿，从早到晚给前来膜拜的香客信众摩顶赐吉祥结。他理解、同情民众的心理及愿望。在兵荒马乱、世局动荡不安的时代，民众就是在祈求和平、安宁，求得生命的保护和尊重，求个平等和谐的生存环境。佛教能安慰他们，满足他们的愿望，所以他们才这样急切、虔诚地信佛。

但几天后，他感到形势不妙，也不像阔端承诺的那样令人放心。首先，他发现火列来变了，从迎接那天的热情、直率、真诚变得阴阳怪气，态度暧昧了。那天他摸完顶回到寝室，火列来进屋，见他第一句话就是："萨班大师，你一来，凉州城热闹非凡啊，一下变了样。"

不知道是恭维还是嘲讽，他斜瞟了瞟火列来："不就多了些摩顶的僧俗百姓，再有什么热闹的。"

火列来晃着头，眼里浮出一抹阴鸷："不，高先生估计的倒有道理啊，你一来我们蒙古汗国的阔端王府就冷清多了，人心全让须弥寺抢走了。"

萨班一震，听出了他话中有话，略一斟酌淡然回话："若果文庙里演戏，肯定比我门前热闹多了，是不是，大将军？"

火列来噎了，翻翻眼珠直喘粗气。

"大将军多疑了，须弥寺和阔端王府是牦牛走牦牛道，马走马路，一个管世俗事物，一个管灵魂导引，井水不犯河水。"

火列来怏怏走了，可贡嘎坚赞心头却压上了一块石头。看样子凉州上层中还有人在与阔端较劲，连火列来都动摇了，幕后可能有高智耀在作祟，怪不得几天来他不露面，也不来探望他这个阔端王亲邀的远方贵宾。他纳闷，高智耀不是主张和平解决吐蕃问题的吗？怎么现在变卦了？他一个儒士鼓动蒙古将领中的好战分子反对我萨班来凉州，究竟是为了什么？他毕竟是儒学大师，学贯古今，眼达中外，仁义礼智信刻在心头，他为什么要反对我萨班的和平之行？

贡嘎坚赞请来多达，才解开了这团谜。

多达谈到了他返回凉州后在王府议事会上高智耀说的那席话，才恍然大悟。说来说去，高智耀千言万语表达的两个字：名分。蒙古汗国是正统，而其他政权和集团都非正统，是异类，只能拜倒在正统君主之下，纳臣称臣屈膝跪伏。在他眼里，天下所有土地都归蒙古汗国所有，所有众生都是这个君主的臣民，这才天经地义，名正言顺。而谁要讲条件想谈判，互助互利，平等相处，谁就犯了大忌，王法不容，罪加九等，应该诛灭。正基于统治者"真龙天子"、"君临天下"的观念，高智耀视其他人类群体为异己，要把他们的人格、尊严踩在脚下，欲除之而后快，可悲、可叹、可气。

高智耀和佛祖说的大相径庭，不讲众生平等，只讲君主神圣；不讲博爱和谐，只讲等级森严，三教九流；只讲正统、专制，不讲和平共处，共同繁荣。只有一个嗓门代替亿万民众说话，只有一个人主宰世界万千事物，这怎能实现世界和平，社会和谐？这个理念带有偏见，带有谬误，害人又害己啊。

他思吟片刻，向多达宣布了一个决定，明天摩顶结束后，他要去扎西秀龙禅院闭关修禅，请众信徒尊重他的这个意愿，也不要到扎西秀龙干扰他的坐禅。

听了多达的叙述,他弄清楚了事情的来龙去脉。原来邀请他来凉州的是阔端秘密决定的,是为了防止高智耀和其他主战派将士阻挠和平谈判而个人决断的。他听着胸口升起暖意,对阔端产生了一抹敬意。阔端是一位有思想有政治远见且有魄力的伟大政治家,他认准的事当机立断,决不犹豫。虽然他没有见到阔端,但从这件事上他看出,阔端邀请他为导师是诚心实意的,既使其背后有某种政治考虑,但不管咋说他是顶着很大压力的,表现出对他萨班的尊重、信赖。就凭这一点,他也得忍辱负重,等阔端返回再说。为此,他才选择去扎西秀龙。当然,他明白,自己留在凉州,还会面遇危机,甚至严峻的生命危险。他讲经弘法,他阐述人生哲学,他讲众生平等,他讲和谐和平,引起信徒的欢迎,与王道、霸道唱的不是一个调,自然引起上层握实权者的嫉恨、猜疑,而听众的热烈气氛也引起他们种种非想,以为他萨班在聚众煽惑,企图有削弱王权、夺取王权之嫌疑,是一种威胁。他眼前头浮现起高智耀那张冷漠、高傲、皮笑肉不笑的面孔,那双布满蔑视、敌视、阴霾的扁细眼珠,浮现火列来那张横肉纵横、阴阳怪气的脸盘,那双时不时闪烁贪婪、蛮横、浮躁火花的眸子。阔端王不在,很难说他们不做出任何意想不到的事。

暗杀、凶杀,想方设法除之。高智耀是为了维护君权神授,神圣不可触犯的理念,要铲除一切名不正、言不顺的异类,让王权牢如铜墙铁壁,坚如磐石,把一切真理说成邪教异说消灭得一干二净,斩草除根。火列来呢?在高智耀等的蛊惑下,旧病复发,思想又退回到过去,他自认为是优等民族,高人一等,把统治区的其他民族视为劣等民族,想高高在上,横行无忌,恣意侵占他们的土地、财富、身躯,供自己享受。他们的观念开发了他们身上的兽性,也就是人类的劣根性。贪、痴、愚是人类灾难的根本渊源啊,不管是谁,只要贪图不正当的私利,就会陷入痴迷、偏执的泥潭之中;就会干出愚昧无知、惨无人道的罪恶。邪恶的意识一旦占据了人的头脑,如毒蛇引子会迷乱眼睛,引诱你的行为走向罪恶。虽然有妹夫多达在时时保护他,但他萨班在明处,而火列来一伙却在暗处。多达作为城防司令,他每天还有公事得办,不能每时每刻陪伴他。老虎还有打盹的时候,何况是人,若果他们偏执到利令智昏,那就会干出丧心病狂的事。很难说为除去他这个眼中钉，肉中刺，他们不采取极端的办法，或投毒，或暗杀，或纵火。然后编造一个冠冕堂皇的理由，把尸体烧了，等阔端回来，用谎言搪塞过去，不了了之。留在凉州他还有一个忧虑，随着矛盾的激化，多达必然会卷入。对立情绪的严重势必造成凉州地面局势硝烟弥漫。他不想看到分裂，看到流血。他必须把火苗掐断。为了多达的生命安全和事业，避开锋芒，离开他们的视线是最好不过的办法，所以他决定离开凉州。

他来扎西秀龙还有一层更深的考虑。

扎西秀龙不仅仅凉爽惬意，还能为他提供心理上的安全感，一种脚踏实地，接了地气的感觉。它是凉州吐蕃六谷部的中心，是安多藏人的发祥地之一。虽然是蒙古汗国的地盘，但祁连山两边的草地、谷地居民却还是藏人。他们信仰藏传佛教，知道萨迦王朝，对他萨班是敬仰之至，从地理上、人口上形成了他萨班坚实的坛城。他不用像凉州城那样提心吊胆，防不胜防。在扎西秀龙，他有号召力，有凝聚力，有宽厚的民众基础，一般人不敢轻易下手，奈何不了他，他放心多了，但捺住了这一头的担忧，另一心事又浮起，咬噬得他心神不宁，霜眉微蹙，心事重重。

每当晚霞烧红西边天际，西天铺陈开巨幅橘黄锦缎，鸟儿们欢唱着呼啸着飞回林中之际，贡嘎坚赞总是赤足来到禅院两侧那座石崖下，背倚那棵苍老得浑身上下都是皱纹的柏树往西望去，心头浮想联翩，思绪万千……

四十九

当多达风尘仆仆、全身疲惫地返回他身边时，他出乎意料，又惊又喜。周措更是高兴得热泪盈眶，跑到厨房里抽泣流泪，端碗的手在颤抖，泪珠在眼角跳动。

多达把阿爸交代的聘礼一一呈上，最后在礼品上面搁了阔端王馈赠的那对象牙镯子。

贡嘎坚赞爽然接受了聘礼，不说二话，答应把周措嫁给多达。父母已经去世，妹妹的婚事可以由他这个阿哥决定。至于与止贡法王弟弟之间的婚事，年前集兵议事时，他与王子的叔叔已达成协议。根据吐蕃习惯法中关于离婚条款的规定，女方提出离婚不退嫁妆，也不分割家产，净身出门，周措的婚事就这样决断了，所以，他和她都没有了后顾之忧。

贡嘎坚赞提出，一不做二不休，就这两天把婚事办了。由仁增旺姆主持，在款氏庄园老家举行婚礼。完了随多达去凉州，夫妇团聚，侍奉公公婆婆，享受人生乐趣。

贡嘎坚赞这阵才有闲暇拆开阔端王的信函，他原以为是平常双方问候的交际之信，但阅完后笑容收敛，眉梢微微拧起，眼神变得严肃迷惘。他不吭气，从茶几下找出花镜，又一次慢慢审阅，连着看了三遍，才阖上信页，凝眸陷入思忖。

他身边没有人，连两个小侄儿八思巴和恰那多吉也刚才缠闹着姑夫和姑姑，要他俩请客买好东西给他们，簇拥多达和周措出了门。

阔端信函中所说的事来得太突兀，太意外，他脑中根本没有闪过一缕云一粒雨，梦中都没有想过。它像一块牦牛大的石头压在他心上，又像是喜马拉雅雪山、雅鲁藏布江河横在面前，让他喘不过气，更难跨越过去。它是一道天堑啊！信函的语调倒也谦恭、热情、客气，充满了人情味，但内容却绵里藏针，软中带硬，丝丝相扣，让你无法推却，无法回绝，真是一个巧妙无比又缜密严格的网扣啊。

　　　　长生天气力里，大福荫护助里，
　　　　皇帝圣旨里。
　　　　萨迦班智达贡噶坚赞贝桑布知之。
　　我为报答父母及天地之恩，需要一位能指示道路取舍之上师，在选择时选中了你，故望不辞道路艰难前来此处。若是你以年迈为借口（不来），那么以前释迦牟尼为利益众生做出的施舍牺牲又有多少？（对比之下）你岂不是违反了你学法时的誓愿？你难道不惧怕我依边地的法规派遣大军前来追究会给无数众生带来损害吗？故此，你若为佛教及众生着想，请尽快前来，我将使你管领西方之僧众。

赏赐给你的物品有：白银五大锭，镶嵌有六千二百粒珍珠的珍珠袈裟，硫黄色锦缎长坎肩、靴子（连同袜子）、环纹缎缝制的一双、团锦缎缝制的一双、五色锦缎二十匹。

　　……

　　龙年八月三十日写就。

　　字写得工整，是铁链式书法写就的。是吐蕃有文字以来，赞普松赞干布规定的官方文字程式书写的，说明阔端王极其尊重吐蕃文化，请藏文水平极高的学者拟稿手写的。通篇没有错别字，文法准确严谨，一气呵成。更让贡嘎坚赞感到欣慰的是，蒙古汗国因自己没有文字，一般官方用函都以畏兀尔文拼音拼写的蒙语。但阔端这一次却郑重其事地用藏文来致函，这说明他是十分尊重他萨班的，待他是忠厚诚实的。看样子，阔端王是真心实意邀请他去"指示道路取舍"的。

　　从奉献的礼品来看，规格至高至尊，前所未有。给他奉献、馈赠的礼品中有克什米尔国王、哲孟雄王室、古格王国，以及吐蕃各地王朝王公贵族的珍宝稀奇，但他们的礼品没有一个可与阔端王相比的。那件镶嵌有六千二百粒珍珠的珍珠袈裟，不要说披过、见过，他闻都未听闻过，梦中都不敢去梦。这样珍贵的礼品一辈子都不敢奢望，阔端王却想到了、做到了、送来了，他把我萨班抬举到何种地步了？捧到了天上，捧到与佛祖比肩的地步了。捧到了与皇室平起平坐的地位。他瞟了一眼珍珠袈裟，心尖打哆嗦，心儿醉得全身酥软，心神翩翩，佛祖都可能没有披过如此光华灿烂、富丽高贵的珍珠袈裟啊，而自己却有幸得到如此尊贵的袈裟，怎能不欢欣若狂？阔端真把他当成至尊至高的导师了，捧到了头上。

　　这怎能不使他心涛汹涌、受宠若惊、感激涕零呢？还有那硫黄色黄锦缎长坎肩，那是只有皇室正统骨血的人才能穿的黄色长坎肩，凡是这片大地的众生，不管是中原汉地还是雪域藏乡，或者蒙古高原，对颜色象征都是共同的、认同的。基本是五色系统。又分正色和间色两种。正色是青、黄、赤、白、黑；间色指红青、浅红、淡青、硫黄，是它与五种正色混合而成的颜色。正色和间色是用来区别贵贱等级的。在五种正色之中，按照五行学说，黄为土色，位在中央,因此黄色属于中央之色,也就是最高贵、最正统的象征,非皇家莫属。阔端王给我萨班馈赠黄缎长坎肩,表示了赐予皇家成员的荣誉。不言而喻,也就是蒙古汗国的国师地位,这是何等荣耀、何等高贵的地位。至于各色缎纹靴子,也都是稀罕什物,在过去,只有赞普有资格蹬在脚上。

　　看着礼品,他心花怒放,欢水荡胸,不胜欣喜。可一想到信的内容,他的心又沉了下去,胸口像压了重石,充斥了各种迷雾。那是要他离开生他养他的萨迦,六十多年来生息研修的故土、热土的一封邀请信,他能舍得离开吗?要他到完全陌生的凉州去,他能不胆战心惊吗?那儿等待他的会是什么?是鲜花芳草还是刀剑血海?是福音海螺悠悠,还是深渊条条不知生死?要知道,他今年已是六十三岁高龄的人了。佛教把人的轮回定为六十年一次,他已经是过了轮回之年的耄耋之人,他不愿再经历人生折腾,也难受住长途跋涉、几千里路上风霜雨雪的折磨。这把老骨头经不住骡马牛背的颠簸呀,也难经受冷风暴雨的吹淋。说不一定会把老骨头抛在半路上哪道山梁、哪条沟涧之中。阔端出的这道题太刁钻、太困难、太不容易跨越了。怎么办?他在矛盾中彷徨,头都想大了。下午,他索性待在书房里不会客不议事,把全部心思放在了阔端的信上,绞尽脑汁研究……

　　这是一封无懈可击的信。

　　短短百八十字,却逻辑严密,面面俱到,严丝合缝,滴水不漏,道理很充沛。就说请他去凉州当"指示道路取舍之上师"之说,阔端不仅没有贬低他,而且高抬到"指示道路取舍之上师"的地位,是个至关人生道路、前途、命运的位置,这是一般僧人无法获得的崇高称号。一个佛教高僧一生追求的不就是拯救人类的灵魂,能为人类指示道路的取舍吗?苦苦实践,努力探索,付出一生的心血,不就是为了普度众生于苦海,指引芸芸众生摆脱愚昧、贪婪、痴迷、野蛮,走上文明、和谐的大同世界吗?现在有阔端这样的大人物主动请求我贡嘎坚赞担当"指示道路取舍之上师",我应该欢呼鼓舞,欣然应诺才对啊,有什么理由拒绝。你本身不就是一个灵魂导师的角色吗?你如果不去承担,那你就是一位言行不一、虚伪撒谎的小人,就如自己在那二首格言诗中所诅咒的:

> 高尚的人如同珍宝,
>
> 任何时候也不变质;
>
> 卑劣的人如同小秤,
>
> 稍有不同就见分晓;
>
> 你有多大的羞耻,
>
> 就有多大的功德,
>
> 如果不顾羞耻,
>
> 功德远离,臭名昭著。

　　去!无法推却也不能拒绝,必须得去!责无旁贷,义不容辞。如果不承当"指示道路取舍之上师"义务,那你是不齿于藏传佛教世界的狗屎堆!你不能优柔寡断,只能雄赳赳昂步向前!可这是一次特殊的邀请,是蒙古汗国和吐蕃诸部关系微妙时的邀请,是去几千里以外的异族异域啊,情况特殊而自己年事高得超过了轮回之年,这才使他犹豫不决,进退两难。

　　阔端提出邀请的根据也是天经地义,合乎情理,沁人肺腑,令人感动。他是为了报答"父母及天地之恩",才"需要一位能指示道路取舍之上师",这句话透出阔端是一位有感恩意识,知道自己肩负责任之人;是懂得父母对他抱有的历史期望和努力做到完美人格塑造之人;也明白天地哺育之恩,上苍期待他成为顺应天理人伦、对社会对众生有所贡献之伟人。阔端担心自己在历史的重要关口走错路才聘请他敬仰他。认为他萨班是高明智慧的学者来当导师,这人不简单也睿智。他这份心思多么深切、真诚,胸怀多么宽广、邃远,眼光多么犀利尖锐。父母的养育熏陶,天地的沐浴滋润,伟大的情操赋予了他伟大的使命,伟大的使命鞭策他寻找伟大的导师,以保障道路的正确,获取利众利民、造福社会、流芳百世的伟大成果。源于这种高尚、聪明、伟大的出发点,你对他的邀请还有何怀疑,可动摇的理由不去献身?较之他的胸怀、眼光,我萨班是不是矮了一截子?他内心反问自己。

　　阔端说的中肯、真切、坦然、实在,意思是他统辖下的国土仁人志士学者并不少,即使在吐蕃各教派中也大有人在,但"在选择时选中了你",这就是说他的导师,非我萨班贡嘎坚赞莫属,其他人都不在其列。你贡嘎坚赞想推诿，想转移目标都没有空间，只能答应，只能认同，再无其他选择。紧接着阔端用谦恭、恳切的语气说道："故望不辞道路艰难前来此处。"说到这份上了，他贡嘎坚赞还能说什么，还能拿什么借口搪塞。

实际上，他推诿、婉谢的路口都让阔端堵死了。

后面的话，阔端说得坚决坚定，一针见血，铿锵有力，软中带硬，也使他没有回旋的余地。他洞穿萨班心肺似的，把话说到了要害上，让他喘不过气张不开口："若是你以年迈为借口不来，那么以前释迦牟尼为利益众生做出的施舍牺牲又有多少？对比之下，你岂不是违反了你学法时的誓愿。"这两句犹如两记耳光，重重击在他脸上。是啊，你若借口年迈路远，道路艰难而不去，那阔端及蒙古汗国的众生就以为你是释迦牟尼利益众生宗旨的背叛者，是对佛祖牺牲精神的亵渎，说到底，你当初皈依佛门，剃度为僧，誓愿利益众生，慈悲为怀全是假话、空话、谎话，是欺骗众生。如果是这样，那你萨班就是欺骗了神圣的蒙古汗国黄金家族，他不会忍受骗局，不会白白伤了面子，吐蕃大地就大祸临头，在劫难逃。阔端在信中直言不讳，直截了当，发出了震耳欲聋的战争叫嚣："你难道不惧怕我依边地的法规派遣大军前来追究会给无数众生带来损害吗？"

这是记重锤，他浑身不由沁起冷汗。头发根都倒立了起来，作为个人他倒无所谓，但阔端话中说得很清楚，他会因你抗命而派遣大军前来，严厉惩治"给无数众生带来损害"。众生意味雪域所有藏人、所有生灵，这个面无边无际。仅仅是损害吗？哪里是损害，而是杀戮，是西夏国师洛桑讲述的不忍卒睹的惨景。蒙古人向来说一不二，说到做到，杀人不眨眼，对蔑视他们权威的对手要杀光，房屋要烧光，财产要抢光，要叫敌方大地变成一片焦土，血流成河，尸骨成山，没有人烟。他信中所说的"边地法规"就指的是屠城方针，要彻底征服。那是蒙古汗国制定的大政，不投降就消灭，就屠城，鸡犬不留。恳请而不来，他们会认为是傲慢、冷淡、瞧不起。蒙古汗国正在勃勃兴盛，它咋会咽下这口气呢？一定会倾其全力杀过来，不杀个天昏地暗，山河黯然，争回荣誉决不会罢休。阔端作为汗王窝阔台的二儿子，蒙古汗国的兵权都掌握在他父子手中，集中兵力，倾巢出动，派遣大军是完全可能的。

虽然藏兵力猛凶悍,又有天时地利人和之优势,但那是逞一时之勇,平时训练很少,战术陈旧,指挥系统缺乏专门的军官,反应较迟钝,兵员又是松散的民兵,集中缓慢,机动性差,马匹军械后勤供应都大大落后于蒙古汗国军队,打运动战、阵地战都恐难取胜,唯有打游击战、偷袭才能捞上点便宜,但那对战事总局能起多大作用?杯水车薪,虱子叮牦牛,隔靴去搔痒,对局势左右不了多少。蒙古骑兵进攻村镇寺庙,烧杀抢掠,给众生带来巨大的伤害,而藏兵对蒙古军队的报复也肯定是凶狠的、坚决的、无情的,一朵朵生命之花全会被践踏蹂躏。不管哪一方面受损失有伤亡,他们都有父母妻小,都是全人类的灾难,都令人揪心。而这场仇杀、这场战争又都是因他而引发的。无论谁输谁赢,都是围绕他去不去凉州而进行的,追究起来,是因为他的不作为,他的任性,他是这场战争的导火索,是浩劫的源泉,自己能承担起这个历史责任吗?他浑身打个冷噤,脊背里泛起鸡皮疙瘩,惊惧得差点从卡垫上滚倒在地。

不,决不能因自己年纪大,路途艰难遥远而引发这场战火,给众生带来无尽灾难,那怕赴汤蹈火,粉身碎骨也在所不惜。阔端提醒的好,如果自己不抱利他利众、普度众生的远大志向并身体力行,那佛祖利益众生的施舍牺牲不就成了一团泡沫?自己剃度为僧的誓愿不就成了一泡狗屎堆?自己活着还有什么意义?为了自己,为了众生,凉州非去不可,那怕这把老骨头埋在旷野、掉在深渊里也在所不惜,毫无怨言。

当然,去凉州并不是必死无疑,痛苦万分,可能更多的是光明、宽广、绚丽无比的前景。阔端信中许诺的若是真的,那自己的理想不就真的插上翅膀,翱翔千里万里,一片金碧辉煌?信函中阔端情真意切地催促他:"请尽快前来,我将使你管领西方之僧众。""管领西方之僧众",多大的佛果、正果,西方指的既是此地域上所有信佛的信众,包括僧俗一体,也指的是西方所有佛界净土,这就是说让他统管蒙古汗国辖下所有的僧众,特别是地理上位于西方的僧侣寺院,这是多大的功德啊。难道克什米尔大佛师喀且班钦·释迦室利离开卫藏给自己叮咛过的事不是梦而是真的远景?!那是三十年前的事,但至今还萦绕他心头难以抹去。大佛师在85岁的时候率领九十名克什米尔弟子来卫藏传播佛学，进行研习，是萨迦寺第三代法王扎巴坚赞迎请到萨迦寺的。十年后临走时大佛师叮嘱说："白梵天神格萨尔是蒙古祖先霍尔国的保护神，他曾托梦请求我释迦室利前去蒙古指示他们的道路，我祈求度母决断，度母梦中告诉我，你年事已高，不宜远行，从卫藏派一名弟子前去会有好处。"伯父扎巴坚赞圆寂前也曾对他交代过："在你的后半生，蒙古使者将前来，你去，对佛教弘传及众生大有裨益，无论如何应当前往。"在以前，他没有经意，只是听听而已，以为是一场闲聊，那时候，他虽然知道有蒙古汗国也听说过他们攻击西夏，屠杀西部国家之情况，但在他看来，蒙古大地太遥远了，太渺茫了，很难和雪域大地联系到一块。蒙古大漠和吐蕃大地中间隔着祁连山、昆仑山、唐古拉山等众多雪山银峰，横有青海湖、湟水、黄河、长江等大江大河，不可望也不可即，所以他想都没有想过，更未主动打问过。但他知道吐蕃的僧侣曾游弋蒙古高原传经弘法，受到礼遇。传说中有蔡巴噶举派的高僧贡唐上师的弟子扎巴僧格曾奉命前去西夏，担任西夏的上师，后来又有藏巴库哇等七人先到蒙古，然后又转到西夏，在西夏担任翻译。成吉思汗攻打西夏时，他曾去拜见汗王，请求成吉思汗免除了僧人的赋税差役。关于蒙古汗国的故事，他听闻不少，但去蒙古之地，他从未有过念头，更未想到华甲之年，过了一个轮回，却得去蒙古之乡，充当管领西方之僧众的高僧，他恍如掉入梦境之中。

去还是不去？从理性上讲，当然应该去，责无旁贷，义不容辞，当仁不让地去！不要说对得起阔端的一片真心实意，诚恳邀请，就是一个比丘的责任感、使命感，终生誓愿，他也得欣然前往，不能有丝毫的犹豫。可从情感上，他又舍不得离开萨迦寺，离开日夜相伴的寺中朋友及弟子，更舍不得离开仁增旺姆，离开亲友和厮守一生的乡亲们。

在去与不去上，他纠结、矛盾、犹豫、迟疑，日子过得漫长，睡时辗转反侧，阖了目却脑子亮堂堂的，吃饭像嚼着枯草，没一点味，也缺胃口，人消瘦了，白头发唰地增多了，干脆留下了长长的胡子。

佛邸里外都感到奇怪，但从萨班脸上看不到苦恼和愁绪，侍僧只能茫然地注视他的背影摇头、唏嘘。

五十

多达和周措的婚礼在仁增旺姆的操劳和主持下，隆重、热烈，持续了三天。

贡嘎坚赞参加了典礼，给两人赠了哈达，并念诵了祈福平安的经文。

他继续禅坐书房，思虑有关赴凉州的事项，剖析可能遇到的重大问题，特别是到了凉州之后，会遇到何种境况，何种选择，如何对付处理。脑海里转动的已经不是去不去，也不是身体老迈，路途艰难，而是到了那面，即自己离开萨迦，离开信众，离开故乡，无权无势，孤身单影，一旦被骗受人控制，事业和生命将受到威胁会咋办？他得把阔端了解透，把凉州地面了解透，再凭借自己的智慧，把主动权掌握到自己手中，因势利导，因地制宜，获取成功。为此，婚礼之后，他把多达叫到身旁，问这问那，把凉州地面的情况从民族结构、人口分布、经济生活、社会框架、地理特征、当地习俗到商贸产品、文体娱乐统统聊一遍，筛个透。特别是关于阔端的话题，他聊得最仔细、最感兴趣，恨不能把有几根腋毛也摸清楚，常常聊到半夜多达打呵欠才打住嘴。

他相信多达的话，多达现在是他的妹夫，也算萨迦款氏家族的成员了，他不会哄骗他的。听了他的话他心里踏实多了，对阔端的信任也增强了，但他心头最大的一块疙瘩还是没有解开，而这块疙瘩，从最初的模糊、朦胧、沉浮，变得越来越清晰，越来越明确，越来越成型，那就是：阔端邀请我贡嘎坚赞去凉州，不单单是去担当"指示道路取舍之上师"，说不定还隐藏着一个更深邃的政治用心，即用牛毛拧成的绳子当扣绳，套住凶悍无比的野牦牛，用我萨班的名望、学识、旗号去招抚全吐蕃各割据王朝，让他们归顺蒙古汗国。

悟出了这一点，他身上不由发冷，脑门子上渗出凉气，脊梁骨抽筋，这不是出卖吐蕃吗？不是叛变吗？是何等的罪孽，吐蕃要毁在自己手心，那不成了千古罪人吗？他不敢往下想，只觉得头皮要炸开。他揉揉太阳穴，苦思再苦思，心头忽然掠过一道闪电，他能利用我，难道我不能利用他达到自己的目的？他是西凉王，是蒙古汗国汗王的爱子，有权有势有军队，凭借他现在的地位，有什么事情摆不平，办不了？他眼前豁然开朗，一片阳光，一片鲜花绿地。

对，自己咋忘了佛祖教诲的："诸法由因缘而起。"

若此有则彼有，若此生则彼生，

若此无则彼无，若此灭则彼灭，

这就是佛学中常说的缘起缘灭。

既然他和阔端同生在这一时代这片大地，又因雪域之事联系到一起，那就是此生的"缘分"，命里注定相互命运有影响作用。阔端离不开他，他离不开阔端，成了一棵树上的鸟儿，一条沟里的流水。既然命里注定他要成为阔端"报答父母及天地之恩"，而认定选择的"指示道路取舍之上师"。那么，他这位上师在阔端道路取舍上就有着话语权、指导权，权威性较高，有关吐蕃与蒙古汗国的关系地位，我贡嘎坚赞自然有施加影响的能力、资格，很多误会、仇恨也就有可能消弭，化为轻烟飘去。

缘分在哪儿？他琢磨来琢磨去，最后落到了两个字：和平。阔端不想打仗不想杀人，想抛弃先人那一套靠杀戮征服世界的路子，而他贡嘎坚赞作为佛门弟子，不杀生是五戒首位。尊重生命，平等相待，和平相处，这是佛教教义的基本点，也是佛教徒世世代代奋斗的最高理想，即全人类和平、和谐、和睦、博爱、平等、共同繁荣发展。和平发展不就是他俩共同的追求吗？他俩的"缘起"就是和平发展，和平发展是两人结缘的根基。有了这个共同联系点，还愁不能联手协作，共同办成大事？

佛祖还说过："一切众生，皆有佛性，有佛性者，皆得成佛。"什么是佛性呢？佛性不就是善良、仁慈、怜悯、珍惜生命、胸怀宽大、宽容、宽恕，把世上一切众生都当成自己生命的组成部分去关爱吗？不就是目光睿智、远大、犀利，能看透宇宙运转的规律，看准世界潮流的走向，不让人类走弯路，遭受不必要的甚至自身的愚昧、偏执带来的伤害。应该肯定，阔端和蒙古汗国的军民也都"皆有佛性"，他们是人，是世界优秀民族之一，凡是有佛性者，都可能成佛。既然如此，那蒙藏关系还有什么谈不拢的？目前只不过在方法上、观念上有一些分歧罢了。作为蒙古汗国，他们想按传统的做法派军队武力占领，由蒙古人直接管理派任官员，这在藏族历史上是从未有过的。吐蕃人不允许外族骑在头上拉屎拉尿,他们的民族尊严决定他们不会勾下头的。他们会像格萨尔一样,以刀箭以生命来捍卫自己的尊严和人格,这是分歧点。

在两者之间,找一个双方都能接受的契合点,从而把缘分扣得紧紧的,达到两全其美那该多好。

他心头无数次衡量过蒙古汗国和吐蕃大地各自的优劣:蒙古汗国国力强大,擅长攻城略地,又财大气粗,人才济济,缺的是文化不深厚、不成型,没有文字,艺术也不发达。而吐蕃诸部呢?国力贫穷,财富不多,军队没有专业常备的,只是临时召集的民兵,战斗力、战术都不及蒙古人,可若果比拼文化,那吐蕃人就略高一筹,就有胜算了。吐蕃遍布各地的寺院,传播着哲学、天文地理、语言文学、医学、历史、艺术等大小十明知识,门类齐全,体系完整,把吐蕃大地上千年的智慧,还有南亚各国创造的文明,全集中荟萃到了一座金盆之中。把大小五明传播出去,深入蒙古人的心坎,让他们享受到文明的甜果,全人类共同创造的财富有何不好?他们在政治上走进雪域大地,而吐蕃把自己创造的文明撒向蒙古大地、中原大地有何不可?而且是主动的、全面的,通过佛教为引子、发酵向更广阔的世界,其能量不可小觑。一切贡献于全人类的和平与发展,一切在和平发展的大道上行进,一切在和平发展的旗帜下集合。抓住这个契合点,蒙藏都是赢家,双方都有着锦绣前程。

他一身清爽,明白了自己该做什么。让侍僧端出一盆凉水,使劲擦拭头、脸、脖颈、胸前后背。

十天后,他催促多达和周措回返凉州,临走,给多达一封信,专门是回复阔端的。

佛法僧三宝至上。

祈祝西凉王阔端阁下至尊至上,身、语、意平安,玉体康泰,举家幸福,诸事吉祥。

贡嘎坚赞、萨迦寺老僧谨向您致意,并衷心感谢来信问候。接受如此贵重、如此至尊的礼品,心中颇为不安,权当施主向佛的供养,再次合掌致谢。佛法僧三宝将保佑你业果园满,诸事如意,如日中天。

承蒙您高抬,邀请我为你道路取舍之上师,不胜惶恐,我已决定接受您的邀请，在不久的日子里，即准备起身去凉州，同时携俩侄儿，八思巴（十岁）、恰那多吉（六岁）一同前来，恳请得到你的呵护关爱，犹如亲生儿女，在你麾下健康成长。

我准备路经拉萨、泽当、工布江达、林芝、昌都、类乌齐、康区囊谦、青海大草原来凉州，目的是沿途讲经弘法，宣传您对卫藏黑头藏人的泽被，对各教派的宽厚，治理凉州地面的功德。从多达口中听悉的凉州及全河西走廊民族和睦、宗教和顺、黎民百姓安居乐业、百业兴旺、一片升平繁荣的喜人景象，这全仰仗您的仁慈、智慧之福德撒下的甘霖。吐蕃大地祈求的正是这种甘霖带来的和平、和谐、平等、博爱、发展、繁荣。愿和平、发展、团结繁荣成为蒙藏民族共同的攀登高峰。

由于路途遥远，江河纵横，雪山重重，又一路与各教派及世俗领袖沟通联络，取得共识，故到凉州可能耽搁多些时日，请鉴谅，我向天地虚空三界起誓，忠诚于我的诺言，定当身、语、意全部来实践当好给你"指示道路取舍之上师"，我也相信您会以全部身心实践你的诺言，共同建设幸福的乐园。

馈赠如下礼品表示真诚的情意：九眼猫眼石佛珠一串，克什米尔蓝宝石一颗，藏红花一斤，麝香十颗，冬虫夏草三斤，谐玛细呢一捆，毛氆氇三捆，花氆氇三捆。

……

写好信，他请多达独自前来，先让他看了阔端的信。多达惊喜，击掌欢呼，赞同萨班应邀前去担当导师之职，并告诉说，凉州城内有景教、伊斯兰教、道教、儒教、萨满教的学者在阔端周围游说，要他信奉他们的宗教。若不及时赶去，则说不一定错过机会，阔端改变主意，那就悔之晚矣。丧失的不仅仅是上师之位，更重要的是担忧蒙古汗国治藏的方针发生改变，那就不是萨班萨迦一人一地的巨大损失，而是全吐蕃形势的逆转，成千上万僧俗民众有可能掉进血泊，掉进灾难的深渊。

他点头应承，又一次问到了阔端的品德为人。

多达翘起大拇指，肯定地说："你若相信我那就完全可以相信他。"

萨班才把自己写的信函交给了多达，让他过目，想听听他的意见。

多达看得很仔细，是屏住呼吸看的，一遍又一遍，连眼睫毛都未眨一下，眉梢绾起了疙瘩。萨班以为哪句话出了毛病，探过头想询问，还未来得及张口，多达却把信函掖进贴胸的衣袍里，目光灼灼道："我明天就出发，尽快把信呈送给阔端。"

萨班没有挽留，欣赏地点点头，又告诫他不要把他要远赴凉州的事泄漏给任何人，包括周措。事不宜迟，时不再来，他把寺院、地方的事安顿好，十天半月之后便出发，但路线可能曲曲折折，得延误一两年时光，请多达给阔端王多谈谈其中的困难，给予理解。他要多达转告阔端王一句藏族谚语："只要肉煮烂在锅内，不在乎早吃和晚吃。"

五十一

夕阳拖着暗红色的脸蛋掉下西山背，火一样的艳红晚霞在西天燃烧。

各种鸟儿叽叽喳喳欢唱着，结伙成群地从贡嘎坚赞头上飞过，飞向林梢飞向崖壁上的鸟穴。他们把他引向了遥远的西天，那雪茫茫草莽莽的萨迦寺，喜马拉雅脚下的荒漠草场。他想到了仁增旺姆如金莲花绽放的笑脸，想到了本钦，还有寺中那一张张熟悉的面孔……

忽然，贡嘎坚赞觉得两腋痒痒的，他以为袈裟没有掩住腋下，让小虫子爬进来了，急忙下意识地两手叉着去腋下摸索，想不到抓住了两个软乎乎、胖墩墩的小手。几乎同时，脑后响起了铜铃般稚嫩甜脆的孩童嬉笑声，他听出是两个侄儿八思巴和恰那多吉。

他转过头，一手搂住一个把他俩搂进怀。

两侄儿在他怀里像两条小狗崽嘻嘻哈哈，相互逗着玩耍闹个不停。

贡嘎坚赞心里叹口气："真是少儿不知愁啊。"他随口问道："不想家乡萨迦了。"

两侄儿异口同声回话："不想！"

八思巴生性沉稳，爱动脑子不多言语，恰那多吉心直口快，有话藏不住，他用还未长全牙的薄嘴唇补充回答："这儿比萨迦好，萨迦有什么好的。叔叔，你看这扎西秀龙，草长得能掩过我和阿哥的脖颈，厚得常绊脚摔跟头。没有一缕灰尘飘浮，也不见扬沙起石子的大风，空气就像一面酥油抹布抹过的铜镜明晃晃、亮灿灿的耀得人眼花。还有鲜花簇簇，各种鸟儿欢歌笑语，彩蝶像浮云飘来飘去，小河潺潺清澈见底，小鱼、蝌蚪自由游来游去。森林也无边无际，松柏树长得密密麻麻，林中各种果儿都有。还有，咳，我说也说不好，反正它比经堂里画的香巴拉世界还要美妙。"

萨班晃晃头，眼角漾开一丝苦笑，什么也没有说，但心里慨叹道："看来，追求幸福和美好生活，是人类的天性，连孩童都喜欢好日子，好环境，哪里活得好，哪里就是家园啊。"

八思巴也忍不住插话说："叔叔，这儿天天能喝上新鲜牛奶，新鲜酸奶，新鲜酥油，新鲜奶酪，还有新鲜牛羊肉。凉州城内还有各种糖果，各种水果，过去不要说吃，连听都没有听过，面食更没有说的。我梦中也没有见过这么多好吃的，到了香巴拉，不见得有这样多好吃的，我感到我在仙境之中。叔叔，谢谢你把我兄弟俩领到凉州来。"说着重重亲吻了萨班面颊三下。

恰那多吉也学着阿哥的样子，使劲在萨班脸上狂吻，把萨班的左半面脸颊吻得潮乎乎、湿漉漉的，胡须泡酥弯下腰。

萨班胸口回荡热流，心头热乎乎、暖融融的，想不到小小年纪的八思巴和恰那多吉都知道感恩了。八思巴和恰那多吉是他弟弟桑察·索南坚赞的长妻玛久贡吉生的。藏历土猪年冬，索南坚赞去世，当时八思巴年仅五岁，恰那多吉刚生下不久，贡嘎坚赞看到孤儿寡母生活艰辛，便把两侄儿领过去，由他这个伯父承担起抚育和教育的重担。在他俩身上，他倾注了太多的心血和理想，在血脉相传的萨迦王朝，他要把他俩培养成教法的传承人，世俗权力的接班人。

他俩也很勤奋很聪明，尤其八思巴，聪慧异常。三岁时，他就能背诵莲花修法等，众人惊异，赞颂他为八思巴，即圣人，原来的名字娄吉却反倒被世人忘了。听经文只一遍便能过目不忘，牢记在胸。记得七岁时，他贡嘎坚赞举行本教派的大法会，八思巴竟在法会上流利地念诵了《喜金刚续第二品》，一字不落，一句不漏，使与会僧俗教众大为惊讶，大为敬佩。八思巴思维敏捷灵活，触类旁通，纵横理会，辩证剖析，理解能力颇强，是他意想中的教法接班人。这次他把他兄弟俩执意带出来，是有两重意思：一是开阔眼界，二是寻找更广阔的前景，为弘扬藏文化、弘扬藏传佛教做出更大的贡献。

为了领出两个侄儿，他费了好大的劲。

首先，自己如何走出萨迦，劝解开僧俗民众的阻拦，是他首要考虑的基本问题，煞费了一番心计。他清楚他在僧俗民众心目中的位置，那是一个很难解开的扣子，不解开扣子，他无法离开萨迦去凉州。

本钦是需要首先解开的扣子。

他把本钦叫到客厅里，开诚布公地把阔端的邀请函摊开让他阅看。

本钦释迦桑布是他的堂弟，也接近华甲之年，风雨历练，沉稳睿智，很有头脑，想事处事都有自己的一套。释迦桑布把信反反复复看了三遍，蹙着眉头又把他贡嘎坚赞仔细审视了一阵，然后什么也没有说，转身便走了。

他猜不透本钦是啥意思，一夜胡思乱想没有睡好觉，天亮刚迷糊入眠，本钦破门进来，第一句话便是："你自己什么主意？"

他没有吭吭哧哧，含含糊糊，而是皮袋里倒牛粪疙瘩，不藏不掖："我决定去凉州。"

"好！我赞成。"本钦绷着的脸绽开了笑容，嗓音洪亮铿锵，是发自内心的一种表态。

他感到意外，他原料定本钦是最坚决反对他去凉州和蒙古汗国交朋友的，因为他对蒙古人深恶痛绝，誓不两立，他的一位出师学友去西夏游学讲经时被屠城蒙古军杀死，提起蒙古军他眼里冒火，拳头攥得发抖。组织联军包围多达的远征军，他最为积极卖力。他为什么转弯转得如此快速，他纳闷，有点不可理解。

"我们抗击他，不就是为了让他们知道我们的力量，与我们平起平坐？现在阔端王请你去当上师，顶在了头上，这是大好事啊，是我们萨迦的荣耀，是吐蕃人的骄傲，咋能不高兴？打仗不是目的，仇杀更不是我们的向往，我们只图相互尊重，平等相处，让我们按传统的生活方式生活。现在蒙古汗国尊重我们，还邀请您为上师，再还有什么不高兴的，您放心去吧，这儿的事有我撑着。"

萨班高兴地上前抱住了本钦,激动地嗫嚅:"悟透了就好,悟透了就好……"

他让本钦通知各部落头人,萨迦各属寺的僧官——主持教务的法台,负责戒规的执行官"夏俄",领诵经文的领诵师及其他前来府邸开会。

三天后的僧俗头面人物联席会上,他让大家传阅阔端的邀请函,观赏馈赠的礼品,然后让大家发表自己的看法。

经过一番激烈的争论,意见大致统一,都觉得是好事,是给萨迦王朝增光添彩的事。该去,但大伙也有担忧,担忧有二,一是萨班已过轮回之年,体质毕竟不如年轻人,怕难以抵御一路风雪雷雨,漫长艰辛,到不了凉州反而倒在半路上,那则是萨迦的巨大损失,得不偿失,对藏传佛教事业带来巨大损失;二是蒙古汗国的阔端王诚信如何?怕他言而无信,口是心非,背信弃义,到凉州后被软禁,进而作为人质,要挟僧俗,进攻雪域,武力征服。

贡嘎坚赞一一回答,袒露了自己的心迹:"出家人出家就是为了胸怀慈悲,普度众生,引导大家走向极乐世界,热爱生命,追求和平、和谐是一生要修的功德。为了实践这一终生理想,阿底峡大师六十岁上翻越喜马拉雅雪山,来到雪域传经弘法,拨乱反正,难道我贡嘎坚赞的命就那样高贵?一个僧人为了自身利益而不去利他利众,那还不如一条钻洞偷食的老鼠!更令人五体投地的还有克什米尔大佛师释迦室利,85岁率九十弟子来到雪域绰浦寺讲经弘法,历时十年,97岁才返回印度。比起这些先辈,我不过是参天大树下的一棵小草,有何惜命的?"

他说得慷慨激昂动情,声音有点颤抖哽咽,眼眶也湿润了。

一席话说得大家埋下头没再吭气。

"至于阔端,听其言,观其行,我初步了解了,迄今为止,阔端一直言而有信,说到做到。至于今后,那就看他修的德行。但不管怎样,我们雪域藏人不能失信于人。我们首先得堂堂正正、坦荡无私,不能辜负朋友的信赖。就为了心中这束阳光,我准备前去凉州,担当阔端指示道路取舍的上师,哪怕前面刀山火海,也在所不辞。能为众生的和平、幸福、繁荣献出这把老骨头,我觉得值。"

厅内鸦雀无声，大伙凝声屏气，双眸望着萨班凝重坚毅的脸盘，谁也不说话，都默默地在心头合掌祈祷，祝福萨班一路平安，顺利实现伟大理想。

"我知道你们还有一个没有说出口的想法，那就是我走后谁来主持萨迦的政教大业？我决定由本钦释迦桑布为总负责，统管萨迦派的各种事物，我请大家，不包括教务长伍由巴·索南僧格和夏尔巴·意希迥乃，各位高僧大德和首领向本钦释迦桑布献哈达敬礼。"

敬礼罢，他要与会的僧俗头面人物把阔端邀请信函的内容原原本本传播给下面，把他的决定以及理由、决心告诉民众，以免引起人心浮动，思想混乱。

一切按部就班，虽说仁增旺姆两眼泪花，几次前来劝阻他，但都被他好言劝回，他要仁增旺姆训练好后藏艺术表演队，说不定哪天用得着。或者由他请到凉州地面大展风采，为吐蕃人争光添辉，帮助他求得和平安宁。仁增旺姆破涕为笑，点头答应。回庄园后，她送来了很多珍贵的藏药，路上的盘缠干粮。

他原先担心"走不出去""不让走"，未料到上上下下如此识大体，他身心一下变得惬意，一身爽快。但他意想不到的是，本是王族内部的小事，却酿成大事，差点耽搁了起程。

事由就是八思巴、恰那多吉兄弟引起的。

远赴凉州，不知道啥时候能回返萨迦，也不知道这一次去会有什么意外，他准备把八思巴和恰那多吉带上。雪域高原现在是四大教派格局，生态现状严峻，稍有闪失，有的教派就会削弱消亡。萨迦派一直受政教领袖继承人的困扰。以家族来传承的萨迦派，款氏家族后裔少，子嗣不多，多次面临过后继无人的危机。萨迦世祖中的贡嘎宁波是萨迦创始人却杰波59岁时出生的。贡嘎宁波51岁时生下索南孜摩，56岁时生下扎巴坚赞。扎巴坚赞的弟弟贝钦沃波布，是萨班·贡嘎坚赞的生父，生下萨班也三十出头了。贡嘎坚赞自幼随伯父扎巴坚赞受沙弥戒，学习佛学及各种知识，实际上伯父是倾力培养他为萨迦派法座的继承人。今天他要把八思巴和恰那多吉带到身边，也是为萨迦王朝培养自己血统的接班人，让萨迦派薪火相传，代代不息。

消息传出，寺内寺外引起轩然大波。

先找上门的是八思巴、恰那多吉的生母玛久贡吉。她一把眼泪一把鼻涕央求贡嘎坚赞看在逝去的弟弟面子上,把八思巴兄弟俩留下,好让寡母孤儿相依为命,朝夕见面,有个安慰。说得贡嘎坚赞心口酸溃溃的,不知道说什么好,半响才回过神。好说赖说,晓之以理,动之以情,但就是说不转。弟媳妇一定要八思巴、恰那多吉跟她回家,母子一起度日挨年。他不好强迫说绝话,关乎母子情感这一人性问题,他不好武断勉强,把自己的意志强加在别人头上,便把目光凝注在兄弟俩脸上,让他俩自己决断。虽然他想让兄弟俩伴着他,将来好接自己的班,但母子之情是神圣的,超乎世俗最高利益,不能用某种欲望代替,他更不能以一己之利而割断这神圣无比的血肉之情,所以他只有顺其自然,听天由命。

八思巴比较沉稳,处事较成熟,懂得如何应付这种棘手之事,他转过身,把脊梁支给了阿妈,缄默不吭气,实际上以沉默来表态,用无声告诉阿妈他不赞同留下,他要跟伯父去凉州。

只有六岁多的恰那多吉,却没有哥哥的城府,他嬉笑着,怪眉怪眼地问阿妈:"阿妈,你让阿哥和我回去,你能给我俩啥好处?"

贡嘎坚赞很震惊,小小年纪哪来如此世俗?

玛久贡吉却高兴得老泪纵横,脸上每条皱纹里都开满了笑容。她跑去一把搂住恰那多吉,声调颤抖:"我给你每天手磨新鲜糌粑,打新鲜酥油茶,煮蕨麻米饭吃,还陪你玩骨牌踢毽子……"

贡嘎坚赞的心儿不由抖动。母爱,这就是母爱,她舍得割下自己身上的心肝鲜肉喂养自己的儿女。自己的做法是不是有点残忍,有点无情?毕竟一个才六岁,大的也不过十岁,都正是小鸟依偎老鸟,牛犊寸步不离母牛的年龄段,跟上自己是遭罪受大苦啊,他有点犹豫有点动摇。

恰那多吉嘻嘻嬉笑,挣脱阿妈的胸怀,跑到伯父怀里,用一角袈裟裹住身子,回头说道:"阿妈,我是人不是羊羔,只有温饱没有知识可活不下去。你能给我教书学经典?你能让我知道大千世界什么模样?阿妈,小鸟长足了翅膀就要翱翔云天,小鱼养足了心劲就要游向大海,伯父能给我们翅膀、心劲、知识,让我俩飞向天空,游向大海吧。"

八思巴也扭回身子，深情地凝注阿妈，哀求道："阿妈，让我俩随伯父去吧，伯父会教我们各种有用的知识，会让我们长上雄鹰的眼睛，狮虎的利爪，圣湖般宽阔的胸膛，海洋般的知识，让我们登上珠穆朗玛峰，看到更精彩的世界。阿妈，这你给不了，只有伯父才能给我们。"

玛久贡吉一怔一愣，大瞪眼大张嘴，说不出话也哭不出声，呆呆凝滞了片刻，便捂住脸掩住嘴埋头跑出屋，楼梯口飘来隐隐远去的抽泣声。

贡嘎坚赞感动得将两侄儿紧紧搂在胸前。

前脚刚送走玛久贡吉，后脚本钦领着寺中几位高僧，还有法台伍由巴·索南僧格和夏尔巴·意希迥乃进来了。他们一进来，不说话先齐刷刷跪在贡嘎坚赞面前，连叩了三个等身头才站起落座。

贡嘎坚赞闻着气味不对，让八思巴兄弟俩去玩耍。

本钦神色凝重，眼窝里交织着忧虑和狐疑，他先开了口："请萨班给萨迦留下籽种。"

其他人也应声打和。

贡嘎坚赞一震，一时摸不着头尾，有点莫名其妙。籽种？什么籽种？萨迦的籽种？谁是萨迦的籽种？他愕然地回视本钦，寻找答案。

"你别装糊涂了，我们请你留下八思巴兄弟。"

贡嘎坚赞恍然大悟，他先是好笑，接着有点愠怒，他狠狠用刺目扫过众人，冷冷问道："他俩是籽种，说笑话？一棵未长成大树的小木苗，它能顶大梁，能当支柱？一匹小马驹，摇摇晃晃连自己都站不稳，还能驰骋沙场、负重千里？"

本钦点头又摇头："款氏家族后人中，只有这两小子人精神爽，他们是希望，是萨迦的未来。你领走后，万一，若果有个万一，那萨迦王朝的血脉不就断了？"本钦说的委婉，中肯，但话头很坚硬。贡嘎坚赞被问噎了，也心软了，但很快脑筋转过来了，心也变硬朗了。咄咄逼人反问道："留在萨迦你们就能保障他俩万无一失？就能把他俩栽培成参天大树，长空玉龙？你们中谁敢拍腔子说这话？"

屋里顿时鸦雀无声，没有人应话，一个个蔫奄头垂首丧气。

萨班放缓了语气："我知道你们是关爱萨迦，为维护萨迦王朝而着想，而你们作为萨迦血脉的传承人，作为萨迦的精英，就没有想到萨迦要走出去，走进全雪域，走到蒙古大地，到中原内地，走向世界？不愿让萨迦真正成为参天大树，滔滔大江，永远雄踞雪域大地？"

本钦一伙惊疑得目瞪口呆，傻傻发愣没有话说。

"我把小小的他俩领出去，就是趁我还能走动，我还有影响，最主要的是头脑还清楚，想领他们去见见世面，多多历练长见识、长智慧。背靠大树有荫凉。俗话不是说吗？跟着太阳走不怕受冷，伴着老狼走不缺鲜肉吃。一旦我走了，谁扶帮他俩？谁给指示道路？天下的路，很少是平坦直线的，大多上坡下坡，不进则退。"

他余兴未尽，呷了半碗茶，舔舔嘴唇，又目光曤曤地扫视过面前的人，有点悲壮有点激昂："你们以为我稀罕上师那个虚名？愿意顶风冒雪、风餐露宿去几千里外的凉州？不，我过六十轮回年华的人，什么荣华富贵没有见过？什么风霜雷电没有经历？我的心早平静得像纳木措的湖水，像喜马拉雅峰峦的石岩，掀不起什么浪花，我是替萨迦着想啊。在藏传佛教世界，你们看看，我们萨迦处于何种境地？地处西南偏僻一隅，有地盘却无势力，地广人稀物产贫乏，又不是交通要道，难成信仰中心，而我们的东北面是信众广大、土地肥沃的噶当派。东面拉萨河谷、雅鲁藏布江流域又是噶举派的天下，宁玛派在民间的影响也不可小觑。咱们这样得过且过，苟且偷安，出路在哪里？我就是为了萨迦的出路，才带他们上路。糊涂啊，你们的目光太短浅了。"说罢，颓然坐回卡垫，眼角发潮，目光悲愤。

本钦一伙慌了，齐刷刷跪地："上师息怒，我们目光短浅，我们糊涂，我们再不惹你生气了……"

贡嘎坚赞抬起头，挥挥手："好了，同一件事聪明人只能糊涂一次，让我静静心，准备上路的事项吧！"

……

回想起来，他不胜感慨。轻轻拍打俩侄儿的后背，仿佛有多少话都在他宽厚的手掌上。

五十二

  这一路他们吃了很多苦。整个秋冬，他们在拉萨河谷，雅鲁藏布江两岸，还有波密、昌都等地活动。跋山涉水，鞍马劳顿，风吹雨淋，霜雪交集，身心煎熬，人变黑了，消瘦了，但还好，都撑下来了。

  路线是他设计好的，没有按凉州到拉萨传统朝佛路线走，而是到人烟稠密、佛寺林立的地方去。朝拜每个古刹大寺，拜会各教派的法王、堪布，并应邀讲经弘法，结果耽搁了好些时日，但这一切都是他刻意安排的。他要把一切事想到前面，办到前面，做到水到渠成，马到成功。到凉州后若形势按他的希望能兑现，则不走回头路，少发生不必要的麻烦，让和平的风马旗高高飘起，让团结繁荣的火焰熊熊燃烧。为此，他甘愿多走高山险滩，多吃苦，多受罪，多费口舌，多叩头，也要把他们的思路搞通，要使他们和他想到一处，干到一处，拧成一股绳，最终将雪域牵引向幸福安乐的明天。

  在供奉了各寺的主供佛，敬献哈达和供金之后，他要向寺主及当地头领，各级僧官、高僧大德通报自己去凉州的原因，首先把邀请函（信他已经粘贴在羊皮上不怕揉搓）展出，请大家过目，然后讲述他的想法、理由，要大家理解他，支持他。

  第二点他谈世界局势，谈蒙古汗国和吐蕃诸部的实力，争斗的结果会是什么样？吐蕃经历继续动荡分裂的危害性，战与和的利弊。

  第三点，如何争取和平，和平的条件，吐蕃应采取的对策，寻求两全其美的结局。

  他从佛家追求"大同"世界，尊重生命、热爱大自然众生，达到和平、和谐，共同向幸福生活出发，讲到自己构想的蒙藏和谈成功的前景，吐蕃政教和顺，社会祥和，经济发展，文化繁荣的可能性。说得上上下下点头赞许，心里热乎乎的，没人反对阻挠，都皆大欢喜，表示只要蒙古汗国不派兵武力占领雪域，允许吐蕃人自己管理自己的事，那什么名分国号，都可以不去计较。

  他也表态说，既然阔端王请他做指导道路取舍的上师，他就要身体力行，施加影响，说服阔端王，尽力实现自己描绘的和谈图画，使双方都圆满高兴。

由于各地各教派各部落都有和萨班一样的祈愿，他自然而然成了整个雪域大家庭的代表，受到支持，受到每一地的保护，派出好马、好驮牛，有经验的驮夫，还有民兵，送到下一个部落，下一个寺院，并预先通知来者是大名鼎鼎的萨迦班智达贡嘎坚赞。贡嘎坚赞也以"萨迦格言"为名片，书写上自己的名字作为馈赠，一站又一站，一个寺联一个寺，虽然缓慢，但招待热情，住行都没有困难，整个路线按需要，按方便，曲里拐弯，东行西绕，北上南下，把雪域每个大型城镇、村落、寺院都几乎串成了线，从而也拖了一年多时间才到达凉州。

遗憾的是，他们没有见上阔端王。阔端王离开凉州去和林参加重大会议了。什么重大会议呢？原来蒙古汗国的汗王、阔端王的父亲窝阔台去世后，汗位一直空着，一国当然不能长期无主，黄金家族、王公贵族举行推举大会，邀请阔端与会。阔端急急走了，所以双方错过了见面的机会。

贡嘎坚赞在凉州召集凉州地面佛教僧侣举行隆重的祈祷大会，祈望阔端王能登上蒙古汗王的宝座。

没有人能代表阔端与他和谈，同时他也看到有股邪恶势力在阻挡蒙藏团结，不让和平成为现实，他的心情变得沉重了，自信心也有点动摇，为减少不必要的损失，他以坐禅名义移营到扎西秀龙，说是静心坐禅,可能静下心吗？自己的目标难于实现，阔端不知何时返回，即使返回，他有没有变化？主意是否坚定？一切都是未知数。这怎能叫他不神烦意乱,急火攻心？他无所事事，心中空廓，坐禅时是以打卦卜算来消遣，再就是指导俩侄儿的学业，设计各种疑难问题，帮他们启迪思辨能力。

……暮色渐浓，人影模糊，叔侄三人才慢慢离开大柏树，回返禅院。

[第十四章]

妙音吉祥曲

五十三

火羊年的正月祈愿大法会对萨班来说,冷清又抑郁,扎西秀龙草原上静悄悄、空荡荡的,没有法号在长鸣;没有海螺在飘悠;没有上千过万戴着金黄鸡冠帽的僧侣在诵经祈祷;没有威武雄壮,多姿多彩的法舞场面;没有气势凶猛,同仇敌忾的灭魔驱鬼表演;也没有金碧辉煌的唐卡佛画展示,更不用说万头涌动,男女老幼叩头拜佛的景象,有的只是白茫茫的雪地,苍莽的原野,连只麻雀也不见,更不用说绿草鲜花蝴蝶蜜蜂。

初八这天,附近一户富人家准备举行放生活动,邀请他和八思巴兄弟俩去诵经祈福。他去了,仪式结束,主人家请吃饭,饭毕告辞,他在院子里见一位七十来岁的老者,正在院旮旯里捋羊皮,手里捏着一把梳子样的锯齿在刮羊皮里层的油脂、残肉。他没有见过羊皮是如何捋成熟皮的工艺,便饶有兴趣地凑过头去观看。

老人见萨班大师走近,站起身恭敬地双手合掌,躬首致礼。

贡嘎坚赞要过梳齿仔细观察。齿木的行距一样宽,但齿木的尖锋却不坚利,是钝形的,不易划破皮面,而齿的两侧脊梁却被削成了刀片,锋利得任何脂肪、残肉都躲不过、避不开。他让老人操作了几下,爱不释手地在掌心翻来覆去掂摩。

八思巴和恰那多吉翻着眼珠,眨动睫毛,满腹狐疑地打量着伯父。

他请求老者把梳齿送给他做个纪念,老者爽然答应,从工具盒里拿出一具崭新的、还未启用的梳齿捧送给贡嘎坚赞。

在回返路上，贡嘎坚赞时不时从袍怀里掏出梳齿，全然不顾马背颠簸，左看右看爱不释手。

八思巴很奇怪，伯父作为大学者，精通大小五明，连那复杂深奥的哲学、医学、天文学、语言学都弄得头头是道，有条不紊，一个简单的捋羊皮的梳齿算什么，他却如获至宝，抚摸不已，他这是咋了，难道走火入魔了？

到了禅院，进入禅室，八思巴迫不及待地问伯父："那把梳齿有何奥妙，你为什么对他如此青睐，爱不释手？"

贡嘎坚赞诡秘一笑："我们这次来凉州是为了啥？"

八思巴不假思索地回答："为了雪域的和平安宁，为了蒙藏及世界的和平安宁。"一路上伯父给各寺院僧众、各部落的头人和元老们讲述的都是这意思、这道理。已经印进他的心坎烂熟于耳。但这粗朴、简陋的齿木和伟大的和平有何联系，他满头雾水理不清，懵懵懂懂望着伯父。

"这根齿木有助于消除蒙藏之间的赘肉和脂肪，增加友谊和合作。"

八思巴还是弄不明白，眼里依然迷惘。

贡嘎坚赞有点激动、亢奋，黝黑的两颊上泛起淡淡的红晕："伯父想给蒙古汗国一个惊喜，给他们一个天大的惊喜，祖祖辈辈忘不了咱们。"

"什么惊喜？"八思巴仍然纳闷，扑闪着眼睫毛。

"你知道吧？蒙古人没有文字，这样一个伟大的民族，没有文字咋管天下，咋创造文明继承文化遗产？"

八思巴惊诧，不由信服地点点头。他知道蒙古汗国没有自己的文字，早期的游牧和征战生活，都是刻木记事，相互进行简单的交流沟通。听说成吉思汗灭乃蛮部落塔阳汗，俘获了为塔阳汗掌印的畏兀人塔塔统阿，才明白了文字的重要性，知道出纳钱谷，委任人才，鉴别真假，最好以印为信验。于是命塔塔统阿当先生，教诸太子学畏兀尔文为国文，用畏兀尔文的字母拼写蒙古语。但畏兀尔与蒙语有差异，只能勉强记音，很难完整表达蒙语中的深刻意思，蒙古汗国一直被文字困扰，后来又用了波斯文，但一直不尽人意，他们也借用过汉文、西夏文，可都和蒙古语言有差距，蒙古人在文字领域处于尴尬的地步。

"如果我叔侄俩能帮助蒙古人创立文字,那蒙藏兄弟情义就有了铜墙铁壁般的基础,和平有了更大的保障。"贡嘎坚赞深情地注视八思巴。

八思巴亢奋得拍巴掌欢呼,但很快又把目光凝聚到了伯父手中的齿木:"伯伯,蒙古文字的创立,与这齿木有啥关系?"他纳闷,困惑不解,猜不透伯父的心思。

萨班一笑,晃动手中的齿木:"蒙古文字应该像这齿木,齿锋立起来,竖形书写,我想把蒙古文字创立成这齿木样。"

八思巴惊异、好奇,从伯父手中要过齿木仔仔细细地观察、揣摩,仿佛从中能挤出一丝半缕的奥妙和灵感来。

贡嘎坚赞要过齿木,搁在茶几上,眼神变得凝重深邃,若有所思地谆谆道:"我可能完成不了这个心愿,但你得潜心奋斗,实现我的夙愿。既然蒙古人和吐蕃有缘分,那我们得诚心帮他们,这对蒙古人来说,关乎千秋大业,子孙后代。你一定要成功,有了文字,他们才会在这个世界上站得更稳更高,别的民族才会看得起他。"

八思巴仿佛明白了什么,他挺胸昂首,合掌致意,眼神中充溢着自信。

贡嘎坚赞感到欣慰。他对八思巴抱有很大期望,看来八思巴不会让他失望,关于为蒙古汗国创制文字一事,他在萨迦时就萌生过这个念头。跟多达交谈中,他知道了蒙古人还没有文字,感到很震惊很意外。一个显赫四方的强大民族,没有文字,那是瘸脚巨人,是折了翅膀的大鹏,是嘴中漏风的讲演家,不应该留下这样一个历史遗憾。接到阔端的邀请函后,他就有了这个想法,帮助蒙古人创制文字。这种文字,既不是他们借用的畏兀尔、波斯、汉人的文字,也不是西夏用汉字偏旁来构组蒙古文,而是一个全新的、独特的、完整的蒙古字,能准确、全面地表达蒙古民族的情感、思想、文明的文字。但如何创制,他没有目标,脑中一片模糊,今天见了齿木,他心底蓦地升起灵感,决定选择齿木竖形的字体,所以才把齿木拿回来仔细琢磨。

他之所以与八思巴商谈,而把恰那多吉支开去玩耍,是因为八思巴聪敏睿智有思想,锐意进取有志向。别看年纪小小,但比之年龄,头脑要成熟多了,只要他认准,或者答应了的事他就会咬住牙去干,想方设法干成,他看出这是块好材料,所以对八思巴他更注重栽培。他估摸自己恐难活到熟谙蒙语的年岁,所以把希望寄托在八思巴身上。贡献文字,这可是一件大礼啊,是历史性的功勋,体现了吐蕃人对蒙古人的真情厚意,对加入蒙古汗国的真诚心迹。当然,他还有一个深深的秘密——用新蒙文翻译藏文佛经,让佛的哲学说打开人们的心扉,点燃前进的道路,永远摆脱贪、嗔、痴三毒,走进和平、和谐、和睦、繁荣的香巴拉世界。

"伯父,那我们从何入手,现在就开始?"八思巴大睁着迷茫、清纯的眼睛发问,能看出,他有种老虎吃天无处下爪的感觉。

贡嘎坚赞神色有点黯然,沮丧地摇摇头:"现在还不行。"

"为什么?"

"我们不通蒙语,只有了解了蒙语的结构、含义、特点,发音部位,才能创制蒙古文。蒙文是蒙古民族语言学科的结晶,你今后要下苦力学习蒙语,只有精通才有创造。"

八思巴若有所悟,缓缓点头称是,又扭过脖颈发问:"那伯父有何想法?"

"想法倒是有,但只能供你参考。"

八思巴凝眸等待。

"我们熟悉的是藏文,藏文是在远古藏族人语言的基础上,吸纳了印度梵语等多种语言的优点,是吞米桑布扎花费了巨大精力来完善,后人又添砖加瓦,才有了今天八大文法连缀的灵活便捷书写体。它什么都能翻译过来,表达出去。全人类的文化都有共同点,你创制蒙文,可参考藏文辅音与元音拼合的方法,通过设置辅音前加字、上加字、下加字、辅音后缀,后加字,再后加字,把任何语音基本上都能表达出来……"

两人设想各种可能,话越说越多,神经越来越兴奋,一旁睡着的恰那多吉淌着涎水,拉着香鼾,叔侄俩却越讨论越投机越有想头,就像精雕细刻一副精美的工艺品似的,快到五更天两人才迷迷糊糊入睡。

有人敲僧院的门,敲得急迫,把贡嘎坚赞从睡梦中吵醒,他让侍僧开门,自己也走出屋去接迎。

闯进来的是多达。草原寒冷的清晨让他狐皮帽下的头圈、耳根蒸腾起浓浓的乳白色的热气。他一身俗装，大皮袄，帽子快压到了眉根，衣领掩住了大半脸盘，只把眼睛露在外面。显然不想让人看清他的面孔，而他的眸子里却藏着郁郁心事。进了屋，他往后脑勺推推狐皮帽，把衣领撸下："阔端王回来了。"

萨班惊喜地扬起眉毛："那明天我就去凉州。"

多达哭笑不得，阴着脸不说话，鼻孔里喘粗气。

贡嘎坚赞看出不对味，关切地问道："出了什么事？"他打量着多达的衣装神色，眼中升起疑云。

"阔端王是初三夜半回府的，一直闭门谢客，不让人去拜访。对外说，他西征时患的湿热病，足疾发作，得养病一段时间。我从王府随从口中得知，阔端王犯病是因汗位复发的。阔端想争取获得蒙古大汗的地位。在选举汗王的王公大会上，窝阔台的三位儿子都成为汗王继承人选。阔端因为大汗成吉思汗曾经多次提到他的才华，有人提议由阔端继承汗位合适。有人提议由最小的儿子失烈门来继承汗位，说失烈门成年后可以是一个治理国政的合适人选。但到最后，王公们的意见倾向于大儿子贵由，理由是他是长子，处理国事有经验，英武、刚毅，能驾驭全局，在三个儿子中最为出类拔萃。相比贵由，阔端王体弱多病，吐蕃诸部还未征服，而失烈门还是个未成年的孩童，最关键的因素是皇后乃马真属意贵由，好多皇亲国戚也都附意乃马真皇后，最后大家都同意汗位交给贵由，贵由登上了汗王的宝座，阔端王落选了。他又气又沮丧，便冒着深冬的风雪返回凉州，可能一路风寒，鞍马劳顿，心中又有郁气，回来就病倒了。我去探望，他神色憔悴，眼圈发黑，黯然无彩，人被疾病折磨得又黑又瘦，难以支持自己的身体。"

"噢，病得如此厉害？"贡嘎坚赞皱眉沉吟。

"我报告您到了凉州，他反应不太热烈，只说好好待客。"

萨班一愕，心头咚地跳了跳，一片阴云浮过脑际，但他什么也没有说，只是关切地问道："有没有好医生去看过，病情有没有好转？"

多达沮丧地摇摇头："看了，不见起色，我看不全是病的原因。王爷一回来，高智耀、火列来就天天往府上跑，我估计他们往王爷的耳根灌了许多坏话，肯定说了你讲经弘法人头攒动、万人空巷的情景，在王爷面前挑拨离间，造谣中伤，我担心和谈会流产，您老人家得有个防备呀。"

萨班挥挥手，拧紧眉毛："先不计较这些世俗是非，救生命要紧。你歇一阵就回去，该干什么就干什么，我再想想，既然是生命，哪怕他毛病再多，咱们也得想法治好他。"

多达离开后，他在禅房里大约参禅了一个时辰，便走出屋，拎着药包叫八思巴，还有一个精壮随从，三人都换成俗装，打马径直往凉州城方向急驰而去。

五十四

暮色盖住了凉州城，相互照面也看不清轮廓。

有一老一少来到西凉王府前，被门卫挡住，盘问是什么人。

老人推开头上扣的毡帽，撸下竖起的衣领，告诉说："我们是南山的吐蕃六谷部牧民，也是医生，听说功德无量、仁慈如菩萨的西凉王患病在身，特前来问诊治病，祈求文殊菩萨早日护佑西凉王康复，我们也想尽自己微薄的技艺，减轻大王的病痛。"

门卫进去通报返回，搜查了身上有无兵器之后，便由侍卫领他俩直接到了阔端的病榻前，萨班看到一个和他年龄差不离的蒙古老人有气无力地躺在一张大大的羊毛毡床榻上。见他俩进来，微微欠起身淡笑道："谢谢你爷孙俩前来探望我。"

就这一句话，把萨班的心烧得热乎乎、暖融融的，相互拉得近近的。仅仅从这句话，这小小的动作中，他就认定这位蒙古王爷是一个心地宽厚、待人仁慈谦恭的人，是一个有善念的人。有善念的人少烦恼，少私欲，向往光明，向往和平，与这样的人打交道，最终会使你心情愉悦，生活阳光。

阔端让侍从上了茶，便问道："老先生住哪儿，啥时候学医行医的？"

"先祖是吐蕃神医宇妥·云丹贡布的徒弟，祖辈以行医为业，后来吐蕃内乱，便避难流落到这祁连山南麓的央翔部落。"

"噢，既然先生世代行医，那一定医术高明，手到病除？"

"不敢，藏医讲究问诊、望珍和触诊。唯有这三种诊断之后，才能确定病情，施展医术。王爷，最清楚病症的是病人自己，你能不能简单地说一说症状？"

阔端很配合，欠起身谈了自己的病状：打呵欠，颤抖，手脚伸展不开，间歇性发冷，还伴有骨节疼痛，全身酸疼，干呕等。

阔端的病他大致看出了几分，他又让他张嘴伸出舌头来。

舌苔是红的，看上去干燥粗糙。阔端补充说，有时候舌苔也有淡黄颜色出现，感到舌头厚，滑腻。

阔端谈到尿液时介绍说，病后尿液清淡，但一搅动，尿液中就泛起泡沫，泡沫大而多，就像温泉冒水泡似的，偶尔变得橙黄，发出浓浓的臭味。

萨班又号了脉，阔端的脉相浮、虚、细，还有间歇。

萨班基本弄清了阔端的病因、病况，是属于什么病的了。至于足疾，那是因湿热造成的褥疮，进而影响到了血脉、血液的流动。阔端的病以隆病为主，隆就是体内气体运转的总名。由于蒙古西征部队到达过印度恒河以北的白沙瓦、旁遮普等高山深谷，潮湿闷热的亚热带森林地区，与蒙古高原干旱荒漠气候迥然不同，蒙古骑兵肯定不适应，所以维持体内生命活力的隆就发生故障，气不畅，气郁积闷结，进而带来消化不良，肝脾功能紊乱弱化，伴生出发烧头痛、胸背疼痛、吃饭后病情有所加重等等。当然，急火攻心，情绪压抑也是诱发病因的元素之一，但这话他不能吐露，只能因病说病。

阔端急切地询问病因，病况轻重。

他和声柔气地告诉说：这病有治，并解释了病因，说得阔端心服口服，连连点头。

他征求关于治疗方案的意见，即先治隆病，把体内的气体流转摆端正，把气弄顺畅，同时兼治"赤哇"——即肝功能调解。

阔端服从他的治疗方案，没有说二话。他便解开装药的褡裢，把早已配制好的各种散剂一样一样分门别类地用小勺盛进方块纸，包好，上面写上早晚吃多少的剂量，叫侍从记牢、保存好。并特别叮咛哪种药用鲜牛奶饮下，哪种药可用青稞酒做引子，哪种药是温开水吞服的，剂量不可增减，时辰也不敢弄乱等等注意事项。

他向阔端解释说《四部医典》中写道：有关体内气流的病类，用药得用味甘、酸、咸、性润、重、软的药物组合治疗，而肝功体系的病类则用味甘、苦、涩、性凉、稀、钝的药物组合治疗，每种药剂都有主药、辅助药，相辅相成，以克去内中的负面作用，所以在药名上都有对症下药的二十五味、三十七味、五十五味甚至七十味什么，一看名称就知道是治什么病、有什么疗效的。

除了药物去毒消炎，还得特别注重营养，培育体内的精气、元气，增长抵制病疫的力量，使正能量压倒邪气、晦气、淫气。他要阔端王以药露和药油滋补，如用骨头汤或四精绵羊肉汤配合的药油、肉豆蔻、大蒜、三果、五根、乌头等制成药露。滋补食品可选择马肉、驴肉、旱獭肉，经年的牛羊肉、陈酥油、红糖、大蒜、大葱、牛乳、烧独活、黄精、发酵糌粑、青稞酒等。

萨班简明扼要地一一介绍，阔端听得津津有味，不住点头，吩咐内府管家记好，他脸颊上也有了红晕，眼里有了火花："医生，我这病啥时能治好？"

"只要你配合得好，十天之内大见好转。"萨班肯定地回话，他又掏出小姆指甲大的麝香，用冷水调在银碗里："用这麝香水一天擦拭脚掌、脚踝三至五次，等炎症消失，不骚痒了，再找些麝香等喝进肚排除毒垢。好了，王爷，时辰不早了，明天这时候我再来治疗。"

萨班交代完便告辞出门。

第二天同样时辰，萨班带着八思巴又来到西凉王府，他携着八思巴来治病，不仅仅是有个助手方便，主要是想让八思巴历练历练，开个眼界，增长实践知识。按照藏传佛教大学者即班智达的标准，必须精通大小五明，医学是其中一门必须精通的学科。班智达不仅是灵魂的导师，行为自律的楷模，还要利他利众，解除人间众生肉体上的痛苦灾难，唯有如此，才能成佛，达到佛的境界。他要言传身教，身体力行，亲手培养八思巴成为班智达式的学者。他告诫八思巴，慎言辨识，多用眼睛和心灵，注意别露馅，不管和谈能否进行，眼下救人要紧，阔端的病只要对症下药就能起死回生，若误诊那只有等死。

阔端的病真的大有起色，眼神明亮了许多，脸上也浮起一层薄薄的油光。

和前一夜比较，精神清爽多了，萨班完成舌苔、号脉、尿液正常检查后，阔端要萨班陪他说说话，谈谈藏族医药奇特的治疗奥秘。

两人扯到了生命的形成。萨班说生命的诞生归功于健康优质的父精母血。男子健康的精液晶莹剔亮如清晨甘露滋润花草树木，而女子健康的经血如胭脂般鲜红，孕育生命成长。男女交媾后，若父亲的精华占上风，则形成男孩，反之则是女孩。父母精华相当，将会形成中性人，若精血凝结后一分为二，那就出现孪生子的现象。

他还谈到了怀孕期为九个月零十天，包括分哪些成长阶段。

阔端听得眼皮都不眨一下，神色惊异惊奇，大张嘴，喘粗气，侧耳凝听，目光粘在萨班脸上一动不动，不住地啧啧惊叹："人，身上还有这样复杂的学问，了不得，了不得，是神灵长生天钻进了人体之中……"

他又问到了他为什么会得这种病。

萨班剖析说："蒙古大军崛起于蒙古高原，蒙古人祖祖辈辈世居于干旱少雨的高原，身体内部各器官都适应了这种地理和气候，双方已经融为一体。却因征战，远离热土，到沙漠，到炎热的印度等地长途跋涉，水土不服，冷热起伏巨大，生理不适应，故有你今天的湿热病症和烂足之疾。这种病在印度西北部的密林深谷很常见，藏医中四○四种疾病中就有。《四部医典》是以吐蕃为主，吸纳了印度医学、中医学，共同糅合提炼，所以我有法子可治。"

阔端又质疑，征西蒙古大军成千上万，为什么我偏偏患了这病？请蒙古、畏兀尔、中医治疗，结果只能治表未能去根？

萨班讲了藏医的病理原理，也就是生命的三因：气息"隆"，肝胆类"赤巴"、痰类"培根"。三方有序结合则体质健康，身心舒畅；如果三者关系紊乱，则疾病丛生。气息"隆"主管人体的呼吸、神经、血液循环、营养输送，大小便排泄等；"赤巴"肝胆类则负责体内热能的调剂，消化功能等；而"培根"痰类是保持体内水分、加工食品、润滑关节之主管。它们既有各自的分工，又紧密相连，有时相辅相成，相得益彰，有时又一损俱损，相互克伤。很多行医的只看到了事物的一面，忽视了另一面，而每个人的体质不一样，所以得的病不一样，但可以肯定的是你某个方面免疫功能弱，所以造成紊乱，引来疾病。

这一说，阔端恍悟，连连点头赞成。

阔端思维敏捷，提出很多病理的疑问，而且追根究底要弄个明白，有时两人还争论几句，谈得十分投机，常常是萨班先收住了话题，要阔端别累着好好歇息，两人才依依惜别。

萨班每天晚上准时去王府诊治，调整药物剂量、时间。真怪，不上十天阔端能起铺活动筋骨，身体如旧，在院内练刀练剑了。自然他俩的话题也越来越广泛，远远脱离了医疗，而是哲学、历史、文学、战争、和平等等。

五十五

阔端的病已经痊愈，为了巩固疗效，萨班这天又领着八思巴准时来到王府，例行检查调整，可一走进大厅，他呆了：大厅内灯火辉煌，红色的彩灯，玉石雕琢的宫灯放出暖洋洋、喜洋洋的光芒。一张圆桌大大的，足能围坐十五六个人，旁边还摆着五六张小圆桌。阔端红光满面，神采奕奕，精神抖擞，亭立门口，眉眼欢欣得能挤出蜜汁，笑嘻嘻地摊开双手欢迎他，他的身后是王妃及全家人。

萨班懵了，不知道阔端今天是捉什么迷藏。正在发怔时，恰那多吉从阔端腋下飞过来，嘻嘻雀叫着扑进了萨班怀里。透过阔端一家人的肩头缝隙，他看见自己的随从全聚集大厅中，心头忽地漾开一股热流，弥漫全身。

"萨班大师，你是真佛轻易不显灵啊。我阔端虽眼笨心拙，但也不是木头疙瘩，我看出你就是萨班大师啊。"边说边扇动手中的萨班格言诗集。

萨班一愣，马上坦然一笑，表示认了。两人哈哈大笑，携手走进大厅。

大厅里散发出藏香、瓜果香、肉香、凉州葡萄酒香的混合香味。

萨班的侍从们捧上僧衣，要萨班更衣换服。

阔端拍拍巴掌，王府内侍把萨班领进大厅一个侧屋。萨班出来时已焕然一新，光彩照人，袈裟、简裙是红褐色细呢新缝制的，背心是里衬红府绸，外层是内地鹅黄织锦缎，金灿灿、亮晃晃，平添了许多雍容华贵，仿佛药王佛下凡。

萨班被簇拥着推到了上席座位,他纳闷地问道:"王爷,你今天有何喜事,如此抬举贫僧?"

阔端哈哈爽笑:"你把我从死亡线上拉回来,这不是天大的喜事吗,我不应该感恩吗?"

"普度众生,解脱苦难,本是佛家份内的事,大慈大悲,谈何感恩?"

阔端摆手表示不同意:"我们蒙古人从来恩怨分明,有恩就报,有仇也不放过,血管里流的是热血,知恩不报非君子,今天设宴就是表达谢意,我还有重礼馈赠于你。"

萨班口头感谢,内心却嘀咕:我千里迢迢披雪栉霜,来到这人生地不熟的凉州地面,不是来赴宴的,而是应邀担当导师的。这么大的事,你一字不提,难道你有意回避,他心底兀地飘过一片阴云。

阔端没有察觉,依然兴致勃勃,滔滔不绝地说道:"为了表达我喜悦的心情,今天我也邀请了我的重要臣僚前来共庆共贺,请出来吧!"他拍了两下巴掌,大厅另一侧的门打开了。

最先跑过来的是多达,他跑到萨班跟前,双膝跪地,双手捧着哈达顶过头,垂首阖目虔诚至极。

萨班接过哈达,冲哈达呵气,重新搭回多达的脖颈,把多达扶起。

第二个是忽都,忽都单膝跪地,双手也捧着哈达,萨班也把哈达反搭在忽都脖上扶起。

第三个是火列来,他眼神复杂,脸上挂着不自在的笑容,他没跪地,只是微微躬着腰捧献哈达。

萨班有点恶心,这是一个反复无常、私心私欲极重的人,他本来不想接受他敬献的哈达,但他听多达说过,火列来从雪域返回,说了很多赞美吐蕃人、吐蕃文化、主张和平解决吐蕃问题的话,只是最近受高智耀的蛊惑,没了主意。他原谅他,接过哈达搭在他的脖颈,没有说什么祝福话语。

最后一个是高智耀,他手头空空,不要说跪地朝拜,连腰都没有弯一弯,挺着腰板抱拳,阴阳怪气道:"请大师原谅,我们汉人儒士有条规矩,男人膝下有黄金，上跪皇帝，下跪父母，中跪神灵，除这三样谁也不跪。"

萨班鼻子哼了一声，嘴角浮起嘲讽的笑容："那你拜不拜孔夫子？"

高智耀一怔，哑了，尴尬地打哈哈。

"高先生见笑了，我不过是开个玩笑，拜不拜是自愿的事，谁也不该勉强。即使拜了，心底不虔诚，那不也是糊弄人？"

阔端有点扫兴，挥挥手让入座："快坐了，你们汉人啥都好，聪明又智慧，就是把眼光盯在繁文缛节上，礼节太多了，抓住了兔子，放过了獐子。"

高智耀眼里还是幽幽阴郁的鬼火，他怏怏地入座，但见阔端坐在了萨班的下侧，萨班成了主席，他的屁股火燎了似的跳起，神色惊恐地用手指头捣着萨班："你，你，你和王爷换个座，快。"

阔端懵了，萨班也懵了，大厅里的人都懵了，都惊疑地大瞪眼盯着高智耀。

高智耀急步过来，用力拽拉萨班袈裟的一角，声嗓严厉而颤抖地低声诧道："真是愚昧未开化之徒，不知君臣之别，王权至尊至上，不能亵渎玷辱，这上席是王爷的，你赶紧让座。"

萨班震惊，眼里闪过愕然、迟疑，但霎时镇静下来，使劲挣开高智耀的手。高智耀往后踉跄了两步，差点跌地。

"高先生，你太放肆了，在王爷款待我的宴会上，你竟喧宾夺主，恣意撒野，是不是犯上作乱，把西凉王不放在眼里？"

高智耀脸色变了，他未想到萨班还有这样一个撒手锏，红涨脸又变成煞白："你胡说，你邪门歪道，茹毛饮血之族，懂不懂伦理纲常？君王是臣之纲，君叫臣死，臣不得不死。"他急得结巴了，平时俐嘴伶舌的他这阵像疯狗挨了当头一棒，支支吾吾吐不出话来。

萨班冷笑一声，双眸凛然地死死盯住高智耀，锉声反驳："伦理纲常？你问得好，我问问你，儒家待客行礼，是客人坐上席还是坐席尾？你如何实践宾至如归，温良恭俭让？"他闻到了高智耀的火药味，他是有意挑衅压他一头，也是践踏玷污人格，是儒家正统观念对吐蕃文化、对藏传佛教的蔑视和侮辱，他必须坚决果敢地回击，把凶焰压下去。别看现下一顿酒宴，实则是思想观念的激烈交锋，也是人格尊严的保卫战。若果让他占了上风，吐蕃就没有平等和谈的资格,藏传佛教和藏文化就没有了地位,取消了发言权、参与权、决策权和否决权。这是场关乎自己这次使命成功的关键。不然,吃个饭排个座席,对他萨班这样的学者来说是不值得计较的事,但今天他不!

高智耀噎了,抽动嘴皮只眨眼皮。

萨班依然不依不饶:"我是阔端王请来当导师的,既然我是导师,他是学生,我不坐上席?难道学生坐上席,导师跪地上,这就是儒家的师道尊严吗?一日为师,终身为父的伦常在哪里?"

阔端打断了萨班的话:"请大师息怒,高先生弄错了,他把西凉府当成了大汉、大唐、大宋王朝,忘了是蒙古汗国。蒙古人有蒙古人的规矩,上敬长生天,中敬父母长辈,大师比我大两岁,又是请来的导师,理应坐上席,高先生不要拿儒家的规矩套世界,快入座。"

几句话帮高智耀摆脱了尴尬难堪的局面,他只得悻悻然入座捻动霜须,注目阔端的脸色。

菜很丰盛,素荤搭配,美酒瓜果满满一桌,大伙谈笑风生,忘记了刚才的不愉快。阔端家人、多达、忽都、火列来也鱼贯过来敬酒,大厅里说笑声不断,不时扬起蒙藏歌舞声,热闹非凡。

阔端庄重地向萨班敬酒,萨班以茶代酒。敬过三杯,萨班落座,微笑着启口道:"王爷,有个疑团一直在我脑中缠绕,不知该问不该问?"

阔端恭敬地合掌致礼:"大师尽管问,我阔端决不隐瞒或者掩饰。"

"你怎么知道我是萨班的?我俩从未谋过面啊。"

阔端哈哈一笑,用手指了指萨班的嘴和眼睛:"是你的嘴和眼珠!"

萨班一愣,苦笑:"我的嘴我的眼珠子?"他环视席上反问,脸神一团迷雾。

又是阔端爽笑:"大师自然不明白,你嘴里流出的甘霖能滋润干旱的心田,能溶化别人心头的冰川,能浇开人们心底的花草,那是知识的海洋,哲理的不冻泉,你自己没有感觉,而我们听者,却感到是一盆炭火,一掬山泉,一座高山,一条江河。没有渊博的知识谁能知无不晓,头头是道,让听众口服心服?肯定是伟人、哲人。一个浪迹草原的医生哪来如此浩瀚的学问,谁传授他的,他能容纳下那么多知识?没有几十年专门潜心学研,没有超人的灵性悟性，谁能获取班智达的称号？从那天上门治病，我就怀疑上了，但不敢推定，只能揣测。"

萨班捋着长须，困惑地追问："我叔侄俩的谈吐行为没有什么破绽呀。"

阔端诡秘一笑："有，先是口音没有完全调过来，话头话尾都有卫藏方言，舌尖上的音多，滑音多，音速快，敬语多，不像凉州山区农牧民说话音调拖得又长又重，像沟对沟吆喝。还有腰带的系法，药包上的万福图案，反正我看出你是冒充的民间医生。大师，知道我是怎样确定你是萨班的吗？"

萨班已经想出了头绪："是谈论萨迦格言诗？"

阔端点点头："你对这部格言诗的理解、诠释、熟悉，让我惊叹，我确定你就是萨班贡嘎坚赞。还记得你特别给我朗诵的其中几首吗？"说着站起身端起酒碗走到大厅，高声朗诵道：

> 国王应遵照佛法护国安民，
> 不然就是国政衰败的象征；
> 如果太阳不能消除黑暗，
> 那就是发生日蚀的象征。
> 如果委托圣贤当官，
> 事情成功幸福平安，
> 学者说："将宝贝供于幢顶，
> 地方即可吉祥圆满。"

还有下面二首也寓意深刻，对我启迪不浅：

> 弱小者如把伟人依靠，
> 乃是获得成功的诀窍；
> 一滴水虽然十分微小，
> 若汇入大海就不会干涸。
> 如果把伟大人物依附，
> 低下的人也会变成大人物；
> 请看由于攀附于大树，
> 藤蔓也爬到树尖高处。

阔端大步流星地走到萨班面前，高举酒碗，声嗓有点颤抖："大师，前一向我心情不好，加上旧病复发，怠慢了你，是我的过错，我赔礼，干了这一碗。"

萨班抓住阔端的手腕："王爷大病初愈，不可多饮酒，只要情义真，茶也能当酒。"碰毕，萨班义重情长地感慨道："只要缘分在，不在早晚上。是山里流出的水，最终会汇合成江河。"他用眼角的余光刺了刺高智耀，高智耀抽抽鼻，不服气地别过脸去。

酒席进入高潮，多达和周措特别兴奋，他们又是跳舞又是唱歌，把大厅里的气氛烘得红红火火，而萨班眉宇间却隐着一朵阴云。今天的宴会虽然隆重，却没有实际意义，截至目前，阔端还没有提到导师一事，更未涉及和谈之事。他心头焦灼呀，但这事自己又不好说。今天是好机会，得争取主动，不能只顾脸皮耽误了大事。他用眼色把多达叫了过来，贴耳吩咐了几句。

多达借敬酒的名义，来到阔端面前，阔端却制止了，慈祥认真地说道："等一等，我要宣布一件大事。"

大厅里顿时阒静无声，一双双眼珠齐齐射向阔端脸上。

阔端轩然站起，眼神凝重专一，声音提到了最高度："现在，我要宣读一件重要决定，萨班大师是我秘密派多达去卫藏请来的上师，是为了报答父母及天地之恩，使自己不致走错路，办错事，才请萨班大师为指示道路取舍之上师。我选择了他，选择地正确，他不仅拯救了我的肉体生命，更拯救了我的精神生命。"他从袍里掏出那本多达转送的萨迦格言诗集，高高晃了晃："这里面有我如何做人，如何做国王，如何取舍道路的种种哲理教诲，足够我和我的子孙享用。我不食言，我也没有食言，我实践了自己的诺言。接到萨班大师的回信之后，我没有派一兵一卒去吐蕃。虽然年前汗国选汗位的王公贵族大会上，我因没有派大军去征服，受到非议和责备，但我阔端不后悔。天下的路是人踩出的，跟别人亦步亦趋是没出息的平庸汉，阔端我顶天立地，要走自己的路，和平和谐，皆大欢喜，共同繁荣，有啥不好。"

"好，说远了，一激动就话多了，我要选定一个好日子，郑重向凉州军民宣布，西凉王的导师是吐蕃萨迦的萨迦班智达贡嘎坚赞。"

大厅内顿时响起热烈的、持久的欢呼声。

周措跳进中央,刚要跳起踢踏舞,一个不和谐的掌声响起,又是高智耀的嗓音:"大家静一静,我有个建议请阔端王考虑酌定,不知当讲不当讲?"

要跳舞欢庆的年轻人们扫兴地怏怏不乐地散去。

阔端皱皱眉坐下,不悦地挥挥手:"说吧,别拐弯抹角酸不滋滋的。"。

"萨班大师的学问是无可非议的,智慧也是令人钦佩的,但阔端王的上师,不是俗民的个人行为,关系到王爷治国理政的方向策略,举足轻重,运筹帷幄,决定胜败输赢,所以,应该慎重。我们蒙古汗国奉行对不同宗教一律平等对待、一视同仁的国策吗?何不举行一场打擂活动,让各教派领袖围绕一个命题进行公开辩论,谁赢谁就担当王爷的导师,也显示了我们蒙古汗国对各种宗教的尊重、公平、公正竞争。其他宗教人物也无话可说,如此,是否更为妥善周全?谬误之处,请王爷指拨。"

阔端阴下脸不回话,陷入沉思之中。

厅内泛过窸窸窣窣轻微的声浪。

高智耀垂下半个眼帘,眼帘下射来挑衅的刺芒,直直对准贡嘎坚赞的眸子。

多达沉不住气了,冲高智耀吼道:"高先生你过分了。作为长辈,我不应该以这种口气和你说话,但王爷已定了的事,你却反其道而行之,我问你,萨班大师在哪一点上不够担当王爷的导师?"

萨班站起,脸色沉静如水,他用眼神制止住情绪激动的多达,示意他冷静。他双手合掌,微微躬身高嗓道:"我萨班倒要感谢高先生给我一个布谷啼春、孔雀开屏的机会。佛教从来倡导公开论辩以明事理。千里马是竞技场中赛出来的,莲花脱于污泥而清香醉人。我听汉人有这样一些俗语说,货比三家,酒好不怕巷子深。我们藏人也有一句俗话,金子埋在地下,光芒射到天上,麝香藏在箱中,香味传到十里之外,好,我应战,我恳请王爷答应我的请求。"

阔端抬眼,仔细审视了一遍萨班,才点点头:"那好吧,由我出题定日子,在文庙举行大辩论,好了,再不准谁乌鸦嘴乱聒叫,大家尽情欢歌喜舞吧,代我致谢萨班大师。"

大厅内又恢复了欢乐轻松的气氛。

五十六

"二月二龙抬头",新年年尾的这一天,凉州文庙内外人山人海,挤得一条兔子也穿不过去。没有腰鼓、铜钹声,不见社火队在玩高跷,也听不见戏班子吼嗓子、唱小曲,只有一个声音如洪钟悠扬,海螺飘飞,那是萨班贡嘎坚赞的声音。今天轮到他开篇阐释阔端定的命题——《从兽性到人性——人为什么要严格自律?》,在法台两侧,有穿戴不一样的道教、伊斯兰教、景教、儒教等的头面人物就座,萨班的前排也有四位衣着不一的中年人当翻译,他们分别用波斯语、畏兀尔语、蒙语、汉语向听众翻译萨班的论述。

萨班沉稳、缓慢、字斟句酌地讲演,选择生活中常见的案例加以论证。

阔端坐在最高台,俯瞰会场,全神贯注凝听。

萨班开宗明义指出:兽性和人性只有一步之隔。他从人兽生理机能谈起,自然人身上存在的贪、嗔、痴均是兽性。即使有意识,有语言,本质上还是属于兽性。只有进入理性阶段,人才本质上离开了兽性,有了崇高的境界,仁慈的心怀。善念是起点,善恶是分界线。由此产生业果,有了因果报应。人类的命运变迁来自于轮回,而不是生下来就有罪,也不是神灵提前就规定了的,自然人只是某种特殊物质而已。

接着,萨班讲解了"三世论"。

他提到了善恶带来的不同命运。生命为前世、今世、来世的周期;由因果引发的轮回;三世之间的因果关系。进而说明只有善业才会引来好命运,而恶行却让你入地狱,当饿鬼,化畜生。即使来世转为人类,也受苦受罪,当牛当马。但你若能积善积德,转世也会成为人类享受幸福。他讲到善给人们带来的利益,互助互利,得道多助,恶行则引起群起报复,多恶必自毙。他还讲到三世轮回,善恶有报,构成了人的命运之迥异,三世是生命的链条,既是开始,又是结果。

讲一段,翻译一段。场子里没有私语嚷嚷,没有人走动,连四周树梢上的雀儿也敛住了噪音,静悄悄的,掉根针也能听得见。

上午、下午、下午、上午，萨班连续讲演了三天，第三天下午，他讲的是自律、修养。

他讲到人类应该如何自律，如何觉悟，如何实践菩萨行。

他指出人类分为三等：下中上士。下士一类如兽畜，只贪图今生今世的欢乐安逸，浑浑噩噩了却一生；中士虽然有善恶是非观念，但却没有普度众生的远大志向和博大胸怀；唯上士，不仅自求解脱，并发誓普度众生。只有人人成为上士，这个世界才会充满阳光、和平、和谐、繁荣、幸福。

如何升华到上士的境界？那就是修菩萨行，也叫六度，首先要做到布施：将财物、身体、智慧、佛法施与众生，为人类造福。其次遵守社会共同的道德规范，去恶从善，保持信仰。第三则胸怀宽大，安于忍受任何苦难和嫉恨、排斥。第四是精进勇猛，严于要求自己，不懈努力，剩下的二度是专门为佛教徒修行提的要求。

在自律上他讲到五戒十善，也谈到十二缘起。道明人类社会是一张大网，盘根错节，相互依存又对立，一荣俱荣，一损俱损。

讲到最后，萨班语重心长地期望大家都能进入佛的境界，成为善良、仁慈、宽厚、高尚、纯洁的人，他特别强调了佛祖的"人皆有佛性"的教诲，要大家充满信心，开掘善性，走向完美。

全场欢呼雷动，都伏地叩头朝拜。

六天后，公开论辩结束。辩论中，有的教派还能理论半天，有的却连一个时辰也没得讲的，上上下下都钦佩萨班的讲演通俗易懂，深入浅出，观点鲜明，立论充足，论证全面，深入社会生活方方面面，如一盏明灯、一束火炬、一掬甘露，让他们看到了文明、阳光的世界是什么样。赢家理所当然属于萨班，各教派领袖根据阔端事前规定的条例，一一向萨班献了哈达，表示承认其教义的深邃广大，哲理无穷。

阔端也向萨班献了金色的丝质哈达，并当场叩拜三个等身头，宣布萨班为自己的导师。

王府举行了盛大宴会，庆贺萨班与阔端王结成师徒，阔端王把恰那多吉留在身边，把自己最小的公主墨卡顿许配给恰那多吉，让他穿蒙古王公的华贵服装，学蒙古话、蒙古礼仪，将来担大任，当蒙古汗国的栋梁。

宴会散后，多达送萨班回驿馆歇息，走到半路，萨班却要多达领他去高智耀府邸。多达一听，脸色一沉，愠怒地嘟囔："您还嫌他整你整得不够？"

萨班回头一笑："记住，牵烈马缰绳要长，办大事胸怀要宽广。多一个仇人多堵墙，多一个朋友多条路。"说罢，让随从们先回驿馆去，叫多达陪他去高府。

敲开门，见是他，身后还有戎装挎刀、一脸冷霜的多达，高智耀脸色唰地变得红一片白一片，惊诧中带有惶恐："大师，你这是？"

"来串串门聊聊天，冒昧打扰，请见谅。"萨班笑呵呵一脸慈祥。

"哪里哪里，大师上门，蓬荜生辉，欢迎都来不及，快请。"高智耀嘴头客套，但眼里却掩饰不住的慌张。坐定，献上茶，他急忙解释说："大人不记小人过，我人迂腐，说话爱挑刺，认不清大师学识如海澎湃，品德像高山流水，多有冒犯，真是无地自容，后悔莫及啊！"

"不不不，今晚我是来致谢的。"

"致谢？我有何恩何德让大师前来致谢，只有惭愧令人汗颜。"

"不，如果不是先生建议，哪有这一次公开论辩的盛大场面？我萨班想弘扬自己的观点还没有机会呢！你给了我彰显才华和学识的舞台，令我担当导师问心无愧啊，我不感谢你感谢谁去？"

高智耀有点意外地扫视萨班的瞳仁，发现萨班的话发自肺腑，不是虚情假意，神色和缓露出愧色："说起来真是惭愧，我以小人之心度君子之腹，眼光短浅啊。"

"也不尽然，你按儒家的学说维护君主的尊严和至高权威，也是无可非议的事，你是担心我会削弱王权，平起平坐，取而代之。这你就想偏了，佛教是拯救灵魂，主管来世的，若果它倾心于权势、财物，作威作福，那他违背了佛教的宗旨，是叛教者。"萨班娓娓开导。

高智耀释怀、恍悟，眼里有了舒心的笑容。

"我知道你心里有个疙瘩，有个担忧。"

高智耀抬头，双眸定定射向萨班，等待下面的话：

"不过你放心，吐蕃诸部都会和平地进入蒙古汗国的版图，成为蒙古汗国的臣民。我们吐蕃人和其他民族一样，生活的目的就是获得和平、自由、平等、幸福，至于名分，那是实际利益以外的虚妄之物，只对统治者有用。"

高智耀连连点头称好："这下我放心了，承认名分，当蒙古汗国的臣民是老朽一直要说的话，儒家讲究忠君报国，我的一切都出于这一根本的啊。"他眉飞色舞，击掌称快，好像一个小孩拣到了一件好玩具似的欢呼雀跃。

"至于如何实现和平计划，我还没有考虑周全，也未请示阔端王的战略意思，以后再和你交流。我觉得儒家倡导的仁义礼智信，与佛家的慈悲为怀，普度众生，有着太多的相同之处，向善趋善是共同的根基，所以我恳请老先生多多指教，扶帮。"

高智耀慨然应允。两人又交谈了一些共同关心的话题，聊了半天，萨班告辞。高智耀拦住，让下人送过来一件玉石雕像，玉石雕像是一尊观音菩萨的雕像，晶莹剔亮，精致精美。虽只有一巴掌大，却栩栩如生，活灵活现，连眼睫毛、衣褶都清晰可见。他说："与君一席话，胜读十年书。老夫也信佛，信观音菩萨，想给众生贡献一片善心，祈求大师多多指教，这是河西昆仑玉雕的菩萨像，我一直供养着，请大师笑纳。"

萨班没有推辞，欣然接过手转多达保存。

两人在门口告别时，反倒有点惺惺相惜的感觉。

五十七

自宣布为阔端王的上师之后，萨班的日子一下变得如煮沸的粥锅直冒热气，响个不停，日程安排得后脚踩前脚跟，紧张得脚掌不沾土，排得满满的快要绷破。

早课完毕，他匆匆喝碗酥油茶，便赶到王府，给阔端全家讲经祈福。半个时辰之后他又去刚刚落成竣工的某个寺院去开光加持。还未主持完典礼，又有一队骑兵在门口等候，请他去部落集会上诵经祈福。至于请求治病去灾的，修新宅、看风水、求福运的，更是络绎不绝，排成了长队。萨班的名气在河西走廊如滚雷响过,如布谷鸟报春,响彻了整个上空。

阔端皈依了佛教,文武官员、河西蒙古军队都信仰了佛教,都争相请萨班去讲经弘法,禳灾祛难,祈求平安幸福。老百姓更是掀起信佛热潮,佛教僧侣成为抢手货,争着供养,请去念经。

虽然忙得不亦乐乎,但萨班晚上却不出门,他闭门谢客,秉烛看书,或者写什么。多达把周措留在了萨班身边,照料生活起居,周措常常陪伴到半夜,困得打呵欠。那一天又到半夜,她走过去咩嗔道:"阿哥,你天天熬夜写些啥,让我看看。"

萨班抬起布有血丝的眼泡,用手遮住稿纸诡笑道:"现在不能看,到以后你就明白了。"

看到妹妹迷惘的眼神,萨班情不自禁地拍拍周措的手背:"知道阿哥是为啥来凉州的?"

"知道。"周措脆声脆气地回答:"是阔端王请来当上师的,阿哥,你当了阔端王的上师,我们也沾光,多显赫,多荣耀,多风光。"

萨班苦笑,摇了摇头说:"你不知道,还有更大的担子压在肩,阿哥不单纯是来当阔端王的上师的,阿哥谋求的是吐蕃大地的和平、安宁、幸福,这才是头等大事啊。"

周措愕怔,用惊异的目光打量阿哥,眼神里充满敬仰、钦佩。她退到一边,给阿哥添满酥油茶,静静凝眸望着萨班显得疲惫的面孔,一直等到阿哥停笔舒目。

躺在丝棉的被筒里,身子舒展得像泡进温泉似的,但他心头却有团乱毛在滚动。焦灼,烦躁,安不下心。一闭上眼就看到了沿途各寺院堪布、部落头人睁得大大的溢出希冀、企求的眸子,是啊,他们在等待着,在等待什么?等待他实践诺言,给他们传送来和平、安宁、幸福的福音。民众安居乐业,僧侣信仰自由,宗教和顺昌达,社会稳定祥和,这是吐蕃上上下下祈盼的愿望,自己也向他们谈到这是他赴凉州的最大使命,现在却看不到眉目,他心底怎能安静下来?自己应邀来凉州,按阔端的承诺成了西凉王的上师,名誉利益全有了,若是小乘,则已做到了独善其身,也就是立地成佛的目的,但自己是修大乘的，利益众生才是最终目标。可到目前为止，蒙古汗国，特别是阔端王对吐蕃的方针是什么，他还不摸底，虽说阔端王一直言说和平，但具体操作又是什么样，他说不清楚也没有多大把握。从名义上说，他只代表个人，仅仅是阔端王请来的上师，顶多是吐蕃萨迦派的政教首领，而不是吐蕃诸部共同推举的代表，所以他不好主动提出这件大事。或者因为他是上师，碍于情面，阔端有想法也不好说。不管是哪种情况，他拖不起，他得赶紧了却心事。

我贡嘎坚赞实实在在拖不起啊。一个年过花甲六十有七的老人，老天爷还能赐给他多少时日呢？一旦离开人世，又有谁能代替他与阔端结交周旋？换了人阔端信仰他、信服他、请他指示道路、相敬如宾、切磋吐蕃大计的机会还有吗？说到底一句话：阔端不一定听他的话，唯有我贡嘎坚赞是最合适的人选。我是他请来的，我是他从吐蕃各教派中选择的，最为赏识、最尊敬、最钦佩的人。我是他认定为指示道路正确无误的上师，我应该理所当然地为他指示道路的取舍，参谋策划有关治理吐蕃的方向方针。所以由我提出解决吐蕃问题是最好的人选。时不待人啊，机不可失，时不再来。我得抓紧时间把事情办了。不然，阔端也六十好几的人了，谁能说清楚他能活多久。

还有，蒙古汗国的情势也是不断变化的，阔端王今天叱咤风云，手握重兵，雄居凉州，经营吐蕃方面，有权有势，说风就有雨，一言九鼎，说出去的话能砸个坑坑，但他毕竟不是汗王，一旦调离到其他地方，换上一位重暴力、重杀戮、重征服的将军经营吐蕃，那局势就完全逆转，后果不堪想象。

联想到这一切，他身上直冒冷汗，禁不住坐立起来，只穿筒裙背心走进书房，抓耳挠腮，又奋笔疾书，写写抹抹，一直到窗棂纸发白，到早课时辰才罢手。

白天忙罢，吃过晚饭，他只带两个侍僧，独身走进王府来见阔端。阔端惊异，重重抠了萨班一眼。大师从来不在夜间拜访，今天是咋了？看出没有特别的变化，他才热情地请萨班坐在上席，让家人一一来请安。

只剩下他两人时，萨班才说道："王爷日理万机，关系汗国大事，我不好搅扰啊。"

"大师说哪里话，是我照顾不周呀。可我没有忘记给大师修座驻锡寺院的，地址已经选好，图纸刚刚完成，正准备给你送去审定。"

萨迦摆摆手，谦恭地一笑："谢谢王爷，我今天不是为寺院之事来的，而是另一件大事。"

"大事？"阔端眉毛拧结，眼涌惊疑，眸子滴溜溜转了两圈，"莫非是吐蕃去向一事？"

萨班笑了："还是王爷英明。"

阔端也笑了："这等大事，一直压在我胸口咋敢忘了，因为有大师，我不好提出来，好啊，大师有何高见？"

萨班从袍里摸出用夹板夹得紧紧、用牛皮绳捆得严严的一叠纸，小心翼翼解开，庄重地用双手捧着递过去。

阔端打开，又双手捧回去："我不懂藏文，请大师念给我听。"

萨班便一字一句，抑扬顿挫，充满感情地朗诵：

祈愿吉祥快乐！向上师及怙主文殊菩萨顶礼！

具吉祥萨迦班智达致书乌思（卫）、藏、纳里速各地知识大德及诸施主：

吾为利益佛法及众生，尤为利益所有操蕃语之众，前来蒙古之地。召我前来之大施主（指阔端）甚喜，曰："汝领如此幼之八思巴兄弟与侍从一起前来，是眷顾于我，汝以头来归顺，他人以脚来归顺，汝系因我召请而来，他们是因为恐惧而来，此情吾岂能不知！八思巴兄弟先前已习知吐蕃教法，可仍着八思巴学习之，着恰那多吉学习蒙古语言，若我以世间法护持，汝以出世间法护持，释迦牟尼之教法岂有不遍弘于海内者欤！"

此菩萨汗王对佛教教法，尤其对三宝十分崇敬，以良善之法度护持臣下，对我之关怀更胜于他人。曾对我云："汝可安心说法，汝之所需，吾俱可供给。汝作善行吾知之，吾之所为善否天知之。"彼对八思巴兄弟尤为喜爱。彼有"为政者善知执法，定有益于所有国土"之善愿，曾曰："汝可教导汝吐蕃之部众习知法度，吾当使之安乐！"故众人俱应努力为汗王及王室诸人之长寿而祈祷祝愿！

当今之势，此蒙古之军旅多至不可胜数，窃以为南赡部洲已全部入于彼之治下。与彼同心者，则苦乐应与彼相共。彼等性情果决，故不准口称归顺而不遵彼之命令者，对此必加摧灭。畏兀儿之境未遭涂炭且较前昌盛，人民财富俱归其自有，必阇赤、财税官及守城官（八刺哈赤）均由其人自任之。汉地、西夏、阻卜等，于未灭亡之前，将彼等与蒙古一样看待，但彼等不遵命令，攻灭之后，无计可施，只得归降。其后，因彼等悉遵命令，故现在各处地方亦多有任命其贵人充当守城官、财务官、军官、必阇赤者。

众人或以为，蒙古本部乌拉及兵差轻微，他部乌拉及兵差甚重，殊不知与部相比，蒙古本身之乌拉及兵差甚重，两相对比，他部之负担反较轻焉。

（汗王）又谓："若能遵行命令，则汝等地方各处民众部落原有之官员俱可委任官职，由萨迦之金字、银字使者招来彼等，任命为吾之达鲁花赤等官。"为举荐官员，汝等可派堪充来往信使者，将该处官员姓名、百姓数目、贡品数量缮写三份，一份送来我（汗王）处，一份存放萨迦，一份由各官员收执。另需绘制一幅标明某处已降、某处未降之地图，若不区分清楚，恐已降者受未降者之牵累，遭到毁灭。萨迦金字使者应与各处之长官商议行事，除利益众生之外，不可擅作威福，各地长官亦不可未与萨迦金字使者商议而擅权自主。不经商议而擅自妄行是目无法度，若获罪谴，吾在此亦难求情，唯望汝等众人齐心协力，遵行蒙古法度，必有好处。

对金字使者之接送侍奉应力求周到，盖因金字使者返回时，（汗王）必先问彼："有逃遁者乎？遇拒战者乎？对金字使者善为接待乎？有乌拉供亿乎？降顺者坚诚乎？"若有对金字使者不敬，彼必进危害之言，若恭敬承事，彼亦能福佑之。若不听从金字使者之言，补救甚难。

此间对各地贵人及携贡品来者俱善礼待之，若吾等亦愿受到礼遇，吾等之长官俱应以上好贡品，遣人与萨迦之人同来，商议敬献何种贡品为好，我亦可在此计议，然后回自己的地方，对己对他俱有益。我于去年遣人告知汝等如此方为上策之议，然未见汝等照此行事者，岂汝等愿在败灭之余方俯首听命耶？汝等今日不听吾言，将来不可谓："萨迦人去蒙古后对我毫无利益。"吾怀舍己身利他人之心，为利益所有操蕃语之众来蒙古地方，听吾之言，必得利益。汝等未曾目睹此间情形，对耳闻又难以相信，故此仍有心怀犹豫者，诚恐将有如俗谚"安乐闲静鬼当头"所说之灾祸降临，乌思、藏之子弟生民将有被驱来蒙古之虞。我无论祸福如何，均无后悔，盖因上师及三宝护佑之恩或可得福也，汝等亦应向三宝祈祷。

汗王对吾关切逾于他人，故汉地、蕃、畏兀儿、西夏之善知识大德及官员百姓均视为奇事，前来听经，十分虔敬。不必顾虑蒙古对吾等来此之人如何对待，均甚为关切，待之甚厚。众人均可放心安住。

贡物以金、银、大粒珍珠、银珠、藏红花、木香、牛黄、草豹（皮）、水獭（皮）、蕃呢、乌思地方氆氇等物为佳，此间甚为喜爱，此间对于一般财物不屑一顾，然各地可以自己地方最好之物品进献。

有今能如所愿，其深思焉！

读罢，萨班不无担忧、忐忑不安地注视阔端的脸色。毕竟，信函是自己一手炮制的，是一厢情愿，不知道符合不符合阔端王的想法，阔端王是最高军政长官，决定权在他手中，自己只是一个参谋，只有进言的份儿，不能决策。他最担心的是自己没有经过阔端点头，就自封萨迦派为蒙古汗国的代理人，由萨迦担任金、银使者办理卫藏诸事务，这是他的心愿，也是心计，但结果会怎样……

阔端先是抿紧嘴，思忖，眉毛耸起，脸部肌肉绷紧，一句也不吭。渐渐的，面涌喜色，嘴角漾开笑容，他请求萨班再念一遍，念慢一点。

看到阔端王的态度，他的心落回了实处，他有底了，每念一段还解释几句，说明为什么这样写，理由根据在哪儿。两人头对头，对着烛光又把信函过了一遍。

阔端跳下炕，匍匐在萨班身下要叩头。

萨班慌了，顾不得穿靴，急忙赤脚下炕扶起阔端，连声说道："使不得，使不得，你是西凉王，是黄金家族，我不过是念佛的平民而已。"

"使得，我这一生叩拜长生天、父母、汗王，再就是叩拜我敬仰的圣人、伟人，你是我的上师，我自然要叩拜。"

两人争来争去，萨班终于把阔端推回了炕上："说话，正儿八经是大事，信上哪一点不合适，我改，吐蕃百万僧俗民众在等着这封信呢。"

"我知道我知道，我比他们还着急，你看我体弱多病，不知道长生天哪一天要收回我的灵魂，我又不好催你，我想在有生之年，把和平统一吐蕃于蒙古汗国的大业顺利完成，让蒙藏两大民族世世代代和平友好，互助互利，共同繁荣，创造福业，但我想不出什么好办法。以蒙古汗国的名义，以我西凉王的名义发函，必然会引起反感，认为是威吓、胁迫，反倒引起误会，产生对立。以大师的威望、人格魅力写信，那是一种亲和、关切，一家人内部商议，啥事都好说好办。"阔端顿了顿，神情凝重、严肃，情真意切地说："大师，您信中写出了我心头的话。只要吐蕃诸部、雪域大地能和平进入蒙古汗国的版图，我阔端向长生天发誓，决不派一兵一卒去占领，决不践踏雪域的一草一木，也不征收一粒粮食一根羊毛的税赋。雪域是佛门净土，供养佛、菩萨、护法神的负担很重，故免去一切税赋。也不派一个蒙古官员去治理，你萨迦王朝当代理，由你们选拔推荐，我过个手续任命，这样如何？"

萨班兴奋得眉飞色舞，心花怒放。他万万没有想到阔端会这样襟怀坦白，政治目光如此睿敏，他连声应答："太好了，真是春天的阳光，夏旱时的及时雨。我来凉州的路上，为什么拐弯抹角走那么远的路，耽搁如此长的时间，就是为了广泛征求各政教领袖对统一的想法和意见，我把他们的要求全写进了信中，也对他们严格要求，严词教育，让他们统一于蒙古法度之中。既然西凉王赞同，那这事就难度不大，就是能采到手的灵芝草了。"

"只是。"阔端欲言又止，审视萨班的眼窝。

萨班的心又悬了起来："有不合宜之处？"他语气小心翼翼，不无担心。

阔端摆摆头："只是有些说法，恐怕伤你同胞的自尊之心。如大师说，吾等吐蕃部民愚顽，或企望以种种方法逃脱云云，是否说过头了，说重了？"

萨班听了哈哈爽笑："响鼓还得重锤，快马还得厉鞭，我把话说重，好比银针扎在穴位上，火炙炙在要害上。和平统一大业才不会出现反复，掀起逆浪，我们吐蕃人相互交往，都自谦为愚顽之徒、野牦牛，再说这话我作为民族内部的交谈，不会引起误会的。"

阔端释然："若果这样我就不说啥了，但你说因为贡品不多，此间贵人们心中颇为不悦，我可没有计较过呀。"

萨班又是一笑，摆摆手解释："我的意思是要他们明白，尊重、敬仰得由物资来体现，不能口是心非，言行不一，空口甜话糊弄人。礼仪必须庄重，我只能这样提醒他们，警告他们。"

两人又琢磨着，推敲着，一字一字地抠，一句一句地思忖，忙到半夜了。

阔端说信是否在高层文武官员会上过一遍，求得大家的认同，变为统一的意志。

回到驿馆，萨班倒头就睡死了，连周措替他洗脚都没有感觉。

早上醒来，他先在文殊菩萨面前叩了三个等身头，然后结结实实拌了一拌肥肥的酥油糌粑，就着酥油茶大口大口地咽下喉，残缺不全的牙缝里丝丝冒着热气。

周措在旁边看着有点惊异，阿哥的胃口从来没有这样好过，心情也从未这样好过，她不知道阿哥为啥事这样兴奋。

文武官员会上，众口一致称赞萨班的信函写得好，全面、客观、有的放矢，对症下药，是行之有效的好举措，对蒙古汗国统一吐蕃诸部立下了卓越的功勋。萨班本担心火列来、高智耀会发难，想不到他俩打头炮拥护信中各项举措，火列来的表态更是火辣辣的："只要愿意加入蒙古汗国大家庭，那还有什么话可说。都是亲兄弟，再管人家的事干啥。我去过那儿，吐蕃人温和、善良、热情、有礼貌、讲道理，他们有大学者、大教主、大首领管理，社会秩序稳定，僧俗安居乐业，再派蒙古官员、蒙古军队进去，那不是逆风撒灰，酒碗里添酸奶吗？"

高智耀也欢喜得搓巴掌："拥护蒙古汗国就是顺乎君臣伦理，只要有这一条就够了。和平统一，世界大同，远古祖先盼的就是这！请王爷赶快派金子使者前去，我希望在有生之年见到这亘古未有过的盛世场景。"

没有异议，皆大欢喜，阔端当场下令，由王府和萨班随员组成金子使者，前往吐蕃各割据王朝拜访大教主、大首领，送去萨班亲自签名的信函。

萨班让周措和金子使者一起去萨迦，把仁增旺姆叫过来，他又给本钦释迦桑布写了一封长长的信，除了介绍在凉州的生活、活动，还讲了西凉王对萨迦的特别信赖，作为金字使者的价值和意义，要他做好思想准备，适应新形势的发展。

五十八

　　金字使者雷厉风行，快马加鞭，吐蕃诸部也争先恐后地派来使者，送来了丰厚又贵重的贡品，还有任命官员的名单，所统治的地域、部落、户数等有关材料。

　　正是六月盛夏时节，阔端专意为萨班修建的东方幻灵寺夏珠巴弟寺的大殿、佛塔、佛邸也竣工了。由阔端主持，萨班开光，举行了隆重的庆典活动。贡嘎坚赞率领吐蕃各政教集团的代表，面对文殊菩萨庄重盟誓，忠于蒙古汗国永不反复，世世代代维护蒙藏友谊，维护各民族团结友好。和平共处，互助互利，平等尊重，推动政教大业欣欣向荣。

　　阔端王监理了全过程，对盟誓予以肯定和高度赞赏，并颁发了"达鲁花赤"执事长官的印信。

　　凉州城举行了盛大的庆贺活动，街市张灯结彩，鸣放鞭炮、礼花。社火队欢歌喜舞，锣鼓丝弦声不断，西域乐舞在文庙等活动场所连天演出。而郊外宽广的草坪上，从祁连山根涌集而来的吐蕃原六谷部农牧民，也带家携帐来了，他们举行赛马射箭、摔跤举重、大象拔河、跳绳等多种文体活动，晚上的篝火晚会，青年男女的谈情说爱就更不用说了。萨班专门为他们摸顶祝福，赐予了加持过的红、绿、蓝、黄的吉祥结绸条。

　　安多各地闻讯赶来的香客也如潮似涛，有数万之多，他们集中在夏珠巴弟寺广场，听萨班讲经弘法，接受摸顶祝福，有幸的是还得到传授随许的机会。萨班借开光加持的时光，为许多出家人举行削发剃度仪式，授沙弥戒、比丘戒，还举办了传授胜乐、集密、大威德三大本尊和大悲观音灌顶，为各部落头人传授普明大日如来灌顶，持续了十天光阴。

　　最后一天是结束庆典。仁增旺姆的歌舞乐团为参加寺院开光仪式的僧俗、各民族香客、政教上层表演了吐蕃的狮舞、牦牛舞、鹿舞、踢踏舞、弦子舞等等，让观众看得眼花缭乱，如醉如痴，几乎倾倒。

　　晚上，在佛邸大厅，萨班为阔端王、重要文臣武将、各方政教领袖举行答谢宴会，萨班致辞之后，阔端希望萨班继续为凉州、为蒙古汗国的人心稳定、社会安定、秩序良好、民心向善做出新的贡献。他问大师下一步有何打算，萨班诡秘一笑，含糊其辞："我正在思考这个问题。"

"我恳请大师留在我身边，为我指示道路，切磋人生道理，蒙古汗国的民众也希望您为他们拨开迷雾驱走阴霾，指示充满阳光的道路。"

萨班含笑不语，眼里却交织着犹豫、迟疑、沉思。

仁增旺姆来敬酒，贴近他的耳朵压低声问道："你准备回还是留下来？"

萨班捧着茶碗，拧着眉，审视仁增旺姆那张仍保持着漂亮韵味的脸蛋和清新纯净的大眼睛："你是什么打算？"

"我听你的，来了我就不离开你，你到哪里我就到哪里。"

"你看凉州如何？"

"我喜欢，这儿的土地更肥沃，你播种的地域更广阔，拥戴的信徒更多。"

萨班看着仁增旺姆的眼睛，缓缓点点头，眼窝里浮起一束坚定、明亮的光芒。

宴会结束时，萨班站起，捧着茶碗，走到大厅中央，把碗里的残茶一口喝干，倾着碗口看干净不。然后，朗声宣布道："刚才王爷问我下一步有何打算？现在我要回答说，我不走了，我要留在凉州。为什么？大家一定很纳闷。"他环视满座震惊、愕然的眼神，清清嗓子，笑着说："道理很简单，这儿的信众们需要我，我要走的前途很宽广，我还能为阔端王、蒙古汗国祈福祛灾，指示道路取舍，他们也需要我，雪域是生我养我的热土，但那里已经有成百上千高僧在为政教大业助力添劲，不需要我多操心了。再说，我已经是67岁的人了，还能活多久？来回风雪路上鞍马劳顿，说不定埋在哪条沟里老骨头都拢不到一块了，那划不着呀！蹲在凉州我还能发挥一点光热，希望大家理解我，支持我。"

大厅里霎时一片静谧，没有声响，但只一瞬间，便扬起了震破屋宇的欢呼声……

从那以后，萨班一直驻锡凉州没有离开过。公元一二五一年十一月十四日，萨班在夏珠巴弟寺圆寂，不久，阔端也去世。

萨迦班智达临终之前，以自用之法螺及衣钵授予八思巴，举行付法仪式，嘱咐八思巴："汝利益教法圣业及无数众生之时已至，当谨记先前对我所发之誓愿！"17岁的八思巴从此成为萨迦派的新教主。八思巴后来成为元世祖忽必烈的上师，继而帝师。八思巴还继承萨班的遗愿，创制成功了八思巴蒙古文字，萨迦成为代行元帝国行政管理吐蕃各部的权威机构。

仁增旺姆在凉州出家为尼，经常与萨班谈经论道，并关照萨班的衣食生活至萨班圆寂。

恰那多吉则被忽必烈封为白兰王，穿蒙古服，成为吐蕃三大区域执掌法度的长官。

……

历史的长河依旧滚滚长流。

二〇一九年五月六日